伊沙木传奇故事

（维吾尔族）马合木提·穆罕默德／著
（维吾尔族）铁来克／译

作家出版社

目录

《伊沙木传奇故事》与维吾尔族恰克恰克艺术（代序）

■ 乌斯曼 · 斯马义

一、《伊沙木传奇故事》的产生

《伊沙木传奇故事》是作者马合木提·穆罕默德对本书主人公伊沙木·库尔班以及对其艺术生涯长期进行探索的结果。因为，这不是一般的虚构的长篇小说，而是一部关于真人真事的纪实文学。虽然作者在本书中将他的姓名改为“赛里木·贾玛勒”，以梦开篇又以梦结束，也有一些虚构成分，但是小说中所描述的地点、时间、人物和大部分事件均建立在真实的现实基础上，所描写的都是发生在伊犁地区的真实人物和生活故事。从另一方面来讲，这是描写维吾尔族民间著名的恰克恰克艺术家伊沙木·库尔班的一部长篇传记。

本书中的主人公伊沙木·库尔班，1930 年出生于伊宁县一个贫穷的小生意人家庭。伊沙木的父亲库尔班和祖父司马义都是当地享誉一方的著名的幽默人物，擅长讲维吾尔族民间笑话。由于家庭生活艰难，伊沙木从十四岁开始做小生意。新中国成立以后，他先后在伊宁市区的各种文艺团体从艺。也许受家庭环境的影响，伊沙木少年时说话就风趣幽默，喜欢恰克恰克笑话，继承了维吾尔族人民代代相传的恰克恰克说笑艺术，有效地利用伊犁地区著名的恰克恰克奇（说笑艺术家）们的讽刺、夸张的语言资源，形成了独特的恰克恰克说笑技能。伊沙木在艺术团体进行艺术表演期间就表现出了很强的表演才能，他与当地的各类文艺团体中的著名琴手、歌手和说笑艺人经常参加各种民间娱乐活动，不断走向成熟，形成了独特的艺术风格。他以声形并茂、幽默风趣、简洁凝练、寓意深长的语言和讽刺性、夸张性与即兴问答的艺术特点而成为了闻名遐迩的“恰克恰克奇”（说笑匠人）。他善于观察事物，思考问题，善于从基层群众的生产、生活中捕捉鲜活且具有启示教育意义的典型事例，根据场合条件、在场人员的精神状态和特点，以准确、犀利、幽默的语言即兴回答他人提问的各种问题，因而深受伊犁人民的喜爱，赢得了很高的荣誉。后来逐渐出现和形成了只要有伊沙木的地方，就有人们开怀大笑的现象，从而使伊沙木成为了人们欢快笑乐的象征。伊沙木以极具特色的恰克恰克说笑艺术，有力地讽刺和鞭挞了社会上的懒惰、邋遢、愚昧、迷信、高傲、虚伪、蛮横、闹事、造谣、传闲话等不良的弊端和恶习，人们不仅从他的恰克恰克中得到了乐趣和享受，而且将他的恰克恰克说笑作为他们教育自己和子女的武器。伊沙木从事维吾尔民间恰克恰克艺术六十余年，他的声誉不仅超越了伊犁河谷，而且也传遍了全疆，在全国甚至中亚一些国家和地区也产生了一定的影响，被誉为“当代的阿凡提”。2010年6月，他获得自治区级非物质文化艺术遗产“恰克恰克”代表性传承人荣誉称号；2013年5月，获得国家级非物质文化艺术遗产“恰克恰克”代表性传承人称号。终生以恰克恰克说笑艺术为人们带来欢笑的这位民间语言艺术大师，于2013年9月15日因病在伊宁市的家中永远离开了我们。

本书作者马合木提·穆罕默德从事搜集、整理、发表、研究伊沙木·库尔班恰克恰克艺术四十余年，他从十六岁开始，对伊沙木的恰克恰克说笑艺术产生了极大的兴趣，并自发地进行记录整理。后来，作者将自己的大部分时间都用于与伊沙木在一起，与他一起出席或参加各种聚会场合，记载了伊沙木即兴说出的许多恰克恰克笑话。在此基础上，作者从1982年至1998年间编写的以《伊沙木笑话》为题的六部笑话选集，由新疆人民出版社出版发行。在该选集中选入恰克恰克笑话八百多条。该六本选集后被译成汉文汇集出版四册。2002年，作者在他专门描写伊沙木恰克恰克艺术生涯的中篇小说《笑的达坂》的基础上完成了《伊沙木传奇故事》这部长篇传记的写作，并于2014年出版发行。2015年，完成了《恰克恰克说笑大师——伊沙木》一书的写作。

从本书中不难看出，作者对现场记录的伊沙木的恰克恰克笑话进行了认真的整理，为分散的恰克恰克段子赋予了一定的故事情节，对语言进行了必要的加工和润色。同时，通过将广泛流传于维吾尔民间的部分恰克恰克笑话进行搜集整理后将其也列入了伊沙木的恰克恰克笑话之中。需要指出的是，记录、搜集、整理民间恰克恰克笑话，比搜集整理任何体裁的民间口头文学作品都要难。因为，恰克恰克艺术具有很强的场合性，将其从原说笑场合分离出来在报刊上发表以后，就不可能产生当时场合那样的效果。加之，记录者也不可能将说笑者像机关枪一样不断发出的一连串的话语完全记住。即便录音，被掩没在极快的语速和人们的哄堂大笑声中的话语也不可能都听清楚。另外，伊沙木在讲完某段笑话后，往往就会忘记自己刚说的内容，甚至无法重复讲述。因为每一段恰克恰克的产生都是一次新的创作，是一种即兴发挥的表演方式，因而也决定了其内容的不确定性。没有一个恰克恰克能够预知对方下一句要说什么。为此作者就得经常与伊沙木一起参加各种娱乐活动，细致地观察当时场合和人们的精神状况、性格以及气氛。因而作者对伊沙木和与伊沙木对阵的其他恰克恰克说笑者，以及为伊沙木提供便利的其他人的话语也进行了及时的记录。而这本身就需要做到认真、细致、迅速、清醒，在娱乐结束之后还得重新回忆当时的情况，再进行细致的描述等，因而，作者也达到了最大限度地将伊沙木的恰克恰克笑话与原来的讲述接近之目的，为读者得到与当时在场的人们一样的享受而付出了极大的心血。尤其是他将四十多年的时光花费在搜集、整理伊沙木恰克恰克笑话的奉献精神也令人感动。为此，我们也应该向本书作者马合木提·穆罕默德表示由衷的感谢。应当指出的是，倘若没有作者这种持之以恒、长期不懈的努力，伊沙木的大部分笑话也可能早就消失，伊沙木的恰克恰克笑话，也不可能得到如此广泛的传播。因而，我们由衷地向为拯救和传承伊沙木恰克恰克笑话艺术而做出突出贡献的马合木提·穆罕默德先生表示衷心的感谢。

二、恰克恰克的特点与其他体裁的区别

在维吾尔语中的“恰克恰克”（qakqak）是用来表示笑话的一种特殊的口头文学体裁之一。该词含有“玩笑话”“笑话”等意思。它是随着人们日常交流中的玩笑、趣语以及语言技巧不断发展而产生、以逗人发笑为目的而口述的一种诙谐幽默的话语。在汉语中，凡具有讽刺性的民间散文语言的口头作品均称为“笑话”或“笑话故事”。但在维吾尔语中，具有讽刺性的口头散文作品还分别被称为“讽刺故事”“莱提帕故事”“吹牛故事”和“恰克恰克”等。为便于其他民族读者的理解和需要，下面对维吾尔族民间口头文学中的上述四种体裁形式分别做一简要说明：

（一）讽刺故事。在维吾尔语中是指具有很强的讽刺性和滑稽特点的篇幅较大的讽刺故事。它区别于幻想故事，与日常的生活故事一样具有很强的真实性。其形象是普通人的形象，故事情节可信有趣，但与生活故事所不同的是，其人物和故事情节建立在强烈的讽刺基础上。在这类故事中所讽刺和嘲笑的对象，主要是出现于民间的自作聪明、愚蠢、愚昧、固执、奢侈铺张等不良行为。在维吾尔族民间广泛流传的《乌布勒固执与杰米莱克顽固》《希提拉与皮提拉》《自以为是》《三个傻瓜》《两个懒鬼之死》《三个骗子与四十个谎言》等一系列民间故事，便属于这类故事，都是以激发人们的笑而创作的。讽刺故事的篇幅明显大于莱提帕故事、吹牛故事和恰克恰克。

（二）莱提帕故事（在汉语中有“拉提帕”“来提派”等译写法）。是指流传于民间的具有一定故事情节的语言幽默而简短的口述故事。

“莱提帕”(latipa)在汉语中有“故事”“笑话”等含义。但“故事”一词，在汉语中广义上是指民间流传的某些具有情节的口述故事，如包括传说、童话、寓言、趣话等；狭义的“故事”是指有趣的情节，如“莱提帕”。所以在汉语中的“笑话”只表示“莱提帕”的狭义概念。莱提帕的篇幅比讽刺故事短小，情节简单明了，通常都指与日常生活紧密相关的一件小事。大多以两人的对答或一人的对白组成。莱提帕故事，大多以在历史上流传的现实人物的名称编讲。如，阿凡提笑话、赛莱笑话、毛拉翟丁笑话等。目前，人们也习惯将“莱提帕”称为“幽默”。“幽默”是源于外语“humor”的音译词。它与维吾尔族的莱提帕一样，以讽刺、夸张的手法讲述具有一定故事情节的某个事件。从这个角度来讲，“莱提帕”与“幽默”有一定的相似之处。但如果对“幽默”和“莱提帕”进行认真对照和分析，两者之间也有一定的区别。区别主要表现在：“莱提帕”的篇幅较长，而“幽默”简短；“莱提帕”以历史上出现的现实人物的名字编讲，而“幽默”则没有主人，往往只是委婉地提示、指出某些不足和瑕疵。

（三）吹牛故事(lap)。吹牛，是以丰富的想象力和夸张的手法来反映社会现实生活中的各种现象的一种小型的口述故事。大多由民间的“拉普奇”(吹牛者)来讲述。而吹牛者不是当着别人的面来夸赞或炫耀自己，而是通过夸张的手法来讲述自己有趣的经历和生活现象，以搞笑和逗乐别人为目的。所以，人们虽然讨厌以夸赞自己为目的的“吹牛者”讲述故事，但也喜欢为听众能带来艺术欣赏和乐趣的有一定故事特点的吹牛。吹牛者往往以社会生活中的某一现象为切入点，以超越的夸张力和丰富的想象力来吹牛。莱提帕故事与吹牛故事，虽然都属民间故事，但两者也有区别：一是莱提帕故事篇幅稍短，而吹牛故事的篇幅稍长；二是莱提帕故事多运用各种修辞手段来表达，而吹牛则以超限的夸张手法为主。

（四）恰克恰克。该词本身包含很强的嘲讽性特点。是一种对话形式的体裁，多以两人或两人以上的人员来表述。从另一方面来讲，恰克恰克的形式就是讲述。但它明显地区别于一般的讲述和一般的言语。主要表现在以下几个方面：一、恰克恰克的语言具有很强的讽刺性。所谓“恰克恰克”，就是指能逗乐引发人们笑声的话语。所以，能引发人们发笑和让人们开心的词语，必须具有丰富的趣味性和风趣幽默的特点。没有讽刺性，就不能引发人们的笑声。从这一点来讲，讽刺性是恰克恰克笑话的灵魂。二、“恰克恰克”需要即兴作答。显然，在相互调侃与对答中，即兴而迅速地作答是至关重要的。在说笑过程中，如果说笑者因反应迟钝、错过良机而不能立即作答，即使做出正确的答复或具有讽刺特点，但也不能引发大家的笑，那么他的话语就会失去应有的效果。所以，“恰克恰克”是能够做出“闪电般”的反应的一种语言艺术。三、恰克恰克的内容具有稳定的逻辑性。在恰克恰克说笑中提出的问题，必须具有现实生活之基础和坚实的依据。没有事实依据、乱说一通的词语，是不能令人信服的，也不可能给人们带来乐趣。相反，这样的词语，只能让人们感到索然无味（无意识、无目的讲述的东拉西扯的交谈不在此列）。人们将这种无逻辑性、乱说的交谈称为“空洞无物的夸夸其谈”。尤其是，围绕某个话题正在说笑时，如果离开正说的话题，或跑题，就会打乱恰克恰克的顺序，就会使恰克恰克失去应有的效果。

总之，“恰克恰克”是一种由两人或多人参与完成的互动性极强的对话。但它不是一般的交谈，它是以讽刺性、即兴问答和逻辑性这三个特点而区别于一般交谈词语的一种语言艺术。“恰克恰克”更不是一般的语言游戏，而是以形象的语言反映一定内容的民间创作。因而“恰克恰克”也区别于“莱提帕”和“幽默”，与日常生活中亲朋好友之间的玩笑嬉语不同。恰克恰克绝不是预先设计或编写好的，而是根据现场的情形，瞬间闪现出的幽默光芒。它是完全依赖说笑艺人们现场发挥，将生活中的幽默凝练于语言、肢体、表情，然后向观众呈现的一种语言艺术。

从表面上来看，好像人们都能说“恰克恰克”（笑话），但实际上，能够以讽刺的语言形象、迅速、及时、准确地打准要害，却不是那么容易的事情。因而，“恰克恰克奇”（说笑匠人）们，与其他民间艺术家们一样在民间有着很高的威望，一直很受人们的尊敬和爱戴。

虽然恰克恰克与莱提帕、拉普（吹牛）有一定的相似之处，但实际上这三者之间也有一定的区别。首先，让我们先看看“恰克恰克”与“莱提帕”的区别：

一、“莱提帕”具有较强的故事性，而“恰克恰克”的故事性较淡，甚至在有些“恰克恰克”中也没有任何故事情节。在“莱提帕”中，以幽默风趣的语言讲述某一事件、某一现象和某个人物的经历，但在“恰克恰克”中则相反，尤其是在“面对型恰克恰克”“分散的恰克恰克”“轮流恰克恰克”等恰克恰克形式中，不存在任何故事情节，对某个事件和行为也没有任何详细的描述，而主要是用犀利、夸张或幽默风趣的语言否定、攻击、讽刺对方的一种语言较量。

二、莱提帕有时间限制，但“恰克恰克”只能存在于一定的场合。“莱提帕”是一种故事，任何人在任何场合都能凭自己的记忆讲述，但“恰克恰克”不能，因为连续不断的像“机关枪一样”喷发而出的恰克恰克话语不可能像记忆那样记得住，或能在其他场合完全复述。即使复述也不可能达到像原来在场时那样令人捧腹大笑的效果。据此我们可以肯定，“莱提帕故事”任何人都可以讲，但任何人不可能都能成为“恰克恰克奇”（说笑匠人）。

然而，“恰克恰克”与“莱提帕”有时也紧密相连，而这种相连明显区别在恰克恰克（笑话）变为莱提帕（故事）的过程中。在有些场合所说的简短明了的对答形式的恰克恰克，当认为已经结束以后就有人要进行重新加工和润色，以故事的形式在其他场合进行讲述。于是，这段“恰克恰克”就会变为“莱提帕”。但要让面对型的连续不断的多段恰克恰克变成莱提帕故事就不那么容易了。

吹牛故事与恰克恰克对比，吹牛的故事性强，但恰克恰克的故事性弱，因而，吹牛是一种口述故事，但恰克恰克不是故事，而是对话或言谈。

三、构成恰克恰克艺术的基本要素

恰克恰克源于维吾尔族人民的生活习俗。凡有维吾尔族人民聚集的地方，就有恰克恰克。但真正意义上的恰克恰克盛行于伊犁维吾尔族民间。在这里，犹如水乳交融，恰克恰克渗入到了伊犁维吾尔族人民生活的方方面面。可以说，没有恰克恰克，伊犁人民的生活也是无法想象的。伊犁人民是富有幽默感的人民。他们总是以笑来对待生活。高兴时，以恰克恰克来表达自己的喜悦之情；痛苦时，以恰克恰克来减轻自己的痛苦和忧愁；遇到矛盾时，通过恰克恰克说笑来化解；相互之间产生怨气或烦恼时，也以恰克恰克来消除。通过恰克恰克的方式来批评人们不良的行为和弊端；不论是在家庭里，还是在社区或劳动的场合，不论是在婚庆典礼、麦西来普娱乐场合，还是在丧葬仪式上，伊犁的维吾尔族人民都善于通过恰克恰克的方式来表达自己的意愿。在伊犁地区，恰克恰克有着很深厚的群众基础。伊犁人民善于用闪烁着智慧之火星的语言来反映事物。正是这样的生活造就了像被誉为“活着的阿凡提”的维吾尔族笑话大师伊沙木·库尔班为代表的深受人民喜爱的著名的“恰克恰克奇”和奇特绚丽的恰克恰克语言艺术。从某种意义上来讲，伊沙木便是恰克恰克，恰克恰克便是伊沙木。

恰克恰克艺术的表演，需要具备场合、恰克恰克奇（说笑者）和听众这三个要素。

恰克恰克活动的目的是为给予听众欢笑的享受。因而，没有听众，也就没有恰克恰克。同样，如果恰克恰克奇达不到让听众欢笑之目的，恰克恰克也不可能得以延续。听众不是恰克恰克被动的接受者，而是恰克恰克的积极的评判者。听众通过自己对恰克恰克的态度无声地参与恰克恰克艺术的创作。

（一）场合。指表演恰克恰克说笑的场所。恰克恰克场合可分为正式场所和非正式场所两种。正式场所，是指以娱乐为目的而专门聚集的场所。在伊犁地区，只要有娱乐场合，就会有恰克恰克笑话。所以，没有恰克恰克，也就无法想象娱乐场合。对于伊犁人民来说，所谓娱乐场所就是指恰克恰克场所。定期举办的各种麦西来普月活动、各种宴请和聚会、订婚仪式、为接待客人而举办的接风坐宴等活动场合，均为恰克恰克的正式场所。非正式的场合，是指不以娱乐为目的，而是因生产和日常生活的需要人们自然相聚的场合。它无需专设场合，它不分家庭、街巷、工作岗位、农田、商店等，是指随时随地都可以开展的场合。

（二）恰克恰克奇，即说笑者。是说笑的主体，是恰克恰克的表演者。堪当“恰克恰克奇”的人，必定是拥有极度敏捷的思考能力、丰富的生活阅历和幽默睿智的表达能力，以及丰富的想象力和娴熟的母语表达能力的、善于细致观察自然景况和人们的各种习性的语言大师。他们最突出的特点不仅表现在能以正确、形象、幽默、讽刺的语言非常巧妙而娴熟地运用比喻、夸张、对比等修辞手法，达到娱乐众人之目的，而且还能对人们有启迪，对生活有启示。所以，可以说，“恰克恰克奇”就是具有特殊的语言表达能力的民间艺术家。

（三）听众。是恰克恰克说笑活动场合的对象，是恰克恰克的接受者。恰克恰克以自己的意愿来指导恰克恰克奇的说笑。恰克恰克奇的创作、在什么样的场合表演，以及如何表演等，都无不取决于听众的意愿。听众指导恰克恰克笑话、评判恰克恰克和对恰克恰克艺术产生影响的手段，是恰克恰克笑话的天平和准绳。笑声与恰克恰克的质量成正比。笑得越开心，就越说明该恰克恰克达到了应有的效果。相反，如果笑声减弱或消失，那就说明恰克恰克未能达到应有的效果。笑，是恰克恰克奇们的最终目的，所以说笑者想方设法，尽自己所能，以引发听众的笑声为目的。总之，听众在整个恰克恰克笑话创作中都发挥着十分重要的作用。从另一个角度来讲，听众的素质即享受恰克恰克艺术的水准，也决定恰克恰克笑话的质量。如果听众的素质低，那么恰克恰克笑话也就不能得以延续。恰克恰克之所以在伊犁地区能得到如此广泛的普及，与它有一大批高素质的听众是分不开的。对于恰克恰克艺术，伊犁维吾尔族人民有着很高的审美力和欣赏能力，这种情况在新疆的其他地方是少见的。所以，在谈到伊犁维吾尔族恰克恰克艺术时，就不能忽视对恰克恰克的产生、表演和发展产生重要作用和影响的伊犁地区的一大批高素质的听众。

四、伊犁恰克恰克的种类

根据内容和语言特点的不同，伊犁维吾尔族恰克恰克大致可分为以下几种：

一、面对型恰克恰克，又称攻击型说笑。这是以两位恰克恰克奇（说笑者）或两组说笑者或一位说笑者与一组说笑者之间以对话的形式以某一话题为中心展开的一场比拼智慧和幽默的战役。在这一类恰克恰克中，被讽刺的对象，就是展开唇枪舌剑的双方的恰克恰克奇们。说笑的话题始终都不离开对方，在场的听众只听而不说，不参与双方的对阵。一方以对方的某一姿态或行为为奚落目标而进行攻击，对方则立即巧妙地以更辛辣、更讽刺的语言给予反击。于是双方极尽搞笑逗乐之能事，句句紧逼，使得每一回合都能引发一场大笑，笑声激励双方，通过连续不断的对答，双方抓住对方生活中的某一件事、性格中的某一个元素，甚至不放过对方肢体和相貌的某一细小的特征，以夸张的语言进行讲述。比如，有一次，当一位恰克恰克奇攻击伊沙木“因恰克恰克未能引起人们发笑，就刺激别人发笑的傻瓜”时，伊沙木便以“傻瓜”为句子的韵脚，一口气连续说出了以下的恰克恰克：

“在恰克恰克中败给别人，就去打自己老婆的傻瓜！”
“留着披头散发，自诩是学者的傻瓜！”
“骑着蜻蜓，说要登月亮的傻瓜！”
“将两片鞋垫子贴在肩膀上，就称自己是将军的傻瓜！”
“戴上小孩儿的耷拉耳皮帽，就说自己是飞行员的傻瓜！”
“喝醉时休掉了老婆，醒酒后又和好的傻瓜！”

“被未婚妻看不起，就去责怪父亲的傻瓜！”

“为防苍蝇落在衣服上，就将芹菜插在胸脯上的傻瓜！”

二、连环型恰克恰克，又称连接形式的说笑。在场的数位说笑人相互奚落，或讽刺其中的一位听者。说笑人自定话题和进攻目标，并不断变换攻击对象，在这一类型的恰克恰克中，参加人数较多。说笑者不受确定的说笑对象和说笑话题的限制，自由展示自己的才华。但取笑对象的变动绝不是随意或无序的，而是以不断衍生新的恰克恰克笑话，从一段笑话中再衍生另一段笑话的形式出现。比如，有人将前面的饭菜作为取笑元素，那么另一位就可能与之相应地将一条熟鱼作为取笑材料。于是，说笑就可能从熟鱼向河水、雨水、乌云、天空、太阳、月亮不断延伸。因而，这个类型的恰克恰克也被称为联想型的恰克恰克。比如，在某一场聚会上，伊沙木、吐达洪、艾比、塔西、雅库普等著名的恰克恰克奇艺术大师们在相互说笑过程中，首先由塔西向吐达洪发起了进攻，吐达洪也巧妙地反击了塔西，伊沙木也参与正在对阵的这段恰克恰克，对塔西提出了警告。艾比立即接过伊沙木的话，对他进行讽刺，塔西则配合伊沙木的话语，再次向吐达洪发起进攻，艾比以吐达洪的话为杠杆，将雅库普拉入这场对阵，接着，吐达洪以艾比的恰克恰克话语为手段，向塔西发起反击……

三、轮流型恰克恰克。在说笑场合，某一说笑者拿在座的所有人从头到尾逐一进行开涮。被“涮”者按顺序不断变动，每到一位新对象时，说笑者就要即刻说出被“涮”对象最显著的特点，通过对比、夸张等手段对其进行详细的描述。这一类型的恰克恰克，需要说笑者具有能够准确揭示被说对象的性格特点、迅速转移观察视角和迅速做出反应的技能。

四、翻译型恰克恰克。这是近二十多年来在伊犁地区出现的一种新的恰克恰克说笑类型。说笑者以非常流利和迅速的口音模仿某人说英语、俄语、日语或阿拉伯语，给在场的人们留下他外语说得非常棒的感觉。同时，在场的另一位说笑者当场进行“翻译”，说出十分幽默而可笑的段子；一方面，使观众为这位说笑者以逼真的口音模仿外语的才华而惊叹不已，另一方面，观众也被“译者”充满智慧和幽默的话语所倾倒，引发阵阵大笑。有时“精通外语的恰克恰克奇”，也模仿某一外国元首或著名人物的讲话，有时用外语从头到尾介绍在场的所有人员，为全场带来开心的笑声。

五、模仿型恰克恰克。由说笑者通过临摹或模仿某一吝啬鬼、酒鬼、固执者、懒汉、傻瓜、爱传闲话者等，总之通过模仿或临摹有不良行为和恶习的一些人的不良言行而引发人们的大笑。由于说笑者像演员一样，将性格怪僻、行为不良的人的形象十分逼真地突显在了观众面前，使听众不禁会发出开心的笑声。

六、绰号型恰克恰克，即在维吾尔族人姓名后缀加绰号与姓名连称。此习俗由来已久，因而在民间也有没有“无绰号的人”之说。绰号是根据人们的身材、相貌、性格、禀性、意识、直觉、经历或某一职业特点而被起称的。所以在绰号型“恰克恰克”中，说笑者们往往以某个人的绰号做文章，运用谐音、多意或曲解、联想等方法，来搞笑逗乐。当逗乐达到高峰时，被逗者的绰号会被各种各样、五花八门的颜料所装饰，因而隐喻地反映绰号的本身就能非常迅速地引发人们的大笑。在绰号型恰克恰克中，说笑者往往不是直接去称呼某人的绰号，而是通过形成绰号的某一事物的特点和与该事物有着密切关联的其他东西来暗示绰号。如，在被称为赛莱喀木“喀尔雅格迪”（绰号，意为下雪了）的母亲去世时，名叫阿不都克里木“色里克”（绰号，意为黄脸）的说笑者与一帮人到该户人家来吊丧。阿不都克里木黄脸对正在哭丧的赛莱喀木“喀尔雅格迪”安慰道：“节哀吧，朋友，幸亏你先母没在寒冷凛冽的风雪天去世。你的运气还不错啊。”听到此话，赛莱喀木立即号哭起来：“唉呀，我可怜的妈妈呀！未享受青黄吉日就走了的妈妈啊！在那青黄不接的岁月里曾给予我们爱抚的妈妈呀！从未让我们的脸色发黄的妈妈呀！”总之，在这里所说的“寒冷凛冽”“风雪天”等，暗示了赛莱喀木的“喀尔雅格迪”(降雪)这一绰号的含义。“黄日”“青黄不接的岁月”“脸色发黄”等词，则暗示了阿不都克里木的“黄脸”这个绰号。

七、押韵型恰克恰克。这种说笑形式近似于民谣型的“恰克恰克”形式，使用的语言类似于维吾尔民间歌谣。如说笑者要通过一两段歌谣十分准确地描述对方的性格、脾气和相貌。押韵的恰克恰克的另一种形式，便是“你一句，我一句”的编说形式。伊犁的恰克恰克，由两人以上的恰克恰克奇来表演。在场的第一人开讲恰克恰克，以某一个词来结束恰克恰克最后一句时，第二位或第三位恰克恰克奇的最后一词须与前者最后说的那个词要押韵。如，在某一场合，名叫阿吉的人笑话伊沙木“穿上了棉坎肩，伊沙木丁是秃头”，以讽刺伊沙木的脖子长，伊沙木则立即反击道：“无论如何，阿吉才是秃头。”以词句来嘲笑阿吉的光头。

八、无逻辑的恰克恰克。是指无逻辑性的、东拉西扯的一种说笑形式，又被称为“单向调侃”。说笑者以相互无关联、无联系、无逻辑的一些话来引发人们的笑。其特点是，如果说在连续讲述的第一句话中描述的是“山”，那么在第二句中讲述的便是“天上的事”，在第三句中则讲述“地面上的事”，甚至一句话中的前半部分与后半部分在内容上没有任何关联或无任何因果关系，会出现“因为羊在奔跑，天上下雨啦”等十分荒谬的词句。正因为这种无逻辑的语无伦次的句子，也能引发人们的笑声。请看恰克恰克奇热西提·麦麦提的以下段子：“……我想借用一下他的毛驴，却说要送医院进行输血。我一看，是个很不错的巴郎，如果将八公斤的血液都输给他，你们说还能灌制肥肠吗？于是我们就直接带去了。一把就能捕捉鸡的人，到了磨坊后就不见了人影。不过，我们也多次劝那小孩不要将手伸向有电的地方。可不是嘛，为了垒一层半高的土坯墙，和了那么多泥巴，拌面就不好拉了。说要里子，我们送去了。说要口袋布，我们也送去了。后来听说，他们要在晨礼时分送到。装在铁链拖拉机上，如果腰部折了，一样是个麻烦事情。我想如果给兔子喂麦草，给猫儿喂精饲料，给牛喂骨头，肯定会饿着的，于是我就回来了……”

五、伊犁恰克恰克的社会功能

维吾尔族恰克恰克，是一种具有鲜明民族特色、别具一格的口头文学形式，是维吾尔族民间文学中的一种讽刺文学形式，是伊犁维吾尔族人民麦西来普中的重要组成部分。它逐渐融入维吾尔族人民社会、生产、生活的方方面面。喜庆婚礼、朋友聚会、节庆娱乐，甚至亲朋好友在一起聊天时，你都能听到“恰克恰克”点燃的爽朗的笑声。讲述者可根据当时的环境、气氛，即兴说出一连串幽默风趣的笑话。用开玩笑的形式鞭挞假丑恶，弘扬真善美，人们在被逗得哄堂大笑之后而得到生活的启迪，激发人们对真善美的追求和信念。

伊犁恰克恰克具有多方面的社会价值。维吾尔族“恰克恰克”，在社会生活中（娱乐、道德教育、减压缓急、解除痛苦、反映潜意识、化解矛盾等方面）有一定的实用价值。同时，在科学研究（民族心理、文化、习俗、语言、民间哲学和逻辑学研究等）方面也有资料性价值。它在社会生活中最重要的价值表现在以下两个方面：一是娱乐价值。恰克恰克是伊犁人民主要的娱乐方式。通过不断的“玩笑话”来寻求生活的乐趣，用“恰克恰克话”来活跃、点亮和丰富自己的生活；通过恰克恰克为生活赋予奇特的风采和深刻的寓意。从这个意义上来讲，在新疆的其他地方就很难看到像伊犁维吾尔族人民这样的娱乐形式。二是教育价值。恰克恰克奇们用幽默风趣的语言来解读现实生活，讽刺不良的社会现象和社会不公平，鞭挞和嘲笑不道德行为和庸俗、低劣、爱传闲话、阿谀奉承、自高自大、说大话、愚昧、自私、虚伪、妒忌等现象。“说笑匠”们善意地嘲弄别人，也拿自己开涮，在“哈哈”的抚掌大笑中给生活以回应，给自我以力量。为防止和避免不良言行的发生和蔓延，达到帮助青年人从现实生活中汲取应有的教训、自觉纠正不良行为和弊端之目的。

（作者系新疆大学人文学院教授、语言文学博士、博士生导师）

第一章
“恰克恰克奇之街”①

1968年8月的一天。伊宁。

一整天都晴空万里，临近黄昏时忽然就阴沉了。从西边刮来的寒风带着呼啸声变得愈刮愈强劲。本来骄阳似火的炎热天气忽然间就变成了晚秋的气候。几乎是一瞬间，像秋季忙于赶羊群的牧民手中的鞭子的抽打声，铺天盖地、噼里啪啦地下起的大雨，使行走或浪荡街巷的衣着单薄的人们急急忙忙、慌张地四处躲避。被数年的“文革”整得提心吊胆的人们，此时像躲避突然出现的臂戴“纠察队”袖章的市管人员的小商贩那样，慌张逃散，各奔东西。

在慌乱奔跑的人群中，有一位年约十六岁、皮肤黝黑的小巴郎，他身上是午后天热时穿的一件短衬衫，他双手紧紧捂着胸部，好像是怕什么东西被淋湿，在拼命地奔跑。他好不容易躲进了艾琳巴格村拐角的一座古清真寺的屋檐下。尽管他已全身湿淋，像落水的小公鸡一样瑟瑟发抖，但他脸上却洋溢着一种豪气和喜悦。

---

① “恰克恰克奇”，维吾尔语，音译，其中，“恰克恰克”，意为笑话；后缀“奇”意为说笑话者。刚开始讲笑话时，一般都以自己为对手，向自己开炮，拿自己开涮，引得在场的听众哄堂大笑；接着就是与对手的舌战，用机智、幽默、夸张、讽刺的语言将对方击倒。还有一种形式是讲述者要说最热闹的幽默笑话，以博得最热烈的掌声，笑话奉献者一个接着一个相互传接，精彩纷呈的笑话源源不断，笑声不断，一起一伏，一浪高过一浪。其共同性质表现为喜剧类艺术形式，核心是引人发笑（译者注，下同）。

这个小巴郎名叫赛里木，在莫名的喜悦中，他不安地望了一下空荡无人的街巷，接着他小心地解开被雨水打成黑灰色的衬衣上的两颗纽扣，拿出了紧紧贴在胸口的那件“宝贝”。他自言自语地嘀咕道：“没被淋坏吧。”这是一本厚厚的书，书名为《纳斯尔丁·阿凡提传记》，他庆幸的是这书在前几年的数次“焚书”运动中奇迹般地留存了下来，甚至连封面也完整无损。赛里木好像端详着他最喜欢的什么宝贝似的，显然他的眼睛里充满了喜悦和惊奇，他久久地凝视着手中的这部厚厚的书。他感到积聚在心中的所有忧虑和一切烦恼，甚至这个令人不安的天气，以及像此时的气候一样让人不得安宁的冷漠的社会和因为这个社会所“恩赐”的戴有“右派”帽子的父亲的缘故，与成千上万个家庭一样而遭受的各种不幸和生活磨难，此时好像都烟消云散，不复存在了。这本书是他从离艾琳巴格村很远的墩麦来村拿来的。是从小学至初中，乃至高中期间，为他曾讲授语文课，而此时已被打成“黑帮”的一位老师悄悄送给他的。

“要像珍惜自己的眼睛一样珍惜它！记住，这本书绝不可落到他人手里，尤其不能落入为了升官而不知羞耻的什么坏事都能做得出来的那种奸黠的嬖人之手。这本书是我不惜自己的生命和危险珍藏的。好好读吧，赛里木。我知道，这书会给你带来欢乐，从中你可以学到很多东西。如果天下太平，说不定将来你也能写出这样让人民欢笑的书哩！……我发现你的作文里有不少讽刺性的因素，但你首先得多学习，多读书！你怎么这么看我呀？哦，我明白了，你可能是在想将来会有这样的日子吗？……会有的，会有好日子的。别忘了‘三十年河东，三十年河西’这句古话。……”

肤色黝黑、魁梧、结实、从来都难见一笑的这位老师，眯着深思的眼睛，将《纳斯尔丁·阿凡提传记》这本书双手捧给了赛里木，又重复了他刚说的有关欢笑的话题：

“作家的任务是给人们带来欢笑，在欢笑中引导人们热爱生活。你呢，我们未来的作家赛里木·贾玛勒，记住，把创作为人们带来欢笑的作品作为自己的目标。没有欢笑的生活，还算生活吗！……”

灯光下，赛里木将书放在了窗台。这时，为家人的生活，从早到晚地整天赤脚踩草泥的含辛茹苦的父亲早已酣睡。然而，在七号灯泡的光亮下，鸡窝一样狭窄、空无一人的厨房，对于跪坐在窗台前的赛里木来说，从此便也成为了他有意义的生活的开端。他那期待的目光移向了该书封面的上半部。作者是“列奥尼德·索罗维尤夫”。顿时，他的目光凝聚在了像这部书一样神秘的一位胡须卷曲、黄肤色、庄重的贤者一样的人物头像上。而这人一定是与封面上的那个侧身骑着毛驴、面容慈善而亲切的纳斯尔丁·阿凡提一起周游世界，让别人笑得最多，而自己却从不笑的人。

赛里木小心地掀开了书的封面，读了扉页上的文字和目录后就以极大的兴趣读起了书。

列奥尼德·索罗维尤夫笔下的活泼、洒脱、有趣的语句、段落和生动形象的叙述，不知不觉地将赛里木深深地吸引住了。

时间过去了两个星期。

第三周的第一天，赛里木挑选书中最有趣的部分又反复读起来。放高利贷者杰帕尔、巴格达学者侯赛因·侯斯里耶、阿噶别克、独眼龙小偷、傻瓜国王……哎哟，真厉害呀，纳斯尔丁·阿凡提针砭时弊、讥讽痼疾，不知战胜多少艰难困苦，扫除多少压榨人民的死对头，他作为既是贤者，也是顽强不屈的说笑者不是一直都活在人民大众的心里吗?！这正是让他声誉远扬、闻名于世的列奥尼德·索罗维尤夫笔下的不朽之歌。

“我是纳斯尔丁·阿凡提，我是我自己的主人，我说的都是真话，没有假话，任何时候我都不会死亡。”是的，任何一个人，不论他是勇士还是一位说笑者，为了使他的英名不消失，让一代又一代的人们不断想起，使人们感到他好像还活着一样，就需要有个人来做什么，需要做出无私的奉献。而这最有效的途径和办法，便是拿起笔，写出值得能让人们不禁去思念和回味的、能载于史册的传记。赛里木用小小的拳头托着下巴，肘顶在厚书上，凝望着窗外漆黑的夜空和越看越变得明晰的繁星，陷入了沉思之中……

赛里木忽然想起了经常被人们与纳斯尔丁·阿凡提一并提及和赞誉的赛来·恰坎、毛拉·翟丁等生长于本土本民族当众中的像纳斯尔丁·阿凡提一样生活的恰克恰克奇们，他们个个都能言善辩、幽默诙谐、聪明智慧、顽强不屈，在民众中有很高的声誉。

同时，至今还生活在苹果之乡的巴吾汗·库尔、吾普尔·灯葫芦、吐尔逊·铁依甫、库尔班、毛拉麦提亚·海勒匹提木、伊斯马伊勒、柔孜·图乎①……等笑星们的名字在他脑海里一闪而过。而这都是他的文学启蒙老师、青年时期就曾写过许多诗歌、但后来挨整的性格开朗、爱说笑话的父亲讲给他的。那些笑话家们个个都是精于心理揣摩，深明刚柔之势，出口成章、万人难当的说笑艺术家，他们的笑话具有很强的针对性和讽刺性。贾玛勒先生广记多闻，能讲他们许多的笑话，但对说笑者总是张冠李戴，把甲人说的笑话说成是乙人说的。每当出现这种情况时，他总要为自己辩护："唉呀，都是我们的语言资源呀！"这事如胶似漆地一直紧贴在了赛里木的记忆之中。

繁星闪烁，赛里木从窗户望着夜空逐一打量银河里的星星。一系列恰克恰克奇们的姓名和他们的影子，不时地在他的脑海里闪现。最近以来，在伊宁市区突然又出现了一位恰克恰克奇。每天早晨和傍晚，人们聚在一起经常传述这位说笑者的"新式笑话"，为他们忧愁的心增添一些乐趣。此时，赛里木将离自己最近的一颗星作为了新出现的那个笑星。

此时，他也不知道自己在窗前究竟坐了多久，望着银河凝思了多长时间。最终甜蜜的睡意使他不知不觉地将头落在《纳斯尔丁·阿凡提传记》那本书上，即刻就进入了梦乡……

---

① 均为伊犁河谷的现实人物。其中，"灯葫芦"（dinghulu），汉语音译；"库尔"（kor），意为"瞎子"；"图乎"，维语，意为"雉鸡"，均为绰号。

据说，在睡梦中，赛里木展开双臂飞向了天空。银河是伊犁河边连着成片的苹果园那宽敞无阻的塔西阔如克街，而银河上的繁星不是星星，是充满智慧和爱说笑话的那些恰克恰克奇们。他们以各种姿态、各种笑话将这片苹果之乡的主街变成了人们渴望一睹为快、心驰神往的“恰克恰克奇之街”。

第二章
新式莱提帕笑话

一场暴雨之后，天地焕然一新，犹如刚从打场返回抖动了一下身子的牲畜，大地变得格外清亮而舒畅。赛里木去了已有两天未去干活儿的巴依阔勒磨坊。因为在这里他祖父苏普拉克经营着两盘水磨坊。贾玛勒先生为了使赛里木不掺和学校那“声势浩大”的造反组织，以避免给自己带来麻烦，将他硬是“抓”到大舅哥开的这家磨坊里让他干些杂活儿。

赛里木也很不情愿地离开了学校和同学。但没过多久，水磨坊像磁石一样紧紧地吸住了他。

没想到还有些浪漫性格的这个“书呆子”（这是苏普拉克老人赐给赛里木的绰号）竟然还喜欢上了这里。何况，年逾六十的坊主苏普拉克老人善讲故事、爱说笑话，在周围的人们中也颇有声誉。远近的人们为了听他的笑话，宁愿不去附近的磨坊，也要绕道将谷物拉到他这里来。

直到中午，没有多少可磨的谷物。赛里木从磨坊槽头的小后门钻出来，爬上了坡上的渠边。不知是什么时候苏普拉克在这里安置了又厚又粗的木椅，木椅像他自己一样粗狂而厚实。因为昨夜的梦赛里木一直坐在木椅上读着手中那本黄皮硬壳书，不禁使他心潮激荡，不能平静。

赛里木又想起了昨夜的梦。这梦的确很神奇。在很像银河的塔希阔如克主街，他所梦见的第一个人则是侧骑毛驴的纳斯尔丁·阿凡提。

搭在他肩上的缀有红边穗的褡裢两头，露着许多艰难与不幸，赛里木认为这都是恰克恰克。紧随着阿凡提的则是留着又长又翘的八字胡的赛莱·恰坎，他尽兴地弹着热瓦普，高唱民谣，正踏着琴声节奏迈步向前。

接着是一辆马拉轿车轻轻摇晃着也赶到了这里。赛里木好像听到有人说，瞧，马拉轿车的车把式就是吐鲁番的恰克恰克大师毛拉·翟丁。赛里木循声望去，只见拉轿车的时而像匹马，时而又像城里的哈兹[①]老爷。在银河街，即在赛里木的梦中所见的“恰克恰克奇之街”很快出现了一大群人。赛里木觉得，虽然看上去他们好像走得很快，但总赶不上前行的人们。突然，在已走远的纳斯尔丁·阿凡提、赛莱·恰坎、毛拉·翟丁等人中，有人跳下毛驴，有人停止弹奏，马拉轿车也停了下来，几乎同时转身齐声喊道：“伊沙木，你在哪里？快走啊！快赶上我们啊！”赛里木惊奇地望着一直没能赶上他们、一拐一瘸、磕磕绊绊，然而却走得很快、双手还捧着用笑话编织的两束鲜花的那个人将他们远远甩在自己的后头正朝这边赶来。这时，赛里木好像真真切切地看到了落在大老远的那群人，那群人正是他父亲贾玛勒先生曾逐一告诉过他们姓名的苹果园里的恰克恰克奇们。

正在这时，那群人对远离他们的那人大声喊叫：“伊沙木，快走，赶上他们！”“伊沙木，别怕，你只管走，我们所有的恰克恰克笑话都属于你！”“你可别丢我们恰克恰克之街的脸啊，伊沙木！”……

天刚亮，赛里木就醒了。他感到枕在硬皮书上的头和一直跪在薄毡上的双腿疼得很厉害。刚做的梦，一直萦绕在他的脑海里。“伊沙木，伊萨米丁，哦，对了，昨天夜里我想不起他叫什么名字，只是在黄皮笔记本里记下了‘一位说笑者’和他的一些笑话。他就是那位以‘我要嚼成烂泥茶’的笑话而名声远扬的吐鲁番玉乡的浴室管理员……真怪，我在梦里看到了他的名字！”赛里木躺在昨晚母亲为他铺好的

---

① 旧称，宗教法官。

铺盖里伸着四肢想着这些。他忽然变得相信梦幻、相信无有、相信梦，又忽然不信了。因为他还是个少年。

此时，赛里木独自一人坐在磨坊主苏普拉克老人亲手安置的木椅子上，又开始读起了他以“新式笑话”为题记录在黄皮本上昨夜梦见的一瘸一拐的那位“新式笑话人”的趣事。这些笑话，他是在自己的家里，在街巷拐角，在磨坊里听说的。他将本人感兴趣、认为可以记载的笑话，作为自己的文学写作习练，整理后分标题抄在了自己的笔记本里，除此之外，他也没有想到其他。此时，他又逐一通读了抄在笔记本中的十九篇趣事、即“恰克恰克”，他好像第一次听到这些笑话似的，不禁悄悄地笑出了声。

我想，借此机会与读者分享其中的一些恰克恰克笑话，或许不为过吧。

★一天，一位说笑者与他的两位朋友一起打猎。夜间，他们决定在林子里夜宿。于是，两位朋友忧心忡忡地说：

“我们有点害怕。不会有野兽什么的吧？”

那位说笑者指着自己的右边说：“如果你害怕，就睡在我右边。”

又指着自己左边的第二位朋友说：“如果你也害怕，就睡在我左边。”接着又说，“我从来就不怕野兽，我就睡在你俩中间！”

★一位说笑者正好没有两颗大门牙。在一次麦西来普聚会上，有人奚落他道：

“朋友啊，我看你那没牙的地方筑一堵墙就好了。”

“是啊，我也正想在我喉管里修建一座房屋呢，”说笑者回答。

“哎呀，这太好了！”奚落者说，“这么说，在你喉管里建成的大厅，我们每天都可以设宴欢聚了！”

“当你们的欢宴热闹到高潮时，只要我使劲咳一声，那你们就会在粪便里见到自己的。”说笑者说。

★一位说笑者在行进途中，准备住一家客店。店长告诉他：“住一晚，是两元。”

“我不打大呼噜，是小呼噜。给你一元行吗?”说笑者有意套店长的话。店长生气地回答：“我不管你打大呼噜还是小呼噜，都得付两元！”

“那这样吧，”说笑者说，“我只打大呼噜的一半儿，当我打到一元钱时，你叫醒我，我就立即离开这里。”

★一位说笑者在某文工团工作期间，因经常奚落团长，使这位团长很讨厌他，便决定让他看管澡堂。

一天，这位团长来澡堂准备洗澡，说笑者立即迎上，将他领进了一间冷水浴室。稍后，团长浑身颤抖地跑出浴室大声号叫起来：“唉，傻瓜！领导到澡堂，能这么对待吗?”

说笑者立即回答道：“哎哟，领导！艺术家下基层，就要当澡堂管理员吗?”

★一位说笑者经常像个醉鬼一样，走路总是跌跌撞撞的。一次，他喝多了，朋友们将他送到了家里。

“唉呀，我的儿啊！你是不是喝得太多了?怎么像个醉鬼，走路跌跌撞撞的?”说笑者的姑妈不安地说。

“嗯，姑妈，”说笑者说，“你怎么不说我喝不喝酒都一样呀！”

以上均为在伊犁最早流传的伊沙木的笑话。赛里木反复读了他搜集的这些笑话。在磨坊渠头上他独自一人久久地笑了一场。多日以来，他一直想继续搜集、整理、充实这些“新式笑话”。瞧，此时，尤其是最近以来，他的心思几乎完全都集中到了这里。毫无疑问，这与他自从读了《纳斯尔丁·阿凡提传记》这部书以后所获得的灵感和鼓舞是分不开的。还有那昨夜的梦，千真万确！这一奇妙的梦，在这个小巴郎的心里进一步增添了他将要做一件有意义的事情的愿望和决心。赛里木不由得想起老师曾对他说的“……如果天下太平，说不准将来你也要写给人民带来欢笑的这样的书哩！勤劳的人民需要笑、需要激励”这句话。

“我要写，从现在开始就写。还等什么将来呢！”赛里木“噌”地从木椅上站了起来。他拿起了将成为他后来和开始辛勤劳作之成果的发酵剂的十九篇新式笑话的那本黄皮笔记本。凝聚了坚定意志的一则笑话顿时在赛里木的脑海里一闪而过。“我一定要写，我要塑造当代的活着的纳斯尔丁·阿凡提，我一定要写得活灵活现！……”

第三章
“烂泥茶”

或许读者也知道了赛里木那黄皮本中的“新式笑话”就是伊沙木·库尔班最早的恰克恰克笑话了，也明白了本传记与伊沙木有关。所以，在这里我感到有必要向我们聪明的读者说明伊沙木到底是从何时何地、从哪段笑话开始遐迩闻名或引起公众的关注的。

1930年，很平凡的一天。在伊宁市区最古老的奥尔德街以小生意为生的库尔班阿洪的家里又添加了一个吃馕的男孩儿。库尔班大叔为降生到这个世界时就哭得特别伤心的这个儿子取了“伊沙木丁”这个名字。[①]后来，伊沙木老实本分的母亲和与离库尔班大叔家不远、生活殷实、特别爱唠叨的胡尔斯玛罕大婶常提及伊沙木出生时的哭闹：“唉哟唉，但愿这是好事，这娃出生时好像被谁使劲掐了他大腿似的，哭得真是死去活来、天昏地暗啊！天啊，但愿这不是他因为降生到这世上要受苦难而这么哭的。”许多年以后，已遐迩闻名的伊沙木·库尔班在电视屏幕上曾对观众说：“我在出生时曾哭过一次。此后就从来没有再哭过。”

伊沙木快十岁的时候，他父亲库尔班大叔才想到应该让伊沙木去读书识字。因为伊沙木从小就聪明，且很淘气。在这方面，他好像具有他父亲的秉性。当时，库尔班大叔和他同母哥哥司马义·夏普相当时也是颇有声誉的说笑者。关于这点我将在后篇讲述。

---

① 后称为伊沙木。

"库尔班，喂，库万[1]，你这个儿子怎么与你一模一样？他心里好像窝着一把火呢！无论如何，即便是三四年也罢，送他读几年书吧！但愿他不要成为像我们这样目不识丁、自找苦头的愚夫！"

……于是，伊沙木从十岁到十四岁期间，在奥尔德街的拜图拉麦德里斯宗教学堂完成了扫盲学习，达到了识字断文的程度。按照他自己的话说，就是"啃了几年艾普提耶克书"[2]。后来因家庭生活困难，他半途辍学，在父亲的迫使下，很小就开始做起了一些小生意。

当有人笑话他"唉，伊沙木哥，听说你因为特想吃糖糕，就逃出了麦德里斯学堂"时，伊沙木则回答："是的，如果不为吃糖果而逃学，就得在经学堂里吃棍子的！"

"你到底吃了多少棍子？有一千次吧？"

"儿子娃娃嘛，那还用得着数吗！哦，怎么样，依不拉音？你是不是都记在本子上了？你呀，是个将乞求得来的馕饼也要逐一记录的东西！"

十四岁时，他从卖芝麻糖糕的时候开始至50年代初，只要是能活命的生意他都没有放过。在艰辛生活的颠簸与磨炼中不断成熟起来的伊沙木，在他二十岁时，以擅长逗乐说笑的才华，最早被本地文工团聘为了特邀演员，后来应地区文工团的邀请，他参加了一些艺术表演活动。折腾了数年之后，伊宁县文工团招录演员，有关部门和他的一些同事将他介绍到了伊宁县文工团。其中"胡须也能生蛀虫？"这则笑话，便是他在该文工团时即兴讲的。1961年，如果伊宁县文工团没有解散，那他的胡须也许会多次遭受蛀虫之殃的。

伊宁县文工团解散之后，各种运动接连不断、而且一次比一次更激烈而紧张，因此在深为不安的人们当中，被变相软禁的伊沙木一直在伊宁县吐鲁番玉孜和盖玛等乡村里从事体力劳动。随着年岁的增大

---

① 库尔班的昵称。

② 即宗教常识的小册子。

和生活阅历的丰富，他逗乐说笑的能力在这个时期也有了不断提高，使他的说笑不断走向成熟。伊沙木将他天生具有的艺术细胞与他幽默风趣、反应迅速、即兴回答之特点结合在一起，不论走到哪里，就将笑声带到了哪里。不论是喜庆婚礼、朋友聚会，还是节庆娱乐或亲朋好友们在一起聊天，他的“恰克恰克”总能点燃人们爽朗的笑声，令人们捧腹大笑、开怀大笑。说到这里，需要说明的是，伊沙木在孩提时代因生了一场大病，使他的身体状况很虚弱，尤其是他的行走体态出现了与常人不太一样的变化。而这种状态也一直伴随了他一生。有趣的是，他的这个身体弱点，后来逐渐成为了伊沙木说恰克恰克笑话的一个缀饰点和有趣的特征，甚至他那走路的样子也总能给人们带来开心的笑声。

“伊沙木，有了酒你倒可以不愁喝，但如果没有酒你怎么办呢？”人们总是这样拿他开心。伊沙木则满不在乎地回答：

“我这样行走也就足够了。”

又有一次，他对稍多喝一点酒就醉倒的一位同乡说：“唉呀，你才喝了四杯，怎么就在你岳父面前跌跌撞撞的！你还是像我这样能走路的时候再喝吧。”

关于伊沙木传记色彩的叙述暂时就到此为止。我们还是言归正传吧。

在吐鲁番玉孜、盖玛等地留下了许多有趣的回忆和恰克恰克笑话的伊沙木，1966年晚秋的一天，在亲朋好友们的催促下，卷着铺盖直接返回了伊宁市，即他生长的奥尔德街。当时，因为“文革”的浩劫达到了高潮，伊沙木所落户的街巷的“头头们”在动乱中也无暇顾及他的到来，而大多数街民们则高兴地说“伊沙木做得对”。然而，在奥尔德街的“工作组”并没有忘记伊沙木的这一擅自“逃离行为”。

“伊沙木，听说你从伊宁县流到了这里，是真的吗？”工作组的一位负责人带着威胁的口气这么问。伊沙木立即回答：“不是的，干部先生，我不是流来的，是沿着尘土飞扬的土路走过来的！”

乡亲们为伊沙木返回家乡奥尔德街感到非常高兴。与他在这里一起生长的左邻右舍和亲朋好友们纷纷邀请他到自己家里吃饭，即使天塌下来也要找个僻静的地方逗乐说笑，即便在麻扎（坟地）上也要说几段恰克恰克笑话的伊犁人，在这动荡的岁月里竟然也悄悄地继续了他们乐歌不断、笑声不止的“坐宴”。从此，随着这样的“坐宴”因为伊沙木的即兴笑话的不断增多，使聚会变得更加有趣而热闹起来。

“伊沙木哥，傍晚登我们家门一趟吧，村里的青年们想坐一会儿。”

“伊沙木，星期日可别答应别人。我们另有安排。”

有时，喝得有些醉意的棒小子们，深更半夜时还将伊沙木从热被窝里拉出来：

“走吧，伊沙木哥！别老躺着闻大地的声音！”

“让你那大大小小的鼾声，以后再打吧，我们现在要去买买提·斯迪克的家！”

这正是伊沙木精力旺盛、说笑能力日渐增长和成熟的岁月。在这样的“坐宴”里伊沙木所说的每一段笑话，往往在翌日早晨就能传遍整个奥尔德街，接着传到城区，然后再传遍整个城乡。从乡村牧区到城里来买茶买盐的农民们，往往是将在塔西来普凯、波依尼克斯克以及与在“汉人街”里所听到的笑话与他们买的生活日用品一起带到自己的家乡。

在奥尔德街的一次聚会上，当地一位名叫萨比尔的青年说笑者，不知是为了从伊沙木嘴里套话，还是有意逗乐，便问伊沙木：

“伊沙木哥，盖玛是盛产小麦的地方，你在那里也生活了多少年。你会割麦子吗？该不会是与当地的少妇们一起捆麦秆吧？”

伊沙木觉得这是他想诋毁他，于是稍挪动了一下身子，不紧不慢地对萨比尔说：“你说啥呀！……割麦子算什么？那是我嚼烂的泥茶，你伊沙木哥割麦子的时候，我看你还是来为我捆麦秆好了！”

顿时，哄堂大笑，满屋掀起了开心的笑声。“那是我嚼烂的泥茶”这句话，对于生怕错过伊沙木的每一句话、每一个动作和表情，用期待的目光等着他的小伙子们产生了极大的影响。直到这次聚会结束为止，所有恰克恰克笑话围绕着“那是我嚼烂的泥茶”这个话题。伊沙木利用这句话非常巧妙地说了许多令人不忘的恰克恰克笑话。

没过几天，这段恰克恰克成为最“畅销”的笑话而传到了四面八方。

第四章
“红房子”里的交谈

当向读者叙述“那是我嚼烂的泥茶”这段笑话的时候，胸怀大志、带着一种崇高愿望的赛里木，此时坐在磨坊主苏普拉克在渠边的那张与他像大熊一般魁梧的身躯特别相配的大木椅上正在翻阅自己从前记在那黄皮本上的文字。

赛里木在“新式笑话”的小标题下，作为第十九篇笑话将伊沙木在奥尔德街的那场聚会上说的“那是我嚼烂的泥茶”这个“惊雷般的”（这是叫萨比尔的那个小子说的。即在这段笑话传出的第二天，整日在拜图拉清真寺、托格拉库鲁克、苹果市场等几个地方像邮差一样奔跑的萨比尔，向人们讲述了这段恰克恰克笑话）。不知为什么，赛里木将该笑话从单称的“我”改为了复称的“我们”。也许传到艾琳巴格或巴依阔勒磨坊的笑话都与此相同。但这不重要，重要的是该笑话给予人们的鼓舞与赛里木后来在“泥茶”的标题下写在黄皮本上的习作。

前一章，我们知道了伊沙木的恰克恰克笑话从奥尔德街传出后很快传到了县城，甚至开始传向了邻近几个县城。由于话儿这个东西没个把柄或宿地，加之伊沙木即兴说出的这段笑话因在人们当中是通过口耳相传的方式传到了各地，所以恰克恰克笑话的传递者们也不免会做一些添油加醋的“投入”。甚至到了后来，当某个人对伊沙木说：“伊沙木哥，你那个笑话真绝了！”时，伊沙木也想不起这段笑话是他在什么地方说的，只是不怎么在意地说：“哦……小弟，我对恰克恰克这东西还是很娴熟的。”直到他生命的晚季，他还常问赛里木：“兄弟，那个笑话我是在什么地方说的呀？”

伊沙木的恰克恰克笑话就是这样在不断修正、不断添加一些缨子后传播在了人们中间。由于人们经常将这句话不断运用到各种事物上来表述，所以“嚼成泥茶”[1]这句话，也就成为了人们表达带有各种含义和目的的惯用语。

这段笑话是赛里木从几个调皮的小青年那里听到的，于是也被记在他那本黄皮本里。与“那是我嚼烂的泥茶”这段笑话的内在含义相比，他感到自己最早的习作《泥茶》《发明》《泥茶的交谈》等小故事，的确还有很大的差距。但无论如何，这也没有影响赛里木后来继续搜集、整理伊沙木恰克恰克笑话的热情。只是在过去了许多年之后，他在编著《伊沙木恰克恰克笑话》系列丛书时，没有为该笑话留下一席之地而已！

无论别人要怎么“嚼成泥茶”，但这个时期伊沙木说的笑话越多，他就变得越是开窍，就越是“滚瓜烂熟”，使他的恰克恰克就越是吸引了四面八方和民众的注意力。从此，他的恰克恰克场所跨越出奥尔德，逐渐扩大到了伊宁市区几乎所有的大街小巷。

此时，只要有三四人聚在一起，就有人一定会谈起伊沙木的轶事。

“听说了吗？伊沙木又说了一个笑话，非常有趣。是关于暖瓶的笑话。”

“伊沙木是谁呀？”

“就是我们的伊沙木啊，奥尔德街人。”

“哦，就是走路一颠一跛的那个呆子呀？”

“唉，别这么说，如果他听到了，可别把你嚼成‘烂泥茶’了！”

“咳，你咋不说稀巴烂呢！”

“你们经常说起伊沙木，他从前是在哪里啊？”

---

① 该词原意为茶叶底子。转意为稀烂、烂熟、纯熟、娴熟、滚瓜烂熟等。在此处有“让它稀烂”的含义。

“听说一直在吐鲁番玉孜看一家浴室。”

“啊哦，就是将纸张戳在牛犄角的那人吗？这么说……”

在另外的一个场合，有人还这样谈论伊沙木：

“我们能否见伊沙木这个人？”

“他能接受我们的邀请吗？如果待四五天，我们也好见他一面的。”

“嗨，如果他要是来了，他就用恰克恰克将恰格斯泰人打得稀巴烂的！”

“我们也不差啊，土坷垃，我们的斯迪克·莫伦说恰克恰克也很厉害。他会偷偷地咬住伊沙木的大腿不放的。”

“唉，不好说，听说伊沙木这个人的恰克恰克很厉害。”

“可不是吗？如果没那么一点本事，在恰克恰克奇们像耕地里的土疙瘩一样比比皆是的伊犁大地上，像他那样步履蹒跚的人还能获胜吗？”

此时，赛里木也很想见伊沙木一面。从他搜集到的笑话来看，伊沙木应该是个身躯魁梧、胡须洁白、衣着与众人不同、满脸带着狡猾的微笑的一个人。说实话，这话出自于特别能比喻、夸张的磨坊主苏普拉克的嘴里。

“总之，他不是一般的人，”苏普拉克师傅曾对赛里木这样说，“要不干脆跑一趟，去见见伊沙木？奥尔德街离这里也不远，又不是去麦加呀！”

一种尽快搜集、不断充实和丰富新笑话的念想，最终促使赛里木奔向了伊宁市区的奥尔德街。

“你直接到拜图拉清真寺那里，问当地人‘伊沙木·恰克恰克奇’的红楼在哪里，听说，为了使宴请他的人们容易找到他，他特意将自己的住房墙面刷成了红色。”

听了磨坊主苏普拉克的话，赛里木感到好笑地沿着红桥干渠直接朝领事馆方向（当时也称领事巴格）走了。好像看电影的人们都手拿着电影票那样，赛里木在去见伊沙木时，也拿上了记有“新式笑话”的那本黄皮本。他感到一种自信和踏实陪伴着自己。

从前，赛里木到城里的医院时，好几次都是从苏达尔瓦孜方向走过的。他在拜图拉清真寺与医院之间反复行走了两次以后，位于路末端的一栋低矮的土屋，引起了他的注意。与其他房屋不同的是，外墙用红、褐相间的两种颜色涂刷。他感到十分好奇而可笑。“如果这房子真是伊沙木哥的，那他的房子也会说恰克恰克吗？”赛里木这样想着不禁笑了起来。

“喂，老弟，是请伊沙木哥的吧？把我也带上吧！”

突然传来的这个声音，使赛里木不禁打了个寒噤。他循声转过了头。只见一个看上去满脸皱纹好像在笑、穿着简朴而整齐的小伙子揉着眼睛正看着他。

赛里木好像有些慌张地一时结巴起来：“伊沙木……这是……伊沙木哥的家吗？”

“你都到了家门口，怎么还问我呢？你的请柬呢？”那青年笑了起来，顿时他脸上堆满了更多的皱纹。此时他已来到赛里木的跟前，他对伊沙木说，“我也是来找伊沙木哥的。走吧，我们一起去。”

此时，赛里木也不再拘束。那青年一看就是个给人一见如故的老朋友感觉的那种人。

约摸两个小时以后，赛里木心情轻松、满面微笑地走出了这间“红房子”。他的这次行程非常顺利。正如“胡达恩惠奴仆，引他走向正路”这句俗话所说的那样，令赛里木幸运的是，他正巧与刚才那个爱笑的青年人（名叫萨比尔江，是当地的“恰克恰克奇”）相遇。刚进入伊沙木的家里，那位青年瞥了一眼赛里木手里的那个黄皮本，就向伊沙木开起了玩笑话：“伊沙木哥，我给你带来了一个记者。”

接着的话儿自然说得也很顺利。从萨比尔江的玩笑话中得到鼓励的赛里木，向伊沙木简要介绍了自己，并说明了来意。机灵的伊沙木鼓励赛里木，让他说完了所有的话儿。萨比尔江在一旁不断配合他们的交谈，提供说笑的把柄，使这次交谈进行得十分愉快。

“小弟，你真是想了个非常了不起的事情。你叫什么名字？哦，赛里木江。而伊沙木哥不会写自己说的笑话……是吧，伊沙木哥，你写自己的名字也很难，可能是因为在一年级学习了七年，也总是倒逼自己写……哈……哈……哈。你就只管写，将我们的恰克恰克笑话都编入伊沙木哥的笑话里。但是，将来可不能为笑话挣的钱而吵架啊。好了，小弟，别不好意思，我只是开个玩笑。我叫萨比尔江……”

“你怎么不向这位兄弟说说你那刚睡醒的那张脸呢？”伊沙木有意挑起了话题。萨比尔江很自然地又用两个手使劲揉了一下自己的眼睛，堆着满脸的皱纹笑着说：

“嗨，萨比尔·恰克恰克，这下该满意了吧？”

赛里木很有兴致地笑了起来。此时他感到自己已完全置身于恰克恰克笑话的包围之中。

第五章
悄然无声赶聚会

世上的事情总是那么奇怪。有时你无论怎么期盼，也等不到；有时你就会惊奇地发现，上午想到的事情，下午就会真真切切地出现在你眼前。生活便具有如此丰富的偶然性。

心地善良的赛里木的事情一开始就进行得很顺利。

赛里木在“红房子”里与伊沙木是怎么相见的？他俩之间都说了些什么？我们还没有谈及。现在，就请读者听听他们之间的交谈吧。

在凌乱、暗淡而潮湿的这间单身居室里，赛里木所看见的不是他所猜想的伊沙木，而是一个极为普通而又面相不俊的中年人。如果当时萨比尔江没有对他说“伊沙木哥，我给你带来了一位记者”这话，赛里木也绝不可能相信这个人就是伊沙木。他所看到的是饱经沧桑、满脸是与他年龄很不相配的道道沟壑、双眼有些斜视、鹰钩鼻子、目光总是凝视着对方的一个身躯瘦弱的人。他身上的衣服也很简朴，好像就要从他身上脱落似的破旧不堪。穿在他身上的当年还算时髦的黑条绒衣裤，也显得肥大而邋遢，因而为萨比尔江这样什么都敢说的青年说笑者们也提供了不断奚落伊沙木这身衣着的不少笑话：

“伊沙木哥，你这身衣服是自己的吗？”

“不是我的还能是你那赶马车的大爷的吗？”

“我也只是问问而已，在你身上好像是一块破麻袋挂在了椽子上，不太中看啊。”

“伊沙木哥，你这身衣服与你格外相配！”

“当然相配，没看我长得像柯尤木伯克一样魁梧、英俊嘛！”

伊沙木听了萨比尔江的介绍以后，像平时的习惯那样不怎么在意地与赛里木握手问候了一下。刚从伊沙木的长相和举止中感到有些不自在的赛里木，此时因为伊沙木的不冷不热，心里也忽然凉了下来。伊沙木与他见面时，眼睛斜视着其他地方（伊沙木终生未能改变这个习惯）。善于捕捉心理变化的萨比尔江也发现了赛里木的情绪变化。

“别在意，兄弟，他就是这么个给屠户付钱时目视烤馕匠的人。不过，他眼睛没问题。”萨比尔江说。

听了这话，伊沙木的脸上出现了笑容：“我呀，是同时做两件事情的人。”伊沙木笑时，他那布满皱纹的脸上的沟壑更多了。

真有趣，伊沙木的一句笑话，使赛里木的拘谨大为减少，心情也稍有好转，胆子也大了一些。他凝视着伊沙木，心想：“他真是个有特性的怪人。”

好像也很赞同赛里木的这种想法似的，伊沙木很认真地问赛里木道：“兄弟，你家在哪里？”

“艾琳巴格，清真寺旁边。”

“谁家的孩子？”

“贾玛勒先生的。”

“哦，是艾琳巴格学校的贾玛勒先生，大高个儿？！”伊沙木说“大高个儿”时，他将双手向上伸展，做了一个非常自然而可笑的动作，赛里木和萨比尔江都不禁大笑起来。见到他们的笑，伊沙木又做了几个更有趣的动作。

“哇，小弟，原来你是我们自家人的儿子！我与你父亲是老相识。贾玛勒·阿匹孜这个名字，在我们伊宁没有不认识的。他唱库里·霍加艾合买提和霍外达的配乐偈言，催人泪下，使人不能抑制自己。你务必要代我向你父亲问好啊。去年，他曾到吐鲁番玉孜捡石灰石，我们在阿若甫·赛匹拉家还坐了一宿，听了他的偈言。”

“听偈言时，你没有笑吗？”萨比尔江用两个拳头迅速揉了一下眼睛后问伊沙木。

“唉呀，你胡说些啥呀！我可不像你，麦憎阿訇在宣礼塔上喊艾赞，就说这是要‘放手’跳舞！”伊沙木向萨比尔江发起了进攻，萨比尔江也丝毫不让地回击道：“我可不像你，麦憎阿訇在屋顶上喊艾赞，就说他怕从房顶上摔下正在哭喊呢！”

伊沙木立即反击道：“我才不像你，当有人问‘怎么了’时就说：麦憎阿訇大叔放风筝，结果被别人占为己有了！”

“我可不像你，自己说的假话自己不信，为了将风筝占为己有而奔向萨依麦里村！”

赛里木笑得前仰后翻，接不上气来。他从没有听说过反应如此迅速的恰克恰克。伊沙木说恰克恰克话时，不像萨比尔江那样那么用力、使劲，而是非常自然，其表情反应本身就是个特别有趣的幽默。此时赛里木也完全消除了拘谨，他为自己大胆地找伊沙木而感到很高兴。正如在前所说的那样，与他善良的心愿相适应的是，他刚到这里，就碰上了好运气。

“喂，萨比尔，打住，这个巴郎……你叫什么？哦，对了，赛里木江，为了写我的恰克恰克，赛里木江从大老远来到了这里。可你和我整天都在一起，不用你揉眼睛一大早从屋里出来就能找到我。”停了一阵儿后，伊沙木又乘机反击了一句萨比尔江。

“你在说啥呀，伊沙木哥！你没看见吗？我俩说的所有笑话，刚才都被这个巴郎记上了。艾琳巴格是出人才的地方。这是我要说的第一句话。第二句话是，你的恰克恰克笑话，就像阿克吾斯坦渠里的水，不会因为用了一桶水就枯竭的。赛里木江兄弟今天才与你相识。从此，从现在开始就要写你的恰克恰克笑话，到时候他手上的那黄皮本根本就不够用。兄弟啊，我刚才也说过，你想要做的这件事很好。从今往后，你就紧紧跟着伊沙木哥。伊沙木哥是很有场面的人。他的恰克恰克笑话也是从那场面里产生的。这‘红房子’你也记住了。只要有时间，你就只管来。就像达吾提江与他的小提琴形影不离那样，你不要离开伊沙木哥半步。伊沙木哥，我说得对吗?”

伊沙木一直注视着萨比尔江和赛里木，并始终展示着只属于他的一种可笑的体态和神色，此时他轻轻地点了一下头，说：

“萨比尔江说得很清楚。你可要睁大眼睛听好啊!”

“唉，这段话可不能写!”萨比尔江眯了一下眼睛后用手使劲揉了一下，接着说，“瞧，伊沙木哥在要赖哩。”

此时，赛里木完全沉浸在这两位恰克恰克奇的笑话之中，除了笑以外什么也不知道。

“哎哟，对啦，伊沙木哥，刚才因为只说笑话差点忘了正事。我们的那场坐宴将于明天在帕孜勒·帕赫帕克的家里举办。哎，兄弟，你明天就开始写吧。明天，就这个时候，你直接到伊沙木哥的这间红房子来。我们一起去。别忘了带上你的笔和本子。可以吗?”

赛里木高兴地接受了邀请。伊沙木说：“兄弟啊，明天的恰克恰克笑话会很精彩的。柔孜·图乎、萨塔尔·阔如克[①]、依不拉音等也要来。我们要较量一番!”

“看来你的恰克恰克将面临危机了。”萨比尔江不失时机地向伊沙木发起了进攻。

“你可别睡啊，好好听着，你一睡，就会有麻烦!”伊沙木每说一句，就习惯地用食指指着萨比尔江，针锋相对，用恰克恰克反击恰克恰克。

那天夜里，赛里木忽而梦见伊沙木的恰克恰克场合，忽而又醒来，想起“红房子”里的交谈，也没能得到很好的睡眠。他对萨比尔江的邀请一直还在犹豫着。一方面，他很想去看看，但又感到参加有那么多陌生人的聚会实在不好意思；另一方面，他又为自己可能会失去一次伊沙木与那么多“恰克恰克奇”对决的场面而深感遗憾。赛里木想了很多，一直想到了天亮。最终一种无名的兴趣和他宏伟的计划终于

① 阔如克，绰号，意为围墙。

说服了他。第二天下午，他从家里出来时对父母说：“今天要磨的谷物很多，我将住在磨坊。”于是，他也没有吭一声，带着怦怦跳动的心悄悄地奔向了奥尔德方向。

一路上，赛里木想了很多，参加这场坐宴，他真是感到很为难，然而，后来的事情非常委婉而顺心。城区里最有名的恰克恰克幽默大师们已集中在了连着医院那条街的瓜果商帕孜勒巴依的家里。起初，没有人注意到他。他很拘谨，坐在了不太引人注意的一侧，一个巨大的衣柜半遮着他的身躯。恰克恰克奇们之间激烈的舌战即将开始。在当时来说，这算是较为丰盛的一场家宴，既让人感到喜悦与兴奋，也增添了别样的气氛。伊犁大曲的瓶盖不断被撬开。与乐师们并列坐于上席的伊沙木虽然吃得不多，但却像喝水一样，不停地喝着酒。他喝得越多，就越能说，任何人都休想战胜他。他的每一段笑话，话音未落，整个大客厅就被“哇咦、哇咦！”的一阵阵笑声所覆盖。

“伊沙木，真是叫绝了！”一直坐在赛里木身边的萨比尔江对被如此热闹而阔气的场面所惊呆的赛里木低声嘀咕道，“他还没开口呢。稍后你就知道了。你将认为可以的笑话，逐一记在你的黄皮本里。将简短、核心的部分记上，以后可以用通俗易懂的话……但是，明天你就‘趁热’整理，否则就会忘记。”

由于萨比尔江是一位教师，所以他对许多东西，反应非常迅速。赛里木也感觉到了这一点。或许读者知道了这位小伙子在逗乐说笑方面的特长。

那一天，赛里木在热情好客的主人家里，尽管没有吃多少饭，但这场聚会却让他终生难忘，许多恰克恰克笑话，深深地留在了他的脑海里。从此，他开始自觉地投入到搜集、整理伊沙木恰克恰克笑话这项事业。

第六章 库尔班·科孜克奇[1]

如果您读过维·格·扬的长篇小说《成吉思汗》一书，就不难发现在花刺子模王统治时期，有一位名叫库尔班·科孜克奇的年轻人。然而，我们在本传记里将描述的这个人也叫库尔班·科孜克奇。不过他生活在二十世纪初的伊宁苏达尔瓦孜街附近，他是一位很普通、性格开朗、爱说笑话的人。他就是我们当代的恰克恰克奇伊沙木的父亲库尔班·热依木大叔。

他，面肤黝黑，中等个儿，身材敦实而健壮，大半辈子靠皮毛生意为生。由于他识字，后来在“三区”临时政府管辖的财政部门曾供职一段时间。他待人和蔼，爱说笑话，对人礼貌，所以人们也很喜欢他。每天早晨，不论是到当时的苜蓿市场或托帕店，还是到普通的工作岗位——财务科上班，凡是在街上或路上与他相遇的人，都会不禁地笑出声来。因为，库尔班·铁日奇[2]（平时人们都这么称呼他）行走时，总是不停闲，不论在路上遇见什么人，甚至遇见牛、羊、狗、驴等也要行礼问候一声。而且边走边向树木行礼，向树木嘀咕些什么。

“唉，狗大人，你怎么老躺着？今天没生意吗？”

“喂，羊大哥，你莫不是从屠宰场逃出来的吧？怎么跑得这么快呀？”

“嗨，白杨树大姐，你待在昨天待的地方一直就没动一下吗？”

---

① 科孜克奇，维语，意为说笑者，搞笑人。

② 铁日奇，意为做畜皮生意的人。

……

每当这时，喜欢听他有趣的话儿的人们总是很自然地跟着他一起走，尤其是那些小巴郎们，见到边走边说、自言自语、时而发笑，并手抚右胸向各种动物或树木躬身施礼的这个人，总是保持着一种戒心。然而，他们又无法抑制自己的好奇继续跟着他。有时，其中的有些小巴郎，因不理解这人有些怪异的言行和他们所见所闻的那些事儿，便着急地跑到家里问自己的父母："妈妈，妈妈，那人又向猫躬身施礼了。"

"你说谁呀，我的宝贝？"

"就是那个呀，家在胡同街的那人，是我朋友伊沙木的爸爸！"

"哦，那人脑子有问题。可别靠近他呀！"

"你说啥呀，老婆子，他的脑瓜儿特别灵。否则，他一个做皮毛生意的人能直接调到财政部门工作吗？他的恰克恰克可厉害了，与他哥哥司马义在一起能左右一场麦西来普呢！"

"是啊，他还有一个叫伊沙木的儿子，还是我家穆鲁克的好朋友哩。有一天，他到我们院子里来玩，我见过他，长得与他父亲简直是一个模子倒出来的，特别像。还非常机灵！说不准，这个娃子将来也可能会成为一个笑神呢……"

"真不好说，俗话说'长势好的庄稼，在青苗时就能看出来'……"

库尔班·热依木的父亲热依木阿洪，原籍阿图什，他出生在一户生活较为殷实的家庭。该户人主要以畜牧业为生。世上的事儿就是这样。也许是命运使然，有一年，为了谋生，热依木阿洪千辛万苦，翻过大山就来到了伊犁，在多个地方从事各种生意，最终在伊宁定居。后来，库尔班·"铁日奇"（即伊沙木的父亲）就出生在这里。肥沃的土地，清新的空气，使他渐渐长大成人，最终成为了性格开朗、幽默诙谐的男子汉。他没有延续父辈一直靠畜牧业养家谋生的家业，但从事了与畜牧业也有一定关系的皮毛生意。虽然生活也算过得去，但宽敞、充实的自然环境，使他成长为性格开朗、喜欢说笑的人。长大成人后，他与名叫艾赛勒罕的一位本地女子成了家。艾赛勒罕是布鲁凯人，是个单纯、诚实的农村姑娘。尽管家里也没有多少能繁殖的牲畜，但她先后生育了四男四女八个孩子。其中，伊沙木是出生的第一个孩子。虽然他出生时有些先天不足，但他头脑清醒、机灵聪明。三四岁时，他的一些言谈举止，就令父母感到特别惊奇。为养儿育女，操劳家务而度过一生的艾赛勒罕，为避免邻居们说些“毒话”，还经常按塔兰奇人的习俗点燃一些骆驼蓬，以“辟邪驱鬼”。

因为有时村民们也议论，“库尔班·铁日奇的那个淘气鬼，可不是个正常的巴郎子”。

不知库尔班·铁日奇是从何时就开始爱说笑话的，这作为一种自然的秉性而融入了他的性格。正如在前面所提及的库尔班的同母胞兄司马义，也是当地享誉盛名的著名幽默大师之一，他是常被邀请出席本地麦西来普聚会的“恰克恰克奇”之一。那个时候，在伊宁市区里的大街小巷就经常有各种形式的麦西来普聚会，而且连绵不断、延续至今。冬季是寒冷而漫长的，一直喜欢欢快而有意义的生活的当地乡民们，很自然地形成了按不同的年龄段，以青年人、中年人和老年人相聚的麦西来普形式。人们始终都很尊敬和爱戴乐师、歌手和说笑艺人。在不喝酒、不吸麻烟的道德范畴里举办的，并不断轮流进行的这种麦西来普聚会上，司马义和库尔班是不可缺少的上席贵客。在场的人们个个都盯着他们的嘴，随时准备应付笑答即将开始的即兴说笑之战。

有时，司马义和库尔班兄弟俩之间也会发生舌战：

“喂，库尔班，听说今天你在羊皮巴扎上将一只山羊羔皮就卖了四次？”

“那可不是你的牲畜巴扎，能欺诈从牧区来的牧民。经我中介成交一张山羊羔皮，这是真的。”

“你呀，只要答应多给两块银币，你就会将羊羔皮盖在头上咩咩地叫唤。”

“说我咩咩地叫倒也无妨，可是你呢？你为了从两头占便宜，像山羊娃子的妈妈一样竟然还手舞足蹈地跳舞呢！”

每当这时，就轮不到琴师们的弹奏，使“山羊羔”这一话题往往会延续数个小时。已几次调好弹布尔、独塔尔琴弦的琴师们，在一阵阵的笑声中，不耐烦地嘟囔起来：“唉呀唉，山羊娃子的父亲们，请你们别再斗了好吗！”

“据说热依木阿洪是牧民，原来是就养了这两只公山羊！”

“唉哟唉，‘艾杰穆’[①]都凉了！”

“喂，则克里，你开始弹吧！……”

每当巴扎天，只要库尔班·铁日奇出现在什么地方，那里就会特别热闹。夜间因害怕独行也要用唱歌壮胆的伊犁人，在为生计而奔忙的时候，将恰克恰克笑话也贯穿到自己的生意里。

“喂，库尔班，将这块皮给我一刀割了吧！”

“横着割，还是竖着割？”全身散发着羊皮味的库尔班·铁日奇面带微笑地出现了。

“你自己弄吧，这人怎么把臭皮子挂到了天上！”

库尔班·铁日奇躬下身子，皱起满脸胡子的脸，一本正经地仔细打量了铺在地上的羊皮，时而拨弄着皮子的正反两面。

“老弟，这是你自己宰的羊吗？”他问身边的一位年轻人——羊皮的主人。

“嗯，是我自己宰的。”

“你才割破了六处啊，你这张羊皮，如果鞣制，也只能出两小片，顾客答应给你多少？”

“我答应给四块银币，他这张皮也真是太值钱了。”顾客着急地插话道。

“请你安静一会儿。我自有裁决。哦，老弟，你这张皮也真是太值钱了。你愿意吗？还是想再转一会儿巴扎？”

---

① 指木卡姆曲名之一。

“再加一点。”

“唉呀，他也是从大老远的地方来的，再加一点吧，就加这么一点，”库尔班·铁日奇从长袖里露出一根手指的半截伸向了顾客，“好了，小费我也不要了，接上！到你家去的人，没有不被渴死的！”

库尔班·铁日奇有时也出现在牲畜巴扎上。

“喂，库尔班，你怎么从死皮市场来到了活皮市场？”司马义这么问他。

“听说有人将披着羊皮的骨头拿到市场上，你却当成良种公羊来卖，我是为看你那公羊而来的。”

每当这时，不论卖主还是顾客，都会往正在说笑的这两位兄弟周围靠近。此时，人们便会忘记牲畜市场或牛羊，忘记所有的忧虑。因为人们已完全沉浸在了一阵阵的笑声之中。

“唉哟，你来晚了！那只公羊现在已到了胡迪耶尔玉孜，准备在温亚尔进行比赛。”

“嗐，要比赛？还要将你那公羊的犄角放在温亚尔玉孜清真寺的房顶上当作文物？”

恰克恰克笑话越热闹，顾客就越多。兄弟俩穿插着说笑话，不知不觉地又投入自己的生意。尽管在牲畜市场里也有不少经纪人，但此时卖主们都会满意地将拴在羊脖子上的粗毛绳末端交给说话幽默风趣的这两位兄弟的手里，等待他俩来张口定夺。

有一个时期，库尔班·铁日奇（正值在财务科供职的时期）也参与了文艺演出活动。在一次演出时，他在卖票的门口前正等待着来看文艺节目的一位朋友。此时，爱说些神话、传说的一位同乡在门外突然叫了他一声。

“哎，库纳洪，你对把门的那个龟儿子说句话吧，让我进去！”

库尔班·铁日奇看见穿着且克曼长袷袢的那位朋友后，神秘地笑了一声，接着问：“你没票吗？”

“唉呀，难道我是为那乱唱疯跳的人舍得花钱买票的傻瓜吗！快告诉他，让我进去！”

“好吧，我对他说，让你进去，”库尔班带着神秘的微笑对那人说，“请你掀起衣襟靠近我吧！”

那人愣了一会儿，脸色骤然变得铁青，转身后立即离开了这里。

现在，已远远超过父亲年龄的伊沙木·库尔班，在有些场合里也不时地谈及先父的一些轶事趣话。

库尔班·科孜克奇就是这样的人。

第七章
淘气鬼

前一章，通过一位不知名的人物之口，我们似乎援引了“能否成人，从他拉的屎里就能看出”这样一句不太雅的俗语。这句俗语，也很适用于伊沙木的孩提时期。

后来，赛里木在他的黄皮本里记满了与伊沙木生平有关的许多零零碎碎的小故事。其中，有伊沙木亲口给他讲的一些往事，也有萨比尔江讲的一些事情；还有因萨比尔江的关系，在各种场合与聚会里相识的柔孜·图乎、萨塔尔·阔如克、依不拉音·加罕凯孜迪等对伊沙木了如指掌的奥尔德的同乡们讲述的许多轶事等。

伊沙木从穿开裆裤的时候，就非常了解他——后来在拜图拉清真寺旁的一所学校里曾为他上过课的奥尔德街的伊敏先生，与赛里木的父亲贾玛勒先生是同龄人和同事（伊沙木长大成人，在说笑方面赢得了名声以后，正如“交朋友，不分大小”这句俗话所说的那样，伊沙木在有些相聚的场合里，也心直口快地对伊敏先生说了些笑话。作为在伊宁城区最优秀的纳格拉鼓手，有时骂自己所饲养的羊是“鬼”。因而，只要一提到这个人的名字，伊沙木至今还称他为“伊敏鬼”）。

“你要写伊沙木啊，看来你这孩子还蛮聪明嘛。”有一次，伊敏先生与伊沙木一起从拜图拉清真寺前走过时与赛里木相遇，听了伊沙木的介绍后说：“你这脖子怎么像筷子一样细，这么瘦小。贾玛勒先生给不给你饭吃？不过，我敬佩你正在做一件了不起的事情。伊沙木这个鬼家伙（伊沙木咧嘴看伊敏先生），虽然粗声粗气地能说些大话，但没有好好读书。库尔班·铁日奇将他送到学校时，希望他好好读书，将来能超过他。不过，伊沙木在课间时也经常逗乐说笑，在课堂上从不安分，经常挨棍子。最后辍学卖糖糕了。他是个像色依提·诺奇那样拿着自己的死亡书去找道台的傻瓜。看来你要做善事了！你写了他，后代们也能读到他的笑话。你是否也想让我讲讲我所知道的伊沙木的轶事？可以，我给你讲，你带着本子和笔到我家里来好了。瞧，这就是我的家。伊沙木这个鬼东西，在他摇床的时候我就知道。小时候他就特别淘气……"

艾赛勒罕特别喜欢她的第一个孩子伊沙木，相对于其他孩子，她更关心伊沙木。伊沙木之后的儿子玉山、接着的儿子克尤木、长得像筷子一样细长的艾山、话语甜蜜的女儿拉依拉，在她老实本分而充满慈悲的心里，都不能替代她对伊沙木的关怀和爱护。或许这与伊沙木尽管走路有些颤颠、迟钝，但却特别敏锐、机灵也不无关系。

"艾赛勒罕，这个伊沙木啊，像个被缩小的大人一样特别聪明。我发现，街巷里的小孩儿们都听他的。也不知你这宝贝蛋都说些什么，我家的艾勒凯尔与拜赫提笑得上气不接下气……"向艾赛勒罕借木盆的女邻居边说边将正咀嚼在嘴里的茶叶吐在了手上。

"但愿别中了毒眼。昨天我到铁热克麻扎请巫师念了咒经。我将崭新的一条克什米尔头巾与四个死面小圆馕一起赏给了谢依赫[①]妻子。"

"瞧你这个烂舌头，格里曼布维，你那长着一颗黑痣……"

"唉哟唉，真倒霉，从此我再也不会看你儿子一眼的。我也是个讲良知的人。"格里曼布维这样说。

街拐角旁的浴室边，一棵巨大的圆冠榆的树荫下，四岁的伊沙木正与自己同龄的几个小伙伴们玩奥尔德喀姆游戏。

"嗨，伊沙木，你的小石子两次没能投入窝坑，你该为我们表演滑稽节目了。"浴室老板又胖又黄的儿子说。

---

① 守墓人。神职人员。

“再来一次，”穿着宽大的深黑色灯笼裤的伊沙木，闪动着机灵的眼珠子说，“事不过三，最后算数嘛。”

“应了他吧，这次他还是投不进去。”另一个小孩儿说。

果然不出那个“小神仙”所料，伊沙木这次还是没能将圆圆的小石子投进拳头大小的窝坑里。每次投滚石他都要做一个很滑稽的动作，总是一手紧紧抓住宽大而松垮的裤裆吊带，而自己的身子却先于滚石扑向窝坑，引起旁边看热闹的孩子们的阵阵大笑。

在奥尔德卡姆游戏中服输的伊沙木，按规矩开始为小朋友们表演滑稽的节目。有趣的是，尽管在玩奥尔德卡姆游戏或玩尜尜游戏中他的动作都很笨拙，但在表演滑稽节目时他却非常机灵。这次他又非常形象而诙谐地模仿了小牛犊寻妈妈的动作。他嘴顶天空轻轻地咩咩了一下，接着用腿使劲刨地，并不断左右张望，用鼻子嗅寻妈妈的“气息”……见了他那诙谐滑稽的模样，天真无邪的孩子们发出了“咯咯”的笑声。

此时，从浴室走出一个人。他刚舒舒服服地洗了个澡，满头大汗、满脸通红，身上还裹着厚厚的衣服，一手拿着提包，一手拿着一把细细的柳枝。忽然，正在逗乐嬉闹的伊沙木映入了他的眼帘，他立即停止脚步，饶有兴致地观看了一会儿：

“喂，这是谁家的牛犊？”

其中年龄稍大的一个孩子回答道：“是那个家的，库尔班·铁日奇的牛犊！”

这时伊沙木也结束了“小牛犊”的表演，颇有兴趣地望着从浴室里出来的那个满头大汗的人。

“大爷，您手里拿的是扫把吗？”伊沙木问那人。

“嗯，是洗身子的扫把，就是这样打着洗的。”那人用手里的枝条轻轻拍打了一下自己的身子。

“噢，我还以为你是从浴室里偷出的扫把呢。”伊沙木口齿伶俐地说。那人顿时怒目瞪眼。

“瞧这淘气鬼，你好厉害呀，还说我是扫把贼呢！”

……一次，大概是过了一年或半年之后，伊沙木坐在家里的小院门口晒太阳正打哈欠，一个同乡人从远处向他走来。

“你好！”

突然传出的这个声音很响亮，使正想着什么的那人特别惊奇。

“啊哦，是你呀，伊沙木！瞧，你长这么大了，能向长辈施礼问候了！”不知是同乡人因为无事可干，还是因为寂寞，他来到伊沙木身边，坐在了带有树根的一根木头的一端，另一端则坐着伊沙木。那人微笑着逗伊沙木：

“哎，可爱的伊沙木，你是勇士，还是窝囊废？”

“我是勇士。”伊沙木耷拉着脑袋低声说。

“嗯，好，那你说说，你怕狗吗？”

“不怕，司马义大伯家里的那条狗，我就不怕。”

“那好，你怕不怕狼？”

伊沙木愣了一会儿后摇晃脑袋。

“嗨，这娃娃真行！我有一只羊，你愿意养吗？”

“愿意。”伊沙木回答道。

“如果狼来，你害怕吗？”

“不怕。”伊沙木说。

那人紧贴着伊沙木，对他的眼睛使劲吹了一下。从前伊沙木也经常与孩子们玩耍这种游戏，他用全身的力气将眼睛睁得老大，那人吹他眼睛时，他也没有把眼睛闭上。

“唉哟，你真厉害。”那人无奈地环视了一下左右，突然他好像看见了什么东西。这时当地很有名的一只爱顶撞的山羊正从街头那边朝这里走来。

那同乡人带着诡秘的微笑，看着伊沙木：

“哎，大力士，你怕山羊吗？嗯，我看你也肯定不怕山羊的！”

小伊沙木忽闪地看了一下两边。怎能不怕呢？那是头上插着像刀子一样尖锐的两把犄角的大胡子山羊。

伊沙木低头无语，突然“噌”地站起来朝院子走去。

“哎，大力士，到哪儿去？”同乡人满面笑着问。

伊沙木蹦蹦跶跶，边走边大声回答道：“你稍等一会儿，大爷，我先问我妈妈，再告诉你！”

第八章
伊沙木，你吃糖糕吗

公元1937年，春，伊宁。

年约八九岁、胸前挂着摊子的一个男孩儿，在伊宁城区的苏达尔瓦孜街，在几乎齐膝深的泥浆翻滚的马路一侧的狭窄的小路上，正小心翼翼地挪动着脚步朝拜图拉清真寺那边走去。他不时地伸着像小公鸡一样细长的脖子，发出细长的吆喝声：

“芝麻……糖糕！”

他就是读者顿时想到的库尔班·铁日奇的长子、淘气鬼伊沙木。在这弯弯曲曲的、长长的街巷里，为了卖糖糕，也有数月，他每天至少要这样转悠十几遍。

去年，伊宁熬过了一个特别寒冷的冬天。人们比喻这个冬天能冻死狗。更糟的是，正是这个冬天，在坎坷不平的生活之路上、艰难度日的库尔班·铁日奇赶着承载十位畜皮生意人的马拉雪橇，因受寒伤身而不幸病倒。

因各种原因，库尔班·铁日奇长期以来就想着送伊沙木上学读书，让他成为孩子们当中的佼佼者。但不料他因肺部受寒，无医无药，一直卧病不起。“坐吃山空海也干”，他失去了干活儿的能力之后，没过几天，家庭生活就开始走向“山穷水尽”的地步。

“孩儿，你的好朋友穆鲁提，与你一样大、小小的个头就开始做起了糖果生意，担起了家务。现在你爸爸病了，虽然你还小，是否也能帮家里干些什么？”

有一天，艾赛勒罕大妈泪盈满眶地对伊沙木这么说。母亲虽在嘴里这么说，但心里非常的不舍，因为这是她最喜欢、身体状况也不太好的儿子。

听了母亲的话，伊沙木睁大了眼睛，抽了一下鼻腔：

“糖……让我卖糖果？”

母亲的心更加难受起来，她用纱头巾一角擦着眼泪说：“我的心肝儿子，不论是卖糖果，还是卖糖糕，只要能帮助解决家里的盐、茶就行。你爸爸也不会老是这么躺着的，会好起来的。只要你爸爸投入了生意，我们就将你送麦德里斯学堂读书。”

艾萨勒罕说着将伊沙木拉向了自己的怀抱。

伊沙木以他年龄相称的活泼和幽默，说得竟然让母亲破涕而笑。

“别哭，妈妈，你担心我会像穆鲁提那样，将要卖的酥糖自己先舔过以后再卖吗？我不会那样，好了，如果你不信，那我就去卖酥糖。”

母亲发出了内心的笑声。她已很久没有这样笑过。

库尔班·铁日奇为儿子精心修了一件十分轻巧的吊摊。经与本村著名的糖果商阿布力克木·坎戴勒协商后，定下了以赊账的方式每天让伊沙木轮流试卖一些酥糖或糖糕或一些糖果的协议。从此，在苏达尔瓦孜的大街小巷里，开始响起了伊沙木那细长而又分明清晰的叫卖声。

“那个卖糖糕的娃娃怎么那么面熟啊，是谁家的孩子？”其中坐在拜图拉清真寺门前那条长木椅正等待做晌礼的一位老人将手掌放在额上遮着阳光问。

“是库纳洪·铁日奇的儿子呀，瞧，多像他父亲！”

“嗨，这只鸥鸮，长大了也许能成个歌手呢，听他那声音多美妙。”

好像对坐在清真寺前的老人们对他的评价很赞赏似的，伊沙木的叫卖声在离他们不远的地方传到了这里，他的声音犹如清脆的笛声在天空飘荡：

“甜蜜的酥糖，生奶油制成！”

那时，在伊宁城区的许多大街小巷，包括别德巴扎（苜蓿市场）、苏达尔瓦孜街、十字路口等，每到春季时就会出现如果不是亲眼所见就令人难以相信的翻浆现象。如果是六根棍马车走在这些翻浆泥泞的街道上，那么整个马车的前后轮子都会陷入泥浆，马匹的肚皮也贴着泥浆地。这个季节，也出现了以靠背人过路挣钱的人。瘦小的伊沙木整日来回跋涉在泥浆翻滚的街道上卖芝麻糖糕、酥糖等，到傍晚时他早就精疲力竭了。

然而，孩子毕竟是孩子！伊沙木在叫卖芝麻糖的过程中，以和自己的年龄相称的诙谐、有趣话语和滑稽的动作，将人们的注意力吸引到了自己身上，为行人们暗淡的心送去一份忽然闪烁的快意：

"公鸡糖是甜蜜的糖，是全城里唯一的糖！"

"哎，芝麻糖果啊，你越吃越想吃，泥泞路上给力量！"

一天，伊沙木在街巷里跑了大半天也没人买他的糖糕。而且平日里每天从各家小院里跑出来叫嚷着买糖糕的小朋友们，此时也无踪无影了。走得身累心烦的伊沙木刚走出一条巷子时，突然发现皱皱巴巴、满是泥浆的许多纸币掉在了泥浆地里。用这些钱买他吊摊上的所有糖果是绰绰有余的。伊沙木迅速环视了一下周围，立即拾起了泥泞里的纸币，此时他心跳加快，感到很紧张。一瞬间许多念想从他天真无邪的脑海里一闪而过。稍后，在他脸上出现了一种神秘而温馨的微笑。

伊沙木从刚才的小巷里返回，往深处走了一会儿后便坐在了不见人影的一家小院门前的石凳上。随后他自言自语道：

"伊沙木，你想吃糖糕吗？"

"想吃。"

"你买糖糕，有钱吗？"

"有，我买。"

"买多少？"

"买你所有的糖糕。"

于是，伊沙木将拾到的钱放在吊摊一侧，接着用沾着泥巴的手拿起摊子里的糖糕逐一放进嘴里"咔嚓咔嚓"地吃了起来……

这一天，伊沙木比平时回家要早。太阳还没西斜他就回到了家。而且摊子也与平日不同，全都空了。艾赛勒罕既高兴又惊奇地问儿子：

“哎哟，孩子，这么快就卖完了？全都完了？”

这一天，伊沙木病了一夜，他突然肚子胀痛，恶心不止。嘴里不断地流唾液，可能是因为他糖糕吃多了，全身发烫。母亲很痛心地在伊沙木身边忙碌着。她亲手用盐水、骆驼蓬为他擦身，并不断打瞌睡。伊沙木这一病就躺了两天。喝了止吐药，灌肠以后，才好不容易有所好转。这时，库尔班·铁日奇也已知道了事情的缘由。他边咳嗽，边对伊沙木发起了火。

艾赛勒罕知道情况以后，也放心了。谢天谢地，总之不是什么严重的大病。可怜的女人按她自己的老观念对儿子也只是说：“唉呀，我的心肝儿子啊，这样你是不能卖糖糕的，我看你从此去卖不能吃的煤油好了！”

此时，生气地坐在一侧一直不停地咳嗽的库尔班·铁日奇和比起浑身疼痛、更害怕父亲发火的、蜷缩在被窝里不敢吱声的伊沙木，听了妈妈这番话后都不禁“扑哧”地笑出了声。

许多年以后，当时从伊沙木嘴里听到这段回忆的赛里木也不禁捧腹大笑起来。因为，伊沙木在讲带有笑话特点的这段回忆时，他的肢体语言和表情特别幽默而可笑。即使在他晚年的时候，他好像回到了自己的童年，表现得十分有趣而真实。赛里木感到颇有收获地将这段小故事记在了他即将写满的那本黄皮本的最后一页上。

瞧，读者朋友，您也分享了充满趣事的这段回忆。

还有一件小事，需要说明，即终生对丈夫忠贞不贰、以无私的爱心为八个孩子的成长付出所有心血的这位慈祥而贤惠的母亲，在很生气的情况下，倘若没有脱口而出的“我看你从此去卖不能吃的煤油好了！”这句充满幽默的话，卖糖糕这件事也许不可能有多大的意义和有趣的色彩的。

然而，小伊沙木除了在卖糖糕时的这些轶事以外，还有不少有趣的故事，我们将在下篇里继续讲述。

第九章
在麦德里斯学堂里的岁月

少儿时期真是天真无邪。伊沙木·库尔班也与其他人一样，有时孤独一人的时候，或每当连夜不断地打开酒瓶或因为年老体弱而经常失眠的时候，就会想起自己在少儿时期那天真而快乐的时刻。每当这个时刻，在他朦朦胧胧的思绪里就会浮出在那泥泞的大街小巷里叫卖糖糕、酥糖或玉米棒、苹果，以及以各种有趣的动作和富有童趣的语言引人发笑的一个瘦小、有趣的小巴郎，顿时在他布满皱纹的脸上现出洒满阳光般的微笑。

库尔班·铁日奇因为身体太弱，好不容易才熬过了紧接着寒冬之后出现的青黄不接的春日。尽管他想无论如何也得使自己站起来，但他那疲惫无力的身躯只能使他卧躺。他那整天沿街叫卖酥糖、糖糕的长子伊沙木，不论久卧病床的父亲乐不乐意或是愿不愿意，他已做起了当地大部分孩子所从事的卖苞米这活儿了。

艾赛勒罕掀开正在煮沸的苞米的大锅盖，顿时使弥漫于整个屋里的一种清香、温热、湿润的气息变得更浓了。饱满嫩熟的玉米棒个个像黄金一样闪着光，真让人大开胃口。库尔班·铁日奇小心地逐一取出煮熟的热苞米，整整齐齐地摆放在了一个已漆落斑驳的铁皮桶里，并用干净的纱布严严实实地盖在上面。刚才边帮父亲干活儿、边狼吞虎咽地吃完一个嫩苞米的伊沙木，提着沉重的桶子，踏着碎步急忙跑到了屋外。坐在土炕上的库尔班·铁日奇和正在收拾大锅的艾赛勒罕十分欣慰而满意地望着儿子的背影。

在苏达尔瓦孜街口，伊沙木将盛满水煮苞米的大桶放在了渠边的一块空地上，然后用袖子拭擦满脸的汗珠。从桶里冒出的蒸汽透过纱布散向天空。这时闻到熟苞米清香热气的几个人从周围的羊肉店、理发店和杂货店出来朝这里走来。

“这不是库纳洪的儿子嘛，你是不是叫伊沙木？”

“嗯，我叫伊沙木丁。”

“嗨，还那么理直气壮的‘丁’呢，是哪里的苞米？”

“我爸爸说是潘津的苞米，是我们的一个伙计一大早送来的。”

“喂，巴郎，能不能先尝再买？哦，不，伊沙木丁？

“那我将你先吃的也一起算？”

“瞧这娃子挺能的，你怎么这么抠啊？”

“如果不抠，玉米地不就荒了。”

与伊沙木说话的那个胖墩墩的屠户眉开眼笑地买了两个玉木棒。

有时苞米也卖得很慢。伊沙木从一大早上街卖苞米，已将苞米桶挪动了五六个地方。他时而掀开盖在桶上的纱布看看还有多少苞米棒，时而从曼切斯特尔帽里取出钱再数一遍。在卖苞米的旺季极为有限的时间里，也发生了不少有关伊沙木的轶事。有时买苞米的顾客有意惹他，听他说些挺逗乐的话。值得一提的是，伊沙木的即兴回话，在别人逗他时就已经显示出别样的风格。有时候，伊沙木越是卖不动苞米，有关他的趣事就越多。一次，伊沙木的苞米越是卖得很慢，他就感到肚子越饿。因为一大早买来的那十几个嫩玉米棒也并不便宜。由于他饿得慌，于是他悠闲自在地从桶里取出已凉的苞米棒一个接一个地吃了起来，因而那天夜里又发生了从前发生的那种情况。伊沙木因肚子痛、拉稀，也不知从屋里到厕所之间跑了多少回，弄得他精疲力竭、浑身不适。尽管艾赛勒罕这次也很担心，但也没有对他多说什么，但在她脸上明显流露出当时她对伊沙木曾说“我看你从此去卖不能吃的煤油好了”这句话时的表情。

可能是药物起了作用，过了一年又到了生产嫩玉米棒的时候，库尔班·铁日奇的身体状况渐渐地得到了恢复。于是他又重操旧业，使生意也开始变得顺当了，手里也开始有钱了。这时，库尔班·铁日奇想起自己很早就产生的一个愿望，即将伊沙木送进了在当时还颇有声誉的拜图拉清真寺旁的那所叫麦德里斯学校的宗教学堂。同时，库尔班·铁日奇也感到，除了让伊沙木上学以外，还应该将其他的孩子、尤其是让儿子们都去上学读书是很必要的。

“孩子，在你小朋友中，不也有一边上学，一边做生意的嘛，”父亲对有些不乐意的伊沙木劝道：“上学对你将来的生活大有好处，以后的时代，没有读过书的人将会很悲哀。听话，儿子，你和你弟弟必须要上学，否则你会受苦的。”

其实，伊沙木也很想上学读书，他只是对这一两年来做些卖苞米之类的零碎生意多少也能挣几个钱不舍而已，何况还自由自在、随时都可以吃到想吃的一些东西。每当傍晚，他与往返于麦德里斯的巴郎们在街上一起玩耍、嬉闹，见到有些小伙伴们好像有意炫耀自己似的反复背诵课文或讲述老师给他们讲的一些神奇的故事的时候，伊沙木的心里就会燃起一团火。听说父亲要送哥哥伊沙木上学，他弟弟玉山、克尤木和艾山也坐不住了。为了让弟弟们感到惊奇，伊沙木也表示了上学的愿望。然而，他没有忘记向父亲提出自己的一个要求，即允许他在课余或空闲时间里仍做一些小生意。

拜图拉清真寺旁边的麦德里斯学堂，不仅是城里人很向往的一所普通学堂，而且在近郊和城区周围的许多乡村也是颇有影响的一所宗教学府之一。当时，像阿布都勒·穆塔阿里·海里帕木、纳苏阿大毛拉等这样闻名遐迩的宗教学者和饱学之士都曾在这里从事教学和研究工作。伊沙木上学的时期，还有像阿西尔·海里匹提木、伊敏先生、阿格奇科孜等这样很有才华和影响的男女老师们也曾在这里教书。

库尔班·铁日奇领着伊沙木刚进入麦德里斯学堂的大门，就感到自己有些激动，甚至热泪盈眶。作为一个父亲和男人，他为自己能将孩子们亲手送进知识之炉而感到无比的欣慰和高兴。这也是他期待已久的一个心愿。当充满青春的智慧和活力、身体魁梧而壮实的伊敏先生握着小伊沙木的小手时，库尔班·铁日奇十分恳切地断断续续地说：

“孩子的身是您的，骨头是我的，如果不听话，莫吝惜板子，请您将他培养成为像您一样学识渊博的毛拉吧。”

伊敏先生微笑地看着像受惊的羊羔一样瘦小、脖子细长的这个小巴郎——伊沙木，对他以开玩笑的口气说：

“能吃得消板子吗？唉，我看你呀，最好还是要好好学。否则你这瘦弱的身体是经不起打板子的。”伊沙木感到自己好像马上就要挨板子似的，显得很紧张地跳了起来。周围的人们和库尔班·铁日奇不禁都笑了起来。

学堂的生活是愉快的。不久，伊沙木就与同学们亲密无间，打成了一片。在这里生活的每时每刻、每件小事，使他感到都很新鲜、有趣而开心。他每天都高高兴兴地去学堂，又依依不舍地返回家。对他来说，课堂就像硕果累累的果园，像优美而广阔的夏牧场。与同学们之间的交谈，课间时与大家一起玩乐的各种游戏，使他感到无比的欢欣和快乐。有时伊沙木因为贪玩天黑时才回家。每当这时，一直期盼儿子回家的母亲总是很担心，为此控制不住自己总要狠狠地说他一顿。

“你怎么软绵绵地才回家呀？还好没住在半路上。”

“像软绵绵的蚯蚓一样不是很好吗，妈妈？”伊沙木不容分说地对母亲说，“我是像贝壳一样滚过来的，但不幸在路上掉进一个沟里好不容易才爬上来！”

……春去夏来，伊沙木不禁又想起了生意。暑假一开始，他就挎上早已准备好的水果篮一大早就往苹果巴扎奔去。这个巴扎每日天一亮就格外热闹。载满着苹果的各种畜力车从周围乡村络绎不断地拥向这里。清晨的天空弥漫着蜜汁般的芳香。伊沙木每次从他所喜欢的喀尔托希喀、塔格勒、散泰尔、斯托勒维、阿婆日提等品种的苹果里选购一两个品种，每天在城里的大街小巷里叫卖，直到天黑才罢休。

一次，他在这个巴扎上遇到了从来没有见过的被称为“曼帕泽”的一种苹果。这种苹果个个成熟而饱满，色泽金黄、水分充足，与小瓷碗一样大。在买苹果的过程中伊沙木品尝了一口，使他顿感犹如冰糖般的甜蜜。近午时分，从来就贪吃的伊沙木无法控制自己的贪欲，望着还有一半儿苹果的篮子，他不想再卖了。于是，他躲到僻静的地方狼吞虎咽地吃起了“曼帕泽”苹果，直到几乎肚子快要爆炸为止才停止。最终他吃得都快喘不过气来，筐里还剩下两个苹果。此时，伊沙木才想到苹果的本钱和利润，而这时别说挣钱，连本钱也缺了好多。

伊沙木提着只剩两个苹果的篮子，耷拉着脑袋无精打采地返回家里。此时，他只想的是找个理由如何向父母交代这件事。一方面他又感到腹胀、胸闷，浑身不舒服。此时他刚向小巷走去，传来了一片哭声，哭声传自吾麦尔·巴喀勒的那家小院。

“孩子，我们的瓜果商邻居吾麦尔·巴喀勒去世了，”刚从邻居家吊丧出来的头披白色的长头巾的艾赛勒罕十分悲痛地对愣在一边的儿子伊沙木说，“听说刚还好好的，唉呀，在坐着的地方就突然倒下了……唉，这命啊……”

即刻，伊沙木感到心里忽然亮堂起来，母亲的话音未落，他就号啕大哭起来，他的哭叫声让在场的人们都感到特别惊讶。

“唉哟，我的苹果啊！唉哟我的曼帕泽苹果！唉哟唉，我的苹果，年轻轻地就没有啦，唉呀！”

听到伊沙木的哭声，母亲和当时就跑到伊沙木跟前的弟妹们都非常惊讶而不安地望着伊沙木，一时都愣在了那里。

“伊沙木丁，你这是怎么啦？这么吓人，你哭什么？我的宝贝啊？”

“早晨买来的苹果，我卖了一半儿多，剩下的一半儿突然都死了，唉哟唉，我的苹果呀！”

吓得面色苍白的艾赛勒罕一手揪住了自己的裙领，她感到更加惊讶和不安：

“我聪明的儿子哟，你净说些什么呀？苹果也会死吗？我的天哪！”

“瓜果商都会死，难道苹果就不会死吗？唉哟唉，我的半筐苹果啊！你死得好怪啊！”伊沙木边喊边哭，那哭声越来越大、越来越悲伤而凄惨。

第十章
话　题

阿西尔·海里匹提木不仅是当时见多识广、思想开明的知识分子之一，而且在着装服饰文化方面也是一位颇有独到之见的文化人。尤其是他身上的那件单大衣，一直都特别引人注目。谁知在麦德里斯学堂的门前，一个调皮的小孩径直跑过来直接钻进那前襟敞开而宽大的大衣里，差一点将正想着什么走来的海里匹提木撞个四脚朝天。

“唉，是你呀，伊沙木丁？”海里匹提木的目光充满了惊讶和责备，他盯着从大衣里“认”出的这个年约十二岁、身躯瘦小、目光闪烁的小巴郎说，“哦，孩子，像被老鹰惊吓的兔子一样，你要往哪里跑？”

海里匹提木老师用钳子一般有力的手紧紧揪住了伊沙木的胳膊，伊沙木则羞怯难当，为从老师的手中脱身在使劲挣脱。

“怎么，说话呀？”

“是那……是大班的学生逼我逗乐……如果我不愿意，他们就说要脱掉我的灯笼裤。”

这时已松开伊沙木胳膊的海里匹提木，听了他最后那句话不禁笑了起来。

“瞧这事，他们是要欺负你。能告诉我，他们都是谁吗？”

伊沙木不好意思地垂头不语。本来他巴不得告诉那霸道的学生的名字，但聪明的伊沙木还是想到了自己的后路。

海里匹提木微笑着不住地点着头打量起了伊沙木：从年龄来看，他的语言完整而成熟，但衣着十分有趣：又宽又长的灯笼裤与他又窄又短的无袖上衣，特别是戴在他头上的原色已褪、除了有点帽子的特征以外，还能当小滚球、毽子，甚至“帕克帕克”玩的皱皱巴巴、油乎乎的那顶破烂陈旧的曼切斯特尔花帽与他极不相配。海里匹提木也曾听说过“库尔班·铁日奇的大儿子，与他父亲的性格一模一样，经常逗乐说笑，言谈很特别”。在学堂里，他也曾多次见到学生们将他围住，不时地发出笑声的热闹场面。

今天，海里匹提木的心情十分愉快。他揪住伊沙木的一只胳膊将他领到了学堂大门右侧的一条长木椅旁。他使劲吹了一下自己要坐的地方的尘土后就坐在了椅子一端，然后瞥了一眼伊沙木：

“哦，坐这里，别拘束，来，坐吧。好了，你该对我讲讲你没对别人讲过的那些有趣的笑话了吧？”

伊沙木忽地瞥了一眼老师，又迅速移开了视线，他低头不语。麦德里斯学堂的学生们都很敬畏总是干干净净、穿着整齐而寡言少语的这位老师。

“怎么不吭声啊，不好意思？嗯，你学习怎么样？”

“还可以。”伊沙木回答道。海里匹提木顿时笑了。

“嗨，你说话蛮风趣的嘛。你喜欢哪些课？”

这次伊沙木毫不犹豫地回答道：“课间休息。”

海里匹提木不住地哈哈大笑起来。

“喂，你这小精灵，你这家伙真的很厉害呀。瞧你这模样，我看让你当演员还不错。如果上台表演你不会慌张吧？”

伊沙木的眼睛忽然亮了起来。

“就穿这身衣服？”伊沙木看着自己身上的衣服说。

这时，海里匹提木也已心中有数了。

“看着我，我发现你蛮有特长。我看你将来也可能会成为一名杰出的表演家，或是能将纳斯尔丁·阿凡提复活。但无论如何，你要好好读书。孩子，到你们的那个时代，没读过书的人，生活将会更加艰难。你明白我说的话的意思了吗？”

“明白了，老师，”伊沙木立即站了起来，郑重其事地说，“您是说，不要成为在一年级学习七年的学生！”

海里匹木提又笑了。

“嗨，伊沙木丁啊，伊沙木丁！”他以很有磁性的声音说，并用指头有力地敲了一下伊沙木的脑袋，“瞧你这个脑袋，我看这不是一般的脑袋！”

这次的交谈，不论对海里匹提木还是对伊沙木都产生了很大的推动作用。接着，由麦德里斯的学生们组成的、学堂老师指导的一个文艺队也应运而生。伊沙木记得，当时在伊宁麦德里斯学堂毕业的学生中后来有不少人都成为了著名的民间乐师、木卡姆奇（木卡姆艺术表演者）和歌唱家，产生了许多像则克里·艾勒帕塔这样被人们特别尊敬的艺术大师。另外，木卡姆艺术家阿不力孜·夏克尔也是不久继伊沙木之后曾在拜图拉麦德里斯旁边的学校读过书。在个别场合里，伊沙木至今还以“我啊，与阿不力孜·夏克尔是同学”这句戏言来作为他俩之间延续不断的年龄之争的结束语。

除了学校的文艺演出队之外，各班级的学生也经常组织演出一些新节目。节目的种类与内容多种多样，常用小提琴、弹布尔、独塔尔、达普手鼓等乐器弹奏民间曲子，并表演一些与之相适应的歌舞。在伊沙木的班里，有一位叫努尔麦麦提的学生，如果穿上女学生的衣裙跳舞，谁也不会相信他是个男生，师生们也非常欣赏他的舞蹈，因而每当在聚会或课余期间见到他表演那十分细腻而精彩的舞蹈时，大家不禁都会向他投去十分惊奇而赞誉的目光。努尔麦麦提是个大胆而灵敏的巴郎。在学校他与伊沙木相处甚好。每当踢毽子或在学堂里的其他义务活动中，他总是站在伊沙木一边。因为他很喜欢伊沙木诙谐、幽默的语言。有一次，演出时，伊沙木担任了县官的角色，努尔麦麦提担任了道台的角色。他俩的表演每次都很精彩。尤其是伊沙木表演巴结道台大人的那一段非常精彩，与他的性格也很相配，表演得活灵活现，引起大家的畅怀大笑，因而在师生们心中也留下了深刻的印象。

当他踏着有节奏的碎步，左右摇摆着扇子走来时，就会引起周围的一片笑声。而且，伊沙木的表情转换非常迅速，在他的同龄同学中，还没有谁能比得上他。每当伊沙木堆着满面的媚笑踏着碎步走向“道台”大人毕恭毕敬地躬身叩拜时，扮演脸色阴沉的“道台”大人的努尔麦麦提也总会不禁失声憨笑起来。

“你们看，”一个学生说，“努尔麦麦提扮演道台倒是很像，但你们看伊沙木，县官哪有这么瘦小的？”

伊沙木听到同学们当中的这样议论时，他便立即做出了反应：

“唉，你们知道啥呀！我是因不断向道台鞠躬才这么瘦的！”

顿时又响起一片笑声。

一次，伊沙木等几位同学排演了伊敏先生编写的名为《我们一定战胜》的小话剧。因为这是反映苏德战争的故事，所以需要有人来扮演斯大林和希特勒，结果愿意扮演斯大林的学生很多，但没有人愿意扮演希特勒。后来，因为阿西尔·海里匹提木和伊敏先生等老师向同学们详细讲述了有关第二次世界大战的故事，在同学们幼小的心灵里燃起了对杀人不眨眼的刽子手希特勒的无比仇恨。加之当时因为从苏联那边每天不断传来苏军败退的令人寒心而不安的消息，这也成为了家家户户经常谈论的话题之一，因而在孩子们的心里也留下了很深的印象，所以同学们谁也不愿意扮演希特勒这样的大坏蛋。

“伊沙木，你扮演希特勒。”有一天，负责排练的女教师阿格琪克孜女士对伊沙木说。伊沙木退缩着回答道：“不，我不当希特勒！”

阿格琪科孜女士不禁笑了起来：“唉呀，瞧你怎么这么可笑，不就是让你扮演希特勒嘛。你的动作很适合扮演希特勒这个角色。”

“是啊，伊沙木长得也像希特勒。”有人这么附和道。

“他走路也像希特勒！”又有一名学生插了一句。

伊沙木无法忍受最后那句话。他从来就不喜欢别人谈论他如何走路，现在也是如此。过去许多年之后，他对一直搜集整理他笑话的赛里木曾说，他非常讨厌别人称他“伊沙木·呆勒都西”[1]和模仿他说话。

伊沙木没有接受女教师的建议就慌张地跑出了教室。傍晚，他用家里唯一的巴掌大的一块残缺不全的镜子照看自己的脸，看自己的长相是不是像希特勒。他从黑毡子里揪出指甲盖大小的一撮毛用唾沫弄湿后粘在鼻子下后照镜子，顿时在他眼前出现了与希特勒一模一样的伊沙木。唯一区别是镜子里的“希特勒”没有留长发。为此，小伊沙木心里很难过。

翌日晨，当女教师向他再次提出昨天的建议时，不料伊沙木却毫不犹豫地答应了。而且他还成功地扮演了希特勒，甚至比扮演“县官”还要逼真，这让从来就眉心紧皱、端着烟斗的“斯大林”也不禁笑了起来。

伊沙木的从艺生涯从此开始。尽管这事已过去了很久，当地的人们，以及在麦德里斯学堂里曾与他一起读过书的同学或校友们，至今还经常拿这件事来逗他，称他为“伊沙木·希特勒”哩。

---

① 维语音译，意为：笨拙，迟钝；步履蹒跚。

第十一章
小“纳格拉奇”①

在伊犁的维吾尔人身上，同时也孕育了纳格拉鼓和唢呐的高昂与川流不息的伊犁河的波浪。伊犁维吾尔人在这美丽的河谷创造了独特而辉煌的历史。而伊沙木便是亲历并见证这一辉煌历史之一段的、在近半个多世纪以来在拜图拉清真寺的高塔上一直让纳格拉鼓响彻四方的颇有声誉的小“纳格拉奇”之一。

在拜图拉麦德里斯学堂读书的五年期间，对伊沙木影响最大、一直强烈感染和让他向往的东西，便是那个小小的纳格拉鼓。在学生时代，他的确迷上了打鼓，并陶醉于鼓乐声中。也许这是在他天真的心里不断激起波浪、让他心潮起伏的一种艺术之感觉的具体反映。

当时，大纳格拉鼓场分布在伊宁城区的三个地方，即拜图拉清真寺、喀拉墩、努尔阿克萨喀勒清真寺。尤其是拜图拉清真寺前的纳格拉鼓场最有名气。平时，纳格拉鼓在斋月期间要整整敲一个月。人们听到鼓声后便开始起床进食。整整一个月，伊宁市似乎都沉浸在节日的庆贺和欢乐的氛围之中。分布在三个地方的纳格拉鼓场的鼓手们集中在一个地方进行打鼓比赛。拜图拉麦德里斯的艾依提·艾萨、艾萨伯克、伊敏先生、图尔迪·喀尔巴拉、阿不都克里木·尹噶普等著名的鼓手们和唢呐吹奏匠们，在封斋期间的整整一个月里和开斋节时，便会成为当地人民经常热议的话题之一。由于伊沙木生长在这种火热的环境里，并且数年都穿行在连接着麦德里斯的纳格拉鼓场之间，潜

① 纳格拉奇，维吾尔语，意为敲打羊皮鼓的人。纳格拉，即为羊皮鼓。

移默化，使他心的跳动与纳格拉鼓的节奏融为一体，对纳格拉鼓浓烈的兴趣和爱好，最终将他也带到了纳格拉鼓的世界，而将他真正带到纳格拉鼓场的人便是在麦德里斯学堂教书的伊敏先生。

一进入斋月，伊敏先生像往常一样特别忙碌。除了在校的教学工作以外，他还身兼纳格拉鼓场的打鼓任务。就是在他如此忙碌的时候，无意间，在课堂里他多次发现伊沙木像扑灯的飞蛾，向往纳格拉鼓场，甚至在教室里将自己的书包当纳格拉鼓正专心致志地敲打的情景。

“喂，伊沙木，你想打纳格拉鼓吗？”有一次，伊敏先生这么问他。伊沙木也感到尽管这位老师说话粗声粗气，但他心肠柔软。于是他不知不觉地点了一下头，“嗯”了一声。伊敏先生喜欢胆大、活泼的学生。因为此时正在上课，他有些严肃地说：

“下课后，你先别回家，等我一会儿。好了，现在做你的功课！”

接着，同学们跟着伊敏先生开始叽叽呱呱地背起了艾布杰特算数法，伊沙木像落后的跑步运动员那样好不容易跟上了其他同学，他想：“老师让我下课后等他一会儿，是让我要敲纳格拉鼓，还是要用荆条来抽我？”

那天，伊沙木下课后抱着书包背靠纳格拉鼓场台阶的扶梯等待伊敏先生。因为他发现每天这个时候伊敏先生总是胳肢窝里夹着一本书和敲纳格拉鼓的两根精巧的小木棍通过台阶上到纳格拉鼓场。果不出所料，伊敏先生很快就来到了这里。

“看来你真喜欢上了纳格拉鼓。等我呢。正是‘毛驴无情，土坯无忧’啊……”伊敏先生好像是自言自语，目无他人，直接往楼梯爬。只是从伊沙木的身边走过时，他生冷地对伊沙木吭了一声“走”，顿感心里踏实的伊沙木像个兔子似的蹦蹦跳跳地跟上了伊敏先生，此刻他感到好像要发生什么奇迹似的，他的心一直在激动地跳荡。

纳格拉鼓已整整齐齐地摆在了楼台上，几个人正用打鼓棍练打，试听高低音。一侧，在头发浓密的头上扣着一顶花帽的一个红脸汉子，将已擦得锃光发亮的唢呐对准了自己的嘴巴。伊敏先生与鼓乐手们东拉西扯了一会儿后，指着站在一边眨巴着眼睛的伊沙木说：

“让这个小鼓迷也加入你们的行列吧。饮食自理，薪水无分，让他学会敲鼓，你们也能安闲。”伊沙木感到老师的这句话很有趣，差一点笑出声来。伊敏先生转过身对唢呐吹奏手说：

“麦提克然木，你认识他父亲，就是那个库尔班·铁日奇，兄弟说笑者之一。”

唢呐手麦提克然木诙谐地将唢呐对准嘴唇后做了个十分滑稽的旋转动作，然后眨巴着显得很惊奇的眼睛对伊沙木说：

“喂，你想吹唢呐，还是要敲鼓？我看你要是吹唢呐，你肯定会挤出屁来。”听了这话，鼓手们都不禁笑了起来。伊沙木也很快喜欢上了这些活泼开朗、和蔼可亲的人。

伊敏先生向伊沙木逐一介绍了摆在那里的每一种纳格拉鼓和东巴克鼓，并不时地用夹在胳肢窝里的棍子敲打一下。

“这是巴希纳格拉鼓，只有最好的鼓手才敲这个鼓。这是奥特热纳格拉鼓，这是阿亚格纳格拉鼓。你就从这个东巴克鼓开始学吧。喂，赛莱，你让他见识一下东巴克鼓的厉害吧！”

名叫赛莱的一位年轻人一直蹲在阿亚格纳格拉鼓前，他拾起另外两根粗木棍就打起了东巴克鼓，鼓声点击清脆、节奏明快，这让伊沙木又一次感到特别惊奇。

在赛莱的帮助下，伊沙木练了一会儿东巴克鼓。吃开斋饭的时候也快到了。鼓手们急忙各就各位。此时，东巴克鼓的主人也出现了。伊沙木则躲在最靠近鼓手的地方，做好了等麦憎[①]发出开斋的召唤声时，随时聆听鼓手们短暂敲打一阵纳格拉鼓的准备。

这天，伊沙木回来得较晚。母亲为他留下的开斋饭——细面条在锅里已凝成一团。伊沙木狼吞虎咽，一边吃着已冰凉的面条，一边对母亲和弟妹们滔滔不绝地讲述当日的所见所闻。这时父亲正在做小净。

---

① 又译穆艾津，即清真寺中召唤教民做礼拜的宣礼员。

否则，他也会分享儿子的这份乐趣的。母亲一再催他：“孩子，早些睡吧，不然就赶不上黎明前的斋饭了。”但伊沙木不听母亲的话，将屋里所有的东西都逐一敲打了一会儿，甚至将弟弟艾山江的脊背、正酣睡在摇床里的妹妹的摇床也当做东巴克敲打了一阵儿。

翌日晨，纳格拉鼓声又起。伊沙木坐在课堂里心不在焉，一直想着纳格拉鼓。令他感到幸运的是，伊敏先生一上午都没有来讲课。否则，伊沙木也不会有如此贪玩的机会的。

数月来，伊沙木的心思几乎都放在了敲打纳格拉鼓上。不知他从哪里找来了底部已破损的两个破铁皮桶，并排倒放在院子一角，还将两条干荆条修成了打鼓棍。从此，每天早晚都成为了他练打纳格拉鼓的时间。刚开始，他打的鼓点，虽然使人听了有千篇一律的感觉，但仔细地听，实际上每一节奏、鼓点相互都有区别。夏迪亚娜（欢乐曲）与赛乃姆、穆夏吾热克与赛赫热雅尔[①]等曲调，只要是鼓手或稍有一点艺术细胞的人都能分辨出来。此外每个琼帕德（大曲）中还有大小赛勒克间曲和终曲。一整套纳格拉乐鼓由六个纳格拉鼓、一个东巴克鼓、一支唢呐组成，只有这些鼓乐相互配合时才能形成格外奇特而富于感染力的乃格玛（曲乐）或交响曲。没过多久，聪明、机灵的伊沙木也逐渐掌握了纳格拉鼓的敲打规律。每当主麻日（星期五的聚礼日），他还到喀拉墩、努拉洪·阿克萨卡勒的鼓场，仔细观察这里的纳格拉鼓手们的敲打特点。他发现托格拉阔吾热克的司马义·派希若的敲打法与喀拉墩的托赫提尼亚孜有所不同。就像同样弹奏一种弹拨尔琴的两位琴师，在滑指、弹指、拨动、音色等方面都有区别那样，每次伊沙木配合身旁的纳格拉鼓手打东巴克鼓时，他就感到自己有时好像是在敲巴希纳格拉，有时在敲奥特拉纳格拉或阿亚格纳格拉鼓，并设法以不同的打法使用鼓棍。在迎接开斋节七十天之后的古尔邦节到来的前夕，即在守夜日那天，通过伊敏先生的检查和准许之后，伊沙木敲打

---

① 均为木卡姆曲牌名称。

了阿亚格纳格拉鼓。从此，他就很自然地成为了伊宁城的“纳格拉奇”的一员。当父亲库尔班·铁日奇与母亲艾赛勒罕从乡亲们口中听到长子伊沙木在肃穆庄严的拜图拉清真寺的高塔上正在敲纳格拉鼓的消息后，竟然按捺不住当时的激动心情而奔向了拜图拉清真寺。在欢腾的人群中，他们用盈满喜悦的泪水的眼睛望着所有人都在翘首观望的高塔上的纳格拉鼓场。在很早的时候，著名的维吾尔族诗人毛拉比拉勒在月光下曾在这座肃穆庄严的高塔上书写过脍炙人口的格则勒诗，瞧，此时这座高塔就在小鼓手伊沙木身边高高耸立。

许多年之后，随着时代的更替与变换，当祸国殃民的“四人帮”被粉碎的喜讯也传至伊宁城时，按照伊宁市文化馆的安排，伊沙木在这座古老的拜图拉清真寺的屋顶上敲响了欢呼的鼓声。这一天，伊沙木挥舞的是巴希纳格拉敲的敲棍。而这一天，也是已四十六岁的伊沙木毕生中的首次结婚日。这一天，在苏达尔瓦孜街的“红房子”里刚成为他合法妻子的库车姑娘萨阿戴提正在新婚的屋里等待着丈夫伊沙木……关于他俩的故事，我们将在后篇专述。

每当重新审读关于伊沙木轶事的笔记时，赛里木就会想起那一天，即伊沙木的婚庆日，关于他一整夜在拜图拉敲纳格拉鼓时说起的一系列笑话，这些笑话总是让他忍俊不禁……

“伊沙木哥，学打纳格拉鼓难吗？”有一次赛里木这样问他。

“感兴趣就不难，”伊沙木回答道，“但对不感兴趣的人来说，即使行走也会感到很难。”

第十二章
“绝对亏卖”

就像纳斯尔丁·阿凡提在巴扎上叫卖自己的奶牛“是一头爱顶撞、缺奶的母牛”那样，伊沙木有一阵儿在塔西来普凯巴扎。即在伊宁城最繁华的集市里做小买卖时也曾叫喊过“绝对亏卖，绝对便宜”！

一个寒冷的冬季缠在库尔班·铁日奇身上的病魔，已连续折磨了他几个冬天和夏日，使他始终无法摆脱。其间，也出现过稍有好转的迹象，但两三年后又复发，使他变得骨瘦如柴。当时，孩子们都还幼小，而且艾赛勒罕还有身孕。加之，皮货巴扎的生意也很惨淡，卖者多于买者。库尔班·铁日奇的生意也每况愈下，十分艰难。为了养家糊口和生计，库尔班·铁日奇尽管凭自己的一张嘴也付出了不少心血，但最终还是无力应付。为此，作为长子的伊沙木也首先感到了自己也到了该为家里承担一份责任和辅助的时候。

“在麦德里斯学堂我已读了五年书，”伊沙木对无力地靠在挨着炉灶的墙壁的父亲说，“到此为止吧，我该上街做买卖了。”几天来，一直欲言而止、未能说出口的库尔班·铁日奇，听了儿子的这番话，不禁从心里感到由衷的高兴。他没有吱声，但两滴泪水滑落在了他布满皱纹而苍黄的两颊上。

实际上，伊沙木也已厌烦了继续在麦德里斯学堂的学习。经常出现在课堂里的无休无止的争吵和学生们的大喊大叫也让他感到心悸。说实话，除了能识字断文以外，他也没能学到什么实用的知识。他喜欢宽松而人丁沸腾的巴扎，喜欢说说笑笑和充满人情味的地方，喜欢不知疲倦地走南闯北，喜欢与陌生的人们接触。辅助父母和家庭解决生活上的困难，使他心中的这种愿望忽然变得清晰而明亮。从此，库尔班·铁日奇和伊沙木也感到轻松了许多。

伊沙木辍学以后，先在伊宁城区的各个巴扎（集市）转悠了一个礼拜。到处游荡、耳闻目睹、与陌生的人相识、交谈、拥抱的过程，让他心里也有了个大致的数，起码知道了个行情，明白了巴扎上什么便宜、什么贵、什么畅销、什么生意本金少利润多等。

可能是伊沙木游荡街市的头一天，在一家烤包子店前，他坐在只有四根木桩，上面是又薄又长的木板的一条长木椅上吃了几个烤包子。刚出炉的烤包子很烫，他迅速地从这手往那手移，在他吃烤包子的时候，忽然在离他不远的地方正在卖骆驼蓬的一位老农映入他的眼帘。这个老人年近七旬，长得又瘦又驼，但声音格外响亮，正在向顾客吆喝着什么：

“骆驼蓬，骆驼蓬！夏日十分钱，冬季也十分钱！不给钱也无妨，先带回家试试看！”

老农的话儿引起了伊沙木的极大兴趣。

“大爷，来吃烤包子吧。”他说着走到老人跟前，递给他一个烤包子。老人说了声“比斯米拉”就伸出了像骆驼蓬子一样干硬的手。

“谢谢你，儿娃子！”

伊沙木有意问他：“您说不给钱也无妨，如果不给您钱就拿走了，你怎么办？”

“你真可笑啊，孩子，”老人用没有牙齿的嘴嚼着烤包子说，“这是为了吸引顾客。买了骆驼蓬子的人是不会不给你钱就走的。我从来还没见过那么没良知的顾客。”

“再说，用不付钱就拿走的骆驼蓬子烧香也不会灵验的！”伊沙木又有意地套老人的话。

“看你说的，”老人摇着头接着说，“我看你像个生意场上的失意者。不论你做什么买卖，一定先学会吸引顾客！”

这句话对伊沙木产生了很大的影响。几天以后，他将父亲给他准备的一点钱作为本金，什么也不顾地奔向了巴扎。那一天，那个老人可能是想不能白吃别人的烤包子，怕欠人情，也不顾伊沙木愿不愿意就将一把骆驼蓬子塞到了伊沙木的手里。艾赛勒罕用这把骆驼蓬子点了香火，并让伊沙木在香火上跨越了几遍。

“愿胡达赐你一切顺当！”艾赛勒罕十分虔诚地这样祝福道。

从此，伊沙木在人丁较多的塔希来普凯的“跳蚤市场”开始做起了他的小本生意。第一天，他很便宜地收购一位农民拉到巴扎的一筐西红柿后，将熟得通红的西红柿每二十个或每五十个为一串叫卖，还赚了一点钱。

“哎，西红柿啊，西红柿，治愈喉痛的良药！”伊沙木提着西红柿筐，在巴扎上转悠了好几圈，也卖了几串西红柿。一次，在路口上卖手工纺线的一位中年妇女叫住了他：

“哎，孩子，你过来。哦，将你筐子放这里，这西红柿，可不能这么叫卖。你整天这么喊，‘良药’还没卖出你那喉咙就会生病的。”

卖线的妇女边说边将一串大西红柿顺手挂在了伊沙木的脖颈上，将另一串西红柿则挂在自己的脖颈上，将另两串西红柿提在手里以妇女特有的尖叫声大声吆喝道：

“哎，顾客们，有眼力的就来好好看看，有头脑的就来好好认认。夏季的粪蛋是冬季的药丸。这是产自天堂的红食品，这是你宝贝孩子们解闷的礼品！”

行人们两两三三地开始往叫卖西红柿的地方聚集，见此情景的伊沙木配合那妇女也一起吆喝道：“哎，夏季的粪蛋是冬季的药丸！”

“广告”很快就显示了自己的威力。不到两个小时，除了妇女脖颈上的那串“珍珠”以外，筐子里的西红柿就被销售一空。

“瞧，孩子，卖商品就得这样，不能干愣着。啊哦，对啦，这西红柿就算是你情愿送我的吧！”那妇女指着脖颈上的西红柿说。

“谢谢你，大妈！那是你应得的报酬。”伊沙木数着手里的钱高兴地说。

“你这娃子，真懂事。以后你想卖什么就在这里卖，我们一起吹。”卖线妇女也很满意。从此，伊沙木也渐渐地熟悉了市场。“愿胡达赐我一臂之力”，这是他每天从家里出门时总要说的一句话。有时在奥尔德街也能遇到一些顺心如意的生意；有时在拜图拉清真寺周围，刚要讨价还价，也会突然冒出个经纪人什么的，争来争去最后也能成交。像伊沙木这样无固定店铺、干这种小生意的流动买卖者真是多如牛毛。

隔了一段时间以后，伊沙木也找到了做生意的一些门路。在塔西来普凯巴扎上，男女老少、大大小小的人们几乎没有不认识说话很风趣的这个小巴郎的。倘若有人在做买卖时磨磨蹭蹭、要捉弄人，人们就会说：“唉，做生意应像伊沙木那样，你干脆说个价吧！”

俗话说，“巴扎是个高手云集之地”，伊沙木每次踏入巴扎总要说一声“耀匹仁”[①]。有一次，有个放高利贷的杂货商见伊沙木说了声“耀匹仁”，便从坐着的地方站了起来，带着嘲笑的口气问他：

“哎，伊沙木，你怎么什么时候都要说一声‘耀匹仁’，你认识那个祖师爷吗？他到底是谁？”

伊沙木转过头回答：“当然认识，总之他不是个放高利贷者。”顿时，周围的人们都笑了。放高利贷者脸色苍白，又不服地反击他道：“这么说，是个像你一样整日叫喊‘绝对亏卖’的塔兰奇[②]傻瓜了！”

“不，那是以欺诈顾客为耻，将‘少吃，易生’为职的伊犁人。”

周围的人们又点着头大笑起来。巴扎上各种趣事不断。当时，伊沙木也似乎以“死亡之外皆为乐”为生活准则，以他有趣的故事和言谈为巴扎增添了一些生机。就像那个放高利贷者奚落他那样，他常举着手中的衣服，只管吆喝“绝对亏卖，即使你没有钱也没关系，你穿

---

① 音译，意为，我的祖师爷啊。

② 塔兰奇，意为种地者，指从南疆迁移至伊宁种地的维吾尔族人。

上就走吧，哎，尊敬的顾客”！

顾客们对这个小巴郎也很感兴趣，不禁驻足，很自然地聚集在他周围。四五个人中，总有一人会买他的东西。有时，为了招揽更多的顾客，伊沙木还执意为已付钱买了他货物的顾客还回一两个硬币。

“请收下你多给我的一枚硬币，我不能多收你一分钱。我的货很便宜！”

顾客们又惊又喜，对他总是很满意。

“胡达呀，真奇怪，还有这样的卖家呢。哎，巴郎，你不会是因为吸食麻烟而昏了头吧？”

“哎，你的货不会是假的吧？”也有人这样说。

“唉呀，你们说话也太可笑了，”将一根拐棍横在腰上抱着胳膊的一位须发皆白的长者生气地说，“你们呀，如果被爱敲诈顾客的那些皮货商们欺骗了却不敢吭一声，而这个孩子说的都是真话，你们却说三道四、哼哼唧唧的。哎，孩子，俗话说‘雇主无眼，饿死匠人’，真是‘烧香不成，反引出鬼来’。你就只管哄吧！”

伊沙木用充满谢意的眼神瞥了一眼那位长者，又高高举着手中的货物又吆喝道：“对知者廉价，对无知者昂贵。快乘机买吧，朋友们！”

有一次，伊沙木在皮鞋市场以相当便宜的价格买来了许多女式凉鞋，他心里也特别高兴。他在赶往塔西来普凯巴扎的路上，就开始做起了生意。

“顾客呀，多便宜的鞋子啊，快来买吧！只卖七元！”

七元！比他批发买来的价格还要便宜。伊沙木吆喝之后突然感到不对劲儿，他为自己说出的话感到很惊奇：这不是得不偿失吗？他刚想要纠正自己的话儿，有人叫喊道：“哎，巴郎，停停，我买一双凉鞋！我看也很便宜。”

伊沙木的心里“咯噔”了一下，他急中生智地说：

“买吧，大哥，真是很便宜的凉鞋，一只才七元。”

顿时顾客瞪大了眼睛：“你说什么？一只七元？”

“是的，一只才七元，一双是十四元。大哥，在我们那边就是这样卖的。”

那位顾客疑惑不解地盯着伊沙木：“你是哪里人？”

“巩留人。”伊沙木随意回答。

顾客不满地嘟囔道：“那边我倒没有去过，怎么还有这样卖的地方！”

“怎么样，大哥！我给您包一双吧？买几号鞋子？”

顾客睃了一眼周围的顾客，对伊沙木低声说：“算了，就买一双吧。唉，你这个巩留人，可把我整惨了！”

第十三章
街巷麦西来普

生长在伊犁的库尔班·铁日奇从小就开始耳濡目染伊宁苏达尔瓦孜大街小巷里的各种麦西来普，他的说笑艺术和幽默诙谐的性格也基本上在这里得到了展示。也可以说，他的整整半个世纪的生涯就是在“恰克恰克”的笑声中、在鼓乐、歌谣和喜欢说笑娱乐与无忧无虑的人们中度过的。或许因为库尔班·铁日奇对麦西来普的兴趣，并在这种兴趣成为了他一种信念的驱使下，他迫不及待要将因为自己身体多病和因为家庭生活艰难而被迫中途辍学重操旧业的长子伊沙木送到青年麦西来普行列中去。

那一天，因为要加入麦西来普的行列，伊沙木在迫不及待中也感到既高兴，也有些紧张。他知道，自去年冬季以来该街巷里年龄比自己大的青年们曾商量过如何重新开展麦西来普活动的事宜。他与几位同龄的小伙伴一起还偷偷看过邻院里举办的家庭麦西来普。凡是参加麦西来普活动的人员都穿着整洁，言行礼貌，遵守纪律，尤其是那富有感染力的音乐和“恰克恰克”笑话，曾大大激发了伊沙木的好奇和兴趣。今天，他也要将加入这个行列，成为麦西来普聚会的一员。几天前，他父亲还专门找麦西来普的伊格提别西①和喀孜伯克②谈过这件事。为此，伊沙木能不高兴吗！

---

① 伊格提别西，意为青年首领，通常称“三十男儿”之首领。

② 喀孜伯克，通常指本地德高望重的宗教人士，意为宗教法官。

小伙子们商定这次的麦西来普要在后街的波里斯包子匠的家里举办。穆合塔尔是波里斯包子匠的第三个儿子，他一直在父亲的包子店里擀薄皮。肤色黝黑、温文尔雅的这个小伙子，就是这次街巷麦西来普的阔勒伯克①。

那是晚秋的一个黄昏时分，天色渐暗，周围朦朦胧胧。当库尔班·铁日奇领着穿着干净、整洁的伊沙木，来到波里斯包子匠那干干净净的廊檐大院时，挂在大客厅靠边的立柱上的一盏汽灯显得格外明亮。聚集在宽敞的客厅里的“奥图孜奥格勒”②正在自由自在地畅谈、说笑。

伊沙木不禁感到有些紧张和拘束，他跟着父亲进入了亮着汽灯的大客厅。青年们都站起来向长辈库尔班·铁日奇抚胸施礼，以表敬意。整齐如一的小伙子们，个个都衣着整齐、干净，笑容可掬；他们个个都戴着十分合体的与伊沙木和他父亲戴的帽子一样的紫红色的曼切斯特尔男士帽。

麦西来普开始了。伊格提别西和喀孜伯克分别就座于首席左右，阔勒伯克（饮食官）、达尔热伯克（乐官）、帕夏普（秩序官）等也在自己的位置上就座。按伊格提别西的要求，大家有时单膝而坐，有时盘腿而坐。询问事项也有条不紊、按规矩进行。伊沙木则单膝列坐于“三十个男儿”一侧的父亲身旁。他特别好奇而兴致浓浓地望着眼前，感到自己好像来到了一个崭新的世界，此时，他的目光不断地在移动。他忽然觉得自己好像已经长大成人，与眼前的小伙子们已经是同龄人了。

小伙子们喝过一轮茶水以后，依照伊格提别西的要求，达尔热伯克拿起弹布尔琴，随之其他琴师也端起了各自的乐器，开始调试琴声。明亮的大厅，顿时充满了亲切而温馨的麦西来普气息。乐声骤起。

---

① 阔勒伯克，饮食保障官。

② 即意为三十个男儿。

弹奏了几支曲子和间奏曲之后，乐师们开始转入弹唱“琼帕黛”（大曲）。伊沙木感到自己犹如置身于一个神秘的世界，不禁身心震颤，认真聆听：

……

你若问我，我是仙女们的王中之王，
我是来自于古城谢碧斯坦的好儿郎。
你若想知道，我是造就美貌的月亮，
我是无叶的万紫千红的花园天堂。

曲音刚落，帕夏普来到首席前，向伊格提别西施礼后，大声喊道：

“尊敬的伊格提别西，有要事禀报！”

“请讲。”

“家住二街的尊敬的库尔班·热依木大叔带着他的长子伊沙木丁已光临聚场，请求与诸位相见！”

“准，请进。”

库尔班·铁日奇在帕夏普的引领下，领着伊沙木进入了“宫廷”，他彬彬有礼，分别向诸位“伯克”和“三十个儿男”躬身施礼。

“库尔班大叔，欢迎您光临我们的麦西来普场合。我们愿随时为您服务。”魁梧健壮、浓眉大眼的伊格提别西纳吾热丁说。

“俗话说得好，”库尔班·铁日奇以长辈特有的沉稳的语气说，“要送孩儿上学读书，走出学校后送麦西来普。我的长子伊沙木丁也长大了，在麦德里斯学堂已学了五年，因为生活困难现不得不辍学。他本人也非常敬重在座的‘三十个儿男’哥哥，我希望我儿子也能成为你们的一员，我希望儿子能得到诸位的教导、教诲，以补充他在道德礼貌方面的欠缺和不足……”此时，库尔班·铁日奇有些激动，心儿好像在震颤，带有颤音的声音不禁停了一会儿。在座的小伙子们几乎异口同声地说：“说得好！”

“这个伊沙木塔依[①]，是我们的亲兄弟。”

“就是那个说话很有趣的儿子吗？”有人插了一句。

帕夏普“啪”的一声将手中的板子打在了地毯上，果断地说：“请安静！”

伊格提别西与坐在他身边的黄脸、细高个儿小伙子——“喀孜伯克”正嘀咕着什么。

“太好了，库尔班大叔，”伊格提别西纳吾尔丁说，“因为您看得起我们的麦西来普，才将儿子领到了这里。我们当然会接受兄弟伊沙木丁参加我们的麦西来普。不过，我们有一个条件。”

“我洗耳恭听，随时恭候，兄弟。”库尔班·铁日奇谦恭的脸上出现了不太自然的微笑。纳吾尔丁和喀孜伯克都笑了。

“听说因为您的教诲，这位兄弟也成为了很能说笑的诙谐者。能否当场为我们展示一下他的技能？”

“三十儿男”就好像等待这句话似的，不约而同地说：“好，来一个！”在宽敞的客厅里，当着“三十儿男”的面，伊沙木忽然感到有些紧张，他不安地环视着周围，父亲好像也揣摩到儿子此时的心情，用干瘦的手捏了一下他的胳膊。

库尔班·铁日奇见多识广，对此他早就做好了两手准备。即他让儿子伊沙木多准备了几个“节目”的同时，他自己也没有空手而来。所以他不慌不忙、十分沉着地应对了喀孜伯克、伊格提别西和“三十儿男”的提问。

“儿子，”库尔班·铁日奇对伊沙木说，“现在该你为这些哥哥们敲打在拜图拉敲响的纳格拉鼓了！”

父亲的话儿为伊沙木注入了活力。他对敲“纳格拉鼓”是有准备的。他稍伸出两根食指，作为纳格拉鼓的敲棍，然后敲打空中的“纳格拉鼓”，开始用嘴“敲鼓”。

---

① 在名字之后加后缀“塔依”，是伊犁维吾尔族人对男性的一种昵称，意为马驹。

“格力、格力、格力，咚，格力、格力、咚，格力、格力、咚……”

伊沙木从动作至鼓的声响和节奏模仿得都非常像，在场的人们不禁都捧腹大笑起来。甚至库尔班·铁日奇在家里尽管也多次见过他这样的“表演”，但他与在场的“三十儿男”一起也忍俊不禁地笑了起来，不禁使他想起自己的童趣和孩提时代的一些诙谐滑稽的行为。是的，伊沙木与他完全是“同出一辙”。

在笑声和掌声中，伊沙木不断变换“曲调”，“敲打”了好几种“纳格拉鼓”。他那诙谐滑稽的脸、噘起的小嘴巴、不断眨巴的眼睛以及各种肢体动作的相互协调与配合，使平时不轻易笑的人也发出了开心的笑声。

“伊沙木塔依，纳格拉也敲了。现在你给大家表演个舞蹈吧！”在场的一位年轻人提议道。他是司马义·科孜克奇的儿子，看来他对这位堂弟好像还多少了解一些。

这时，伊沙木的脸皮好像也变“厚”了，所以听了堂哥的提议，伊沙木也不太紧张，只是看了一眼父亲，似乎在问“我该怎么办”，这时早已躲在一边观赏儿子表演的库尔班·铁日奇轻轻地点了一下头，示意他“放开手脚大胆表演”！

伊沙木跳起了活泼而欢快的舞蹈。他的跳舞特点是，不需任何乐器伴奏。这是库尔班·铁日奇开心的时候，为老实本分的妻子艾赛勒罕和可爱的孩子们的开心而在家里表演的自编自舞、动作特别诙谐而有趣的“凯木——凯木舞”。

伊沙木像刚才用嘴“敲鼓”那样，“凯木——凯木——克木——凯木——克木”地边为自己的舞蹈“伴奏”，同时又以十分诙谐滑稽的动作跳起了令人惊奇的舞蹈。不知至今也不会跳舞、即使跳了也会被淹没在笑声中的伊沙木在他少儿时期是怎么翩翩起舞的。实际上他的舞就是用手和脚做出的各种诙谐可笑的一些动作罢了。许多年后，已年老体弱的伊沙木与几位年轻的“恰克恰克奇”们应邀到乌鲁木齐参加电视台组织举办的欢度古尔邦节文艺演出时，他表演的带有“迪斯科舞”特点的一种自由舞，也曾让在场的观众前仰后合、捧腹大笑。当时作为观众之一，赛里木也曾看过这个所谓的舞蹈节目，并想起了自己曾记录于笔记里的伊沙木在十六岁时曾跳过有关“凯木——凯木舞”的一些记述。

言归正传，还是让赛里木回忆他的往事，让我们回到那场麦西来普的场合吧。“三十儿男”对伊沙木表演的第二个节目也给予了热烈的掌声，并正式接受伊沙木为他们的成员之一。他们只是提出了一个条件，即向伊沙木的父亲库尔班·铁日奇提出了为大家亲口表演两段“莱提帕”①的要求。早有准备的库尔班·铁日奇也欣然允诺，当场为小伙子们连续表演了他们从来没有听说过、在皮货巴扎上得到凝练的一连串的新“莱提帕”，使在场的青年们笑得前仰后合，将麦西来普推向了新的高潮。从此，伊沙木也正式开始了在这所“道德礼貌学校”的学习。虽然他是该麦西来普场合中年龄最小的成员，但他以诙谐可笑的举止、幽默的语言和胆大心细的特点，很快融入了“三十儿男”之中。小伙子们还经常帮助本地的孤寡老弱，想方设法地帮助他们减轻生活上的艰辛。从此，伊沙木也经常参加这种积善积德的活动，赢得大家的称赞和祝福。

为了表示对儿子伊沙木的祝贺与对“三十儿男”的谢意，库尔班·铁日奇曾提出在他家里举办一场麦西来普活动的请求，大家也接受了他的请求。这一天，伊沙木家的小院充满了节日的气氛。热情好客的艾赛勒罕一直在灶台前忙碌不停。

“喂，伊沙木小弟，这可是你自己的家，你该在自己主办的麦西来普上大显身手了！”麦西来普间隙，伊格提别西曾对伊沙木这么说。

伊沙木立即站起来，毕恭毕敬地向大家施了礼。

“遵命，我表演什么才好啊？”

这时，坐在“三十儿男”中的一位矮个头青年叫喊道：“伊沙木，

---

① 维吾尔族说笑艺术中的另一类形式，有一定的叙事特点，但核心还是引人发笑。

你就给大家模仿你卖糖糕时的那个模样吧，那也很有趣！”

伊沙木欣然接受，放开嗓门大声吆喝道：“芝麻……糖瓜，身高……半个！……”

在场的青年们都笑得上气不接下气、前仰后合，笑声不断。被伊沙木称为“半个”的那个矮个子青年忽然脸红到了脖子上，静坐无语。

需要说明的是，在那时的麦西来普，“三十儿男”都有名副其实的绰号。那个矮个子青年从此就被人们称为了“斯迪克·半个”。

在“恰克恰克”说笑过程中，说笑者往往会善意地嘲弄别人，也拿自己开涮；对在场的每个人逐一进行比喻，使从前没有“绰号”的人从此就会戴上“绰号”，这也成为了后来伊沙木逐渐成熟的恰克恰克说笑艺术的一个特点。关于这个话题请看续篇的叙述。

第十四章 皮鞋巴扎

有时伊沙木为寻觅生意也经常出现在皮鞋巴扎上。有一天，他在这个巴扎上结识了一个性格特别奇怪的人。

伊宁的鞋类巴扎位于塔西来普凯东侧的未与乌孜别克村连接的一条横街上。由于这条街有许多铁匠铺，因而也被称为“钉掌村”。包括在“皮匠村”熟制的质量各异、颜色多样的各类皮革，以及从城区的四面八方运来的和与熟制各种皮革、制盐碱、制鞋（靴）相关的各种工具和生活用品等都集中在这里。一排排的盐碱和制鞋店铺，总是人来人往、络绎不绝。街上则是以经营鞋类为主的熙熙攘攘的小商小贩们。上次，伊沙木“绝对亏卖”的女士凉鞋就是他在这个巴扎上买的。

伊沙木从卖凉鞋中得到了一些好处后，不久他想再跑一趟这个鞋类市场。在这里，他有一位联系户，名叫包瓦洪，他是个既制鞋（靴）也售鞋（靴）的生意人。

然而不巧的是，伊沙木到这里来找他，只见人们都在街市上，却没有找见包瓦洪。按照约定，伊沙木还需要从他这里收购二十双男士皮鞋。在包瓦洪铺前的那厚重的木板箱上挂着巨大的三把俄式铁锁。伊沙木不慌不忙地坐在木箱上耐心地等待着浑身总是散发着熟皮味和纳斯烟①的包瓦洪。

伊沙木坐在四条汉子也很难搬得动的又厚又重的木箱上，打量着

---

① 用烟叶、麻黄灰、石灰等混合制成的一种含在舌下的烟。

从这里过往的人们。过了一阵儿，犹如从天而降在他面前突然出现了一个人。说实话，伊沙木在见到这个人以前，先听到了他的声音。

“包瓦洪没来吗？”

悠闲安然地坐在木箱上的伊沙木，被特别细长的一种声音惊了一下，然后循声看说话的人。只见站在他面前的是一个是男非男、是女非女、个矮体胖的人，这让伊沙木不禁大吃一惊。这个人长着像苦行僧一样的蓬乱的长发，在发丝竖立的头上扣着一顶陈旧的奇曼花帽，身上的衣服也特别奇怪。上身穿着一件宽大的印花布长衫，下穿浅蓝色的肥大的大布灯笼裤，脚穿像飞毛腿“小莫克”[①]的鞋那样的又尖又翘的女式凉鞋。从长相来看，估计已为中年的这个人，与其说让伊沙木感到有些可笑，不如说让伊沙木感到有些害怕。原因是，除了那奇怪的衣着以外，他长相特别怪异。像面板一样宽大的脸庞倒像个女人的脸，但那又细又长的唇髭与这张脸极不相称。如果没有这个细长的唇髭，伊沙木回答这个人“大妈，我也在等他”也是可以的。

“我问你，包瓦洪不在吗？”反复出现的这个细尖声音，让伊沙木又一次感到很惊讶，随后他回过了神，并不知不觉地从木箱上跳下。他稍退几步靠在了木箱上。那人好像也发觉了什么。

“你看我有那么可怕吗？”

伊沙木没有立即回话。稍停片刻，他才开口道：“我等包瓦洪大叔已好久了。他一直没有来。”

“嗯，是这样，好吧，那我俩一起等吧。你叫什么名字？”

“伊沙木……伊沙木丁。”

“啊哦，我叫阿西木，是本城人人皆知的‘阿西木·库修克’[②]。你是乡下人吧？”

“我家在奥尔德街。城里人。”伊沙木立即回答。

① 同名电影里的主人公。

② 库修克，绰号，意为木勺子。

“哦，是这样。我也经常去那里。在梁孜头上有我的店铺，从木勺到摇床我都能制作。”

这时，伊沙木的目光落在了阿西木·库修克那双棕红色的手上。“看来，这人还会染东西。唉，将自己的脸也染得稍好看一点多好，”这个想法在伊沙木的脑海里一闪而过。想到这里他不禁“扑哧”地笑出了声。

“笑什么？笑我说话？还是笑我这长相或穿着？啊哦，我知道了，你是笑我从木勺子到摇床都能制作这句话是吹牛吧？吹牛，那倒是伊犁人的天性。我不是伊犁人，我是南六城人[①]。”

伊沙木悠然地产生了应该与这个怪人交谈的想法。

“啊哦，大哥，我想起来了。我从别人那里也听说过‘阿西木·库修克’这个名字。原来就是您啊？”

“喂吔，瞧，你这不是也听说过嘛。只要提这个名字，就无人不知我这个人。伊沙木江，你看我这身衣服合适吗？”

伊沙木好不容易止住自己的笑以后，十分认真地回答：

“太合适了，是谁给你裁制的？”

“喂吔，你说什么呀？让别人裁制是脑子进水的人才干的事，是我亲手裁制的。这可是个新款式。我可以用各种款式裁制。昨天我为自己裁制了一件短袖长裙，花绸布，天气稍热以后我就要穿上它！”

“天哪！托胡达保佑吧，这世上真是无奇不有啊！”伊沙木在心里这么想。他怕自己遭遇阿西木·库修克的不满或生气，便极力控制自己此时的情绪流露出来，只是说了声：“哦，你还是个裁缝匠啊！”

“喂吔，可不是嘛。是的，除了婴儿鞋以外，我孩子的所有衣服都由我自己裁制。有一天，我老婆穿着我裁缝的单大衣参加了一场婚礼，吸引了在场的所有女人。我这个人就是手巧。”

“是的，我看也是，好像什么事都逃脱不了你这双灵巧的手。”

---

① 南六城，指南疆六城。

“嗯，是的，现在你明白了。哦，你还不知道家里的饭菜也是我自己一手做。喂吔，倘若你吃一口我做的拉面就会知道的。我用杰里力·图格曼奇磨的上等面粉和面，然后上油、制面剂子，将肥羊肉切成片状，不加任何其他蔬菜，将大葱切成条状，事先将肉和大葱炒好，如果条件许可再加一点粉条就更好。然后将熟面条过一遍温水盛在盘子里，最后在面条上盛一小勺刚炒好的菜。那口味啊，别提有多香了。你用筷子将面条往这边拉，它就会往那边滑。啊哦，可好吃了，能让你吃掉两大盘呢。”

听了这话，伊沙木感到自己的肚子好像在咕咕地叫，馋得嘴里也流起了口水。阿西木·库修克的话儿引起了伊沙木的兴趣，于是他有意问他：

“这么说，你对家务事也很在行啊！”

“可不是嘛，妇道人家还能信吗？女人做家务总是急忙、草率，敷衍了事地收拾家务后就会坐在镜子前面。我呢，是用扫帚的匠人，收拾房屋的好手。就是在上一周，我用配兑的颜料粉刷了我家的厨房，使厨房焕然一新，格外漂亮……”

此时，阿西木·库修克还可能会滔滔不绝地讲述自己用掺入牛粪的胶泥抹灶台的事情，正当这时扛着一大麻袋新鞋的包瓦洪来到了他们面前。

“唉呀，阿西木·库修克，你将花帽死扣在脖颈上，一大早怎么又开始夸起自己了？”

“喂吔，包瓦洪大哥，别在这刚认识的小弟面前奚落我好吗？难道我的话有假吗？我托你做的事儿都做完了吗？”阿西木·库修克以问代答地这么说。

“能不办完吗，如果办不完我怎么还能摆脱你这个叨叨嘴呀？让我在这里也不会安宁一会儿的……”说话直截了当、性格有些粗暴的包瓦洪边说边开了店铺门。顿时，一股难闻的怪味直扑伊沙木的鼻子。包瓦洪将刚拿来的一麻袋新鞋全都倒在了店里的空地上。接着他从一堆鞋子里拉出一只女式凉鞋看了看，随之拉出了串在一起的十几双鞋子。

“阿西马洪，这是你要的十一双小鞋子。唉呀，真不知你从哪里聚集了那么多娃娃！”

伊沙木望着大小没有多大区别的一大堆儿童鞋子，也没有太在意包瓦洪师傅对阿西木说的最后那句话。此时，伊沙木以为阿西木·库修克可能和他一样也做一些软底便鞋、女士凉鞋之类的买卖。于是，伊沙木对他说：“阿西木大哥，看来你时而也做一些鞋类生意啊？”

“喂吔，你说什么呀，我要做的事情倒是很多，但没有做过卖鞋子的生意。眼前不是要过节嘛，这是我为孩子们定制的童鞋，包瓦洪师傅缝制的鞋子特别耐用。”

伊沙木很惊奇地问：

“什么？你有这么多孩子？”

阿西木·库修克拉着细长的嗓门回答道：“喂吔，你不信吗，伊沙木江？我的第一任妻子有两个孩子，第二任妻子有三个孩子，第三任妻子有一个孩子，第四任妻子有两个孩子，几个啦？嗯，八个，这次新娶的老婆有三个孩子。啊哦，还有，肚子里还怀着一个呢。如果不是这样，我就会定制整整十二双鞋子的。”

伊沙木的眼睛睁得老大。“什么？那些女人都在你身边？”

包瓦洪哈哈大笑起来。阿西木·库修克则纹丝不动。

“喂吔，说啥呀，不都弃我而去嘛。身边就一个老婆，娃娃都留给了我。”

忽然，伊沙木感到心里很不安，这时阿西木·库修克向包瓦洪师傅付了钱，将串在一起的童鞋搭在肩上走了几步后又停了下来。“伊沙木江，你真单纯。再见了。你对我说个实话，现在我像不像‘瓦普茹奇[①]’？”

舌头发痒的伊沙木则大声回答道：“不，我现在明白了，你完全像

① 瓦普茹奇，音译，意为卖鞋人。

个‘胡屯普茹奇！’”[①]

阿西木·库修克迈着怪异的步伐，头也不回地离开了。站在一旁的包瓦洪哈哈大笑起来。

① 胡屯普茹奇，音译，意为经常娶妻休妻的男人。因原文押韵、对称、幽默，在译文也只能用音译加注释来表达。

第十五章 莫让我漂亮的儿子中了毒眼

赛里木将搜集的有关伊沙木的轶事誊写在了另外几个本子里。其中，大多是伊沙木本人讲述的笑话及伊沙木讲述自己和别人讲述伊沙木的一些轶事，其中还包括赛里木自编的或听别人讲述的一些恰克恰克、莱提帕等笑话、轶事等。以伊沙木笑话的名义，把这些笑话、轶事等都编入一本笑话集里，也始终是赛里木的一个梦想。许多年以后，赛里木的这个想法也的确显示出了自己的威力。因为这些笑话的不断发表所产生的影响和作用，不久使伊沙木也成为了更加成熟的"恰克恰克大师"。

除了搜集伊沙木的"恰克恰克"以外，为了全面了解和掌握伊沙木的家庭状况和生活习惯，赛里木还有意识地做了一些思想准备。说实话，当时他的这种想法也只是一种好奇心使然。他从来没有想到自己后来还能成为研究和探索这方面的一位人士。

赛里木江虽然搜集了不少有关伊沙木的父亲库尔班·热依木的资料，但有关伊沙木的母亲的信息却极少。

一天，赛里木在巴扎上与萨比尔江不期而遇。他俩已有好久没见面。萨比尔江也不从自行车上下来就对赛里木说起了玩笑话：

"哎，我们的恰克恰克奇作家，你还好吗？"

赛里木江每次见到穿着简朴甚至有些寒酸、鼻梁周围总带着笑的痕迹的这位教师时，就会情不自禁地沉浸在一种欢快和亲切的感觉之中。因为，他不仅言谈有趣，而且他的每个肢体动作也总是洋溢着一种快乐和笑。

萨比尔江在路边停下，胸贴着自行车的坐鞍，与赛里木交谈了许久。听了赛里木的话儿以后，萨比尔江对他说："如果你不主动去掏伊沙木哥的嘴，他是不会给你说的。你该直接对他说'给我讲讲你母亲艾赛勒罕大妈的事'，告诉他，这是别人求之不得的事……倘若是别人，他们就会将作者请到自己的家里来讲述的。"

萨比尔江说着笑话从自行车下来，又说着笑话骑上了自行车。他的自行车好像也会说笑话似的，带着"咯吱咯吱"的声音逐渐远去。

不立即办完一件事，就会感到心里不安的赛里木，听了萨比尔江的话后，第二天一大早就径直去了伊沙木的家。赛里木坐在他旁边，有意掏起了为准备出席晚间聚会在大白天就进入梦乡的伊沙木的嘴。

在前一章里，我们也提及有关艾赛勒罕的一些事，也向读者提供了有关她的一点信息。但实际上，不论是伊沙木对母亲的回忆，还是他所讲述的内容，都非常有限。

"总之，我母亲是个非常老实本分的农村妇女，也极少外出。我们家的生活也不算太穷，还算是比较殷实。母亲整天都忙洗衣、做饭等家务。她非常喜欢我。通常人们都说父母喜欢的是最小的孩子。但在我们家的八个孩子中，不论是父亲还是母亲，都非常喜欢我……"

这是伊沙木在回忆他母亲时一开始说的话。在交谈中，他又多次反复了这句话。

一生生了八个孩子的艾赛勒罕大妈，经常为长子伊沙木打肺[①]，因为她最担心、最不放心的就是伊沙木。在前文中，没有过多叙述库尔班·铁日奇家庭的经济状况，只是讲了这个家庭当时的生活状况相当于中等生意人的生活水平。实际上，库尔班·铁日奇的家庭经济生活状况，比当时不少家庭的生活要好一些。说实话，库尔班·铁日奇具有比当时过得更殷实的生活的能力和条件。然而，由于他的性格和其

① 用新宰的羊羔的肺贴于患者胸部或背部的一种防治疾病的习俗。

他原因，他没有去寻求父亲在伊宁县盖玛村留下的几十斛地，而是独辟新路，另寻生计。在这里所说的“其他原因”，是指库尔班·铁日奇与其他亲戚们是合伙经营。或许伊沙木的祖父不愿意看到为尘世的那么一点利益而发生与亲戚们之间的争执纠纷。

或许是因为生长在相当殷实的家庭里的缘故，即使在生活过得贫穷艰难的时候，库尔班·铁日奇也一直都很慷慨。他对孩子们尤其是对伊沙木从来都愿舍得一切。有一次，应天真的伊沙木的不断要求，库尔班·铁日奇还给他买了一驾马拉小轿车呢。

“相对于我的弟妹们，我是在更温饱、更富有和自由自在的家庭环境中长大的。”伊沙木·库尔班回忆这段往事时至今还这么说。

在艾赛勒罕的眼里，伊沙木长得很独特、非常可爱、漂亮而聪明。每当伊沙木在家时，她总是边做家务，边目不转睛地瞅着伊沙木，并不时地与他交谈。

“妈妈，你给伊沙木哥酥糖吃，为什么就不给我们？”

“妈妈，伊沙木哥怎么在吃熏马肠呢？”

类似的诉求不时地会出现在库尔班·铁日奇的家里。每当这时，忘了自己对长子的偏爱的库尔班·铁日奇有时也会生气地对艾赛勒罕说：“唉！其他的孩子难道就不是你亲生的吗？”

艾赛勒罕不好意思地垂下头。

“唉哟唉，我也……”

夜晚，灯光明亮。八个孩子像小鸟一样依次围坐在了母亲艾赛勒罕的周围。四个儿子——伊沙木、玉山、克尤木、艾山依次坐在一侧，三个女儿——杜尔乃姆、阿米娜姆、再图娜姆则坐在了另一侧。正中则是紧挨着母亲的躺在摇床里的名叫热赫依兰姆的最小女儿，艾赛勒罕尽管含辛茹苦，但她甘心情愿，在孩子们的好奇和爱好中享受世间乐趣，只要孩子们在她身边，她就会忘记一天的无止无尽的家务所带来的所有劳累和一切烦恼，同时与孩子们叽叽喳喳地交谈。即使在这样的时刻，她的目光也总会不知不觉地移向依沙木，在不知不觉中又总是召唤伊沙木的名字。

“伊沙木丁，孩子，你为我们模仿顶人的牛吧！”

“伊沙木丁，让你弟妹们听听你在中午说的那段笑话吧！”

大多情况下，库尔班·铁日奇的家就会变成犹如热闹的巴扎的一个艺术娱乐场。伊沙木的弟弟们也个个都很诙谐、滑稽，妹妹们则个个都是不停地叽叽喳喳的燕子、乐手、歌手和舞蹈家。其中，表演得最多、最滑稽、最让人开心的便是伊沙木。只要他开始表演，弟妹们都安静无声。伊沙木时而要模仿什么，时而说些使人意想不到的一些趣事。如实在没什么可说的，他就与弟弟们逗乐，说得弟弟们不是哭，就是生气。

每当这时，库尔班·铁日奇就会暂时忘记自己的病情，仰躺在土炕上陶醉于孩子们的乐趣中。伊沙木的滑稽动作和笑话，使他不禁发出“扑哧扑哧”的笑声。

“哎哟，你这个鬼精灵……还行！”

伊沙木逐渐地长大了。他从卖酥糖的伊沙木变成了敲打纳格拉鼓的伊沙木，从敲纳格拉鼓的伊沙木变成了在鞋靴巴扎上贩卖鞋子的伊沙木，现在又变成了街巷麦西来普娱乐场合中的一朵奇葩—— 一位大小伙子了。然而，在母亲的眼里，唯有伊沙木还小、还很幼稚和最天真可爱。对于母亲如此过多的宠爱和过分的担忧，有时伊沙木也会生气，因为，伊沙木认为自己已经长大了。

“唉哟唉，妈妈，行了吧，我也不是个小孩，怎么穿这样的衬衫！”

“我的心肝啊，我是专门请人给你裁缝的。”

“我不穿，让克尤木穿吧！”

“他也有……”

“妈妈，别再这样好不好？当着我的朋友们还像对待小孩儿一样宠我，这怎么行啊？街上的巴郎们不笑话我吗？”

“笑话什么呀？难道他们的妈妈就不会宠自己的孩子？”

小时候，伊沙木与他的弟妹们每天早晨还没有起床就习惯摸一下自己的枕头下面。因为在每个枕头下都有一份“早晨的礼物”或放着一个苹果或一两块糖果等。但在伊沙木的枕头下却经常放着两个苹果和三四块糖果。

“妈，为什么伊沙木哥是两个苹果？”

“他大呀，我的姑娘。”

“你说他大，可我小啊！”

伊沙木像所有的儿女一样，绝对没有忘记那段珍贵的时光，没有忘记那慈祥的给予他生命和双倍的爱的母亲！

伊沙木每次外出时，艾赛勒罕用她那绵羊一样老实的眼睛看着儿子，以虔诚的心低声祝福道：“我漂亮的儿子可别中了毒眼啊！”

每当夜间时分，伊沙木进入甜蜜的梦乡时，艾赛勒罕将一撮盐放在手掌上，在他的被子上边揉边念叨：“饥饿进去了，饱满进去了，快出来，如不出来，我就一脚让你滚蛋，卷在草席里放火烧了你！”

母亲不断打哈欠，接着又开始低声念叨：“去那破旧的磨坊，去那孤独的朽木！”

艾赛勒罕在孩子们身边爬来爬去，在酣睡的其他孩子身上也逐一念叨。接着返回伊沙木身边又十分虔诚地念都瓦祈福神灵，又反复道：

“饿鬼快滚，饿鬼快滚，饿鬼快滚！”

伊沙木像所有孝敬父母的子女们那样，也想回忆直到生命即将走到尽头、走向永恒世界的最后时刻，用自己毕生的心血和智慧、用毕生的担忧和祈求为他祝福的这位可爱的母亲！

将毕生的爱、无比的乐趣和与对八个孩子的依恋以及对忠诚伴侣的信任紧紧连在一起的老实、本分、单纯、寡言的艾赛勒罕大婶，于1956年即丈夫库尔班·铁日奇去世五年之后，在伊宁县盖玛村次子玉山的家里去世，享年六十岁。

关于伊沙木的关爱者和知音相继去世的情况，将在续篇叙述。

愿天下的母亲都能分享子女们的乐趣，因为她们有享受的权利！

第十六章
民间“恰克恰克学校”

公元 1949 年，伊宁，拜图拉清真寺。

从宣礼塔上响起了麦僧召唤大家开始做晌礼的艾赞声，三三两两地坐在拜图拉清真寺前等待礼拜的人们纷纷站了起来。库尔班·铁日奇急急忙忙地走出清真寺右侧前方堆放了蒿草、苜蓿的一间小店，朝对面一排有遮棚的店铺走去。

一年前，库尔班·铁日奇用伊沙木做小生意挣到的、除了日常生活开支后所结余的一些钱作为本金开了这间简陋的小店铺后，一直让伊沙木经营。

起初，伊沙木不习惯整日坐店铺。他生性爱动，也忍受不了久坐一地。何况他现在已经是个快二十岁的大小伙子，个头也长高了，声音也变粗了，这个年龄的小伙子还能安静一会儿吗？然而，有一件事却让伊沙木的心里感到了踏实，也与他的性格相符，即无事可干的一些青年人从早到晚都经常聚在他的店铺前，有事无事地与伊沙木逗乐。另外，更让他高兴的是，清真寺对面有一排补鞋店，在摆满了皮料、软底便鞋、皮凉鞋、锤子等各种靴具的这排店铺里，蹲了一辈子的手工艺师傅和匠人们当中，不少人还是当地颇有声誉的民间曲艺家或恰克恰克说笑艺人。其中，除了穆罕麦提·曼朱[①]、艾拉洪、玉苏普·外赫西等名人以外，还有像吾普尔·灯葫芦[②]、吐尔逊·铁依甫等这样的

① “曼朱”是汉语“满族”的音译，绰号。

② “灯葫芦”，汉语音译，绰号，意为说话像喷火。

艺术大师，他们都是这里的常客。著名作曲家格亚斯丁·巴拉提当年还在其中的一家修鞋店里当过学徒。从前，伊沙木在塔西来普凯、鞋类巴扎等地做小买卖路过这里时也经常顺便过来光顾这些店铺。现在，他更习惯了这里。

艺术这个东西，也真神奇。它与其他职业不同。对于懂艺术的人来说，不论他是手工艺者，或有一定地位的知名人士，对艺术的热爱能成为他们终生的安慰剂。尽管他们自己都很穷，但他们的心很富有；尽管他们每天所做的事是整日为别人修补靴鞋，但他们所说的话儿都充满了人生的希冀和乐趣。在清真寺对面的那排修鞋店里过着青黄不接的生活的这些鞋匠们，绝大部分都属于这样的人。

伊沙木一直记得，在其中的一家补鞋店里，名叫吐尔逊·铁依甫的一个琴师用独塔尔琴曾弹唱过这样的一支民歌：

艺术是人民的佳丽，
民众与她形影不离。
在艺术的花园里，
有激情和欢愉。
对懂得艺术的人们，
民众自有热情的评语。

这里的店铺像磁石一样吸引住了年轻的伊沙木。稍有机会，伊沙木就将小店交给刚做完礼拜从清真寺里出来的父亲，或是交给刚到这里玩的弟弟玉山、克尤木或某些熟人，自己则径直往对面的店铺里跑。

“干草五分钱，蜡烛八分钱，苜蓿十分钱，不能让顾客自己挑，店里也没有可吃的什么东西。如果你能喝煤油，那我不管。”伊沙木对临时看小店的人每次都这么吩咐。

相对于鞋匠们之间的交谈和弹唱，伊沙木更喜欢的是他们之间说的莱提帕和恰克恰克笑话。穆罕麦提·曼朱和玉素甫·外赫西经常唇枪舌剑地对决一阵儿。他们的恰克恰克方式，不是叙述某个莱提帕故事，而是两人之间一对一、相互不让、轮流开涮、即兴对答。

在说笑者与对手唇枪舌剑的交锋中，他们会忘记自己和周围的人们，甚至忘记世界上的一切。他们的姿态、举止，犹如斗仗得最厉害的公鸡，相互不让，不断反击对方，而且都特别沉稳，不慌不忙。用一个比一个犀利、精准、幽默、夸张、讽刺的语言，向对方开炮。这些恰克恰克犹如潺潺泉水而涌流不息、如喷泉一发而不止，令在场的人们在惊叹中发出哄堂大笑。穆罕麦提·曼朱机智迅速，玉素甫·外赫西乘机反咬，吾普尔·灯葫芦的奇妙的比喻，为一直向往恰克恰克笑话的伊沙木增添了无比的欢愉。他经常跪在一堆皮草边角上听他们的恰克恰克笑话，也常常忘记自家的小店……

“唉，伊沙木丁，你在哪里？”

库尔班·铁日奇大声叫喊了三四次后，伊沙木才听到父亲的叫喊声，并依依不舍地从跪坐的地方站了起来。这是当天父亲第四次这么叫喊他，库尔班·铁日奇这次是要去做昏礼。

“唉哟唉，这个曼朱到底是在缝婴儿鞋，还是在‘缝’恰克恰克？他们怎么把你给吸引住了！”

库尔班·铁日奇咳了一阵儿，缓过神后对伊沙木发了一顿火。伊沙木无声地朝已无人影的小店走去。刚才师傅们说起的那些个个崭新而犀利的恰克恰克一直在他的脑海里沸腾不息。显然，那几位恰克恰克大师的说笑特点，后来也不知不觉地渗入到了伊沙木的心里。

翌日晨，伊沙木又来到鞋店时，正在补鞋的穆罕麦提·曼朱在锥子戳进草皮的地方吐了一口唾沫，接着神色严肃地问伊沙木：“唉，伊沙木，你到这里买票了吗？”

伊沙木愣了一会儿。

“什么票？进鞋店也买票啊？”

“不是补鞋店，是恰克恰克店。还没说你呢，你整天都到这里偷听我们的恰克恰克。自从你每天往这里跑以来，我看你变得魂不守舍了，我说得对不对？”

伊沙木刚要启口，坐在一侧正往鞋子里套模的玉素甫·外赫西插话道：“你在说什么话呀？”他针对穆罕麦提·曼朱的绰号继续说，“这巴郎没听懂你在说什么，瞧，他愣住了呀！”

“唉，我对伊沙木说话，碍你什么事了？可不要咬伤了我什么地方啊！”

穆罕麦提·曼朱也丝毫不让。伊沙木欣赏着他俩之间不动声色的暗斗，开心地笑了。这就是恰克恰克，它既不能模仿，也不能背诵。它只需要爱好和兴趣。由于伊沙木有这方面的特长，正如穆罕麦提·曼朱所说的那样，几位恰克恰克大师的技艺潜移默化、不知不觉地也渗入了伊沙木的心里。

有时，鞋店里的师傅们与伊沙木也逗乐几句。

“喂，伊沙木，我们这里的恰克恰克可不能白听啊，我们一直絮絮叨叨地说个不停，早已嘴干舌燥了。其他的就看你的了！”

伊沙木心领神会，立即跑出去从街上的水果摊那里买来一些香梨。

“瞧啊，吾普尔，”祖尔东·西帕[①]边吃香梨边说，“听说库吾纳洪的孩子都是些一毛不拔的吝啬鬼，可这个伊沙木丁怎么就与他们不同？”

“说得对，”吾普尔·灯葫芦说，“与察布察尔那边的人是有些不一样！”

“不一定，你该说不是偷灯葫芦的油的那种人！”

“嗨，你就这么点本事？看来河那边的人也不怎么样吗！”

这时，如果不是街上的两个青年人进来，他们一对一的唇枪舌剑可能还会持续下去。这两个青年都是奥尔德街的音乐爱好者，也是同龄人相聚的场合里的佼佼者。其中一人将手中的一包东西恭恭敬敬地放在了吐尔逊·铁依甫的前面。坐在吐尔逊·提依甫身旁的吾普尔·灯葫芦急不可待地打开了纸包，原来这是吐尔逊·铁依甫最喜欢吃的帕

---

① “西帕”，绰号，意为锡伯人.

塔孜[1]。

“哦，小伙子们带来了你喜欢吃的‘饲料’了！”吾普尔·灯葫芦乘机对吐尔逊·铁依甫发起了进攻。

“你以为是‘灯芯’啊？”吐尔逊当即反击。

“吐尔逊大哥，我与这个斯拉吉丁为这么一件事而争论不休，到底是‘伊斯拉木玉孜的帕赫泰克’还是‘伊斯拉木玉孜的派赫泰克’？”

“你是怎么说的，艾拜都拉木？”吐尔逊·铁依甫将一块粽子糖放进嘴里后问。

“我说是‘派赫泰克’，可这个斯拉吉……”

“对呀，”吐尔逊·铁依甫立即回答，“‘派赫泰克’是指伊斯拉姆玉孜那位名叫拜合提罕的俊俏女人……”

吐尔逊·铁依甫边说边将手伸向立在角落的刚粘好琴面的一把独塔尔琴，随即调了一下弦音，嘴里含着粽子糖，便唱了起来：

> 我从阿布拉希走来，
> 在伊斯拉姆玉孜见到了派赫泰克……[2]

祖尔东·西帕也有节奏地拍着脚上那已完全褪色的麦斯卡晋皮靴的靴筒，接上了歌词：

> 好像没有薄皮包子，
> 你带来了帕塔孜。

笑声又起。送帕塔孜的小伙子红着脸不好意思地说：“就算我们欠这顿薄皮包子吧。祖尔东大哥，我们来这里时不知道你也在这里。”

---

① 即粽子糖，一种自制的甜食品。

② “帕赫泰克”与“派赫泰克”均为同义词，只有发音差异，原意为“斑鸠”。这里一语双关，特指俊俏的女人。

“他将剧社也搬到了这里，”玉素甫·外赫西说：“还有这个‘灯葫芦’呢。”

“唉呀呀，你怎么总是一起来咬我俩，”吾普尔·灯葫芦摇晃着脑袋说，“他倒可以往河水对岸跑，但我往哪里跑呢？”“你就往皮里奇煤矿跑，吾普尔大哥！”一直静静地坐在旮旯里的伊沙木不知不觉地插了一句。

“瞧，瞧啊！”祖尔东·西帕说，“这巴郎也成熟了。”

“我不是说了嘛，他正在开窍。”穆罕麦提·曼朱也笑着说。

在任何时候，伊沙木都没有忘记那个岁月。拜图拉清真寺前的那一排简陋的补鞋店铺，成为了伊沙木十分宝贵的民间学校，将他引向了恰克恰克说笑艺术的殿堂，使他在这所学校里得到了锻炼，走向了成熟……

伊犁的老人们至今也没有忘记在拜图拉清真寺对面的、很有个性和酷爱艺术的师傅们整日劳作的那排低矮、简陋的补鞋店。人们在相聚的各种场合里总要谈及这些店铺。在这些店铺里弹奏的曲子、弹唱的歌谣、令人开心的恰克恰克笑话，至今还回响在他们的耳旁，总是被人们所追忆；听到有关他们的这些故事，人们总会发出会心的笑声；有时也会唉声叹气，不禁泪流，捧起一双双手，为先人们的灵魂之平安而进行祈祷。每当这时，伊沙木就会想起更多的往事。他始终都没有忘记这个不平凡的恰克恰克学校，没有忘记值得人们满面泪流地回忆和缅怀的可敬可爱的那些恰克恰克大师们！

可爱的伊犁啊，不知你对至今还不懂得珍惜你的、不懂得珍惜至今还活着的你的知音和倾心交谈者的那些后生该怎么办？

第十七章
流动的恰克恰克奇

伊沙木在拜图拉麦德里斯经文学堂读了五年书，在这里接受了算术、语文、地理……等课程的学习，取得了小学毕业证书后就走上了“社会学校”。由于家庭生活困难，加之本人对艺术的偏爱，他未能再继续升学。说实话，在伊沙木的少年时代，能继续升学的学生也很少。由于生活和生计所需，绝大多数家长都让孩子学门手艺或做生意什么的。

伊沙木从事了一段时间的小生意后，后来就被父亲“绑”在了专营干草、苜蓿和日用杂货的那家小店里。从此，伊沙木整日就开始在拜图拉清真寺对面的这家小店里打发日子。正如在前面所说，麦德里斯经学堂对面的那一排鞋店铺无意间为他提供了接触民间恰克恰克说笑艺术的机会，成为了他学习恰克恰克艺术的“恰克恰克学校”。随着年龄和智慧的逐年增长，伊沙木渐渐地感到，自己在恰克恰克说笑方面正在形成一种很自然的特点。

这时候，伊沙木的恰克恰克说笑艺术也日渐成熟，在当地的各种麦西来普娱乐活动、朋友相聚的场合里开始引起人们的关注。正当有人议论他“看来库尔班·科孜克奇的长子伊沙木要继承他父亲的遗产了，瞧他那长相和言行举止本身就是个笑料”的时候，在广袤美丽、土地肥沃、水丰物茂的这片土地的怀抱里，在大街小巷里的各种聚会场合里，也开始出现了踏着老一辈恰克恰克艺术大师们的足迹而不断创新和发展的一批年轻有为的恰克恰克艺术新秀。

伊犁人民从古至今始终以擅长乐歌、恰克恰克说笑艺术而著称于世。不会说一两句像样的恰克恰克笑话、不能即刻明白一语双关的戏言笑语的人，则完全可以怀疑自己可能不是伊犁人。然而，这正如俗话所说的“魔鬼的刀子能成人们的宝剑”那样，要成为被一个地方的人们所公认和推崇的“恰克恰克奇”绝不是一件容易的事情。

人们从事什么职业，就会很自然地与他的同行交往或打交道。寻求发挥恰克恰克说笑特点的伊沙木，这时也产生了与像他自己一样的寻求恰克恰克说笑艺术之威力的人们比试一下自己的“刀锋”和“矛尖”的想法。真是“有所求，必有所得”，不久，在一次街巷里麦西来普娱乐活动中，他与喀拉墩村的乐师兼恰克恰克说笑艺人麦麦提明·玛玛赫不期而遇。在整个喀拉墩地区，他与吐尔逊·阿曼、吐尔逊·居玛也算是遐迩闻名的民间曲艺家和恰克恰克奇。甚至在整个伊宁城区也有一定的名望，远则巴彦岱、近则吉尔格朗的大街小巷的各种麦西来普活动、喜庆典礼场合，都少不了他们的助阵。其中，坤奇村的艾萨·图勒克[①]也是周围颇有影响的“捕猎”老手之一，也经常被应邀光临邻近乡村或街巷举办的各种聚会场所。

伊沙木与麦麦提明·玛玛赫在城里的街巷麦西来普中，相互之间都有较为深入的了解。中等个子、肤色黝黑、留着连鬓大胡子、长着一双炯炯有神的大眼睛的麦麦提明·玛玛赫，也是一位很有特点的青年琴师，他既能弹又会唱，还能说。尤其是前两个特点尤为突出。伊沙木喜欢他的善良、直率。麦麦提明·玛玛赫发现伊沙木的思维敏捷、迅速，应变力强。在伊沙木所在的街巷里举办的麦西来普中，麦麦提明·玛玛赫也很好地展示了自己在各方面的技能，他很擅长弹唱流传在民间的最新民歌，至今在伊犁河谷还有不少像他这样的民间乐师和歌唱家。他们专门用能够激发人们心灵的一些歌词来弹唱，使自己也能赢得荣誉。

---

① 图勒克，绰号，意为狐狸。

曲艺之后，在不知不觉中大家将麦麦提明·玛玛赫与伊沙木引入了一场“交锋”。通常在麦西来普或其他聚会场合，恰克恰克奇之间的交锋往往是这样开始的：

在场的某一位恰克恰克奇以假托真，用夸张和无有的事实向另一位说笑者“抛”出一句话，说明在场的另一位说笑者没有把他放在眼里，并在另一个场合里曾暗示过他的这种态度。于是，遇到“威胁”的恰克恰克奇当场向在场的那位“对手”提出“宣战”，或以相似的方式表明自己的态度。这表明了“一对一”的交锋正式开始。两位恰克恰克奇之间的交锋，句句紧逼，使得每一次的讲话如同一次激烈的进攻，整个过程始终处在互动性极强的紧张而热烈的对话气氛中。在座的人们忽而为张三喝彩，一会儿袒护李四，不断为以笑为灵魂的恰克恰克火上加油，从而在两人的交锋过程中，进而会出现包含比喻、夸张、讽刺、设问等辞格的语言尤为幽默风趣的一连串的新恰克恰克笑话……

这一天，麦麦提明·玛玛赫与伊沙木之间的交锋未能持续多久就结束。其原因一是麦麦提明·玛玛赫是被邀请到城里的客人；二是伊沙木是新手，还缺乏在正式场合说笑的经验。尽管如此，伊沙木初露锋芒，初显了自己的一些特点。

麦麦提明·玛玛赫回到喀拉墩乡以后，也许是他向伙计们提到了伊沙木。第二周，伊沙木应邀参加了在喀拉墩举办的麦西来普聚会。这次，伊沙木与吐尔逊·阿曼、吐尔逊·曲杰[1]等当地的恰克恰克奇们也交锋了一轮。正如“新相识的朋友，脾性也陌生”，吐尔逊·阿曼临场发挥得不太利索。伊沙木则顺着自己的性格利用外出洗手的机会，顺便向旁人了解了两位“吐尔逊”的某些嗜好和特长。吐尔逊·阿曼本名原为“吐尔逊·拜合提”，“阿曼”这个名字是根据他的性格后来被人们添加的。因为，不论在巴扎上，还是在村子里或在某个场合里，

① 曲杰，绰号，意为小鸡。

不论和谁见面，他总是右手抚胸，祝愿一声“阿曼波来里”[①]。伊沙木因为是客人，所以悠闲自在地坐在了上席。吐尔逊·曲杰磨了一会儿嘴皮后，轮到吐尔逊·阿曼开口时，伊沙木恰如其分地引用了“阿曼波来里”这句话，不料引发了在座诸位的哄堂大笑。吐尔逊·阿曼如临大敌，陷入了惊慌之中，接着说的话儿也不着边际。他想：“看来，要时刻提防这个斜眼睛才行！”

需要说明的是，伊沙木通过暗地悄悄了解和掌握对方的情况，再进行突然袭击的这种说笑风格和习惯，在他后来的恰克恰克生涯中日臻完善，最终达到了炉火纯青的程度。他的这一风格和习惯一直保持到他生命的晚季。

从那以后，伊沙木渐渐地学会了“自己走路”。在本地和外地举办的各种麦西来普聚会和婚庆典礼活动中，开始不断出现伊沙木的身影。

在这些场合里，他常常与一些“新对手”较量或交锋。当然，这对提高恰克恰克说笑艺术技能也有好处。他与坤奇村的艾萨·图勒克[②]连续进行了两场较量。艾萨·图勒克见多识广，也是当地颇有名气的恰克恰克艺人。通常情况下，他毫不理睬一般的话语，只是静静地听，或一笑了之，但他擅长把握时机，出其不意地反咬一口。因而只要他一张口，在场的年轻人就没有不笑的。这与后来只要伊沙木一开口，就能引发在场的所有人的大笑，而对其他恰克恰克奇们的说笑只是有选择地笑是一样的。

一次，艾萨·图勒克特意邀请伊沙木来到在本村举办的一场聚会。也不知从何而来，从托帕店的一家酒馆里返回的两个醉鬼突然撞进了他们所在的屋里。这两人既是艾萨·图勒克的亲近朋友，也是他的同乡。刚入座，这两人还算比较安静。但可能是因为屋里的气氛感染了他们的情绪，使他们很快变得不安分了。加之，这正值伊沙木的话儿

---

① 意为：让我们都平安吧。

② “图勒克”，绰号，意为狼。

犹如脱缰的烈马喷发而出的时候，于是他对艾萨·图勒克开起了玩笑：

“唉，艾萨哥，你的窝儿怎么乱了？”

艾萨·图勒克睃了一眼那两个醉鬼后回答道：“我的窝儿本来就没有这种动物，不会是你从苏达尔瓦孜那里领来的吧，伊沙木？”

“我可不是你，净往窝里请客人！”

“我可不是你，两个醉鬼争吵，还问是不是在地震！”

“我可不是你，将客人迎到上席，乱咬自己的尾巴！……”

当一对一的交锋进入高潮的时候，突然其中的一个醉鬼一脚从餐布上跨越而上掐住了伊沙木的脖子：

“你怎么还敢向我艾萨大哥说三道四？”

伊沙木惊奇地往后退了一下叫喊道：“唉，艾萨哥！你说你们村子是制皮村，我看倒像个扎笤帚的村呀？”

艾萨·图勒克和房主慌张地跑过来狠狠拉住那个醉鬼的手。醉鬼似乎也觉得自己有些过分，装傻卖疯地说：“好吧，苏达尔瓦孜街来的，那就来一段恰克恰克吧，否则，我不会松手！”

伊沙木立即回答道：“唉，小伙子，看你像扎笤帚把一样掐住我的脖颈，你能扎几个笤帚把？”在哄堂大笑中，那个醉鬼立即松了手。

另一个醉鬼直到散场也没有醒。临走时，他对伊沙木威胁道：“唉，瘦猴子，不论你从哪条路返回，我都要揍你。”

隔着这间屋的小院里有一条哗哗流淌的干渠，伊沙木忽然想起了这条渠。“不用了，让我与水一起流走吧！”

又是一阵大笑，在笑声中第二个醉鬼也安静了。因为这两个醉鬼的所作所为而深感愧疚和不安的坤奇村的一帮子年轻人，纷纷向伊沙木表示了歉意。

“请你别在意，朋友，我们会狠狠惩罚他俩的。我们后会有期。”

就这样，伊沙木的恰克恰克说笑生涯开始了。就像上场比赛的骏马耐不住蹄子发热，随着参加各种场合的恰克恰克说笑聚会的不断增多，伊沙木参加各种新聚会的愿望也变得越来越迫切，越来越想在恰克恰克说笑中磨炼和展示自己的艺术风采。当然，这是好事。然而，麦德里斯学堂对面小店经常被撂在那里，使库尔班·铁日奇因不能按时到清真寺里做礼拜或参加街坊乡亲的婚丧之事而总是焦急不安。这时，他本人也因长期患病，病恹恹的身体也变得越来越瘦弱。正当库尔班·铁日奇就是在这样焦急地等待儿子的时候，昨夜睡在别人家的伊沙木很晚才出现在了小店前面。

库尔班·铁日奇对儿子无论如何还能出现在小店前稍感一点欣慰，但因刚才的焦急和不安还没有完全消失，他狠狠瞪了一眼伊沙木：

“唉，流动的恰克恰克奇，你还在这世上吗？”

毕竟是一位能言善辩者，库尔班·铁日奇的这句话或许是对伊沙木当时状况的很幽默而集中的概括。

第十八章
处罚邻居

那时候，街巷里突然出现了个偷鸡贼。

鸡这个东西倒也不值几个钱，但这事所带来的后果却令人不安和气愤。真是“一家遭水淹，千家不安宁”，由于每天早晨都不断传出“今天某某人的多少个鸡被盗”的消息，家家户户都陷入了恐慌和不安之中。这对于家长们来说是个担忧，但对小孩儿们却是一场十分开心的游戏。

“哦，听说艾克木的三只鸡被偷了，看来现在该轮到我们了。”从街上气喘吁吁地跑到院里的克尤木不安地这样说。艾克木是与他同龄的朋友，与伊沙木家是一墙之隔的邻居。

“住口，别乱说。”正在收拾锅瓢碗碟的艾赛勒罕不安地说，“愿胡达保佑每日为我们产四五个鸡蛋的那些母鸡们吧！本来是个很平安的街巷，也不知那倒霉的小偷是哪里冒出的。”

“行了吧，别费劲了。孩子嘛，嬉闹玩耍，啥话都说。唉，克尤木，去吧，给鸡撒些谷物，早晚看好自己的鸡。在我们这个街巷里，你说数谁最闲，我看阿卜杜热依木·索格的那一条黑狗和你最闲。”

也许是因为库尔班·铁日奇一口气说得有些长了，咳了很久才停了下来。疾病将他折磨得也够呛。

傍晚时分，伊沙木从店里返回后听了有关鸡被盗的许多传话后，才悄然而睡。

翌日晨，按照每日的习惯伊沙木早早起床急忙往小店赶。不料像钉在小院门口的那条长条椅上的木桩一样，一直坐在大院门口，也不知他何时吃饭、何时睡觉、头上总是扣着冬夏不分、比自己还要大的皮帽子、始终都蜷缩着的隔墙邻居克里木，一大早又拦住伊沙木，向他诉说着什么：

“唉，伊沙木丁，今天有什么新闻或新消息？街巷情况如何？鸡鸭什么的还算平安吧？”

“我不知道，”伊沙木不耐烦地说，“无论如何，那些厚颜无耻的盗鸡贼今日也该消停了吧……”

“瞧你说的，真无知。你没听说什么，可我听说了。今天帕孜里的鸡被一窝端了……”

“克里木大叔，既然你都知道了，还何必问我？莫不是小偷每天要向你提供汇报情况？”伊沙木习惯地转向了玩笑话。

“你这家伙和你爸爸一样说话怎么那么恶毒啊。咳，我真不该对你说话。我是告诉你们要警惕小偷。真是个把好心当驴肝肺的东西！”

在这条街里，无论发生什么事，不论有多么隐蔽，这个克里木总是最早知道。进出这条街的任何人都不得不从他的前面经过。从他面前走过的任何人，不论是男是女，不论是年轻人还是老年人，甚至上街卖手工糖果的小孩儿，如果不听克里木的几句话儿就无法通过这里。因而，街上的人们给他起了“克里木·斯克尔提”[①]这个绰号。

“孩儿啊，给我看看，那个克里木·斯克尔提是否还在那拐角盯着。我想到集市去。”年长的有些人出门前都会这么说。

“唉呀呀，看来我不能按时参加婚礼了。克里木·斯克尔提坐在他门口。你想只管走呗，但这家伙总是拦住你絮絮叨叨；不理他吧，但又……”

类似的议论在伊沙木的家里也常会出现。有时库尔班·铁日奇上气不接下气地喘着粗气，大动肝火。“莫非他妈将他生在了外面，怎么

---

① 意为哨兵。

不待在自己的家里呢！好像政府给他发工资似的，什么时候都见他坐在那里。总有一天，他会挨骂的！”

人心是肉，总还得讲点面子。何况他们是邻居。岁月如常，库尔班·铁日奇将心中的不满咽进肚子里，生活像往日一样地在继续。克里木·斯克尔提也没改变自己的习性，尽扫从这里过往的人的兴致。

“朋友啊，你这是上哪儿？走这么急，喀什的亲戚来了吗？”

“哦，你好啊，萨热汗大婶，你端着大盘上哪儿啊？裹着的是卷肉馕，还是发面包子？”

“喂，站住，宝贝，最近以来你妈妈和爸爸吵架了吗？”

……

街巷里的人们早已厌烦了习性怪异的这个人。然而，谁也不想因为得罪他而伤自己。坐在门前那用碎布缝成的破烂不堪的厚厚的垫褥上的克里木，仍然悠闲自在地延续着自己的这份“事业”。

后来，克里木·斯克尔提的这种无聊行为，开始引起了已长大成人的伊沙木的注意。尤其是当他急急忙忙地赶往店铺，总被他缠住时，伊沙木对这个人产生了反感。

“哦，伊沙木丁，你爸爸还连夜咳嗽吗？唉呀，我看他的情况不太好啊。”

“别急着走嘛，伊沙木丁，听说大老远的地方有人请你参加麦西来普，他们给你赏钱了吗？”

“别走啊，巴郎，这么急上哪儿呀？咳……世事不尽，来，坐一会儿，瞧，这阳光多么温暖，让我们好好聊聊吧。”

伊沙木也嘴快不饶人。他忽然想起“水要洒在能渗的地方，话要讲在点子上”这句民谚。克里木·斯克尔提不是个满足于只言片语的那种人。所以，伊沙木唯一的办法便是不理他只管走自己的路。而克里木·斯克尔提是个不怎么在乎对自己粗暴或无礼的那种人。如果伊沙木像别人对他那样也不理他，那么第二天他仍然会我行我素，根本不管别人的感觉。

伊沙木对这个人越来越看不惯。他忽然产生了应该狠狠教训他一下，使他从此不敢再坐或少坐街头、即使坐在街头也不敢再纠缠别人的想法。

有一天，伊沙木参加在艾琳巴格街的一场麦西来普聚会后，比平时回家稍早一些。尽管已过宵礼时分，但因为是黑夜，街上也见不到人影。寒风刺骨，令人颤抖。远方不时地传来狗吠声。忽然，从很近的地方传来了好像是一位热恋的小伙子的歌声，痛苦而忧伤的歌直冲伊沙木的耳畔：

为了你啊，为了你，
我舍弃了生命。

伊沙木听着歌，转向了自家所在的街巷。他刚走几步，在离他不远的地方传来了轻轻的咳嗽声。伊沙木惊奇而又小心地停止了脚步，目不转睛地望着前方。黑夜中，在离他六七步之远的墙根下，他隐隐约约地看见了一个黑影。这时伊沙木悬着的心才算放了下来。这个黑影子便是那个难改恶习、在半夜时分还坐在门口自愿挨冻受苦的克里木·斯克尔提。

"谁？邻居吗？是维力，还是伊沙木丁？是阿勒玛斯·帕喀？你是谁呀？"

伊沙木悄然无声地从街道另一侧绕过。从他背后传来了克里木·斯克尔提嘶哑而微弱的声音，后渐渐消失。

"不管是谁，在我这里聊一会儿嘛，咳呀，这些胆小鬼！"

听到克里木·斯克尔提最后说的那句话，使伊沙木不禁想起了街里发生的偷鸡事件，但这件事在他脑海里一闪而过。此时，他忽然产生了另一个念头。

第二天宵礼之后，克里木·斯克尔提不顾寒风凛冽，又独自守坐在街头。天地寂静无声，漆黑一片，比昨天的夜还黑暗。好像有意作对似的，偶尔从这条街走过的人们也从他对面绕行而过。全身裹着宽大的羊皮大衣、坐在破旧的褥垫上的克里木·斯克尔提一会儿打一阵鼾，一会儿惊醒，观望一下四周。他所想的是如果有人从他前面走过，就将他拦住，与他聊天、套话，从中了解一些新情况。

也不知过了多久，好像他听到了什么声响，而且就在自己身边。他循声看去，只见一个黑影—— 一个非常奇特而可怕的怪物——从头到脚都是雪白的一个生灵站立在他眼前！

“啊，神明的主啊，保佑我吧！我罪孽深重，我忏悔，我压根儿没见过这样的怪物！”克里木·斯克尔提吓得浑身发抖，突然“噌”地站了起来。这时全身雪白的怪物在他身边乱奔狂跳，手舞足蹈，怪物每奔跳一次，他身上的铃铛就发出一阵令人心悸的声响。

“啊呀……胡达呀，托哇……我忏悔，我敬畏你……我的灵魂是有罪的……”克里木·斯克尔提浑身颤抖，宽大的羊皮大衣襟绊住了他的脚，他蜷着身躯，最后四肢无力地慢慢伸展，渐渐瘫倒在了褥垫上，他神志模糊，褥垫落地……

第二天傍晚，街坊的人们为克里木·斯克尔提没有再出现在他家门口而感到很惊奇，甚至他门口的那个泥土椅子也已有好几天空荡无人。很快街巷传出了他患病的消息。于是左邻右舍和街坊纷纷到他家里看望他。看望他的人们感到很惊讶地揪住自己的衣领，都相互在说什么，摇着脑袋不时地发出了笑声。

“真怪，”正在吃早茶的库尔班·铁日奇微笑着说，“听说，克里木·斯克尔提遇见了魔鬼，魔鬼掐住他的喉管问：你还整夜盯梢人们吗？还让不让街坊们安宁一会儿？”

“真是怪事，”艾赛勒罕吹了一下自己的衣领后说，“听说，他的嘴和鼻子都生了疱疹，好像是中风的征兆？都怪他自己，听说他妻子孜瓦热罕也在这么哭诉。”

听着父母的话，伊沙木不禁“扑哧”地笑了一声，他“咕噜咕噜”地喝完奶茶后，差一点脱口而说“那个魔鬼就是我”。但他害怕父亲，因为库尔班·铁日奇在这段日子里一直受着疾病的折磨，他受不了气。

后来，街坊们也议论道："那个偷鸡贼不是别人，而是克里木·斯克尔提他自己。他在街头坐到半夜，等夜深人静时就去偷别人家的鸡。天没亮以前，由他儿子艾克木将偷来的鸡拿到外地卖。他是为迷惑别人才对我们说，他家的三只鸡也被偷了。说实话，哪有从有二十多只鸡的鸡窝里只偷三只鸡的傻瓜小偷呀……"伊沙木没有理睬这些议论。总之，他因为为本街的人们悄悄地办了一件好事而暗暗自喜。

过了很久，克里木·斯克尔提的身体才算恢复。从此，他再也不敢坐守街头了。

第十九章
对艺术的追求

伊沙木对艺术的火热追求始于他在麦德里斯经文学堂读书的那个时期。

伊沙木在麦德里斯上学的时期，正是伊宁的文化艺术事业得到蓬勃发展的时期。1936年，在伊宁修建了一家“民族俱乐部”剧社，这为各艺术团体的只表演一些小节目而苦于不能表演大型文艺节目的各族艺术家们提供了有利条件。则克里·艾勒帕塔、贾拉力丁·叶海亚、卡斯木江·坎比力、茹孜·弹布尔、阿布都维力·加如拉等艺术家都相继在这里聚集。接着相继成立了“俄罗斯俱乐部”“乌孜别克俱乐部”“汉族俱乐部”“塔塔尔俱乐部”等各民族文化俱乐部，从而形成了各族人民能够尽兴表演自己的文艺节目的局面。以维吾尔族为例，在原“民族俱乐部”的基础上，后来被改称为“维哈柯俱乐部”（即维吾尔族、哈萨克族、柯尔克孜族俱乐部）里，表演了维吾尔族大型古典歌剧《艾里甫与赛乃姆》，这对伊宁人民的文化生活产生了极大的影响。

伊沙木的少年和读书生涯正值这个时期，在伊沙木幼小的心里燃起和增强了他对艺术的一种火热的追求。

在热爱艺术的老师们的精心组织和指导下开展的各种文艺演出活动，排练和表演的各种文艺节目，在纳格拉鼓场学打纳格拉鼓的经历，热烈而独特的地方麦西来普娱乐聚会等……如果说这是随着伊沙木年龄的不断增长，为他日益增强的艺术追求之火上浇的燃油，那么蓬勃开展的各种艺术演出活动、街巷和闹市里的各种民间曲艺，以及在大街小巷里经常出现的迈达力克艺术[①]和各种杂技表演等形式多样的各种民间娱乐活动，就像不断添加增热的柴火，使伊沙木对艺术的追求之火越烧越旺。这个时候，只要有机会伊沙木就往街上跑。每当傍晚，伊沙木与街上的伙伴们一起就装成到“维哈柯尔克俱乐部”看节目的大人们的“孩子”试图混入俱乐部，如果被发现，撵出了俱乐部，他就在满地是瓜子和瓜果皮的地方寻找副票（指电影或戏剧票的附加票）；放学或节假日，他就总是往朗泽贝希、墩烧房等地跑，反复聆听托乎提喀日等迈达奇（说书人）伴着独塔尔琴说唱的《艾里甫与赛乃姆》《柔斯坦木达斯坦》等民间故事。每当这时，他就身临其境，竟然忘记自己和身边的同乡小朋友；当他饿得饥肠辘辘的时候，他就不由自主地往两旁挪动一下身子；他特别善于从游戏或说书人表演的达斯坦中捕捉滑稽可笑和具有讽刺意味的一些地方，他的注意力也多集中在这方面。

有一次，在回忆往事时，他向赛里木讲述了这样一件趣事：

“很小的时候，”伊沙木说，“朗泽贝希有一位叫托乎提喀日的说书人，当时他正在讲述叙事长诗《柔斯坦木达斯坦》，他坐在土炕上，土炕下有三四十个听众听他的演讲。不久，我突然发现他越讲就与坐在土炕下的听众之间的距离就越近。我一直注意着他。当托乎提喀日大声说‘柔斯坦木达斯坦策马而来，冲向敌寇，举起了狼牙棒……’时，深受感染的听众们不知不觉地两手撑地朝前挪动，不禁异口同声地也喊起了：‘瓦谢热！’[②]托乎提喀日继续演说道：正在这时，柔斯坦木的骑乘突然被莫名的声音所惊，‘扑通’一声侧倒在地……在下面的听众顿时双手撑地往后退缩，‘唉呀，完了’，都瘫了下来……”

还有一次，伊沙木到托帕店观看木偶戏。每当春节等节假日时，

① 一种地方性说书艺术。

② 表示很惊奇的叹词。

这里的高抬、高跷游戏就非常热闹。伊沙木在这里观看了名叫托乎塔洪的一个吐鲁番人表演的高跷戏。脚掌上捆着一米多长的高跷，涂着怪异的花脸，穿着色彩缤纷的衣服的二三十个人踏着锣鼓声，整齐地前走一步，后退一步。尤其是当他看到叫托乎塔洪的那个人，他目光坚毅、举止勇敢、胆大如虎，与汉族艺人们一同在舞台上表演，因为将壮士和英雄的角色演得活灵活现、格外逼真，得到在场的汉族观众的热烈称赞和不断掌声的情景，使他感到非常惊奇。这个情景在他幼小的心灵里留下了难忘的记忆。

那一天，伊沙木以极大的兴趣观看了托乎塔洪在舞台上的表演。他如痴如迷地看完了整个表演，竟然忘记自己是在什么地方。一种童趣将他引向了完全陌生、遥远而神秘的一个家园。突然间，他被像巨石一样的一块东西重重地撞了一下……

托乎塔洪在舞台上表演完节目，从舞台一侧翻了几个跟头就跳到了地上，不料撞上一个孩子，几乎将那孩子撞倒在地。他用特别有劲的双手迅速抓住了与自己一样很惊奇地看着自己的那个孩子的肩膀，既生气又不无滑稽地大声说道：

“哪来的瘦筷子？可别让我折断了你，而遭麻烦啊！”

伊沙木觉得被他揪住时的疼痛远比被他撞击时的疼痛难受，然而尽管他还小，但他觉得自己是个儿子娃娃这也算不了什么，因而他也没有叫苦，只是怪怪地瞪了一眼托乎塔洪说：

“像脊檩一样坚实的壮士，要折断一根筷子也不太体面吧？”

托乎塔洪发自内心地“哈哈”大笑起来：

“好啊！[①]这伊犁的吹牛王还挺硬，嗯，你说吧！”

伊沙木回答：“不，请您再说一遍刚才说的话。”

托乎塔洪对伊沙木说了几句汉语，当然伊沙木也听不懂，但他似乎很满意地点着头说：“哦，真的是您自己的声音。”

---

① 此词是用变音的汉语说的。

托乎塔洪又笑了起来。

伊沙木在少儿时期说这些话时，或许他从来也没有想到经过漫长的岁月之后，演员们还能迎来在舞台上口干舌燥地讲的台词还能被录音播放的“进步时代”。

另一个地方一直吸引着伊沙木，即由剧社不时地组织演出的“文艺节目”。每当节假日或重要纪念活动时，这些文艺小团体，经常在城区范围里为民众表演文艺节目。有时也参加市里组织的一些文艺调演和重大的纪念活动，进行文艺调演比赛。

而这种活动大多在有较大庭院、在各方面能给予支持和帮助的大户人家的庭院里举办。演员也由居住在当地的民间艺术家和文艺爱好者组成，一般年龄差异较大，既有年轻人，也有须发皆白的老人。因而也出现了不少一专多能、多才多艺的艺术人才。白天他们都忙于经营自己的生意和养家糊口，夜晚则不约而同地集中在某个庭院参加文艺节目的排练。每当夜晚，微风习习，凉爽宜人，在庭院里响起的独塔尔、弹布尔的琴声特别动人，对附近的人们具有很大的吸引力。首先是叽叽喳喳的那些巴郎们都往这里跑。召唤孩子们快回家吃晚饭的少妇们那拉长的声音与牧归的牛群的哞哞声融为一体，为黄昏时分增添一份别样的光彩。

伊沙木当然也没有放过这样的机会。他父亲库尔班·铁日奇和母亲艾赛勒罕也知道这家伙不吃饭就会往那里跑。每当这时，伊沙木一方面急忙跑到茶馆将艾山·弹布尔奇的乐器拿到这里来，一方面忙着为则克里·艾勒帕塔端凉茶。对他来说，舞台表演是一件非常开心和体面的事情。与他一起参加麦西来普的几位乐器爱好者则坐在当地的乐师们当中也很神奇地拨弄着自己的乐器。比伊沙木小几岁的格亚斯丁、赛都拉木等也会展示一下自己的风采。尽管伊沙木既不会弹奏也不会唱歌，但他也总想能在舞台上展示一下自己。有趣的是，即使让他在舞台上做个配角什么的，他也总是甘心情愿，乐意去做。因为他向往舞台。

许多年以后，在谈到这件事时，他向赛里木还讲述了这样的一件事：

“咱们州文工团曾有这样一位演员。现在我也不记得他的姓名了。他在文工团干了二十多年，只演一个角色，而且是在哈萨克族戏剧《赛里喀与萨曼》中当配角。他演的那个角色也非常简单，在整个戏中只出现一次，即在婚礼正式开始以前宣布‘婚礼现在开始啦！’后即退场。有趣的是，他说的‘开始了’这句话纯粹是南疆人的口音……”

谈到这里时，伊沙木也谈到了自己当时也有幸当过一次配角。即讲述了自己非常高兴地在一次独幕话剧中自始至终地担任抡坎土曼的角色的情况。

“伊沙木哥，这样的配角还争吗？”萨比尔江向赛里木江挤了一下眼后这样问他。

“你说啥呀，去问问你大哥热合木丁就知道，那时为争个配角，差一点与导演打起来。”

萨比尔江口服心服地擦着笑出的泪花，对赛里木说：“写吧，兄弟，将来肯定能用得着。”

正当伊沙木对艺术如痴如醉地追求的时候，当地的一位知名人士好像也揣摩到了伊沙木当时的心愿，为他办了一件大好事。从此，在伊沙木的生涯中开始出现了重大转折。当然这是后话。

第二十章
伊沙木在舞台上

伊沙木的父亲库尔班·热依木因长期受肺结核病的折磨，于1951年春不幸在伊宁城区奥尔达街的家里去世，时年五十九岁。

母亲艾赛勒罕则在悲伤、哭丧、尽孝中与八个孩子相依为命，又不得不为生活而奔波。“逝者已矣，生者可追”。河水泛滥，又归入了河床，熄灭的篝火又点燃了。靠山坍塌、失去梁柱的这户人家的生活之车，又发出“嘎吱，嘎吱”的声响，踏上了颠颠簸簸、崎岖不平的生活之路。

在八个孩子中最受父亲宠爱的伊沙木，因失去父亲也曾陷入一时的痛苦和悲哀之中，他曾失声痛哭，哀号不已，甚至出现了厌世情绪。一想到父亲，他就想哭，不想再活在这个世界。然而，时间能让人忘记一切，也包括悲伤和痛苦。这是世界之规律。伊沙木最终也不得不服从了这个规律。作为家里的长子，他担负的责任也开始加重。他自言自语地说：“伊沙木，你贪玩、撒娇的日子已经结束了。”

那个年代，因开展“土地改革”“减租减息”运动之需要，在伊宁市区的各个街道都成立了“支部”，作为社区管理工作的一部分还成立了文艺演出队，伊沙木也参加了“支部”组织开展的文艺演出活动。过完父亲“四十日祭”以后，伊沙木又回到了演出队。苏达尔瓦孜街区“支部”的主任是则克里·艾勒帕塔，他将阿不力克木·阿卜杜拉等几位著名的民间乐师和歌手从其他地方邀请到了这里。由于苏达尔瓦孜街本身也有不少文艺爱好者，所以该支部组织的文艺队成为了全市实力较强的文艺演出队之一。后经则克里·艾勒帕塔与大家商量，决定将适应当时形势之需要的话剧《血迹》推上了舞台，伊沙木在该剧中也扮演了适合自己特点的一个反面人物。

苏达尔瓦孜街文艺队演出的话剧赢得了全市区人民和有关部门的好评。该剧在城乡巡回演出了一段时间。观众对伊沙木扮演两面派使者的角色给予了热烈的评价，并对伊沙木本人在话剧中的表现也给予了积极的肯定。伊沙木在该话剧中扮演了两个角色，其中另一个是饰演配角衙役。

那年年底，对于伊沙木来说也发生了一件很有意义的事情。即他从社区文艺队里被选入了由政府直接管辖的较为正规的“团结剧社”。

1949年，新疆和平解放，处于松散状态的“团结剧社”从此正式成为了一家公立剧院。在该剧院的组织和带领下，从城区到乡镇，从机关、学校到社区均成立了文艺队，使文艺事业呈现出更加火热的景象。该文工团不仅组织创作了许多适应当时形势的乐歌，而且还将《恶霸的归宿》《温情姆》《古丽尼萨》等大型话剧也搬上了舞台，经常在城镇和乡村里巡回演出。在演出大型话剧《血迹》时，经该团负责人则克里·艾勒帕塔推荐，伊沙木有幸作为从社会上招收的演员之一被充实到了该团里。从此伊沙木在该团的演出生涯也开始了。

正如在前面所说的那样，在“团结剧社”当演员，对于伊沙木来说是一件非常新鲜和自豪的事情。当他实现了很久以来所期盼的这个愿望时，他兴奋得失眠了好几天。他一上街，就有不少人来祝贺他，特别热情地与他握手问候；他母亲艾赛勒罕和他的弟妹们也为他高兴。艾赛勒罕仍然没有忘记为他悄悄点香祝福，同时也为已故的丈夫库尔班·铁日奇默默地流下思念之泪。

伊沙木被招到该团以后，就全身心地投入了话剧《血迹》的排练。这里的排练与他从前在社区里临时演出队的简单排练完全不同。作为正规的专业艺术团体，对排练的所有节目都要进行层层把关。

贾拉力丁·叶海亚是个一丝不苟、非常严格的导演，他绝不放过演员们任何细小的失误，更不允许敷衍了事。这对于曾参加一些麦西来普活动或在各种说笑场所、后来顶多参加社区或居委会“支部”组织的一些临时演出，只听说“排练、排演”等几个专业词的伊沙木来说，让他一开始时就不太适应，感到有很大的压力。他觉得自己如果稍不留意就有可能会落伍或被淘汰。因为，集中在这里的人都是来自于伊犁地区艺术界的佼佼者，何况还有许多有艺术才华和艺术特长的民间艺术人才仍在盯着该团，期待自己也能被招录到“团结剧社”。

伊沙木逐渐开始适应和习惯了该团的规章制度。他觉得在这里工作很开心。每天早晨，演员们就会三三两两地集中在排练厅里。他们个个都身怀艺技、诙谐、幽默，很可能在昨晚作为首席客人或嘉宾出席过某场聚会，因而他们将把在不同场合耳闻目睹的各种轶事、笑话、新消息等，都会在这里尽情讲述。大家总是争先恐后地讲述自己的所见所闻，如果当天谁讲的内容最新、最多、最有趣，那么谁就能在剧院对面的那家餐馆里免费吃一顿馅饼或羊肺灌肠等。而这样的荣誉往往被吾普尔·灯葫芦、佐尔东·西帕①这两人赢得。

上述提到的那两个人都是伊犁地区艺术界的资深艺术家，他们在逗乐说笑方面不相上下，只要有他俩在场，就能听到让人意想不到的许多趣事和笑话。只要他俩在的地方，就会笑声四起。后来伊沙木之所以能成为恰克恰克奇艺术大师，与这两位艺术家的影响和熏陶也是分不开的。

很久以后，伊沙木曾对赛里木说：“实际上我的恰克恰克老师有很多，比如，除了我的父亲、爷爷和补鞋店里的那些师傅们以外，还有吾普尔·灯葫芦大哥、佐尔东·西帕大哥等老师。”

剧院里的生活非常愉快。演员们只要有一点空闲时间，都时刻准备逗乐说笑。在排练休息的间隙，伊沙木总要挤入大人们中间“偷拍子”。对于伊沙木来说，这里有他取之不尽的可作为新鲜事儿和特别有

---

①“锡伯”的变音译，绰号。

趣的恰克恰克笑话资源。暑往寒来、天长日久，娴熟的恰克恰克艺术家们所展现的不同的恰克恰克说笑风格和特点，作为一种学问和经验潜移默化、不知不觉地渐渐地感染了伊沙木。

在伊沙木的记忆中，自始至终地保存着他最初加入伊宁剧团时那难忘而可贵的岁月。一直牢记着的则克里·艾勒帕塔、茹孜·弹布尔、佐尔东·西帕、吾普尔·灯葫芦、麦提塔依尔、阿布都乃比·马纳泼夫、阿布都维力·贾如拉、努尔麦麦提、阿布拉江·柯匹等可敬可爱的老师和艺术家，他们后来都相继离世，走向了永恒的世界。然而，这些可敬可爱的人们的言行举止、音容笑貌以及包括他们的令人难忘的许多趣事和恰克恰克笑话像刺绣一样编织在了人们的心中：

★有一天，伊沙木在伊犁河边与同几位朋友一起走来的佐尔东·西帕相遇。这天伊沙木与几位朋友在这附近小聚后，在树林里转悠了一会儿，还顺便砍下一根棍子，以备做坎土曼把子。

“佐尔东大哥，你这是要去察布察尔那边吧？”伊沙木有意暗示了对方的绰号。机灵的佐尔东指着伊沙木肩上的木棍当即回答：“嗨，伊沙木，你这掏牙缝的木棍怎么这么小啊！”

★一次，在晚聚时喝得稍多的吾普尔·灯葫芦第二天早晨没能参加排练。剧团团长因参加会议，也不知道这个情况。排练时，伴随着音乐，伊沙木边敲鼓，边对吾普尔·灯葫芦的耳朵很有节奏地唱道：“我要告诉那天的事啊，我要让团长知道。”

反应敏捷而迅速的吾普尔·灯葫芦也踏着乐鼓的节奏立即回答道：“你给我悄悄地坐下吧，我请你吃一顿馅饼。”中午，吾普尔·灯葫芦果然说话算数，让伊沙木饱餐了一顿流着油的又热又香的馅饼。

★阿布都乃比·马纳泼夫是一位很优秀的作曲家，但他特别能睡，甚至在非常短暂的排练休息间隙也要打一会儿鼾。他在打鼾的同时，从来都耐不住寂寞的佐尔东·西帕提着热瓦普悄悄来到阿布都乃比的身边对着他耳朵弹起了热瓦普。靴匠出身的阿布都乃比被热瓦普发出的不安的弹奏声惊醒，便很生气地说："唉呀，行了吧，伙计，你这个佐尔东也真是欺人太甚，看来非得让我离开剧团，让我干老本行才好！"

佐尔东·西帕紧追不舍地说："我看呀，即使在补鞋店里，你可能将冬天穿的软靴到了八月份才能缝好的。好了，阿布都乃比，我看你呀，在你打鼾时还是在有我这样的乐意叫醒你的人所在的剧团里干为好！"

……

在如此开心的生活环境里，在这剧团里，伊沙木也度过了有意义的数年生活。随着时间的流逝，他在专业上也日渐成熟，并在许多话剧中担任了角色。如在《血迹》中扮演了两面派媒人；在《古丽尼萨》中扮演了色依提·芒喀（鼻涕），在其他戏剧中还扮演了许多配角。不论他扮演什么角色，都能增强那个角色的滑稽特点。导演向他说明他要扮演的角色的特点、言行、表情和动作要求以后，实际表演就看伊沙木了。有时他记不住导演对他提出的动作要求或不能完全按要求去做，往往自己做出一些别样的动作来，在这种情况下，导演有时也很生气地对他发火：

"唉，伊沙木，这可不是你随心所欲想怎么说就可以怎么说的恰克恰克呀，重来！"

有时，阴差阳错，也会产生意想不到的效果，伊沙木随意做出的一些动作也能得到导演的欢心。

"嗨，棒极了，这就行了。伊沙木，你真行！这个动作，你再来一遍！"

每次伊沙木参加排练，排练厅里就会更加热闹，总会掀起一阵开怀的大笑。

每当这时，吾普尔、佐尔东等乐师们，有的提起弹布尔，有的拿着热瓦普坐在排练厅的观看台上共同欣赏大家的逗乐。

“嗨，伊沙木，你的这个走姿适合任何角色！”

“尤其扮演醉鬼，一模一样！”

有时导演也生气地训斥道：“你们怎么都缠住伊沙木不放？没见他那么紧张吗！”

吾普尔·灯葫芦则插话道：“他呀，是有汁液的东西，导演，你瞧，让人会不知不觉地粘在他身上。”

因反复不断地排练早已汗流浃背的伊沙木，站在大厅中间也不甘示弱地说：“是啊，吾普尔大哥！灯芯也会被我们不知不觉地浸泡在煤油里的！”

在苏达尔瓦孜街上，吃过晚饭后上街溜达的小青年们经常相互打招呼：

“伙计们，快走，听说今晚要演话剧《温倩姆》。与其在这里浪荡，还不如去看戏呢！”

“唉，不知怎么样？”

“管它怎么样呢，听说我们街上的伊沙木要扮演色依提鼻涕，我们就去看他呀。”

“哦，是的，他很滑稽，我们去吧。”

“色依提鼻涕是谁？”

“听说是乡约的花花公子，他要娶温倩姆……”

“嗨，伊沙木要演很厉害的角色了。当演员也是个不错的行当嘛！”

“钱也不少吧？能给多少？”

“谁知道呢。曼苏尔，我们问伊沙木大哥吧。”

伊沙木每扮演一个新的角色，在苏达尔瓦孜街的人们中就会出现一片喧嚣声。当时还出现了不称他的名字，直接称呼他扮演的角色的名字的现象。

“唉，色依提鼻涕，你等等！”

“哦，媒人，你上哪儿？”

伊沙木也渐渐地习惯了人们对他的这种称呼。因为，他认为自己已经成为了一名专业的艺术工作者。别人认为他是舞台人，是艺术形象的塑造者，对演员来讲，或许没有比这更重要的奖赏了。

第二十一章
伊沙木与则克里·艾勒帕塔

则克里·艾勒帕塔是现代维吾尔族艺术界杰出的代表人物之一。可以说是他将伊沙木引入了舞台艺术生涯。

因为生计所忧，则克里·艾勒里帕塔当年有一段时期也从事过皮货生意。在伊宁城的老格尔巴扎，则克里·艾勒帕塔与伊沙木的父亲库尔班·铁日奇交往甚密。或许是因为格尔巴扎的小商小贩们都知道则克里·艾勒帕塔的才华，都亲切地将他称为“则克里木”，并经常请他一起聚餐，以表示对他的敬重，在生意上尽量为他提供便利条件，扶持他的生意。库尔班·铁日奇便是其中的一个。

当然，则克里也没有忘记库尔班·铁日奇对他的帮助和善意，这一点尤其表现在他对伊沙木的关怀方面。他在这方面的实际帮助，突出地反映在苏达尔瓦孜街“支部”成立剧社的那个时期。

“你父亲是我的亲密老伙计。学你爸爸，你就能得到人们的尊敬，”有一次，他对伊沙木郑重其事地说，“你与你父亲在身体和思维方式方面很相似。我知道，你不适应干体力活儿，靠繁重的体力劳动你也无法维持自己的生计。但我觉得你有从事艺术的天赋。你应该做一些力所能及的、能发挥自己特长的事。明白我的意思吗？我的意思是说，你要认识自己，有意识地培养自己，比如，像飞蛾扑灯那样，你可以把整个心思放在剧社上来。功夫不负有心人，只要你肯付出，就能得到应有的报偿。”

按照则克里的要求，伊沙木放弃生意和开店铺以后，一直参加在支部属下成立的剧社的演出活动。实际上，他早就被这个剧社深深吸引。如果一天不去排练文艺节目的那座小院，他就感到自己好像丢失了什么东西似的心里也不踏实。每当他来到剧社的排练室时，演员们就以热烈而风趣、幽默的语言来迎接他。与充满快乐和追求、犹如飞蛾扑灯一样为艺术而燃烧自己的这些人在一起，聆听他们弹奏的乐声和他们幽默风趣地交谈自己从未听过的一些新词儿，对于伊沙木来说，是一件非常新鲜而开心的事情。这里似乎也成为了他的第二个家。几年前，麦德里斯学堂里的课堂，同学之间的交往，使他也曾感到如此的亲切和温馨。

经与则克里·艾勒帕塔导演商量，将两面派媒人的角色分配给了伊沙木。该角色在话剧中出现得不多，而且在舞台上出现的时间也很短，但是，在整个话剧中所占的分量不轻。即在话剧中造就紧张、悲剧性事件中的滑稽、可笑的形象之一便是这个媒人。伊沙木对导演将这个角色让他去表演并没有感到奇怪。甚至很自然地适应了这个角色，不久就运用自如了。由于他平时（自觉或不自觉地）的一些行为、言行也很接近这个角色，所以伊沙木也不用多大工夫就进入了角色，旁人不断鼓励他："伊沙木，你演得很自然嘛！"但则克里导演还不满意，不断对他提出更高的要求，批评和引导他。

"舞台和生活是两码事，伊沙木，"则克里说，"比如，你不能把自己每天从奥尔德街到麦德里斯学堂前的这段路的走姿搬到舞台上来。在生活上，你是伊沙木，但在舞台上你是媒人，而且是个反面人物的典型。你要好好琢磨一个两面派媒人在舞台上是怎么走的、应该怎么走才合适。哎，对了，就这样，停，这不行，别总是低头哈腰，不能老是媚笑，不能在你的表情上流露你是个反面人物。"

后来，导演将该剧中的另一个配角，即衙役的角色也交给了伊沙木。当然，一方面也有人数不够的原因，但也不完全是因为这个原因，因为每天总有不少年轻人要求到剧社当演员。则克里导演之所以要增加对伊沙木的压力，实质上是在有意为他提供更多的锻炼机会。刀刃之利，在于多磨嘛！

伊沙木很高兴地接受了扮演“媒人”和“衙役”这两个角色的任务，并且为演好这个角色积极投入了排练。他也很希望自己能够多上舞台，能有多表现自己的机会。

“伊沙木，你热情很高，但仅有热情是不够的，还需要多动脑筋、还需要磨炼。你扮演两个角色的动作、姿态都一样是不行的。你扮演媒人时，你是个狡猾的两面派人物；但演衙役时，你是个寡言少语但动作迅速、脾气暴躁的人，需要你以极少的动作展现出完全不同的另一个形象。来，再试一遍！”

将伊沙木介绍到“团结剧社”里当演员，也是则克里·艾勒帕塔作为对他老伙计的孩子所给予的一种关照的延续，是伊沙木后来走上艺术之路的一个原因。进入剧社以后，伊沙木与则克里·艾勒帕塔之间建立了长期的既为同事又是师徒的关系，而这种关系一直延续到后来则克里·艾勒帕塔以丰硕的艺术成果而成为遐迩闻名的艺术家，并引起政府部门的重视而调入首府乌鲁木齐为止，在这期间，伊沙木始终没有离开过则克里·艾勒帕塔的教诲和关怀。至今只要一提及则克里·艾勒帕塔，伊沙木总会情不自禁地说：“则克里大叔是个非常高贵的人。像他那样作风正派、主持公道的艺术家是不多见的。”

则克里·艾勒帕塔的确是一位少有的品德高尚的人，同时也是一位普通的、待人谦恭、不知疲倦的艺术奇才。正如已故的著名作家祖农·卡德尔所说的那样，“则克里多才多艺，既是技艺精妙的弹奏师，也是出色的表演艺术家，他能以饱满的情感和独特的技艺弹唱丰富而亲切的民间歌曲；另一方面，他也是民间曲艺的传承人和民间作曲家，他创造性地丰富了许多民间曲艺。他在挖掘、搜集和整理维吾尔族十二木卡姆中濒临消失的某些曲艺方面付出了艰辛的探索。”[①]

---

① 祖农·卡德尔：《回忆我们的艺术家》，《祖农·卡德尔文选》维吾尔文版，694-698页。

则克里·艾勒帕塔十分谦恭。在弹唱歌曲时，他从不计较，总是不厌其烦地为表演者教唱歌曲，帮助演员提高演唱水平。[①]伊沙木就是得到则克里·艾勒帕塔这种关怀的演员之一。

则克里·艾勒帕塔调到乌鲁木齐工作以后，伊沙木也没有忘记这位恩师，他通过自己的回忆和良好的祝愿表达了自己对他的思念之情。

“文革”以后，伊沙木应邀参加了在乌鲁木齐召开的民间口头文学会议，其间，他拜访了则克里·艾勒帕塔。这位年老体弱多病的艺术家见到伊沙木后非常高兴，十分关心地向他询问了家乡和亲朋好友们的情况。

“哦，伊沙木，伊宁的朋友们都在忙些什么？”

“是啊，则克里大叔，”伊沙木回答道，“都在忙着听《柔克萨丽曲》[②]呢，大家都在说：‘则克里大叔为什么不来一趟伊犁？’”

则克里·艾勒帕塔开心地笑了。

则克里·艾勒帕塔作为伊宁市几乎所有聚会场所里的贵客一直很受当地人们的敬仰和爱戴。只要是他光临的聚会，都会成为聚会主人的一种荣耀和骄傲。普通而亲民、无私而言语亲切的这位艺术家，以对不论是高官或平民、富人或穷人……都能一视同仁，待人谦恭而平和、热情而诚实的品格在人们的心目中树立了很高的威望。

“则克里大叔是一位很亲和的人，”伊沙木曾这样回忆，“但在有些场合，如果没有兴致，他也不弹唱。有一次，我就遇到了这样的一个场合……”

当时，则克里·艾勒帕塔可能是因为本身不太舒服，还是因为在场的某个鼻孔朝天的人的发号施令而不高兴，则克里·艾勒帕塔始终不愿意弹奏。在场的人们都很喜欢他的弹唱，尽管也有人请求他，但都无济于事，主人也请求他多次，见他沉默不语后也只好静了下来。

---

① 祖农·卡德尔：《回忆我们的艺术家》，《祖农·卡德尔文选》维吾尔文版，694-698页。

② 指则克里创作的一支木卡姆名曲。

“朋友们，如果谁能让则克里哥弹唱一曲，我就在伊犁河边举办一场盛大的聚宴。我说话算数，我愿宰一只羊款待大家！”在众人中被视为头面人物的一位有钱的大少爷在庭院里郑重其事地如此宣布。顿时在聚会场合里出现了一阵热烈的议论声。这时，伊沙木休假返回后刚来到这里。有人便将这个“宣告”转告了伊沙木。

“你说话可要算数啊，阿吉，”伊沙木说，“我可以让则克里大叔弹唱！”

“伊沙木大哥，”已喝得半醉的一位小伙子插话道，“你想以恰克恰克笑话来逗则克里大哥发笑，还是要通过刺激来让他弹唱？”

伊沙木警觉地盯着那个小伙子说：“小弟呀，我可不是喝酒不醉抽烟醉的那种人。可别让你妈锁住大门了，你还是趁早回家吧？”

在哄堂大笑中，刚才那位大少爷来到了伊沙木前面：

“伊沙木，无论如何，我说话算数，你真的能让则克里大哥弹唱一曲吗？”

稍后，庭院里的人们都进入客厅后又坐在了自己的位置上。这时坐在客厅的长辈们正交谈着什么。

“则克里大叔，能允许我说句话吗？”伊沙木望着则克里·艾勒帕塔问。坐在首席上的则克里·艾勒帕塔面带微笑地看着伊沙木。

“哦，当然可以，说吧，伊沙木！”

“在整个伊宁，尤其是在苏达尔瓦孜街人人都知道您与我的先父库尔班·铁日奇有着十分亲近的伙伴关系。这是真的吧，则克里大叔？”

“当然是真的。我与你先父库尔班·阿洪是亲密无间的好伙伴。伊沙木，你怎么提起这事了？”

“则克里大叔，我之所以要提起这件事，是因为与庇护我在座的朋友们要说的一句话有关。”

“好，你说吧！”则克里警觉地看着他。

“先父曾对我说，如果你没有遇到什么麻烦，尽量不要当面对则克里说。但现在我实在是迫不得已，就不得不说了。当年您欠我先父的一点东西你还没有偿还呢。"

"瞧，这话说的，哦，你说吧！"则克里有些严肃，甚至站了起来。在场的人们也都神色紧张，沉静无声，人们的目光在伊沙木和则克里身上不断移动。伊沙木的姿态和神色也很严肃。

伊沙木说："当时，您与我先父共享麦西来普的时候，通常都是我父亲说几段笑话，您来弹唱几支歌曲。但是，有一个冬季，因为您得了一场重感冒，有好几场麦西来普您都未能弹唱。于是，我父亲为您代劳不停地说恰克恰克笑话，让在场的人们和您笑声不断……"

没头无尾这些话，令在场的人们感到不可思议、莫名其妙，他们的目光都充满了惊讶的神色，则克里也惊讶地望着伊沙木，客厅里顿时变得静悄无声，所有的眼睛都盯着伊沙木。

"就是那个时候，您欠了我父亲不少。今天，当着朋友们的面我感到有些为难。我请求您用您的弹唱来偿还我父亲替您说的十五段笑话的报酬。则克里大叔，但愿您别终生背负这个债……"

约过了一分钟，一阵阵的大笑覆盖了整个大厅，有人在捧腹大笑，有人眉开眼笑，则克里·艾勒帕塔也发出了开怀的笑声。笑声久久不断……

"哎哟唉，伊沙木，啊哦！伊沙木……"则克里边笑边说，"啊哟，你这个伊沙木啊，你啊，真是独一无二的伊沙木！"

于是，笑容满面的则克里·艾勒帕塔撸起袖子，拿起了一直冷落一边的缀饰精美的独塔尔琴，调音毕后，看了一眼伊沙木：

"好吧，伊沙木，债务总是要还的，既然是还债，那我就给大家弹唱一曲库尔班·阿洪生前最喜欢的一支曲子吧。"

场面顿时活跃了，大家欢快地将充满敬佩的目光投向了伊沙木，每个人的目光里都充满了对伊沙木的感激之情。那个大少爷向伊沙木伸出了大拇指。

整个场合沉浸在了动听的琴声和则克里·艾勒帕塔柔和而独特的歌声之中：

见到你那皎月般的容颜，绽放的花儿羞成碎片，
见到你婀娜多姿的玉肢，白杨垂柳浑身发颤。
见到你那飘香的黛眉，新月也弯腰曲背，
别说你像天边的红霞，红霞见了你也会惭愧百般。
见到你那芳唇上的痣点好像是麦里的一颗，
我心中欢乐盘旋的鸟一落下来就被你的秀发羁绊。
见到你那殷唇似玛瑙，露汁甘美起涟漪，
艾沙圣人手捧的长命水也退避三舍好羞惭。
见到你那容颜，真不求做长寿翁赫孜尔，
倘若我见不到你，我愿呼吸中止将命断。
看见你的那一刻，我将抛弃玉宇琼阁。
因为我心里只有像你这样的月貌天仙，
如果见不到你，我的天就不会亮堂。
麦赫逊哪，为了你这美酒，快击碎了痴情的心，
见到你而破碎的杯，酒主又将琼浆斟满。

人们的身心犹如水银一样地融化了，身在颤抖，心已陶醉。歌声音落的同时，响起了一阵阵的喝彩声。

“伊沙木，债务还清了吧？是否还剩一些？”则克里·艾勒帕塔将独塔尔琴倚在墙壁上，接过有人递给他的一条洁白的毛巾边擦脸上的汗珠边用慈祥而可亲的目光看着伊沙木这么说。

“债倒是清了，则克里大叔，不过，如果您要还利息，我也不会谢绝的！”

在又一阵大笑中人们再次分享了一次难得的乐趣。

第二十二章 河边聚会

在赛里木的笔记本里还有这样的记述：

每当春暖花开的时节，摆脱寒冬腊月的伊犁人民，便会纷纷拥向河水哗哗、广袤美丽、绿茵环抱的绿色大地。春天的伊犁河谷，彩霞绚丽漫天，在阳光下熠熠生辉，一片灿烂。伊犁河岸、吉尔格朗、扎尤木克等春游景点，便会成为成群结队的春游者们尽情享受天伦之乐的天堂，到处是以家庭或不同层次为单位的漫游者们，到处是欢歌笑语、阵阵鼓乐，倾诉着人们对生活的无比热爱和眷恋。让人沉醉，令人遐想。尽管他们都穿着单薄，但却精神饱满而轻松愉快，从烤肉摊里散发的熟悉的香味刺激着人们的胃口；随着酒瓶盖打开的声音，他们将酒劲很足的冒着浓浓泡沫的啤酒斟满了一个又一个小瓷碗，碗里冒着泡，发出滋滋的响声，这更加激发了人们的兴致和情绪。

绿草如茵、林木挺秀、河水蜿蜒。伊沙木与苏达尔瓦孜街区的小伙子们早就聚在了伊犁河边那浓密的树林里。他们个个都精神饱满、坐姿整齐、年龄相仿、高低匀称。面对明媚的春色、绿色的河岸，小伙子们尽情倾诉、不断弹唱，恰克恰克说笑波浪起伏，几起几落，也已轮转了好几遍。

“哎，伙计们，钻个猛子吧，谁敢先试?”当中的一个小伙子又重复了他刚才说的这句话，“怎么，难道我们像整日守夜的苏菲一样就这么坐着吗？还是看我的吧，我能像鱼儿一样从这里一头钻进水里。”

“算了吧，格拉吉泼奇[1]，我们见过你像鱼儿一样在水里游泳，你说呢，伊沙木，去年他在扎尤木克怎么样？”

一手拿着一串烤肉，好像正在想什么的伊沙木，因身旁的那个小伙子戳了他一下，他才回过了神。

“你说什么？”

“格拉吉说，他能像鱼儿一样在河里游荡。”

“他能游荡，”伊沙木立即说，“他能钻进深水处，最后能钩在钓鱼人的鱼钩上。”

全场又掀起了一阵大笑，接着开始转入恰克恰克笑话：

“是钩住了他的裤子吧！”

“出来时能变成风帆吧！”

“唉呀，别折断鱼竿就好。”

“钓到这么大的人鱼，鱼竿折断了也不要紧嘛。”

“唉，格拉奇，”伊沙木说，“两年前，你还‘恰卡姆，恰卡姆，依兰，帕卡姆’地叫喊着，蒙着眼睛在街上的那条小溪边上嬉闹呢，现在怎么这么大胆呀，别忘了，这不是小溪，是伊犁河！”

叫“格拉吉”的胖墩墩的那个矮个头小伙子，也不顾别人的讽刺和劝言，竟站在一边开始脱起了衣裤。

“唉，格拉吉，你真的要跳河？”伊沙木不放心地问。

“跳，你能在恰克恰克笑话中游荡，我就能搏击激浪、畅游无阻，怎么样？”

“搏击激浪？”伊沙木以平时说笑时的习惯，稍斜着脑袋接着说，“你呀，就是坐在水盆里也能拍出激浪的。”

全场又是一阵哄堂大笑。此时格拉吉也脱完了衣服，只剩一件单裤。

“哦，格拉吉，”伊沙木接着说，“看来大伙儿们说得没错啊，你身

---

① 绰号，意为吹牛者。

上穿的是裤子还是麻袋片？”

有人插话道：“那是渔夫伊万那条船上的风帆！”

“如果让吉力力·吐格曼奇看见了，他在那麻袋子能装六普特[①]小麦呢！”

“格拉吉，”稍年长的琴师将独塔尔琴横放在身边后说，“伊沙木说得对，你别急，目前河水涨潮，没有水浅的地方。可别让我们高高兴兴地来，哭哭啼啼地回去呀！”

“你说啥呀，吐尔逊大哥，没想到你也是个胆小鬼。走，不信你和我一起到岸边去，看我怎么游。”

一向说话慢条斯理的吐尔逊·独塔尔奇看着伊沙木说：“伊沙木，怎么办？这娃娃怎么这么固执啊？”

“哦，这娃娃在襁褓里的时候开始就这么固执。他妈给他喂奶水时，即使没有奶水了，他也会咬住他妈的奶头不放的。”

“接着呢？”在座的小伙子们有意掏起了伊沙木的嘴。

“格拉吉，那我就说了？”伊沙木看着格拉吉微笑着说，“你在校读书时，老师让你写‘4’字，你却将这个数字倒着写，还说这是趴下的‘4’，这是真的吗？”

光着膀子站在一边的格拉吉对伊沙木点了一下头后说：“嗯，你说吧！”

“好好整整这个托乎提·央拉奇[②]吧，伊沙木。”在场的小伙子们不断催着伊沙木。伊沙木即兴像连珠炮似的说出了一连串幽默风趣的笑话。

“你在恰克恰克笑话中输了，就光着膀子向别人挥拳头，是真的吗？”

“你不拔羽毛就吞吃戴胜鸟，把煤洗过以后架炉子，是真的吗？”

“这话就没有说对，”格拉吉挥着手说，“嗯，你继续说！”

---

① 北疆地区民间计量单位，一普特相当于十六公斤。

② 绰号，意为光膀子。

“你在河边白吃白喝，还脱掉衣服说要自杀，是真的吗？”

“唉呀，我也交钱了呀！”格拉吉脸色苍白地叫喊起来。

“说得好！”在场的小伙子们喝彩道，“继续说，伊沙木！”

伊沙木继续道：“哦，格拉吉，因为烤肉吃得太多肚子撑得难受，就脱掉衣服站了起来，是真的吗？”

“我坐下了，这就行了吧？”格拉吉抱着衣服蹲在了原地。

伊沙木继续说：“在河水里，你的大裤裆涨大时，你坚持说‘这是捕鱼的翻背篮子’，是真的吗？”

“你抓住岸边的枝条钻进水里，说自己揪住了大河的胡须，是真的吗？”

笑声临近高潮时分，也吸引了周围的人们。很快，这里出现了许多围观他们的人。

“啊哟，那个斜眼睛，真厉害呀！”

随着围观者的不断增多，伊沙木也愈加兴奋。“格拉吉，就说到这里吧，小弟，还继续说吗？”

“说，继续说，你那些假话，尽管说好了。”

“那好，我就给你说所做的事情吧。”伊沙木微笑着说，“有一天，他和两个朋友到这条河下游的分流去游泳。他让那两个伙计先跳进水就不断问他们：‘那里的水浅吗？’‘那里的水急吗？’他的那两位朋友生气了，其中一位很不耐烦地说：‘你为什么自己不下水呢？’你们猜格拉吉是怎么回答的？”

“噢嗨，他是怎么回答的？”

“他说‘我奶奶正卧病在床呢’。”

又是一场捧腹大笑。此时，格拉吉喊叫起来：“我没有说奶奶，是爷爷呀，你真是个彻头彻尾的骗子！”

笑声更大，达到了高潮。

“有一次，”伊沙木继续说，“格拉吉与家人吵架，一气之下便跑到河边说要跳河自尽。不久，有人从河岸走来，发现一个人坐在河边，将脱下一只鞋子的脚一会儿放进水里，一会儿又将脚抽出来，并反复这么做，那人觉得不对劲儿，便来到赤着一只脚的那人身边，噢，就是这个格拉吉的跟前问他道：‘小弟呀，你在做什么？’”

“唉，格拉吉怎么说？”静静的场合突然有人迫不及待地问。

“嗯，我说什么了？你说呀！”格拉吉不安地催促道。

“别急嘛，”伊沙木瞥了一眼格拉吉后说，“你说：‘我想自杀，但水太凉，我担心会感冒’！”

“胡说，你这个棉絮，”在人们的捧腹大笑中，格拉吉“噌”地站了起来，“哪有这么吹牛的！”

“唉，”伊沙木说，“如果没有我这样的棉絮，你就得光背裸身了！”

伊沙木张嘴刚要说什么，有人大声说道：“朋友们啊，格拉吉长这么大以后，无论如何还像个儿子娃娃一样脱掉了身上的衣服，也别让他失望了，还是让我们看看他在激浪里是如何扑腾的怎么样？”

“唉，赛买提·凯克里，别挖苦人好不好，我可不是扑腾作响的狗鱼。你老哥是谁，老子能在水面上仰睡，你明白吗？”

“你在水上睡觉时打不打呼噜？”赛买提不屑一顾地反击道，“让这个斯拉皮勒也跟你一起下水吧，以便使他可以随时戳醒你。”

此时伊沙木也插了一句：“赛买提老弟说得对，别让格拉吉太失望了。不妨看看他一游。格拉吉呀，你可要从水浅的地方下啊！”

“这你就放心，伊沙木。”格拉吉将一直捂着的衣服扔在地上，便朝河边走去。一部分青年顺着伊沙木的话，说说笑笑地跟着格拉吉一起走去，琴师们则拿起独塔尔和弹布尔继续弹奏。

格拉吉像奔向赛马场的骑士一样，挺胸抬头地一直朝河边走去，他来到了河边，等小伙子们赶到这里时，他已经“扑通”的一声一头钻进了河水里。

“嗨，这家伙真厉害，真的跳下去了。”在场的青年中年龄最小、最活泼的赛买提·凯克里边叫喊边朝河边奔去。伊沙木和其他小伙子们也很快赶到了河边。

格拉吉本来就不会游泳，只是因为他好强的个性，为了兑现自己说出的话他才这么冒险。伊沙木刚才的话是安全正确的。

格拉吉跳进河水后就无踪无影。站在河边的人们都十分不安地期盼着他能露出头来。在场的小伙子中，只有赛买提·凯克里还没有停止自己的说笑：

“伙计们哪，格拉吉是不是在水底里寻找枕头呢？怎么还不露头呀？……”

话音未落，河面传来了噼里啪啦的声响，格拉吉好像被什么从水下甩到了水上，扑通一声露出了身躯，他开始挣扎，好像在叫喊着什么。此时，一股激流将他冲向一边……

河岸，充满了嘈杂声、杂沓声……

“不好，兄弟们，谁的水性好？”伊沙木不安地叫喊道。与此同时，已半醉半醒的赛买提·凯克里不顾一切地跳进了河里，紧接着另一位小伙子也跟着他跳进了河里。

“好了，你们就不必了，”有人对正准备跳河救人的其他小伙子说，“赛买提·凯克里就足够了。他是个从磨坊的水槽里也能活着出来的水鬼。”

果不其然，赛买提·凯克里像个猴子一样十分敏捷而迅速地揪出了格拉吉，并顺着激浪从下游将他很快拉到了岸边。伊沙木等立即朝那边奔去。

约莫半个小时后，有人给格拉吉穿上了不知是谁给他带来的衣服，将一只胳膊搭在赛买提·凯克里的肩上，嚅动着嘴巴还在说什么，好像未曾发生任何事情似的格拉吉被带到了聚会场合。乐歌仍在继续，也无人再提此事。又一轮弹唱结束，随着小伙子们异口同声的“太棒了”“谢谢”的赞誉声，在场的人们不约而同地将目光忽而移向格拉吉，忽而又移向伊沙木。这时，伊沙木也想说几句话：

“唉，格拉吉，”伊沙木说，“你躺在水里，睡得可真香啊！如果不是赛买提叫醒了你，差一点就永远睡去！”

在众人的笑声中，格拉吉的脸唰地红了，他习惯地、不知不觉地说：“嗯，你说吧！”

第二十三章
伊沙木，你为什么不结婚

时光流逝，岁月不居。几乎一瞬间伊沙木也长成了二十三四岁的大小伙子。在文工团也工作两年多。这时与他同街同龄的小伙子们早已成家立业。

“伊沙木，你什么时候结婚？”这是人们当时对伊沙木说得最多的话。不用说，早婚也是当时普遍存在的一种现象。只要孩子能自谋生活了，父母就要为孩子的婚事操心，就急着让子女们结婚成家，另起炉灶。当时普遍存在着如果小伙子不结婚，长期独身，即使很本分，也会成为浪荡之徒或无能之辈的看法。当时，一直守寡的艾赛勒罕大婶也同样为儿子伊沙木的婚姻大事很操心。她总是说：“孩儿们的父亲库尔班未能看到任何一个孩子的喜事就离去了。如果我能看到孩子们的喜事，履行作为父母的义务，使伊沙木丁能成家立业，为一个接着一个长大成人的其他孩子们也能开个先河该多好啊。”然而，她力不从心，自从丈夫库尔班去世以后，日子变得更加艰难。另一方面，伊沙木他本身也埋头无声，可怜的母亲还能对他说什么呢？

但是，艾赛勒罕在家里对儿子说不出的话儿，别人在外面则经常对伊沙木提及。

“哦，伊沙木，你咋不结婚？什么时候我们才能吃你的结婚抓饭？”

“伊沙木，你已快成老男人了，快结婚吧，伙计！”

“伊沙木……”

对类似的关心和玩笑，伊沙木只是一笑了之或以笑话回应笑话。

在本篇里，我们无需将注意力集中在伊沙木是否要结婚，他为什么不结婚等问题上，而是只讲述伊沙木是如何应付对他“关心”的一位朋友的故事。

伊沙木有一位同乡朋友，名叫斯拉吉，他以伊沙木为什么不结婚为题而经常奚落他，因而伊沙木对他总是以这个话题来寻他开心也很厌烦。糟糕的是，斯拉吉不懂恰克恰克，或者说他根本听不懂恰克恰克的真义。伊沙木也多次有意称他“斯拉西”①。后来，伊沙木对他说：“朋友，我可告诉你，我现在也不会结婚。”但是，斯拉吉丁除了嘎嘎叫以外，也无其他特长，但总是像鹌鹑一样缠着他没完没了，令伊沙木烦心。

贩卖粮食，是斯拉吉的父业，其父亲虽然已是临近九十岁的老人，但至今还在粮食巴扎上做生意。于是同街的人们经常议论这件事，斯拉吉之所以不协助父亲，是因为他非常嫉妒老婆外出，整日都在院子里转悠。伊沙木也是在后来才听到了这些议论。

伊沙木对斯拉吉的家庭内幕有了初步的了解。“原来如此，等着我怎么收拾你吧。”正当伊沙木心中有数的一天，在他们的居住地组织了一场街坊聚会。伊沙木当日在文工团的排练结束后稍晚来到了正在进行的聚会场合，此时在场的小伙子们正在热烈地谈论着什么。见伊沙木进来，斯拉吉随机将话题转向了伊沙木：

“过来吧，色依提·芒喀②你什么时候结婚啊？”

伊沙木对斯拉吉暗藏讥讽的这句话立即做了回答：

“斯拉吉，你是否与老婆发生了什么不愉快的事，我怎么见你老婆正朝清真寺那边去了？”

斯拉吉的脸色顿时变得苍白：“不……是一个人吗？”

“那我倒没注意，好像她胳肢窝里夹着包袱什么的……”

---

① 绰号，意为，胶水。

② 意为：鼻涕。伊沙木在话剧《温倩姆》中曾扮演的人物姓名。

斯拉吉也不向主人打招呼，就慌张地跑了出去。在场的小伙子们惊奇地望着伊沙木：

“伊沙木，你真的在外面看见斯拉吉的老婆了吗？可别闯大祸了！”

“看见了，我见她往裁缝店里去，可能是要裁缝衣服吧，难道这也能闯祸吗？”

“斯拉吉这个人，你还不了解。”房主尼亚孜说，“他这个人非常妒忌自己的老婆，换个说法吧，操持这个家对他来说非常艰辛，对他女人来说也很痛苦。你看着吧，此时他不闹个天翻地覆才怪呢！”

“你把他在寒冬腊月的一天，对老婆说要去参加麦西来普，却偷偷在房顶上窥视老婆的行踪，差一点冻死的情况也说给伊沙木吧。”

“还有他穿着妻子的裙子在煤房里守夜的情况呢！”

“还有，别忘了他妻子涂染眉毛时，他还挨门挨户地向左邻右舍询问奥斯玛①是谁给他老婆的……”

小伙子们七嘴八舌，诉说了斯拉吉嫉妒老婆的许多事例，伊沙木顿时心生一计。

实施这个计谋，也无需等待时机，更没有必要当即寻找斯拉吉。

翌日晨，在伊沙木上班去文工团的路上，斯拉吉叫住了他：“伊沙木，你过来！”

斯拉吉习惯地用双手握住伊沙木的手，将他拉到了路边：

“伊沙木，你给我说个实话，昨天你在我老婆去什么地方时见到了她？”

“她对你说去哪里了？”

“她说是去裁缝店，可你不是说是在清真寺旁边看见她的吗？”

“是的，没错呀，进到了清真寺旁边的亚森裁缝的店铺里！难道她告诉你到清真寺里做晡礼才行吗？”

“那倒是，”斯拉吉还是疑心重重地嘀咕着什么。伊沙木则按照昨

① 一种染眉毛的植草名称。

晚想到的心计，对他说：

“唉，斯拉吉，你这是第几个妻子？”

“第二个，怎么了？”

“第一个妻子是为什么离婚的？”

“合不来呀，怎么了？”

“不是合不来，是嫉妒吧？”

“是的，怎么啦？”

“你听着，斯拉吉，考验女人对自己是否忠诚，有一个非常可靠而巧妙的办法。我听我们文工团的长辈们说……”

斯拉吉的眼睛忽然亮了起来：“嗯，伊沙木，你说吧，快说呀！”

伊沙木故意停了一会儿，然后问斯拉吉：“但我不能白说呀？”

“好了，我请客，你不是喜欢吃吗？薄皮包子匠买买提师傅那流油的包子，你能吃几个？”

伊沙木故意拖延，等斯拉吉迫不及待时，便告诉了他如何考验女人对丈夫是否忠诚的办法。

不过两天，街巷里便开始出现了议论。“穆萨粮贩子的儿子斯拉吉疯了，听说他现在闭门不出，尽是胡言乱语，一会儿头撞墙撞门，一会儿用指甲抠墙壁上的石灰，或吻或一口将石灰吞噬。不说别的话，只反复说‘我不相信，我不相信’……”听到这些议论的人们，无不惊奇地揪住自己的衣领，摇着脑袋说：“真主啊，但愿你保佑所有人都平安。”而伊沙木只是“扑哧”地一笑而已。

这期间，文工团因到各乡村巡回演出也忙活了两天。第三天，演员们全都休息。伊沙木忽然想到了斯拉吉，喝过早茶后，他蹑手蹑脚地来到了斯拉吉所在的街巷。当伊沙木来到穆萨粮贩子的大院门口时，见到刚看望斯拉吉后走出院子的两个人。那两人没有注意伊沙木，“真主保佑啊，好端端的一个人，怎么成了这样了！”“唉呀，看来妒忌也是个很糟糕的东西，我看呢，他这病与妒忌不无关系。”他们边走边说着就从伊沙木身边走过。伊沙木发现这场游戏已经奏效，便急急忙忙地朝斯拉吉的房间走去。

此时，斯拉吉躺在床上，不过两三天，他的脸色和言行举止变得真的像个精神病人似的。几位亲属围坐在他身边。斯拉吉那本分老实的妻子不断用头巾擦着已哭得红肿的眼睛，也坐在丈夫的身旁。

“我不相信，我不相信！”斯拉吉不断左右晃动着身躯，将这句话不知已反复了多少次，随着门被“吱”地推开，他看见了推门而来的伊沙木，因久卧和反复说那句话而感到厌烦的斯拉吉，一见到伊沙木就噌地坐了起来。

“伊沙木，你怎么才来呀？我不相信，我不相信，我也不相信你，靠我近一点好吗，伊沙木！”

伊沙木迅速靠近斯拉吉，装着问候他的样子贴着他的耳朵只用他能听到的声音嘀咕道：“别露了馅，今天就会有结果。”斯拉吉听后长长地叹了一口气：“这事真难啊！”他说着头一仰，就将身子摔向了床上。

“孩子，终于说话了，”斯拉吉的老父亲穆萨摇着头说，“这也是对我们所作所为的报应啊！”

听到老公公说的这句话，儿媳妇又抽泣起来。此时，伊沙木看了一眼老人家穆萨：

“穆萨大叔，你们是否先出去一下。我对斯拉吉说几句话。”

“应该啊，伊沙木丁，感谢你父亲！”穆萨老人说着便与其他亲属一起退出了屋。

“唉呀，斯拉吉，你也真是太过分了，”伊沙木忍俊不禁，好不容易控制住自己后说，“差一点成了真疯子。好了，结束了，快起来吧！”

斯拉吉瞪着眼睛，惊奇地看着伊沙木起身坐了下来。

“说什么呀，就这么结束了？”

“那你还想怎么样？还想躺几个月？如果继续躺下去，那所有人就会弃你而去的！”

“唉呀，我是说老婆还没有向我表示对我的忠诚呀！”

“唉呀，你真是个傻瓜，几天几夜一直守在你身旁的是不是你老婆？”

“是。”

“哭了没有？”

“当然哭了，简直哭成了泪人……”

“嗯，除此以外，还应该怎么样才好呢？如果不忠诚，还会与你这样的傻瓜成家吗？早就回她娘家了。我们文工团就有那么一个人，他老婆第二天就离开了丈夫。”

“真的？”

斯拉吉半信半疑地看着伊沙木，“这就行了？现在就可以起床吗？”

“不能立即起床，否则会露了马脚，”伊沙木说，“从现在开始你不要再胡言乱语，要静静地躺下，因为我劝导了你，就该有疗效作用。过了今夜，你就会好起来。天亮以后你起床早早到粮食市场去，不能再让你老父亲继续受苦遭累了！”

“这家伙在说什么呀？就这么容易吗？为什么非要让我到粮食市场去呢？”

“去做生意啊！难道从早到晚在家里转悠，还对老婆不放心吗？告诉你，斯拉吉，如果你对老婆还是不放心，那你老婆就会真的离开你！”

“闭嘴！”斯拉吉叫喊道，“告诉你，伊沙木，我非常爱这个老婆，所以我才妒忌她！”

“听我说，斯拉吉，如果你真的爱你的老婆，从今往后就不要妒忌她。告诉你，斯拉吉，如果你还继续像过去那样对待你老婆，我就把所发生的所有事情都告诉你妻子……”

“你这个痴呆子呀，原来你在耍弄我呀！”斯拉吉尖叫着扑向了伊沙木，稍后他又很快控制住了自己，他感到这件事对他很不利。如果这件事的真相公开于众，他不仅将会失去妻子，而且在整个街巷和邻里乡亲中也会落个骂名。怎么能对付伊沙木这家伙呢？

“伊沙木，我可爱的朋友，”斯拉吉迟疑了一会儿后说，“我照你说的去做，我保证今后不再妒忌老婆；我愿从老父亲手中接过粮店的生意，让老父亲放心养老；真的，伊沙木！薄皮包子匠买买提师傅的那流油的薄皮包子，你能吃几个？我向真主起誓，我愿连续请你吃十天……”

就这样伊沙木导演的这场游戏，以假成真，使一个妒忌成性的男人得到了“痊愈”。从此，伊沙木也摆脱了每次遇见他总是问他的那句话。

是的，伊沙木一直到四十六岁时也没有结婚。其原因也许只有造物主和他本人知道。

第二十四章
在烟鬼们当中

谢麦克·乔库尔[①]因烟瘾发作实在无法忍受。他好像得了疟疾似的手脚颤抖、双眼紧闭、发呆。此时，除了一卷麻烟以外任何东西对他都是无用的。

“谢木西丁，唉，谢麦克麻子，你兜里还有一点东西吗？”谢麦克麻子连眼睛也不睁就从其声音里认出这是他的老伙计卡斯木。此时，他和谢麦克一样也处在同样的发作状态。

“你兜里还有过一点东西吗？”谢麦克很恼火地对他这个亲密的烟友大声吼叫起来。见了谢麦克就像遇见了救星一样万分兴奋地跑过来的卡斯木，顿时陷入了难堪的境地。

“别生气嘛，我的好朋友，或许胡达也不会吝啬我们的，你吼什么呀……”他正要向谢麦克麻子央求时，忽然从远处走过来的伊沙木映入了他的眼帘。于是他放开嗓门喊叫道：“唉，谢麦克，唉，谢木西丁，你瞧，伊沙木过来了！”

双眼紧闭，全身无力的谢麦克麻子懒洋洋地转过头，瞥了一眼正从街道颠颠簸簸地走向这里的伊沙木，便恶狠狠地嘟囔起来：

“他来了，又能怎么样？嗯，你以为他能赏你一卷烟的钱吗？那个伊沙木，是个十足的铁公鸡！”

“别急嘛，”卡斯木迫不及待地举起了双手，“我也没有说他会为我

---

① 绰号，麻子。

们花钱，但我听说他今天要参加在岔路口的亚森木匠家里的聚会。说不定此时他就是要往那里去！”

“你这脑子真够用啊，太妙了。亚森木匠是我们吸食麻烟的鼻祖啊。”谢麦克麻子犹如捡到了金子欣喜若狂，咧开了大嘴，“快叫他，卡斯木，尽管他比你小，你就叫他伊沙木大哥！”

稍后，这两个烟鬼开始巴结起了伊沙木：

“伊沙木大哥，听说那天的聚会游戏，你说得真棒极啦！”

“伊沙木……不，伊沙木哥，没有新的恰克恰克吗？你也让我们开怀大笑一次吧！”

“嗨，看来你俩是烟瘾大发呀？如果我再待一会儿，你们不会把我称为爷爷吧？”

“唉，你这家伙呀，真够厉害的，伊沙木，你这是要上哪儿呀？我们一块儿去怎么样？”

“邀请我的人，是否也邀请了你俩？”

谢麦克刚要说什么，卡斯木抢先说道：“当然邀请了，他是我们真正的搭档啊……”

伊沙木半信半疑地望着他俩。可能是为了避免发生“魔鬼忌妒天使的饭”这种事，伊沙木笑着对他俩说：

“那好，我们一起走。不过，我有个条件，你们得边走边对我讲述你们吸麻烟时所说的话。”

“哦哟，放心吧，没问题，”谢麦克打了一个哈欠后说，“告诉你伊沙木，这个卡斯木啊，只要他吸了烟，从头至尾就像个猴子一样演戏，怎么样？卡斯木，你自己说，还是我来说？”

“咳，你也真不怎么样，谢麦克，头无顶天，你就说自己畅游了宇宙，脚无落地，就说自己看见了鞋子！”

于是，三人边说边走，很快来到了亚森木匠的院子。这是一个像肠子一样弯曲、细长窄小、到处是垃圾、木屑和锯末的院子。今天，在这里将为亚森木匠的儿子举办割礼时曾欠下的一场坐宴。

“伊沙木，你怎么将这两个家伙也带到了这里？”亚森木匠面带微笑，将心里的不满之词投向了那两个不速之客。

“我是在路上碰见他们的，他俩说你是他们的搭档，也邀请了他们！”伊沙木惊奇地回答道。

“算了，给客人们一个面子吧。但是，兄弟你呀，可不要沾染他们的那种恶习，你父亲库尔班大哥是个品质高尚的人。”

坐宴刚开始，客人们的交谈又集中在了那两人身上。在那个时代的聚会里，喝酒是不公开的，而且酒也不多。吸麻烟者说声“不好意思”，便悄悄从屋里出去，再满面笑容地回到屋里原地就座。谢麦克麻子和卡斯木见到谁悄悄外出，就厚着脸皮也跟着出去，很快也就变得轻飘飘的了。

“唉，卡斯木，”过了一会儿后伊沙木不悦地说，“你怎么像马麻子的小狗一样不停地乱窜？当心你那嗉囊别裂开啊！”

亚森木匠傲然挺立地卷了一支掺和麻烟的莫合烟，将目光投向了伊沙木：

“伊沙木兄弟，你不知道，这两个家伙就是冲这个才跟你来这里的。给，拿走吧，哦，哦，还要我给你点燃吗？”（谢麦克和卡斯木争先恐后地跑过来争亚森木匠手里的烟，他俩轮流狠狠吸食了几口后就仰面躺倒在地）他们这些人哪，懒惰、邋遢，玩游戏不干净，也不会干活儿，儿子娃娃嘛，如果不学无术，啥事都不会干，就知道吃，只能是坐吃山空啊！”

“是只知道吸，亚森大哥。”伊沙木笑着插了一句。

伊沙木一开口，在一片喝彩声中全场的十几个小伙子都笑了起来。

“伊沙木兄，看来那两个家伙的故事你也知道不少啊？”

坐在首席上的一位身躯魁梧、面色黝黑的壮汉，音如钟声地说：“我们也知道！”

“达米·阔穆尔①知道的事，我们还能不知道吗？”伊沙木恰如其分

---

① 绰号，煤炭。

地将笑话引向这位客人后随即又转向了谢麦克麻子。“谢麦克哥，你将那天向树木躬身问候的事说给客人们听听吧！”

“还是你说吧，伊沙木，”谢麦克麻子醉意浓浓地发出了“嘿嘿”的笑声，“就让客人们也知道一下我们是什么样的儿子娃娃吧！”

“谢麦克与卡斯木足足过了个瘾后，”伊沙木开讲道，“便在月夜下朝自己的家里赶。返回的路是林荫大道，树影成排，卡斯木对谢麦克说：‘谢麦克，你瞧，路被挖得到处都是坑，我们得跳过去才行。’于是，他俩在从苜蓿巴扎的路至纳格力奇段路上，像受惊的马驹一样一路奔跳，累得筋疲力尽，这个谢麦克一边跳跃，一边向路边的树木逐一躬身施礼，而且还不断提醒卡斯木：‘看见了吗，卡斯木，没发生什么事吧？你瞧，到处都是站岗的哨兵啊！’”

这段轶事，引起了大家的阵阵大笑。而且谢麦克和卡斯木两人笑得最多。

“还有一次，谢麦克大哥又足足地过了一次瘾后，傍晚时疯疯癫癫地返回家里。当时在路口坐着几个聊天的妇女。她们见谢麦克大哥摇摇晃晃地走去，便议论道：‘叫谢木西丁的那个人，怎么不知痛改呀，他的妻子是个很贤惠的女人啊。’谢麦克哥也听到了她们的议论，但没有吱声。他默默无闻地走，走到巷道尽头的自己的家门口时，他转过头后说‘儿子娃娃就是这样’……”

“说吧，伊沙木，既然这两个家伙那么扫兴，就该把他们搞臭。”亚森木匠喧嚷道。

“唉，亚森哥，你也不怎么的嘛，”伊沙木话锋一转，“你那些事，是否也给大家说说？……”

“说吧，直管说好了，”亚森木匠眯着眼睛，拍着胸脯说，“别怕！”

“那好，我就放心了，”伊沙木开始说道，“有一次，亚森哥的妻子到乡村做客时就住在了那里。已吸得兴奋至极的亚森哥因为肚子饿了，便准备自己做饭。于是，他在锅里放了一大块肉，开始点炉灶，但炉灶里只是冒浓烟，于是他躬着身子朝炉灶里吹，火还是没有燃起。忽然，他想起‘只要裹上女人的头巾，灶里的火一吹就能燃起’这句话，于是他觉得不妨一试，便立即找到妻子的头巾裹在头上，开始往冒浓烟的灶里‘噗噗’地吹，正当这时，催他定制木箱的一位顾客突然进到了屋里，那人见到裹着大头巾的亚森木匠不禁吓了一跳，亚森哥对那位顾客说：‘别怕，伙计，做木箱时我不会裹头巾的’。”

“怎么不说我裹着头巾向邻居家借盐那事呢？”亚森木匠好像还挺自豪地说。

“哦，是有这事，”伊沙木接着说，“因为吸食麻烟的亢奋，一天夜里，亚森哥以为自己跨过了一条水渠，却不知自己骑在了牛背上。于是，他自言自语道：‘真怪啊，没想到水渠也能站起来呀！’这也是你说的吧，亚森哥……”

“现在，是否该让我们欣赏亚克普江和阿卜杜拉木的弹唱了？”一开始还显得挺慷慨大方的亚森木匠忽然打断了伊沙木的话。因为，伊沙木无意中公开了亚森木匠自以为谁也不会知道的一件隐私。看来，伊沙木还知道不少有关他的秘密呢。

几天后，伊沙木在塔西来普凯巴扎与卡斯木烟鬼相遇。可能是因为亚森木匠说的那些话刺激他，使他感到应该做些力所能及的事情，此时他赶着各搭两筐青苹果的两头毛驴也来到了这里。伊沙木与他交谈时，顾客们也很快拥在了搭着苹果的毛驴周围。

“这苹果全部卖多少钱？”其中一位顾客问道。

“三头毛驴上的苹果，共卖八十元。”卡斯木说。

顾客顿时瞪起了眼睛：

“哪来的三头驴？唉，阿达西，这不是两头驴嘛！”

卡斯木兴致勃勃，正要说什么，伊沙木插了一句：“卡斯木，你说是三头毛驴，那你给我逐一数数看？”

“数就数呗。”卡斯木不知该说什么，先摸了一下一头驴的头，接着又摸了一下另一头毛驴的头，此时伊沙木立即抓住卡斯木的手，让他将手放在了他自己的头上。

“这是你第三头驴的头。”将苹果带到巴扎时吸食了麻烟的卡斯木，顿时满面汗流，哭笑不得，在人们的笑声中不知所措地谄笑着……

还有一次，在阿克奥斯坦渠边的一座果园里举办了一场聚会。当时亚森木匠、谢麦克麻子、卡斯木烟鬼等也参加了这场聚会。从聚会开始至结束，这三人一直坐不住，不知在茂密的森林里进进出出了多少次。这一天，伊沙木因在文工团里有公事，所以早早就离开了这里。

那三个老烟鬼在这场聚会结束以后，在返回的路上又钻进另一个麻友的小院里，爬进低矮的葡萄藤下，围坐在潮湿的地上又足足地吸食了一轮。延续至清晨的亢奋在潮湿的地方消失以后，他们便决定返回自己的家，主人也紧随他们一起从低矮潮湿的葡萄藤下弓着腰出来，个个都无精打采地耷拉着脑袋回到了城里。一路上，人们望着这四个烟鬼都十分惊讶地揪住自己的衣领耻笑他们。

傍晚时分，伊沙木在苏达尔瓦孜街繁华地段的店铺前正在与一位朋友交谈。那四个烟鬼个个甩着双臂、耷拉着脑袋从十字路口疯疯癫癫地走来。伊沙木一眼就认出了他们，也明白了一切。此时，那四人很快就来到了伊沙木的跟前，走在最前面的亚森木匠一看见伊沙木后就喊叫起来：

“伊沙木兄，葡萄藤下的聚会结束了吗？”

为这些烟鬼们感到十分羞愧的伊沙木气愤地回答道：

“葡萄藤的聚会是结束了，但你们的蠢事还没有结束啊！”

从此，那些烟鬼们再也不敢对伊沙木多说什么，也不敢出现在有伊沙木的场合了。

第二十五章 第一次到乌鲁木齐

公元1956年，夏，乌鲁木齐。

伊沙木平生第一次踏上了去乌鲁木齐的行程。他这次行程的目的可以说是“既观光，也挣钱”。

伊沙木乘坐的是叫纳依勒的一位塔塔尔族小伙子开的货车。他们从伊宁市出发，经过四天的颠簸终于抵达乌鲁木齐。

纳依勒住在伊宁市诺吾古日特镇一座漂亮的宅院里，他是个活泼、快乐的小伙子。他在伊犁河边的一次聚会上听了伊沙木的恰克恰克笑话之后，就特别喜欢伊沙木。因为纳依勒多次邀请与他一起到乌鲁木齐逛一趟，伊沙木也答应了他，于是也踏上了到乌鲁木奇“既观光，也挣钱”的行程。

“团结剧社”的演员们，有些是在编的正式演员，一些是没有编制的临时演员。伊沙木属于后者。而且剧社也不能为演员们发固定的薪水，谁也不知道演员们的编制是否都能得到解决。在这种情况下，不少演员也为自己能否有个稳定的工作而发愁。伊沙木就是其中的一位。

也就是在这个时候，伊沙木听到了来自乌鲁木齐的一个消息：自治区文工团要招收演员，只要在话剧中表演出色就能录取。对这个消息颇感兴趣的伊沙木，为了到乌鲁木齐碰碰运气，也不知准备了多少次，但都未能去成。自从他父亲去世以后，家庭的负担也加重了。艾赛勒罕也像她丈夫一样患了肺病，她也舍不得伊沙木离家远走……

两吨半的“嘎斯”车经赛里木湖后，在向五台延伸的弯弯曲曲、高低不平的狭窄的土路上不停地颠簸着，伊沙木坐在闷人的驾驶室里凝视着前方一直都默默地想着母亲。一头浓密的卷发、将身上的二道背心提到胸口的纳依勒，此时不停地按塔塔尔民族歌曲打着口哨，接着，他突然放声唱了起来：

那燕子的翅膀啊，
为何不能成四双。
这世上的乐趣啊，
为何不能人人享。

“这个诺盖[①]呀真唱到我心里去了。”伊沙木不无悲愁地这么想着。此时，他那越来越消瘦病弱的母亲、穿着破烂而无助的弟弟妹妹们，逐一浮现在了他眼前。

“唉，伊沙木，坐在我驾驶室里的是演员，还是苏菲？你怎么不说话呀？”纳依勒停住自己的歌声也不知多少次对他这么说。伊沙木惊了一下，回过神后对他笑着说：

“唱吧，纳依勒，继续唱，接着我就给你讲很多笑话。”

“好吧，我们的民歌多得很。”纳依勒笑着露出整齐洁白的牙齿，接着又唱道：

父亲啊，母亲啊，
让我躺在了洁净的摇床；
祝我长命是父母的祈愿，
但我为何不能安然无恙……

汽车在尘土飞扬的路上颠颠簸簸地继续行进。在一望无际的戈壁，

① 指塔塔尔族人。

在遥远的地方，骆驼静静地站着不动。还未到时候就在炎热的阳光下早熟发黄的蒿草类的植草，在微风中不断摇晃着，似乎在说“没有办法，没有办法”。伊沙木凝视着路道两边无人烟的一望无垠的荒野。忽然，他好像听到了“乌拉”声。这里曾是民族军的勇士们怀着崇高的愿望和理想而与敌人进行浴血战斗和流血牺牲的地方，他们当中就有伊沙木的家乡——苏达尔瓦孜街和奥尔德街年轻的勇士们……

“伊沙木哥，现在该你说了，”纳依勒又一次打断了伊沙木的思绪，“好吧，那就给我交乘车费吧！”

纳依勒的这句话，使伊沙木不禁笑了起来。

“你真厉害呀，诺盖，诺盖人也没有不厉害的！尤其是你啊，纳依勒！”

伊沙木的话，使纳依勒笑了起来。

“好，那就让我这个诺盖人也尽情笑一场吧！”

“好，”伊沙木开始说道：“有一位诺盖毛拉[①]在巴扎上买了一只羊准备牵回家。在路上，那只羊一直顶着不走，那位毛拉非常焦急。十分恼火的毛拉用很恶毒的语言诅咒了那只羊后又很快后悔了。不习惯离开羊群独走的那只羊只挪动了几步后又往后退缩，为此更恼火的毛拉又想狠狠诅咒那只羊时，不禁又想起了自己刚才的后悔，于是毛拉无不悲伤地说：‘你呀就像那个东西，但又不能说出来。’怎么样，可以吗？”

纳依勒哈哈大笑起来。

“不错，看来实在没办法的时候，总要说‘不能说出来’这话就是从这时开始的？再说段调皮的吧，伊沙木大哥？”

“你也就喜欢调皮的。”伊沙木笑着又说了几则“调皮”的笑话，纳依勒一直笑个不停。这是奥尔德街的老长辈希尔皮丁·艾来木[②]每当兴奋的时候经常讲述给大家的塔塔尔语笑话大集《六个指头》一书中

① 伊斯兰教徒对伊斯兰教学者的尊称，后转意为对有学问的人的尊称，这里是指对塔塔尔族学者的旧称。

② 希尔皮丁·艾来木，伊犁近代史上的名人之一。

的笑话，后来这些笑话口口相传，也传到了伊沙木这一代人中。

到了乌鲁木齐后，伊沙木住在了由纳依勒安排的一家很大的货物库房的司机宿舍里。每天傍晚，伊沙木给来自各地的驾驶员们讲笑话，赢得了大家的欢心；白天，他稍休息一会儿后就独自上街游逛。乌鲁木齐是一座很包容的城市，对像伊沙木这样来自各地的游人总是敞开着博大的胸怀。伊沙木来到这座城市后，没过几天就与不少同乡，甚至同村同街的人相识。其中不乏从民族军转业后在各行各业工作的不仅年轻而且职位还不低的伊犁人；既有在乌鲁木齐上学的，也有毕业后在乌鲁木齐从事教学工作和其他工作，以及因做生意定居在这里的老乡等。不到半个月，伊沙木也喜欢上了乌鲁木齐。其间，纳依勒在乌鲁木齐与伊犁之间往返数次，伊沙木则通过他向母亲和弟妹们捎去了自己的问候和一些零花钱。从此他全身心地投入了各种娱乐场合。

实际上，伊沙木到乌鲁木齐还有一个重要的目的，这在本文开始时也已说明。当时，已有不少伊犁人在自治区的文艺界工作。其中，则克里·艾勒帕塔、玉山江·加米、阿不力克木·阿不都拉等艺术家们得知伊沙木的来意后，都热情地迎接了他。由于伊沙木听到乌鲁木齐招收演员的消息较晚，又未能及时赶到乌鲁木齐征招，招收艺术人才的工作早已进入尾声，各艺术团的编制也已招满。尽管如此，为了帮助伊沙木能心想事成，在乌鲁木齐的老乡们想方设法，为他出谋划策，也费了不少心思。最终，他们还特意安排了一场聚会，设法让伊沙木与文化厅的一位厅长见面。这场聚会安排在了一位音乐工作者的家里。

文化厅长是一位身材魁梧、神色严肃的人。听着伊沙木的笑话，厅长也没有笑，只是静静地坐听。伊沙木发现在座的所有人员，甚至知名的艺术家们，见了这位厅长也很拘谨。一开始，伊沙木对他也有几分顾忌，俗话说“与父亲辩论，也不该让步”，酒过三巡后，伊沙木也就毫无忌顾地放开了。伊沙木诙谐、幽默的笑话，最终让这位神色严肃、不苟言笑的厅长也发出了开心的笑声。

这天的聚会，像平时的聚会一样顺利结束，也没提及与聚会无关的任何事。两天后，厅长派人将伊沙木叫到了他的办公室。

伊沙木带着各种想法和猜测进入了厅长宽敞的接待室。实质上这是内外两间的套间办公室。厅长将目光从他正在阅读的文件上移向了伊沙木，并请伊沙木坐在了靠近他桌边的沙发上。伊沙木坐在软绵绵的沙发上，感到自己好像正在陷进一个深窝，很惊讶地站了起来。

“怎么了，伊沙木，怎么站起来了？”厅长对伊沙木的举动感到惊奇地问。

“我还以为自己坐在了一个老奶奶的肚子上了。”伊沙木用手按了一下沙发后说。厅长不禁哈哈大笑起来。

“你可真厉害呀，伊沙木，你的反应的确很快啊！”

厅长说着坐在伊沙木对面的沙发上，边在烟斗里塞烟丝，边点燃，吸了一口后，对伊沙木说：

“伊沙木，你的情况，大家都对我说了。我们也见了面。你的确很有才。但现在，文工团基本上都已招满。如果没有什么特殊情况，要腾出一个编制是很难的。而且像你这样的人才，我们称为民间艺人。民间曲艺、口头文学，都属于民间艺术范畴。你绝不会无用武之地的，你应该发挥自己的特长，继续努力。我给伊犁的同志写一封信，让他们给你安排使你能发挥特长的一个稳定的工作。”

厅长吸了几口烟后，继续说：“伊犁是个很有特色的地方，是文化艺术的摇篮；伊沙木，你作为一个维吾尔族人生长在伊犁，本身也是你的福气！你别离开那美丽的土地，我相信，你在那里一定会大有作为的！我们会好好送你的。”

厅长的话，使伊沙木感到心里豁然亮堂起来，好像心里的一些疙瘩也解开了。麦德里斯街、奥尔德街、热气腾腾的塔西来普凯巴扎、伊犁河边、各种麦西来普聚会的场合……好像逐一浮现在了他眼前。此时此刻，他就想立即动身返回伊犁。

厅长也说到做到了，而且还为他解决了一些生活费、交通费和一套崭新的衣裳。还亲笔给伊犁地区文化处写了一封信，特意嘱咐对伊沙木给予关照。伊沙木向厅长表示谢意后便告辞了。一晃，伊沙木在乌鲁木齐的时间也过去了四五个月。近日以来，他经常做噩梦，总感到有些不对劲。

再说伊犁那边。自从伊沙木去了乌鲁木齐以后，他母亲艾赛勒罕的病情越来越重，那时由于交通、通讯联系手段还很落后，乌鲁木齐与伊犁之间的距离好像天各一方，非常遥远。虽然母亲和他的弟妹们一直期盼着伊沙木的音讯，但一直杳无音讯。随着艾赛勒罕大婶的病情恶化，其家庭生活也变得日益艰难。库尔班·铁日奇在伊宁县盖玛村的近亲们见此状况后，将伊沙木在苏达尔瓦孜的房屋托付给街坊们照看后，硬是将这家老少几乎全都拉到了自己的身边。

艾赛勒罕大婶在盖玛的亲戚家里住了两个月。那时肺病是无法治疗的。虽然母亲身边还有七个孩子，但她躺在病床上一直期盼着长子伊沙木。春暖大地，阳光明媚的一天，这位可怜的母亲双眼带着对伊沙木的期盼离开了这个负义而虚伪的世界。

此时，在伊宁只有悲哀迎接了伊沙木。伊沙木为自己这次的乌鲁木齐之行和未能早些返回伊宁而感到了后悔。数日以来，他陷入深深的痛苦和悲伤之中。他在盖玛村的亲戚家里，与哭丧的亲戚、无依无靠的可怜的弟妹们紧紧拥抱在一起，抱头痛哭。很久他都无所适从，不知该做些什么。但是，活着的人还得谋生，还得吃饭。过了“四十奶孜尔”[①]后，伊沙木领着妹妹们回到了城里，不愿回去的两个弟弟则留在了盖玛村，后来都在那里定居。犹如支离破碎的鸟巢一样的这个家的孩子们，从此也各奔前程，慢慢踏上了自己的生活之路。

伊沙木进入数月没人踏足的院子里，久久坐着，十分难过。对他来说，这次的乌鲁木齐之行是一次不吉之行。因为他未能看见母亲在最后岁月里的容貌。这在他心里留下了永远的悔恨和悲伤。

---

① 即人死后第四十天举行的一次丧事仪式。

第二十六章 赛里木·贾玛勒如是说

敬爱的读者，您好，还认识我吗？我就是为搜集、整理、出版伊沙木的恰克恰克笑话而不惜花费自己大半辈子精力的赛里木·贾玛勒。关于伊沙木的这篇冗长、粗略的传奇故事写到一半的时候，我想不失时机地向各位读者提供有关我个人的一些信息。我想，这样做使篇幅较长且有趣的这部传奇故事可能会更加完善和健全一些。

这篇传奇故事一开始的时候，笔者向读者就奉献了许多有关我个人的第一手资料。感谢笔者，从此，他几乎在每一章中都提及我的名字，始终强调我在该篇章中的作用和地位。我相信，从本传奇故事的序言部分就认识我的聪明的读者们，越是往后，就会越期待有关我的新的信息。在本传奇故事的后半部，赛里木·贾玛勒这个名字的确会与你们、会与伊沙木·库尔班并驱而行。在此，我要向各位读者简要说明本人为什么没有经常出现在本传奇故事的上半部里的原因，以及在这期间他都在忙些什么。

原因之一是，伊沙木哥比我大好多岁，他是旧社会过来的人，而且我与伊沙木哥 1968 年才相识，从此我以极大的兴趣开始了解他的生平，一直坚持记述他讲述的零零散散的回忆。同时，不间断地坚持有重点地、粗略地逐一搜集、润色、整理有关伊沙木的轶事、有趣的言谈和恰克恰克笑话，为实现自己美好的愿望而不停地忙碌。在最初的篇章里，笔者不时地提及和回忆了我的一些活动和劳作情况，并始终肯定和奖励了我的劳作与成果。

原因之二是，有关伊沙木的这部传奇故事在持续延续过程中，我曾有一段时间没有太抛头露面，或只是轻描淡写或一笔而过。因为，那时，我不得不远离巴依阔勒磨坊、远离我可爱的家乡和敬爱的父母，响应“知识青年要上山下乡，接受贫下中农再教育”的号召，踏上了到偏远山区牧场接受“再教育”的行程。从此使我失去了继续与伊沙木哥相见、交谈和了解、搜集、记录有关他的轶事和“恰克恰克笑话”的机会。在那些岁月里，每次回家乡看望父母、亲戚朋友时，我都因各种原因未能与伊沙木哥相见，或是尽管也去找过，但都未能如愿。大家都知道，伊沙木哥有不少追捧者，而且他经常在流动。我离开家乡以后的四年，我那充满浪漫幻想的青春年华，是在偏远而特别美丽的自然山林里度过的。然而，即使在那么艰辛的岁月里，我对文学的追求，尤其是对包括伊沙木恰克恰克笑话在内的民间口头文学的兴趣始终是有增无减。

1974年，我作为“知识青年”办理了从山城转入家乡的“调动手续”，并在本人曾劳动过的有水磨坊的那个乡（当时称人民公社）开始继续接受“再教育”。这时，与我在山城里的养蜂场一起接受再教育的“知识青年”们，大多已离开了这里。有些同学上了大学，有些因招工招干或其他关系……也都返回了县城……因命背运倒的父亲贾玛勒先生头上的那顶“帽子”，使我没能得到这样的好运。我也只好听天由命，调到家乡的农村继续接受“再教育”。

回到城里以后，有好几年我都未见伊沙木哥。因当时的政治形势非常紧张，以“阶级斗争”为纲，人妖颠倒的全国性的运动，作为“文革”的继续，已达到了登峰造极的狂热程度。在这种情况下，随意从事文学创作、尤其是从事针对性较强的民间口头文学，以及讽刺性作品的创作和研究，只能给自己带来更大的厄运。当然，凡是经历过那个时代的人都不会忘记这个痛苦的历史教训。

然而，“衣襟遮不住月亮”，形式多样、内容丰富、针对性、讽刺性极强的各种民间笑话一直在各种场所和人们的交谈中广为流传。其中也包括有关伊沙木的故事和伊沙木的笑话，尽管数量不多，但口口相传，也传到了我所劳动的地方。于是我立即拿起笔进行补充、修饰，记在了本子上。在这里需要一提的是，当时借伊沙木哥的嘴说出我心中的痛苦和一言难尽的一些事儿，我将许多轶事、笑话记在自己的笔记本里，为吉祥之日的到来做准备也的确是事实。“四人帮”被粉碎、党的十一届三中全会召开以后，我们终于迎来了这个时机，并在各级报刊上开始陆续发表了由我整理的有关伊沙木哥的最新的笑话。读者们在本文的后续中可领略到这些笑话以及其产生的时代背景。

1976年，即正是伊宁市的各族人民欢庆粉碎“四人帮”的伟大胜利的那个大喜日子里，我才有幸得到了与伊沙木哥重逢的机会。这天，伊宁市的各族人民与全国人民一样都沉浸在了胜利的欢庆之中。到处是一种轻松、欢乐的气氛；离市区不近的苏达尔瓦孜街的纳格拉鼓声，也传到了城区的艾琳巴格街，我与几位伙伴一起不禁朝拜图拉清真寺那边奔去，在那里我一眼就认出了伊沙木哥，他正在尽情地敲打着纳格拉鼓。他的面容、他的举止，仍与从前那样，使我十分熟悉，没有任何变化。忽然使我不禁想起了他的少儿时期和他在麦德里斯的岁月。就是在那个时候，他在这里，在拜图拉清真寺的鼓场上那么专心而尽情地学会了打纳格拉鼓，但有一点不同，即伊沙木在少儿时期总是提心吊胆、头晕目眩地爬上的位于大门左侧的拜图拉清真寺那高耸的鼓场，在“文革”初期就被疯狂的造反派砸毁，而此时，伊沙木正坐在进清真寺大院的大门棚顶上敲打着纳格拉鼓，这是宣告十年浩劫已走向末日的胜利的鼓声。关于伊沙木哥这一天的故事，在本文中将分别叙述。

为欢呼“四人帮”走向末日而敲响的纳格拉鼓声，为我们的家庭也带来了欢乐和喜庆。不久，即1979年，我父亲的冤案也得到了平反。我们家庭的不幸生活也开始逐渐走向好转。父亲恢复工作后即办理了退休手续，按照当时可以安排一名子女就业的政策，从此我也结束在农村的十年劳动生涯，被安排了工作，而且正好是半年前伊沙木哥凭他在民众中的“恰克恰克笑话”被安排正式工作的伊宁市文化局。在这里，在我的新的组织里，一大群新同事和伊沙木·库尔班，还有著名的歌唱家达吾提·纳斯尔[1]等民间艺术家热情地接待了我。

“我早就听说了，你被分到了这里，”伊沙木哥晃着脑袋笑着说，“我和达吾提江刚还说你呢……”

“伊沙木哥说，”达吾提江·纳斯尔用失明的眼睛看着我说，“你一直在搜集他的笑话呢。现在可好了，伊沙木哥说笑话，赛里木江作记录，我来听……”

“可不能白听啊，达吾提江，”伊沙木笑着说：“我们说笑累的时候，你就得为我们鸣啭，你说是不是，赛里木江兄弟？”

我点了一下头，此时我很激动。因为我与人民群众十分爱戴和尊敬的两位民间艺术家成为了同事。后来我与他们一起共同度过了很有意义和富有成就感的相当一段时间。

那天，在拜图拉清真寺敲响欢庆胜利的鼓声时，我与伊沙木哥相见，并交谈了很久。那天我回到家里后，又重新拿起了有关伊沙木哥的资料，并忙活了好几天。其间，我又多次找过伊沙木哥，也多次与他进行了交谈。后来，在推介伊沙木笑话，在相关报刊上发表等方面，也出现了不少创新。本人在这方面也付出了很大的心血和劳动。在这里要发表的篇幅很小，读者们从我写成的篇章里阅读相关章节时，只要回忆一下我说的那些话就足够了。因为，正如德尔加温所说的那样：“最终将所有的都讲完是不合适的。吸引读者感兴趣的奥秘也在于此。”

尊敬的读者朋友，你也许认为赛里木·贾玛勒突然冒出来就叨叨不休地说了很多，应该将传奇故事继续讲下去。请你别忘，这也是本传奇故事的一部分，也是我们为认真履行自己的职责而迈出的一步！

敬爱的读者，在接着的篇章里，伊沙木哥将与你继续同行，与你继续交谈。正如在列奥尼德·索洛耶夫的不朽传奇中所说的那样，在

① 即著名的盲人歌手。

往后的行程中，命运继续让伊沙木·库尔班与新的路人不断相遇。

说实话，你我和伊沙木，都是人生旅程中的行人，谁也不知道自己会在哪里、留在哪家驿站。所以，让我们还是边走边聊，共同珍惜珍贵的相见时光吧！

第二十七章
胡须也能生虫子

言归正传，还是让我们回到伊沙木的故事吧。

自从不吉利的乌鲁木齐之行以后，伊沙木有数月处于昏头昏脑、闷闷沉沉的状态。母亲的死，对他打击极大。艾赛勒罕大婶在她生命的最后时刻一直都想念着伊沙木。在她的八个孩子中，伊沙木是她最痛爱、最操心、为他打“羊肺子”[①]最多的孩子。不知有多少次她从枕头上抬起无力的头静听每次的推门声，不知多少次她思念长子的泪水滚落在被无情的病魔折磨得日益消瘦的脸颊上……她在无尽的思念和牵挂中离开了人世。一想到这些，伊沙木就感到心如刀割，特别痛苦。

从乌鲁木齐返回家乡约一周后，伊沙木将文化厅领导写给他的介绍信交给了地区文化处。完成了为母亲的亡灵举办的各种祭祀、哀悼、吊丧等后事之后，伊沙木又回到了剧社。

剧社就是这样，在执行演出任务的时候，演员们没有休假日，甚至也没有节假日。闲时，连问个“你到哪儿去了”“你在干什么”的人也找不到。与伊沙木一起来的、像他那样还没有编制的几个人也都离开了剧社。此时，伊沙木也感到不为自己找个安身之地是不行的。这样又过了一段时间。

---

① 这是一种民间习俗，为祈求亲人或贵客的平安和健康，主人将刚宰的羊肺子在贵客或亲人的胸脯上轻轻贴打数次，以驱邪避鬼。

俗话说“胡达总为弱者分忧”，伊沙木从乌鲁木齐带来的信件，尽管晚了一些，但也管用了。无论如何，地区文化处对厅长的信也很重视，将伊沙木推荐到了当时正在补录人员的伊宁县文工团。于是，伊沙木一夜之间就成为了县文工团的演员。为此，伊沙木也很高兴。对伊沙木来说，如果继续住在失去母亲的家院里，在当时已成了使他深为艰难和悲伤的一件事情。伊沙木与留在家里的弟妹们商量，简单收拾了一下屋子，安顿了弟妹们生活之后，便带着简单的行装，到伊宁县文工团报了到。

这是1958年春季的一天。伊宁县文工团的团长奥斯曼·外斯都拉，是一位穿戴整齐、很讲究穿衣打扮与自己的职业相符的人，也是一位风趣幽默、爱说笑话的人。他从伊沙木的手里接过地区文化处的信函后，仔细地读了很久，接着他抬起头，好像很不满意地从头到脚地久久地打量起了即将成为县文工团的一名新演员、衣着举止都很怪异的伊沙木，然后，他像俄罗斯人那样晃了一下脑袋。

“兄弟啊，看来，你是无需化妆的人。”奥斯曼·外斯都拉嘟囔道。伊沙木也没有理他。

而与奥斯曼·外斯都拉相反的是，演员们十分热情而亲切地接待了伊沙木。他们一部分是当地县城很有名气的民间艺人、歌手，一部分是来自全县各地、阿博拉勒山四面八方的、成长于民间的琴师或乐手。演员中，女演员少，尤其是舞蹈演员很少。在不到抽一支烟的时间里，伊沙木就与新同事们相识了，还与其中的好几位打成了以“你”相称的近友。其中的不少演员曾听过伊沙木的笑话和有关伊沙木的许多轶事。其中名叫莫敏的一位弹布尔弹琴师，是个非常活泼、热闹的小伙子，在昆奇村举办的一场麦西来普聚会活动中，他曾与伊沙木并肩而坐。不久，根据他的言谈举止和性格特点，伊沙木给他起了个“莫敏·帛热”[①]绰号。

① 帛热，意为狼。

“然而，你那天的恰克恰克笑话，真是叫绝了，伊沙木大哥。”莫敏好像对自己被邀请参加城里的麦西来普聚会很自豪地说，“你那城里的人都尿出了裤子！”

“嗯，城里人嘛，都是些不堪一击的草包！”有人不自觉地插了一句，但又很快发现自己说错了便立即纠正道，“哦，对了，伊沙木丁，您也是城里人，请您原谅，土坷垃嘛，都这么直！”

“演员就是土坷垃啊，”伊沙木开着玩笑说，“瞧，从今天开始我也是啊！”

就这样，伊沙木很快就融入到了有二十多位演员的这个县级文艺团体。

伊宁县文工团的主要任务是，配合当时的形势，编排各种文艺节目，深入各公社进行巡回演出，有效地配合宣传当时的工作重点。由于缺乏专业人员、加之大部分演员素质低，以及没有创编人员等原因，演出的节目既小又简单，因而所演出的文艺节目主要也是一些民间曲艺什么的。也有一些自创自编的新节目，但无法满足人们的渴求。伊沙木在该文工团工作的三年期间，文工团以极大的努力，编排话剧《阿娜尔罕》，并在县城和有舞台的几个乡里进行了演出。当然这是后来的事情了。

文工团长奥斯曼·外斯都拉对伊沙木能上什么样的节目、能演什么样的角色，真是绞尽脑汁，费透了心。

“伊沙木，你能演什么角色？唱歌？不，你嗓门不行（伊沙木差一点笑出声）！弹琴？不，你没这个本事！嗯，可领导的职位也满了……”

“那就当门卫吧！”伊沙木毫不客气的话，惹急了团长。

“静！”奥斯曼的脸像羊肺子一样涨红了，“什么？你想嘲笑我吗？你可知道，我是读过长篇小说的人，长篇小说，你懂吗！（伊沙木立即站了起来）坐下，让地区派来的人当门卫，莫非我有十个脑袋啊？你可是厅长推荐的人……”

“好了，我想好了，伊沙木，你演莱帕尔[1]吧，你就从莱帕尔开始。”

“可是，我不会唱啊？”伊沙木愣了一会儿，表示不能接受。“别人在幕后为你唱，你只要动动嘴巴就可以了。你不是很滑稽吗？莱帕尔就需要滑稽！瞧，我们找到了适合你的节目。目前，暂时就从莱帕尔开始。俗话说‘穆斯林的事要慢慢来’，怎么样？我说要找适合你的节目吧，你还不愿意，我可是读过长篇小说的人！”

小地方，什么都小气。在伊犁剧社排练的大型话剧中曾扮演过角色、而且表演也很成功的一个人，在这个小地方还差一点找不到适合他表演的节目。然而，伊沙木从来都不会为这样的事而叹息或伤脑筋。他就是这么个性格随意的人，这种性格也陪伴了他一生。有时人们将这种人也称为“即使天塌下来，也会在底下吃肉包子”的人。

从此，伊沙木开始登上了表演莱帕尔节目的舞台。与他一起表演该节目的还有两个人。在两位男演员表演的节目里，一个是伊沙木刚来文工团那一天，为自己说“城里人嘛，都是些不堪一击的草包”这句话而感到不好意思的那个名叫阿卜杜拉的鼓手。他与伊沙木同龄，要与伊沙木一起表演莱帕尔，阿卜杜拉的歌也唱得不错，舞也跳得像样，手脚灵巧。性格开朗、喜欢热闹，是在别人讲话时不插个嘴、打个岔就不得安宁的人。因为他的这一性格，演员们有时也称他为“啵啵嘴”。在莱帕尔对舞中，伊沙木与阿卜杜拉很配合，伊沙木本来就能激发人们笑的那张脸和他那滑稽可笑的言行举止，加上阿卜杜拉的声音，他俩表演的《黑骏马》《该去》《雅多斯》等莱帕尔节目，总能激起观众们经久不息的笑声。单纯、憨厚而热爱艺术的农民群众总是揪住自己的衣领，进行一番热烈的交谈：

“嗨，这个节目，演得太好啦！”

“那个新手是谁呀，好像走路没有膝盖！”

“好像叫伊沙木，听说是城里介绍过来的，刚才，在我们家里还一

---

① 一般为男女成双边唱边跳的一种表演形式。

起喝过奶茶，还放了奶油呢……”

“是啊，我想也是，有点城市人的气味，瞧，与那个‘啵啵嘴’还挺配合的！……”

每当这时，伊沙木和阿卜杜拉应观众们热烈的掌声要求，还走上舞台跳唱一下民歌：

该去啊，该去啊，
我们的队长该去集体的农田。
在自己的庭院里种南瓜不厌其烦，
躺在铺着褥子的铁丝床上好偷懒，
该到集体的农田劳动流汗，
懒惰的马匹就该多挨皮鞭。

没过多久，伊沙木像多年在文工团里的老同事一样扎下了根。奥斯曼·外斯都拉为自己让伊沙木演莱帕尔的决定而感到特别满意，并时常沾沾自喜地当着大家和伊沙木的面夸耀自己。

“怎么样？该相信我这双眼睛是不会认错人的吧？这两位健儿表演莱帕尔多棒啊！我可是读过长篇小说的人啊！”

从此，奥斯曼·外斯都拉将伊沙木也一起带到经常在县城和郊区举办的一些聚会场合。莱帕尔对舞中的风趣、滑稽的语言，以及平时在排练过程中出现的笑话，以及即兴出现的令人捧腹大笑的笑话或准确无误的答复，在伊沙木的表演中得到了极致的展现。每当这样的场合，与当地的显贵们同坐一列的文工团团长奥斯曼，便指着远坐于下席的伊沙木认认真真地要夸耀自己一番。

“瞧，这就是我们新招的演员（两年后，他也没有改变这个习惯）！是个了不起的恰克恰克奇。各位也许都看过他表演的莱帕尔，是我亲自选定的。我可是读过长篇小说的人啊！”

该文工团有一辆专用的六根棍马车。每当类似的聚会场合，奥斯曼团长总是悠闲自在地侧身躺在车上赶赴聚会。后来，伊沙木也与他一样开始享受了这一福分。有一次，从翁亚尔乡的聚会返回途中，马车坏在了路上，于是，奥斯曼团长和伊沙木只好将马车和马车夫留在路上，步行返回。虽然夜间月光高照，但由于道路高低不平，加之也喝了几杯酒，使本来走路就一拐一瘸的伊沙木走得十分艰难。为此奥斯曼也很烦，好像这是伊沙木造成的，便对伊沙木发起了火：

"伊沙木，你这是怎么回事啊？我看你从前走路不是好好的吗？"

"可不是嘛，团长，"伊沙木立即回答道，"本来我走路可正了，可因为莱帕尔舞跳得太多，我就不会走路了。"

是因为这句话起了作用，还是因为他读了一部新的长篇小说，从此奥斯曼团长也允许伊沙木表演莱帕尔对舞以外的节目。当时不少同事也认为，按照伊沙木的特长，让他上台说笑话，也可以作为一个新节目，不妨一试，肯定会得到群众的喜欢。从此，伊沙木不再跳单一的莱帕尔舞，也开始上台表演其他的节目了。他以独特的表现、叙述和表达手法讲述的恰克恰克笑话、幽默以及莱提帕故事，赢得了观众更热烈的掌声和笑声。

有一次，伊沙木戴着假胡须表演一位脾气倔强的老汉的角色，当他讲述一件有趣的事情，一把抓住自己的胡须说"唉呀"的同时，没有粘好的胡须却完整地落在了伊沙木的手里。顿时，引起了台下观众们的阵阵大笑和不断的议论声。所有人都目不转睛地望着伊沙木，等待他会说什么、该怎么收场。伊沙木也意识到了这一点，一瞬间，他计从心来，不慌不忙、郑重其事地说道：

"真是怪事啊，请大家看看，人老了，怎么胡须也会生虫子呀？"他说着很自然地将假胡须塞进了口袋，接着说，"无论遇到什么烦事，都不可生气啊！"

顿时，台下又响起了热烈的掌声和喝彩声。观众们对伊沙木十分灵活而机灵的表演表示了由衷的敬佩和满意。

说到这里时，我们不禁想起了与伊沙木一起跳莱帕尔舞的另一个人。但有关他的轶事我们感到还是在下一章谈较为合适。

第二十八章
带着摇床的文工团

伊沙木的第二位莱帕尔舞伴是县文工团的歌手希琳阿依。她是该文工团仅有的几位女演员之一。当时，有关伊沙木的许多笑话以及后来被赛里木“挖掘、整理”后选入系列丛书《伊沙木笑话》中的恰克恰克笑话都与这位姑娘有关。

希琳阿依出生在县城，从小对唱歌有浓厚的兴趣，在街巷、在学校的业余演出队里经常唱歌，后来成为了县文工团较有名气的歌手。当时由于县文工团缺少女歌手，她比伊沙木早一年被招到了该文工团。但长得与她漂亮的名字不太相符的这个姑娘，为了使自己的脸蛋漂亮一些，整日把心思都放在浓妆艳抹上，反而变得丑陋了。也许希琳阿依以为，“艺术家穿戴打扮得越别样，就越符合自己的身份”，因而，她一天一样，有时浓妆艳抹，将脸蛋变成了花脸，有时就将头发变得像魔鬼一样十分难看；有时，还会披上令人不可思议或让淳朴的人们（尤其是农民）实在不喜欢的稀奇古怪衣裳。有一次，在排练厅里，伊沙木见到坐在一起边抽烟边聊天的几位同事正在嘀咕和笑话希琳阿依。当时，刚进入排练厅、坐在稍远处的镜子前的希琳阿依正在用心地为自己补妆。

“伊沙木大哥，”其中正嘀咕着什么的一位年轻同事有意掏起了伊沙木的嘴：“在你的州文工团里，有没有像我们的希琳阿依这样漂亮的姑娘？”

“哪有啊！”伊沙木说，“或许乌鲁木齐有吧！”

另一位琴师接着说："不过，我们的希琳阿依是名副其实的美人啊！你说是不是，伊沙木？如果你对她有心，就对我吭一声，我会亲自为你说媒。"

伊沙木没理睬这位琴师后面的话，只是对前一句做了答复：

"唉呀，伙计们，如果希琳长得真的和她一样，那么帕尔哈提[①]逃进山里挖山也不无道理啊！"

"哈哈哈……"大笑引来了在排练厅里跑来跑去的其他同事们惊奇的目光。希琳阿依放下镜子，嚓嚓作响地也朝伊沙木这边走来。

"让我也听听你们的笑话吧！"

有一次，文工团在离县城镇稍远的一个乡完成演出后，演员们应邀吃了一顿饭。常有的这种便宴，到了最后往往会变成一场娱乐聚会。那么多的琴师、歌手能同时到一个乡里演出，对于那个乡村或当地的百姓们来说也是一个大开眼界的好机会，生产队长也绝不会放过这样的机遇。每当这时，往往要将稍富裕的农民家或某位乡村领导宽敞的宅院作为聚会场地，进行及早安排和布置，甚至在演员们演出的时候或他们事先不知道的情况下就要筹备这场聚会。只要大队长点头，宰集体的一两只羊也就很自然了。年轻的姑娘和小伙子们在言谈笑语中也会很自觉地开始烧茶、做饭；小孩儿们跑来跑去、嬉闹不息。呈现出一片喜庆节日一样的热烈气氛。

临近宵礼时分，伊沙木与几位同事，为找个歇脚休息的地方都悄悄返回了县城。当时伊沙木也已累了，快到县城镇时，大家零零散散地都钻进了自己的屋里，最后与伊沙木结伴而行的只剩下希琳阿依了。希琳阿依的家离县城巴扎稍偏一些。

"唉呀，瞧，天也这么黑了，还是个没有月亮的夜！"披头散发、穿着怪异的希琳阿依很不安地对伊沙木说，"伊沙木大哥，看来我得麻

---

① 在这里是指维吾尔民间故事《帕尔哈提与希琳》的男主人公的名字。与美丽的公主希琳相爱，曾经历开山引水等艰险困苦的考验。

烦你了，如果你不把我送到家，我可真的有些害怕。”

“怕什么？希琳阿依，长这么大还怕吗？”伊沙木说。

“喂吔，瞧你说的，我小时，奶奶经常给我讲鬼的故事，我就是害怕那个鬼！”

说到这时，伊沙木心中有数，也想好了该说什么了。他们来到了城镇巴扎的中心，街灯下，光影斑驳离奇，伊沙木对在半夜中隐隐约约而又十分怪异地出现在自己眼前的希琳阿依安慰道：

“你也真可笑，妹子，你这副模样，只要那些鬼不怕你，你就绝不要怕那些鬼！”

希琳阿依当时没明白这话的意思，稍愣了一会儿，后来她顿然明白了，立即皱起眉头，大发雷霆：

“唉呀，我这该死的嘴呀，活该，谁让你把他当个男人看呢！”

“唉哟，唉，希琳阿依，别伤了自己的牙齿，我只是跟你开玩笑而已。走，我送你回家！”伊沙木说着耍了几个滑稽的动作，使希琳阿依禁不住地笑了起来。

希琳阿依明年就要结婚。也可能是因为她当演员的性格与开朗，她在文工团里从不介意说自己的未婚夫。有一天，她对伊沙木半真半假地开起了玩笑：

“你呀，伊沙木大哥，我真恨你。我整日都在你周围转，可你一次也没有对我表示一下。这下可好了吧，我就要外嫁了。”

伊沙木好像很遗憾地深深叹了一口气：“真是啊，那你为什么没早暗示我一下？我不敢张口呀！否则，不要说是一次了，我可能早就将五六百公斤的求爱信堆到你家门口了……”

“你真该死！”姑娘责怪地说，“你呀，除了能说这样的话以外也没什么。真的，我结婚时你总得送我什么吧？”

“至少，”伊沙木说，“我想送你一把平抹子！”

“说啥呀，你又犯傻了，我又不是泥瓦匠，我要平抹子干什么？”

伊沙木说：“我想，如果用平抹子，你脸上的油就可能均匀了！”

从此，希琳阿依有好几周都没有理睬伊沙木。但是，两人每次跳莱帕尔舞时，希琳阿依仍然很配合。她是一位非常专心于艺术，在舞台上总是全神贯注地投入角色的演员。奥斯曼对伊沙木与希琳阿依一起对跳的莱帕尔也非常满意。

“瞧，好样的，正是画龙点睛啊！好，再来一个节目。哎，乐师们，接下来奏《祖国大地一望无际》这支曲子吧，哎，努尔尼曼，快报幕！”

伊沙木尽管也跳得很累，但他服从命令，又上了舞台。当时这个节目正在潘津乡的堆满圈肥的一片院子里表演。由于夏季炎热，从周围散发的臭烘烘的气味熏得在场的人们都很难受、恶心。

希琳阿依围着伊沙木旋转一圈后，开始唱道：

祖国大地一望无际，
地大物博啊！

但伊沙木突然迷糊了，此时他因为想着呛人的恶臭竟然把那歌词给忘了，琴师们又反复了一遍间奏曲，但他们也忘了歌词。顿时，奥斯曼团长气得眼睛瞪得老大。

一瞬间，伊沙木再次展示了自己的机灵和聪明。他踏着音乐节奏，挥动胳膊，用嘶哑的声音，接着唱道：

潘津的大米啊，抓饭香得很，
抓饭香得很啊！

顿时，周围掀起了一片笑声和喝彩声。

“好样的，赞颂了我们的潘津乡！”

“嗨，是值得赞颂的地方！”

“再来一个！”

我们在前面曾说过伊宁县文工团缺少女演员，但是，没有说女演员还有带着孩子来表演的情况。

有趣的是，每当县文工团按一周的演出计划下乡演出时，演员们乘坐的六根棍马车或其他畜力车上，总有少则一个、多则两三个婴儿摇床。

“带摇床的文工团前进！”绰号是“狼”的莫敏将长柄弹布尔指向天空叫喊道。

“忍着点，”舞蹈演员兼报幕员努尔尼曼将手中的奶嘴赶紧塞进紧挨着她的摇床里的出生才两个月的婴儿的嘴里，“你都是啥时候的莫敏呀？村里与你同龄的人都快当爷爷、奶奶了……”

“是的，俗话说：‘莫把公牛当作牛，别把琴师当孩儿。’”带着摇床的另一位女演员尖声叫道：“噢，快结婚吧，莫敏狼，你也该有孩子了，否则，将来可别让弹布尔睡在摇床里呀！”

“噢，如果莫敏让弹布尔睡在摇床里，那谁来喂奶呀？”坐在另一辆畜力车上的伊沙木也加入了他们的说笑。

“哎哟哎，你也在呀，伊沙木大哥，我们向莫敏投掷石头，怎么击中了你的要害啊！”

“当然会击中的，”莫敏狼好像找到了救星，挥舞着弹布尔琴大声叫喊道，“伊沙木哥是我们单身汉的领袖，说话呀，大哥！”

“唉，老狼，你听了不舒服就来咬我吗？”伊沙木对莫敏开着玩笑说，“别自不量力，转移矛头，还是跟那个摇床里的婴儿去玩你的娃娃游戏吧……”

“即使娃娃游戏也罢，我也不会像你那样为别人看娃娃的，伊沙木大哥！”

“因为你连值得看的娃娃也没有啊！”

莫敏对伊沙木说的这句话也不是无根据。带着婴儿的女演员们每次上台表演时，经常让伊沙木来帮她们看摇床里的婴儿。伊沙木不像其他琴师们那样总是推脱，而是轮到谁上台演出，他就自觉地帮谁看婴儿，如果婴儿是在摇床里，他就用滑稽可笑的动作轻轻摇晃摇床，逗婴儿。因此那些年轻的母亲都非常高兴，对他也很满意。当然，她们也经常请伊沙木到自家里喝茶、吃饭，并顺便将他的脏衣服带回家洗干净后交给他。而这却成为莫敏狼、阿卜杜拉等滑头们取笑伊沙木的一个难得的把柄。

“伊沙木，你的孩子哭了，孩子妈到哪儿去了？快喂奶呀！”

“伊沙木大哥，你女儿怎么这么爱哭呀，唉，快晃晃摇床呀！”

“伊沙木大哥……”

如果是其他的事儿，对类似的玩笑话总能给予无懈可击的答复的伊沙木，这个时候却不吭声，只是一笑了之。小时候，不论他母亲怎么催他照看一下摇床里的弟妹们，他都不愿意，总是往外跑，或溜走看节目。瞧现在，不论他如何祈求那些日子，也不可能复返了。

文工团在乡下演出时，也有不少关于摇床的笑话。单纯、直率的农民们，在演出节目的间隙跑过来十分惊奇地观赏文工团里的这些摇床，甚至感到不可思议地议论道：

“真怪呀，演节目怎么把娃娃也带来了！”

“唉呀，这些女人呢！怎么不在家里好好喂养孩子，享受丈夫的清福啊！嘻嘻嘻……哈哈哈……”

“还说是丈夫呢，那个正在晃动摇床的男人恐怕就是那个漂亮少妇的丈夫吧。好像也是个演员！”

“是啊，真是门当户对的夫妻呀……哇……”

每当听到这样的议论，伊沙木也只是一笑了事，不吭声。可是摇床的女主人们却很生气，不停地嘟囔起来。

带着摇床的这支文工团，在充满有趣、可笑、谎言、艰辛的旅程中，反复不断在广阔的阿博热勒山脚下跋涉，履行了他们向广大人民群众传播文化艺术的使命。在这过程中，伊沙木所到之处，都留下了不少脍炙人口而令人难忘的恰克恰克笑话。而这些笑话在民间口口相传，不断得以补充、创新和发展，一传十、十传百地将带着摇床的这支文工团和伊沙木的声誉传向了四面八方，使之枝繁叶茂，遍地开花。

第二十九章
农家笑乐

伊沙木虽然对有些同事和农民对他看孩子、摇婴儿床的各种议论或笑话也不怎么在乎，但每当时机来临时，他总能将这一类型的恰克恰克笑话说得尽善尽美，完美无缺。

随着县文工团在基层演出任务的增多，在阿博热勒山下四方各乡以及各种聚会场合里，人们模仿和总是夸张地谈论与伊沙木的长相和言谈举止同样令人可笑的、总让人捧腹大笑的恰克恰克笑话和轶事也开始增多了。

“你是说见了从城里来的伊沙木？他就那么老到？”

“哇，别提多厉害了，我看我们麦麦玉孜的纳斯尔‘鼓眼睛’在他面前也只能是一败涂地，无言以对。我差一点笑断了肠子……”

“你亲眼见的？”

“说啥呀，我就在他身边！”

“是的，你也是个话口袋。”

那是2月寒冷的一天，当时上面经常有工作组进驻村子。为欢迎其中的一个工作组的到来，伊沙木等接到了在阿热吾斯唐乡演出节目的任务。穿着色彩各异、大小不同的各种皮大衣、棉衣的三四个人乘坐在只驾着一匹马的一辆木板车上，走在敲着纳格拉鼓、吹着唢呐的文工团演员们乘坐的几辆马车前面（当然这些马车都是按阿热吾斯唐公社的指示，一大早就派出的）。唢呐手的八字胡已冻成了冰棍，他在马车上十分滑稽地挥动着唢呐，为伊沙木敲打的《夏地亚娜》曲伴奏。

唢呐发出的声音也特别刺耳，寒冷中，他那鼻孔下面分向左右两边的八字胡像硬邦邦的木棍，加上他手上的唢呐，猛一看就像在同时吹奏三个唢呐。

“嗨，阿萨木东（他总是这么称伊沙木）又来演节目了。”身裹破旧的羊皮短大衣、耷拉着皮帽耳、长得又瘦又黑的一位高个子老汉，背着两只胳膊边说边颠颠簸簸地从村口走来直接停在了那辆木板车前。

“怎么不认识我了吗？我不是你艾皮孜大叔嘛，唉呀，你这个浑海人哪！”

伊沙木只是习惯地点了一下头，继续敲打纳格拉鼓。名叫艾皮孜的老汉稍提高了嗓门又继续说：

“唉呀呀，阿萨木东，咋这么吵，你让我把话说完嘛，敲个鼓有什么了不起的嘛，难道稍停一会儿，你的头儿就不给你发薪水吗？”

也许因为从未见过他，伊沙木对这位结实矍铄的老汉的话产生了兴趣，便停止了鼓声，满面微笑地看着他：

“好啊，您说吧，艾皮孜老爷，有莫合烟吗？”

“嗨，这话还差不多，”艾皮孜老爷说着就从身上掏出带有穗花的莫合烟袋递给了伊沙木，“卷纸和火柴你总该有吧？不会再要我的肺脏吧？”

在寒冷中伊沙木笑呵呵地好不容易卷了一支莫合烟，然后对艾皮孜老爷开起了玩笑：

“一大早就拦住我们，好像有什么事？告诉你，我可不会为你空荡荡的一碗奶茶就会答应你的！”

“嗨，算是被你说准了。你这个阿萨木呀，果然是个名不虚传的阿萨木。这不，听说你们要来，我与老婆子说好后就往这里奔，为了见你一面，我家的一大群男女老少已等待你好久了。我说，那有什么可好看的，他们还不高兴。家有一只爱拉稀的山羊羔，正等我宰呢。今晚就在我的寒舍里相聚。好了，就这么定了啊！噢，别忘了带上你的一两位……啊哦，能弹奏的。但是，阿萨木啊（艾皮孜老爷放低声音，靠近了伊沙木），可不能把那个吹唢呐的带来，明白了吗？”

伊沙木笑着答应了老爷子。今晚文工团要住在这里，准备第二天到墩麻扎乡进行演出。另一方面，听了性格开朗、和蔼可亲的这位老爷子有趣的话儿，伊沙木也产生了乘机“偷”他一把的念头。

傍晚，在艾皮孜老爷派来的一个小巴郎的带领下，伊沙木让阿卜杜拉叨叨嘴和莫敏狼提着独塔尔琴和弹布尔，径直来到了要宰山羊娃子的这农家大院里。乡亲们早已聚在了艾皮孜老爷的一间宽大的屋子里。他们都十分恭敬地将伊沙木等作为贵客迎上了上席。

“哎，阿萨木东，这是我们的家，他们是……”已脱掉身上的羊皮短袄和羊皮帽的艾皮孜老爷，此时显得更加精神，动作十分麻利。土炕上坐满了人。两处还点着马灯，散发着骆驼蓬味。艾皮孜老爷用十分有趣的语言逐一介绍了围坐于餐布四周的儿子、女婿、亲家翁、邻居等。农家的饭食简单而实惠。在座的都期待着一睹伊沙木和他那两位同事的风采。

艾皮孜老爷在说话时，伊沙木不时地“插话”，引起在场人们的一阵阵的笑声。阿卜杜拉叨叨嘴和莫敏狼也默契配合，将恰克恰克的气氛推向了高潮。其中，在座的一位农民问伊沙木：

“伊沙木兄弟，听说你很有计谋，无事不能，其中你最主要的技能是什么？”

“问得好，”伊沙木咽下嘴里的一块馕，不紧不慢地回答，“我最大的技能就是通过恰克恰克创造笑话。”

笑声又起。艾皮孜老爷敬佩地地点起了头：

“嗨，这不创造了嘛！大家继续问，你们整天都念叨阿萨木，这不，我把他‘咚’的一声就送到了你们面前了呀！”

“瞧你说的，艾皮孜大叔，你可把我当成被风刮下的苹果啦！”

“算你幸运，”艾皮孜老爷漫不经心地说，“我还没把你当成耕地里的土疙瘩呢……”

“应该说是半生不熟的青苹果呀！”阿卜杜拉叨叨嘴插了一句。伊沙木立即转向了他：

“随你叨叨吧，但不要喧嚣！”

“伊沙木丁，你瞧，”艾皮孜老爷的一位邻居接着说，“这个艾皮孜大叔，一直叫嚷着只要你伊沙木来，就要宰山羊羔，可到现在我们还在喝茶水，怎么就听不到山羊娃子的咩咩叫？”

“我听到叫声了。”伊沙木一本正经地说。

“我怎么没听到？”那位邻居很奇怪。

“刚才，我们朝这边来时，”伊沙木继续说，“我看见一千多只乌鸦因为等待艾皮孜大叔宰山羊娃子、清理肠肚，正在不停地叫唤呢，整个阿热吾斯唐乡都能听到这个叫声！”

笑声又起，艾皮孜老爷笑得最开心。他伸开双手，使劲鼓掌，朝门口大声叫喊道：

“嗨，我不是说了吗？喂，你在吗？老婆子，肉熟了吗？把火再烧旺一点！”

与“叫声”相关的恰克恰克笑话一起一伏，稍停了一会儿后，又有人提出了一个问题：

“伊沙木，我们这条街上有两个懒鬼，他们从早到晚在村口的小店前靠墙而坐，相互斗嘴。昨天，还是那两个家伙，他们正在争论‘这世上最难的事情是什么？’这个问题。于是我靠近他们仔细听他们的争论，其中一个说：‘这世上最难的是夜间往有窟窿的地里浇水。’另一个则说：‘你不懂，世上最难的是炎热天收割麦子。’他们争论不休，互不相让，突然就拳打脚踢地厮打起来，我好容易才把他俩劝开。请问，到底什么最难……”

“明白了，”伊沙木笑着说，“他俩都没说对。这世上懒汉干活儿最难。”

“棒极啦！这才像儿子娃娃的答复。”提问者满意地说。

“如果还有啥问题，我们的这个莫敏江能像女娃娃一样作答。”伊沙木紧接着说。

其间，已迫不及待的莫敏狼有几次将调好弦的弹布尔搁在了一边，这时他假装生气地说：

“我看还是到此为止吧，伊沙木，否则我可不饶你啊！”

“不就是咬我几口吗？”伊沙木笑着说，“艾皮孜大叔，我们的莫敏江兄弟不吃你为我们清炖的熟肉，您没给他留些生肉吗？如果有，就给他拿来一块吧，以便让他好好过一把牙瘾！”

“哎哟哎，”淳朴、憨厚的老汉还以为这是真的，无不遗憾地说，“为了表示对客人们的尊敬，我将所有的肉都放进大锅里了。”

笑声又起，伊沙木继续发起了攻势。

“那好，你把刚才没啃干净的骨头都集中在一个盘子里，否则，你的屋里很快就会被弄得乱七八糟的。”

“哎哟唉，”艾皮孜老汉这时才明白了这话的意思，“咳，宴请客人，还遭罪？”

“我们的这位兄弟，是一位娴熟的弹布尔弹奏师，歌儿唱得也好，”伊沙木接着说，“但就是喜欢吃。有一次他参加聚餐，与一位餐友为争一块骨头翻了脸。与他争骨头的那家伙也不是个好东西，坐宴结束后，在夜里返回的途中，那家伙把莫敏江还揍了一顿。第二天早晨，我到团里时，发现莫敏江鼻肿眼青，满脸是伤。于是我问他：‘唉，老弟，你这是怎么回事？’你们说他怎么回答，他还一本正经地告诉我：‘昨晚，我参加了街上的一场聚会，那家人炒了一大锅拳头，因为我太饿了，所以我吃得稍多了一些。’怎么样？莫敏江，是否还弹唱一会儿了，还是想再听我一段？”

莫敏江立即拿起了弹布尔，阿卜杜拉也将手伸向了搁在一旁的独塔尔琴。按照麦西来普聚会的规矩，说一阵儿笑话后，就要欣赏歌曲。于是，轻松、欢愉的伊犁民曲悄然而起，人们沉浸在了令人痴迷的乐歌之中。

我从阿布拉西过来，

在伊斯拉木玉孜见到了斑鸠……

“嗨呀，莫不是正朝我们的家乡走来吧？”有人耍了个鬼脸。同时有人不断暗示大家“安静”，奏唱了一系列的民歌之后，刚才向伊沙木问山羊羔叫声的那位邻居突然站了起来：

“我要控告，伊沙木兄弟，这个人……就是这个瓦卡斯破坏聚会秩序，总是插嘴、打岔，说些不着边际的话，扫了我们的兴致。按我们的规矩，应该惩罚瓦卡斯。说话呀，艾皮孜大叔？你不是我们麦西来普的‘老首领’吗！”

“你说的倒也在理，可我想这是在我的家里呀！”

此时，名叫瓦卡斯的一位胖墩墩、黑黝黝的小伙子“噌”地站了起来：

“别不好意思，艾皮孜老爷，我是故意的。平时我们很难请到伊沙木江他们。真没想到他们能亲自来这里。现在，我请求在座的都到我家里去。离天亮还早着呢，即使我家没有山羊娃子什么的，但我家有两只大公鸡，我要用它做大盘夹沙丸子，让伊沙木江的恰克恰克在我家里也带来一些欢笑吧。”

……乡村就是这样，游戏衍生游戏，一个场合衍生另一个场合。争来争去，最终大家也说服了艾皮孜老爷。于是，在一户农民家里的恰克恰克又转移到了另一户农民家里……伊沙木在形影不离的这样的场合里，始终将生活中的幽默凝练于自己的语言、肢体和表情之中，让人们分享了智慧与幽默，思维与情感相互碰撞的瞬间迸发的火花，为人民大众带来了难得的笑容和欢愉。

第三十章
伊沙木“散了”

伊沙木在伊宁县文工团度过了他二十六岁至三十岁的这段时间。正值这个年龄段的青年男女们也许要问，伊沙木在这个时期没有谈过恋爱吗？

唉呀，别急，关于这方面的一些细节，我们或许能从赛里木的笔记本里找到答案。

在搜集伊沙木笑话和有关他生活轶事的过程中，赛里木曾以玩笑的口气问伊沙木：

“伊沙木大哥，你在伊宁县文工团的时候，谈过恋爱吗？”

“嗨，怎么不谈呢！”伊沙木说，“我们团里曾有个像手枪一样灵巧的姑娘，我就与她谈过。”

特别想听他这方面故事的赛里木迫不及待地问道：“谈得怎么样？”

伊沙木面无笑颜地回答道：“从文工团大门口到巴扎十字路口的那座百货商店前的路上，我们谈过好几次呢。”

赛里木江不禁笑了起来，他想伊沙木的确非常有趣。

实际上，与所有的人一样，伊沙木年轻的时候也有过自己的爱情故事。

因伊宁县文工团演员缺少，所以根据领导的安排，1959年，伊沙木从伊宁市里将几位有一定艺术特长的人员聘到了县文工团。其中也有在伊宁市文艺圈里颇有声誉的吐尔逊羌[1]、穆依丁、妮萨古丽等音乐

① “羌”，绰号，意为，弹奏扬琴的人。

家和歌手。由于他们的加入，县文工团的力量也大为增强。除了准备数场新的歌舞、音乐节目之外，他们还将《阿娜尔罕》《温倩姆》等话剧推上了舞台。当然，这些成绩的取得，与伊沙木的努力也是分不开的。

从市里聘来的上述人员中，也有被伊沙木誉称为“像手枪一样灵巧”的那个姑娘。伊沙木对赛里木的提问只做了诙谐的答复，但没有如实地讲述情节。许多年以后，在乌鲁木齐召开了一次口头民间文学代表大会，在宴会厅里喝得差不多的伊沙木回到宿舍后，向赛里木透露了他的这个秘密。

“兄弟呀，那妖精啊，真是太漂亮了，”伊沙木卷着不断撒落在地的莫合烟说，“如果小伙子们与她正面相遇，都不敢看她一眼。我更是想都没有想。有一次，在我们文工团的院子里，她见我独自一人站着，便走过来问我：

“‘伊沙木大哥，你看我这手镯好看吗？’那是一件又大又精致的手镯，戴在‘手枪’（伊沙木一直没有告诉她的名字，我也没敢再问）又白又嫩的胳膊上闪闪发光，显得更加精美。瞧，赛里木江老弟，当时我无法隐藏心中的惊喜啊。

“‘嗨哟，好大的手镯啊！多少钱买的？’

“‘不是买现成的，是我定制的，花了一千元。你看怎么样，我戴上合适吗？’

“‘行，特别合适！更与你的姓名相配！’

“‘别嘲笑我，伊沙木大哥，真的，定做这件手镯已很久了。因担心被小偷盗走，我一直没敢戴。今天，因为要参加一场婚礼，我才戴上了。伊沙木大哥，你看我该怎么办？’

“‘这很容易啊，’我回答说，‘在你的手镯一端绑一条小狗。’

“‘手枪’哈哈大笑，上气不接下气，这个精灵啊，笑起来更是迷人，赛里木江，你知道她还说什么了吗？

“‘哎哟，伊沙木大哥，你说话怎么这么有趣啊，我喜欢你的笑话，

更喜欢爱说恰克恰克的人。'

“别说了，老弟，我的心不由得抽了一下，从此，我就不知不觉地会想起那个‘手枪’。每当星期日休息的时候，我就想她，到了星期一，我就迫不及待地往团里跑。”

“那她呢？”赛里木江着急地问：“后来，她对你怎么样？对你热情吗？”

“总之啊，姑娘家嘛，也不好说什么，但无论如何，从此‘手枪’对我还算比较亲近。但有一次，为了考验她，我有意问她：

“‘你穿几号皮鞋？’

当时她高兴得眼睛闪着喜悦的光。”

“看来，她一定是爱上你了！”

“这我倒不太清楚。我捂着嘴一下愣住了。”

“为什么？”

“‘手枪’立即回答道：‘我穿三十六号的鞋，伊沙木大哥，我不穿一般的皮鞋，二百元以下的我不穿。’你知道吗，二百元在当时等于我五个月的工资啊！”

“即便跟别人借，也该给她买嘛。”

“你也真可笑，老弟，那以后呢，往后还怎么生活？一双皮鞋就花那么多钱，还有其他衣服呢，你知道是多少钱吗？”

“那倒是真的，谁让你问她穿多少钱的皮鞋呢，后来你怎么摆脱的？”

“那还不容易，我对她说：‘看上去，你脚上的皮鞋显得太大，下次买时，还是买号码稍小一些的鞋为好，’这就了事了。

“有一阵儿，‘手枪’对我还挺热乎的，几乎在我身边转。每次下乡演出，她总是坐在我坐的马车上，而且还紧靠着我。有时还有意钻进我的宿舍里，要我给她说笑话。就这样，过去了一年半载，我也感到自己很奇怪，本来我想选个适当的时候向她提出求婚，但我发现情况不妙……”

“怎么，她另有所爱？”一直躺在宾馆宿舍里的软绵绵的床上的赛里木猛然坐了起来。

“年轻人脑袋就是不一般。正如你所料，她另有所爱。你咋不问是谁，就是弹布尔琴师莫敏江——莫敏狼。那凶残的饿狼，将我的羊羔撕咬、折腾得真不像样子了。”

赛里木对伊沙木在讲述时毫无怨气和满不在乎的神色感到好奇地笑了起来。

“这么说，是莫敏狼给她买了一双昂贵的皮鞋，还是因为买不起，就干脆用自己的狼皮给她定制了一双？”

“你真聪明，老弟，那是个一毛不拔的铁公鸡呀，他一直在暗算着拔别人的毛呢……唉，我在说什么呢？哦，对了，从此，那个饿狼将‘手枪’紧紧地别在了自己的腰上。”

伊沙木又手指迟钝地好不容易卷起了一支莫合烟，望着一直以询问的目光看着自己的赛里木微笑着说：

“你可终于知道了深藏于我心里的秘密，你这娃，也真够厉害的！”

“从此，”赛里木提示了一下伊沙木刚才说的话：“于是你就与‘手枪’分手了？你没有试抛个诱饵什么的？”

“你也真是的，我们之间从前就不存在什么约定的事儿，就不存在什么分不分手的问题呀。总之吧，莫敏狼这个家伙的确很厉害。无论怎么说，他毕竟比我年轻嘛，而且还迅速！”

“看来，是弹布尔的琴声胜过了恰克恰克笑声啊！”

“哎，这就对了，后来我对‘手枪’也没有客气地说了你说的话儿。”

“她听了后说什么了吗？”

“还能说什么呢？她说：谁精灵，市场就归谁。是的，她说的也没错！”

“伊沙木大哥，后来你没再与其他女人有眉来眼去的事儿吗？”赛里木又撬起了伊沙木的嘴。

伊沙木十分滑稽地打了个长长的哈欠，然后以问代答地说：

“几点了？是否该睡了？”

实际上，伊沙木没有像其他年轻人、尤其是像现在的青年男女那样能接连叙述的明确的爱情经历，这与他在青年时期的生活环境和他别样的痛苦和兴趣也是分不开的。

伊沙木也许是忘记了，他对赛里木没有讲述有关“手枪”的另一件轶事。也许是他不愿意回忆或不想说在他的青春时期在心里留下了痛苦的印记的那个姑娘的闲话。

与莫敏狼生活了一段时间的这位“手枪”，将莫敏狼的钱财挥霍一空后就与他翻脸分手，另找了一个男人。这个男人也被她“拔得”一毛不剩，又转向了另一位倒霉鬼。此时，伊沙木也听到了许多有关她的传闻。不知奥斯曼·外斯都拉团长挨了谁的批评，将一肚子气都撒在了伊沙木身上，指责伊沙木从市里招这样的女人，败坏了县文工团的声誉。

这时，团里又传开了“手枪”要结婚的消息。这个消息是真的。排练节目时，“手枪”扭扭捏捏地来到伊沙木身边，娇滴滴地说：

“伊沙木哥，我要结婚了，你准备送什么来祝贺我的婚礼？”

因为挨了团长的批评一直很恼火的伊沙木，这时带着说笑的口吻不悦地回答她道：

“问得好，我早就想好了。我想送能削薄你脸皮的一把锋利的剃头刀。”

平时特别爱听伊沙木说笑的“手枪”，这次不仅没有笑，反而脸色苍白、无声地离开了。

后来，伊沙木很后悔不该对她开这样的玩笑，认为这是他一生中最不该说的恰克恰克。从中读者也许感觉到了其中敏感的原因。

“手枪”再婚不久，传来了上级的指示，不久伊宁县文工团也被解散，其原因也没有个明确的说明。当然当时也有各种猜疑和说法。那个时期就是这样。文化办公室的一位小头头对大家说：“到时候，我们会重新组建文工团，我们会通知你们的。”

从此，文工团解散了，演员们也为自谋生路而离去。伊沙木则暂时没有返回伊宁市，他感到自己还是在伊宁县的盖玛村较为合适。因为，他先父库尔班·铁日奇的一大堆近亲和伊沙木交给他们照顾的两个弟弟还在那里。

正忙于准备去盖玛村的伊沙木，匆匆忙忙地走在县城街上时，迎面碰上了一个熟人，这个人对当时的情况毫无所知，相互问候以后，那位熟人问伊沙木：

"喂，伊沙木老兄，最近以来怎么没见你们的演出啊？"

伊沙木深深地叹了口气后便回答他道："看来你还没听说啊，伊沙木'散'了。"

第三十一章
难忘的盖玛村

伊沙木成为了盖玛村的农民。

盖玛村位于伊宁县向东延伸五个县的国道沿边，对于步行者来说，从县城到这里有两三个小时的路程。这里土地肥沃、水源丰足；这里的土地不论种植什么，都能长得很好。由于伊沙木从前也常来这里，所以他像回自己的家里一样，显得自由自在。

伊沙木在伊宁县的吉里玉孜镇乘坐的迪希路马车①常为县粮食局的粮仓运送燕麦、胡麻种子等。伊沙木将随身携带的行李什么的就随便扔在了装满胡麻种子的麻袋上。马车夫叫艾莱克·喀拉瓦依，年约二十岁，是伊沙木在盖玛村的一位远亲的儿子。伊沙木坐在他身边，悠闲自在。一路上，伊沙木享受着早春湿润的空气，与年轻的马车夫谈天说地。

"伊沙木大哥，你回来了，不知盖玛村的人会有多高兴啊！"喜不自禁的艾莱克不断甩着马车的引绳，憨厚地笑着说，"你到了那里，他们不知会多高兴呀！伊沙木大哥，你直接就到我们家里吧？今天，我家正张罗着要烤打馕饼呢。父亲将在馕炉里埋甜菜的。"

"艾莱克，我看呀，还是先到克尤木和斯匹尔大叔他们的家为好。"伊沙木稍犹豫了一会儿后这么说。伊沙木已很久没有见两个弟弟了。毕竟是同胞之情啊！

---

① 指驾两匹马的四轮车。

艾莱克尽管也不太高兴地噘起了嘴，但还是尊重了伊沙木的决定。

数日来，伊沙木得到了盖玛村父老乡亲的热情款待。盖玛人向来就热情好客，邻居之间，即便不认识，也一定要请客人在自己家里吃一顿饭。伊沙木的到来，给盖玛村的家家户户带来了麦西来普的欢歌笑语。尽管各种天灾人祸和各种政治运动尚未停息，但盖玛人始终没有丢掉娱乐和欢笑，而且每当这时，大大小小的地方官员们也不会放过坐上席的机会。

“听说伊沙木丁来了，即使要命也罢，我们也得欢笑一场！”

“伊沙木啊，从今往后，我们再也不会为不能笑而难为自己了，你说是不是？”

“盖玛是个胸襟博大的地方，你定会融入这里的！”

“不融入到这里还能去哪里呀，他家祖祖辈辈本来就是我们这里的人！”

“库纳洪的先辈们功不可没啊，这里的不少人都是他们的后代……”

伊沙木不知不觉地很快就与盖玛村的人们打成了一片。人们挨着个儿请他吃饭、喝茶的场合稍停息以后，伊沙木就到生产大队的办公室报了到。实际上在各种聚会上他与大队干部也早已相识，并成为了亲密无间的朋友。

“哦，伊沙木丁，如果你已消除了疲劳，那你就在你住的那个房子所在的小队里参加劳动。当然，你稍动动身子就行。”这位大队长平时不苟言笑。但在伊沙木说笑的场合里，每次都用他那厚大的手掌使劲拍打穿在脚上的那双已褪色的破旧的长靴筒哈哈大笑的这位大队长，边叫喊着“瞧他呀”，边将一片莫合烟卷纸递给伊沙木：

“每日白天，你在地里稍动动，我们每天就给你记七个工分；如果晚上给大家说些恰克恰克笑话，我们就只管给你记十个工分！”

“那好呀，我应该白天休息，晚上干活儿。”伊沙木紧接着大队长的话这么说。

“哈哈哈……瞧他呀！”大队长拍着自己的臀部又大笑起来。

即便在田间地头里，只要有伊沙木，就会出现笑声。年轻气盛、身强力壮的农民小伙子们，也总是围在伊沙木的周围，边干活儿边听他讲笑话。

“伊沙木大哥，来，你稍坐一会儿。抽口烟吧！”有人殷勤地给他递莫合烟。

“但你的嘴可不能停！”

“伊沙木大哥，可别忘了今天中午到我家吃饭呀，我妈要做锅饼呢。”

堆在稍远的几个妇女则议论道：“叫伊沙木的那个人，怎么那么有趣啊？”

“唉，不是人，是巴拉！”①

“听说那个叫伊沙木的还没结婚呢，还是个老光棍。喂，孜莱，你想不想嫁？”

“你去嫁吧，诺希罕大姐，瞧你，你好像都看上他了！”

当然，伊沙木也没有听到她们的议论，他坐在一群小伙子的中间，就如刚才有人说的那样，他的嘴也一直没有个“停闲”，周围的青年们几乎每隔一分钟就发出“咩咩”的叫声。

“伊沙木哥，你从头到尾拿我们逐个儿开涮吧！”一直将下巴托在坎土曼把子上，而且长得很瘦，一看就是个爱黏缠的小伙子，有意撬起了伊沙木的嘴，还得意地环视着周围后说，“小伙子们，我说得怎么样？都过来，大家沿地埂坐成一列，以免伊沙木哥漏说。”

“唉，艾勒喀，你有什么地方可以开涮呢？”伊沙木说，“瞧你皮包骨头都快没命了，怪不得用拐棍撑着下巴呢！”

“哇提！”盖玛村的小伙子们在异口同声、前仰后合的大笑中不由得向伊沙木靠近。

---

① 在维吾尔语中，“人”通常是指年龄较大的男人，而“巴拉”一般是指小孩或未成年人。

小伙子们捧腹大笑，让叫“艾勒喀”的那个小伙子（因他脸上不长胡子，还有个“大娘”的绰号）一下愣住了，他那干瘦的脸也红了起来。但他很快缓过神，开始向伊沙木反击：

“无论如何，也比你强啊，瞧你像个老翁一样总蜷缩身子。”

伊沙木更来劲了：

“唉呀，像你这样的大娘，没有像我这样的老头怎么行呢！”

不断叫喊的“哇提”声达到了高潮。阵阵笑声也感染了离他们不太远的几位少妇，她们也不禁朝这边走来。不知是因为女性在场，还是因为伊沙木的恰克恰克话使他无懈可击，艾勒喀不好意思地停止了反击。但这次他的脸没有红，而是苍白无血，带着哭腔叫喊道：

“伊沙木哥呀，我可要揍你啦！”艾勒喀的这种威吓也成为了小伙子们一个难得的笑料，从此也成为了她们经常取笑他的理由。

“到此为止吧，艾勒喀！”

“就算你耍了一回婆娘的脾气！”

“伊沙木哥，别怕，有我们呢，如果他胆敢再对你说大话，我们明天就将撑不起玩笑的这个家伙扔进大坝……”

听到“大坝”一词，艾勒喀好像一下清醒了，他的脸上顿时出现了微笑，并举起双臂表示自己已经“投降”：

“伊沙木哥，你别生气啊，我这是把你当我的亲哥哥在向你撒娇呢……”

看到艾勒喀如此迅速的变化，伊沙木觉得“大坝”与他之间好像存在着很微妙的联系。尽管如此，伊沙木也不想把已到嘴边的话咽进肚子里：

“真怪，人老的时候还说要‘投降’，让人感到怎么这么奇怪呀！”

盖玛人的田间地头又掀起了一阵“哇提”声。这次，艾勒喀也跟着大家一起笑了起来。

一年前，伊沙木还没有来盖玛村，二小队的青年们在上游的急流分段修建了一座水坝。在那次晚间聚会上，艾勒喀因为做了一件经不住玩笑的傻事，小伙子们曾将他当即扔进了那激流翻滚的坝底。此时此刻，在艾勒喀的脑海里忽然闪现了这些小伙子们当时的那种犟脾气。

然而，从第二天早晨开始，伊沙木迎接了另一种挑战。艾勒喀的哥哥艾克热（应为艾克然木，艾勒喀的全名也应为“艾勒坎木”，但不知何故人们都这么称呼）是二小队的副队长。也可能是因为艾克热从他弟弟的嘴里听到了他被伊沙木当众“羞辱”的诉苦，总之，对恰克恰克说笑毫无兴趣、总是皱着眉头经常喝酒的这个级别最小的“官员”产生了让伊沙木见识他的厉害的念头。

在这里所说的第二天早晨，是指伊沙木对艾勒喀“开涮”以后的第二天，艾克热队长特意来到已有好几天没有来过的打埂劳动的地方，狠狠展示了一番自己的权威。

“伊沙木哥，你过来！”艾克热皱着眉头、两手叉腰，站在地埂上说，“快走，现在形势紧迫，这可不是在与你开玩笑。你与其他社员一样，我们要给你分配与其他社员一样的任务。如果完不成任务，一样扣你的工分。明白了吗？”

“明白了，兄弟，即使你的轻声低语，我也能听得见！”伊沙木习以为常地面带微笑、步履缓慢地朝艾克热队长走来。此时，伊沙木的言行举止引起了他周围社员们的兴趣，但艾克热队长对伊沙木说的那些话让社员们更感到惊奇。这时，将便帽深深套在头上的艾勒喀也在社员们当中，他一直暗暗地盯着伊沙木。

艾克热队长面色冷漠而严肃地迈开大步，朝一边整整走了五百步以后，气喘吁吁地又回到了原地。

“伊沙木哥，这就是你一天的任务。埂要拉得像一条线一样笔直，从这头能望得见放在那头的鸡蛋才行。明白了吗？如果你坐在这里继续说笑，那就别怪我对你无情了！”

“兄弟唉，这五百步长的埂，我一个人来打？”伊沙木严肃地问。

“是的，别人打多少，你也打多少，你可是全劳力呀！”

伊沙木将肩上的坎土曼轻轻撂在了地上，然后不慌不忙地仆倒在地上，并伸开了四肢。

“这……你这是啥意思，伊沙木哥？”艾克热无法掩饰农民特有的单纯，不禁提高了嗓门。

“兄弟，你稍等，在这里，让我好好回忆一下在我一生中是否有过一次就走过五百步路的情况！”

没等艾克热明白这是什么意思，周围便掀起了一阵阵笑声。这笑声充满了对艾克热无理行为的一种不满和嘲讽，更为可笑的是，在大笑的人们中，也有艾勒喀的声音。

艾克热队长先是愣了一会儿，接着他也不知不觉地跟着大家笑了起来。这是无可奈何的笑还是为难的笑，谁也说不清。像刚才用脚步丈量地埂那样，艾克热队长迈步走到挤在人群中的艾勒喀跟前，狠狠瞪了他一眼。

“你这个无耻的小人，还笑呢！”

伊沙木好像什么也没有发生似的对远去的艾克热队长大声说：

“喂，艾克热，那我打一半儿行不行啊？”

像伊沙木的许多恰克恰克一样，这段笑话也很快传向了各地，成为了人们在谈笑风生中经常被提及的一句名言警句。

第三十二章
伊沙木的申请

伊沙木曾有前后两次成为盖玛村社员的经历。第一次，他在这里劳动、生活了两年；第二次他在这里生活了一年半。按照他自己的说法，其间，他“一蹦二越”还成为了吐鲁番玉孜公社的社员。

自从那件事以后，艾克热队长不知不觉地就与伊沙木亲近起来。乡村百姓就是这样，一开始，因为对初见的人有陌生感，或不相信，或过于谨慎等，所以往往会冷漠或粗暴地待人，好像是排挤。但他们心地善良、敬佩意识多变，当亲眼见到或发现与之交往的人有某个优点或诚信之处时，他就会忘记从前的不满和怨气，立即表示自己对他人的亲近和敬佩。艾克热队长就属于这一类。加之，尽管是个微不足道的小队长，但也掌着“残木勺”的把子，所以他认为自己在本村也是个有地位的官员。

需要说明的是，艾克热队长之所以对伊沙木那么苛刻，并非伊沙木对他弟弟艾勒喀的那场玩笑造成的，而是与在伊沙木的生活中不知不觉地、无形地出现的一些小“失误”有直接的关系。伊沙木刚来盖玛村的那段时间里，在不断请他的各种热气腾腾的聚会中，伊沙木未能将关注的目光及时投向坐在下席的艾克热，或是当着大家的面也没有特意为他说几句恰克恰克笑话来褒扬他一下。正是因为这个原因，艾克热认为这是对他的一种漠视，从而造成了他对伊沙木的不满和成见。

在打埂劳动中，伊沙木对艾克热队长说的那句讽刺意味极强的笑话，作为盖玛村最新的“恰克恰克”，口口相传，传播不断。在各种场合里，只要一提这段笑话，人们就很自然地以“伊沙木对艾克热说恰克恰克真是太绝妙了”这句话来作为引言。正是这个开端，满足了艾克热队长的精神欲求，并促使他很自然地去接近伊沙木。后来，艾克热队长和伊沙木成为了形影不离的“兄弟朋友”。

不久，艾克热队长特意举办一场“显贵者们”的家宴，将伊沙木请到了自己家里。此时，艾勒喀那个黏鬼也十分殷勤地将洗手壶端在了伊沙木面前。在这场聚会里，主人艾克热成为了被笑话的主要目标。伊沙木对他“开涮”越多，他就越高兴，就越兴奋。他喝酒就像饮水一样，并不断向伊沙木敬酒：

“哦，伊沙木哥，喝，瞧你说的！”

在场的人们都听着伊沙木与艾克热的交谈，因而也有不少人很羡慕艾克热。

“噢，伊沙木哥，别忘了也说说我们呀，毕竟我们也是个小队长啊！”

“喂，伊沙木，你那珍贵的目光能否也能投向我们一会儿呀！”

“真可笑，”伊沙木晃动着手中的酒杯（伊沙木不论端酒杯还是茶碗，他的手总是一直抖动。为此，他辩解道：“我喝酒啊，就是要晃动晃动再喝！”），“如果你们也像艾克热这样用存于6月份的面粉里的带有肋骨的熏马肠做纳仁面，那我就会好好拿你们来‘开涮’的！”

从此，伊沙木在二小队的日子也顺当了。艾克热将他作为了自己的“形象人”。他总是将最容易、最简单的活儿分给伊沙木。每当晚间时分，他就与伊沙木参加各种聚会，并以在伊沙木面前能“无拘无束地撒娇”而向人们炫耀自己。每当这样的场合，伊沙木也不忘说几段以他为目标的恰克恰克笑话。这方面，他也非常老到。往往是晚间参加聚会，深更半夜回家，睡到第二天中午才起床。但工分始终是照记不误。每当这时，伊沙木就对周围的人们开着玩笑辩解自己：“昨天因为我抡了一夜的坎土曼太累了。”

伊沙木因经常出席盖玛村的一些“大人物”聚集的场合，也多少了解乡村里的一些内情。实际上生产队里的一些事情往往就在这样的场合里基本说定。因为这样的场合，也为生产队长们用简朴的语言向大队和公社领导们提供了汇报自己所在的生产队基本情况和各种困难的良好机会。而且每当这时，往往通过简单、粗糙甚至诙谐的语言就能说出存在的问题的症结和解决的办法，并能当场拍板解决存在的问题。

“麦赫皮尔哥，我是否该磨一下那个萨玛布热斯基?”

“我不知对你说了多少遍，唉，穆鲁提，怎么还问呀?不要在乎那一百元了，将它磨得像匕首一样锋利吧！过几天你就可以轻松自如地收割的。”

“大队长，那个……瓦西里，按你的指示，我们已免去了他的管理员职务。”

“好，他干了一年也肥了自己不少。以后就让萨吾提大叔的那个磨磨蹭蹭的儿子当管理员吧。”

“他能行吗?”

“只因为磨磨蹭蹭，我才说让他当管理员呢。唉呀，你真糊涂，否则，他与四个孩子和那个病秧秧的老婆怎么生活呀?难道就不能给已故的萨吾提·米拉普一点面子吗?哦，我这话没错吧，书记先生?”

“绝对正确，”穿戴像干部模样、神色严肃、不苟言笑地坐在首席正中的大队书记说，“让那著名的磨蹭鬼也享受一点阳光的温暖吧，但是，穆鲁提，你可要警惕，要防止他别给我们带来什么麻烦事。”

“只要您同意就行了，一切都按您说的办。”虎头大脑、眼睛凸出的那个名叫穆鲁提的队长，十分殷勤地端起酒杯喝了一大口酒，将一半的酒端端正正地端给了大队书记，“请，让我们也与政府共舔一杯酒吧！”

“别再说公事了，”书记声音低沉地说，“伊沙木丁也休息了一会儿。还是让我们听听他的恰克恰克吧！”

“哦，是的，是的。”在场的人们附和道。然而，伊沙木不慌不忙，没有说笑话，而是一本正经地说：

“各位朋友，书记先生，麦赫皮尔大队长，我有话想说，不知行不行？”

伊沙木严肃、认真，他的话立即引起了大家的注意。接着出现了一阵沉静。大家面面相觑，不知会有什么结果。接着，呜里哇啦的议论淹没了整个屋内。

“嗯，你尽管说好了，伊沙木！”

“瞧你，还有你不能说的事？伊沙木丁，我们洗耳恭听呢！”

“盖玛的事儿，不都是你在说吗……”

“安静，请大家聆听！”

伊沙木端起前面的茶碗，喝了一口茶，清了一下嗓门：

“也没什么可说的，我到这里以来，在座的各位慰藉我先父之灵，对我给予了无微不至的关照。我也只不过是一匹孤独的瘦马，就像那天我对艾克热所说的那样，我是个一天只能行走五百步的弱汉（笑声起）……艾克热，当时你很生气吧（艾克热队长满脸通红，十分愧疚）？我想说的是，等那位著名的磨蹭鬼得以安排之后，我也想拾掇一下自己……”

一开始，在场的人们大笑了一阵儿，但后来好像事先商定了似的不约而同地都静了下来，都不约而同地将目光移向了坐在首席上的那两位官员，尤其是那位神色严肃的书记。甚至虎头虎脑而且特别能说的那位麦赫皮尔大队长也暗暗等着书记发话。

“可以，”书记以缓慢沉稳的口气说，“伊沙木丁，你不是外来的客人，而是自家人。库尔班大叔在盖玛村功不可没。何况你又是从市里来的，是读过书的人，是曾从政府领工资的人。是的，农村的劳动对你来说是沉重的。也许你刚才说的话不是在开玩笑，即使你是开玩笑说的，也可以将你安排到对你多少有些好处、也有责任的岗位上。”

话音未落，全场沸腾。已喝得醉意浓浓的客人们争先恐后地做出了反应：

“嗨，瞧，这多棒啊！”

“只要是书记说的，就成了！”

“让伊沙木到我们小队来吧，五小队的管水员不得力，骑着马……”

“说啥呀，这里说的是管理员……”

“哇，萨利，你也真厉害，你怎么也知道了？”

“你别嚷嚷好不好，屎篓子，麦赫皮尔哥正在说话呢！”

“我也支持书记先生的话。但是，伊沙木，这里有个问题需要说清楚。”麦赫皮尔大队长大声说。

“什么问题？”伊沙木迷惑不解地问。

“我的老弟啊，伊沙木先生，你完全可以在我们村里扎根呀，你能做到吗？”

“哇，真的。”有人插了一句。不少人转身看伊沙木，等待他的答复：

“看来不是‘长了就熟了’，而是要我成为苜蓿呀！”[①]伊沙木迅速做出了反应。

“苜蓿算什么呀，是杨树，杨树！”艾克热激动地喊叫道。

伊沙木刚想说什么，坐在首席上的书记接上了话茬：

“伊沙木丁，麦赫皮尔大队长说得也在理。你也认真考虑一下。不都是集体的事嘛！只要你在，我们就在。好了，现在让我们还是回到恰克恰克说笑吧。喂，伊沙木丁，该你了！”

伊沙木立即动用自己的巧舌，又开始了恰克恰克笑话，整个场合气氛忽然就热闹起来了。

麦赫皮尔大队长说得没错。不久，伊沙木突然就离开了盖玛村。这也是一场偶然的聚会以后发生的。至于具体情节，我们将在下篇讲述。

“生活有着丰富的偶然性。”这是赛里木在他的笔记本里写的一句话。看来这话也不无道理。

---

① 这是当年的一句俚语，原意是指早玉米一长出来就熟，就要被收割，而苜蓿长期在一个地方生长。转意是指伊沙木不能离开这里。

第三十三章 浴室管理员

若不是发生了像与霍加纳斯尔丁·阿凡提所讲述的故事那样的巧合，伊沙木与盖玛村的头头们整日相聚在一起的时候、甚至根据他提出的带有恰尔克恰克笑话色彩的申请，他也许被任命为某一生产队的管理员了，然而，命运却将他引向了吐鲁番玉孜公社。当然，这也是他的恰克恰克带来的结局。

有一次，吐鲁番县吐鲁番玉孜乡某大队的大队长突然出现在了盖玛村。这人名叫穆赛里木·奇纳齐拉依，这人虽然年近六十，但从他脸上看好像也就是四十来岁的模样，由于他的脸长得洁白如瓷，凡是知道他的人都以“奇纳齐拉依”[①]这个漂亮的绰号来称呼他。名叫伊萨克·红头的一个人特别能巴结穆赛里木大队长，他经常以“阁下的脸色很好”这句话来讨他的欢心。

骏马相伴，齐肩并驱。尽管穆赛里木·奇纳齐拉依是因自己的私事来到了盖玛村，但他到了这里后很快就引起了当地大小头头们的注意。麦赫皮尔大队长亲自迎接并宴请了这位客人。当然，这场家宴也肯定是少不了伊沙木……

这一天的坐宴也很热闹，伊沙木也格外开心。一直故作正经地推托自己不能喝酒、尽显官架子的奇纳齐拉依，在大家的一再劝求下喝下五大杯酒后也完全放开了自己，而且直到坐宴结束，他忘乎所以地

① 即意为瓷碗脸。

主动要酒，坐在原地还不断地手舞足蹈……

在这场坐宴里，让穆赛里木大队长最高兴的便是他喜欢上了伊沙木的恰克恰克。从前，伊沙木在市文工团的时候，在县城里举办的聚会里他也曾见过几次伊沙木。在这次相聚的整个过程中，这个“瓷碗脸”滔滔不绝，一直都在说这件事，同时还不断催促伊沙木拿他好好“开涮一下”。于是，伊沙木也毫不客气，以“瓷碗脸”为“开涮”话题，也狠狠地“整治”了他一番。接着，已半醉半醒的穆赛里木大队长硬是让伊沙木坐在了自己身边，反复劝伊沙木与他一起到吐鲁番玉孜乡落户，并承诺为伊沙木在吐鲁番玉孜盖房子、还要给他娶老婆，让他成家立业，甚至还让他担任大队干部……伊沙木则借题发挥，将穆赛里木的劝说都变成了笑话。伊沙木认为，这是在喝酒场合里的“撒马尔罕式”的“邀请”——不可相信。然而，“瓷碗脸”却紧紧缠住伊沙木不放，而且他越喝越清醒，将自己的劝说一步一步地推向了高潮。不知怎的，忽然伊沙木也产生了一个念头。他想：“何必这么拖在这里呢，与他一起去说不定自己还能碰上个有趣的转机呢。咳，去就去了，何况在吐鲁番玉孜也有不少朋友呢。”

“可以，大队长，我答应你，不过，我有个条件。”伊沙木最终下定了决心。“瓷碗脸”用喝得已经发红的一双眼睛凝视着伊沙木：

“你说吧，伊沙木兄弟，什么条件？你只管说好了！”

“大哥，醉酒时说的话能算数啊？”伊沙木说，“明日天亮时，如果你能再提出这个要求，我就随时跟你一起走。”

第二天晨，麦赫皮尔大队长的家，奶茶喷香，撇口大花碗里的奶茶表层漂着金黄的奶油，穆赛里木连续喝了三大碗，喝完了后对伊沙木说：

“好了，伊沙木老弟，我们可以走了吧？”

伊沙木的脸上浮现出佩服他的微笑。

“真服了你，大哥，你太厉害了，走吧！”

盖玛村的人们，依依不舍，有人一再劝伊沙木别离开这里，但他们的劝说遭到了“瓷碗脸”毫不客气的训斥：

“唉，朋友们，昨夜你们不是还端着酒杯对我还信誓旦旦地说：即使你要心脏，我们也舍得送吗？可现在你们怎么就不愿意让伊沙木跟我一起走呢？”

就这样，伊沙木从此就成为了吐鲁番玉孜乡人。吐鲁番玉孜人对他的到来也格外高兴。家家户户的宴请，也热腾了一阵儿。虽然这是不安的动乱时期，但乡民们也没有离开过笑声和娱乐游戏。吐鲁番玉孜的人们从伊沙木层出不穷的新笑话中也得到了乐趣和安慰，听者传讲给没有听过的人们，总是争先恐后地将伊沙木请到自己简陋的土屋里，请他吃一顿很简单的农民饭。当时还出现了一段时间的“伊沙木热”现象。

穆赛里木大队长将伊沙木首先安排在了大队部里的陈旧破烂、四面透风的一间老屋里。当时，大队部院里还有为从县城下乡驻村的“工作组”做饭的一间集体食堂。伊沙木很少在这里吃饭。因为常有人来看望他，而且他本人也经常在村里转悠，也不为吃饭发愁。

“瓷碗脸”也算是信守了自己的诺言，将伊沙木安排在大队办公室里，让他干些跑腿之类的杂事。实际上，他将伊沙木带到吐鲁番玉孜落户，除了通过伊沙木在各种家宴、聚会上的表现来提升自己的威望以外，也别无其他用意。当然，伊沙木也谨慎地恪守着“天下的饭锅都一样”这句民谚①。同时也同样信守着“他人敬你一分，你还别人十分”这句民谚。

伊沙木在吐鲁番玉孜的岁月，犹如潺潺溪流，缓缓而去，不知不觉，始终如一。每当夜晚，他仍像在盖玛村的时候那样，作为各种家宴和聚会的主客，在“瓷碗脸”的安排下，为客人们带来欢笑。白天则大多在大队办公室与大队的秘书、会计和其他“吃公粮”的同事们

① 意为天下的乌鸦一般黑。

一起在聊天说笑中消磨时光。有时，来大队办事的一些农民，靠在办公室落满尘土的墙壁上，一边等待秘书或会计，一边请伊沙木给他们说个笑话。他们总是很惊奇地议论道："哎哟，这人怎么这么怪异！""你瞧，还有呢？"因而在破旧的大队院子里，也经常能听到农民们的哈哈大笑声。临近中午时，办完了事或等待大队的"头头"已感到厌烦后要回家的农民，也不管伊沙木愿不愿意，就硬是将他带到家里请他吃一顿菜盒子或没有肉的拌面。因为伊沙木在他们家里吃了一顿饭，他们也会感到很自喜，还不无自豪地对邻居们说：

"我到大队去，见伊沙木坐在那里正打哈欠，所以我顺便将他也带到家里一起吃了个饭。"

到了吐鲁番玉孜约过了两周以后，好像穆赛里木大队长忽然想起了什么，让伊沙木干起了收发工作，即将从县邮政局送来的报纸和信件分发给大队的干部社员。一开始，伊沙木对做这项工作感到有些为难，但后来他动用脑筋，也找到了分发信件的窍门。即他坐在大队办公室里，干脆让认识收信人的社员替他送信。但分发报纸的事儿就有些麻烦。抽莫合烟的农民以替他送报纸的机会，将报纸当卷烟纸给用了。有一天，坐在大队院子里的伊沙木，望着牧放回来的牛群忽然闪了个念头，准确地说，他找到了送报纸的一种捷径。他先是认准了订报纸的每一位农民的牛，每天傍晚牛群返回时，他就将订户的报纸干脆插在牛的犄角上，让牛直接带到了农民的家里。这件事传开以后，让吐鲁番玉孜的人们也笑了好一阵，还作为笑话传到了伊宁市区。

吐鲁番玉孜有一家由集体管理的老浴室。不知怎么的，有一天，"瓷碗脸"大队长突然想到让伊沙木去管这家浴室。同时，因为跑腿、打杂什么的，为伊沙木还配了个小巴郎，以当他的帮手。伊沙木在心里尽管对此也有些不满，但他忍声吞气，不露声色地也接受了这项工作。但结果，因为他的管理，却发生了许多有趣的事情和许多令人啼笑皆非的笑话。

有一次，那是晚秋的一天，"瓷碗脸"大队长的那傲慢十足的夫人将她的一位女友带到了浴室。当她们正在洗浴时，从一大早就开始一直冒烟的炉灶忽然浓烟滚滚，淹没了整个浴室。不久，那位傲慢的夫人的女友半裸半遮、气喘吁吁地跑出浴室后就大喊大叫起来：

“唉呀呀，管理员！喂，伊沙木，死人啦！快来啊！”

伊沙木当时就感到大队长的夫人一定是煤气中毒。于是他慌慌张张，不知所措地乱跑，周围却不见女人的影子。此时帮伊沙木跑腿、打杂的那个小家伙也不知跑到了哪里。而与大队长的夫人一起来浴室的那个女人，此时像逃出地狱似的死活也不愿向浴室靠近。显然她也被熏得跌跌撞撞，晕头转向了。实在没有办法的伊沙木，只好用自己的衣服蒙住自己的头，遮住自己的眼睛，大胆地冲向大队长夫人所在的浴室里，一把将赤裸裸的女人拉到了外面，这时在外面等候的那个女人好像也清醒了许多，立即跑过来给大队长夫人穿上了衣裙。

第二天早晨，穆赛里木大队长皱着眉头，气冲冲地来到了浴室。

“唉，伊沙木，你这是怎么看浴室的，险些让我家人丢了性命啊……”

“可不是嘛，大队长，真是万幸，真主保佑了她。”

“哦，听说是你将我老婆从浴室里拉到了外面？……”

伊沙木立即明白了让穆赛里木大队长内心不安的原因。

“哦，请你放心，大队长，”伊沙木立即说，“夫人是我亲自跑进浴室救出的，但我的眼睛留在了外面。”

实际上，穆赛里木大队长通过与他夫人一起到浴室洗浴的那个女人早就详细地了解了当时的情况。所以，他也明白了伊沙木的意思，便也放心了许多。尽管如此，他还是不露声色地对伊沙木说：

“伊沙木呀，从今往后，你可要小心一些，浴室可不是你说笑的麦西来普聚会。”

当时伊沙木心里也感到憋屈，但他没有吱声。然而，没过多久，他就报复了大队长。那是寒冬腊月的一天，穆赛里木大队长到浴室洗澡，伊沙木故意将他迎入了烟囱残缺、总是烧不热的一间浴室里。

不久，洗了一半儿的大队长打着战大喊大叫着跑出了浴室：

“唉，伊沙木，唉，你这个呆子，你在哪里呀？大队长来洗澡，你就让我在这么差的地方洗吗？你说，这是怎么回事！”

“你说得对，我的瓷碗脸，”伊沙木毫不客气地说，“艺术家下乡，难道就可以管浴室吗？这就是你把我从盖玛村带到这里的报偿吗！”

从此，穆赛里木大队长对伊沙木赌了一阵子气，但伊沙木仍像往常那样只要见到大队长，就向他施礼问候，仍然是说笑不止。

然而没想到，一波未平又起一波。有一天，突然浴室起了大火。当时伊沙木正在休息。那个小巴郎已被辞退，而看管浴室的是穆赛里木大队长妻子的一位亲戚和一位老汉。

大火很快就被扑灭。伊沙木当时也闻讯赶到了这里。即使在坟地里也要开玩笑的吐鲁番玉孜人，开始撬起了伊沙木的嘴：

“伊沙木，我们差一点失去吐鲁番玉孜唯一的浴室啊！你说如果当时没有水，我们该怎么办呢？”

“放心吧，”伊沙木不慌不忙地说，“这么一点火算什么呀，吐鲁番玉孜人都过来，每人吐一口唾液不就扑灭了吗！”

人们哈哈大笑起来。神色严肃地站在一边的穆赛里木大队长也无奈地咧开了嘴。

“唉，伊沙木，你呀，你的政治觉悟怎么这么低呀？看来，我们应该让你干其他的事情才对！”

第三十四章 我寂寞了怎么办

继续翻阅赛里木江·贾玛勒的笔记，我们还能读到以下许多有趣的往事。

穆赛里木“瓷碗脸”虽然认为“伊沙木的政治觉悟低……”，但实际上他让伊沙木离开浴室以后给他安排了责任更大的一件事情。说实话，伊沙木的“艺术家下乡，难道就要管浴室吗？”那句话也刺痛了大队长的心，所以他一直耿耿于怀。何况伊沙木说这话的时候，在场的人不少也都听到了。由于这句话很快在吐鲁番玉孜人中传开，后来大队长也不怎么敢上街了，也不敢经常参加坐宴或聚会了。另一方面，穆赛里木大队长也感到，如果不将毫无收益的这座老浴室一下包给后来看管浴室的那个老头儿和妻子的那位亲戚，那么他往后在家里也无法安心地吃三顿饭。

还需要说明的是，喜欢玩乐、豪饮而不醉的穆赛里木大队长，为了表明自己是说话算数的男子汉，在喝酒的场合好不容易说服伊沙木从他温暖的盖玛村到吐鲁番玉孜村落户这件事，也受到了社教工作组的严厉批评。批评他将只知道要嘴皮、说笑话，而不能像别的劳力那样抡坎土曼的人调到这里增加了本地的负担。而且，当时还有从南疆投奔亲戚要求在这里落户的不少健壮的流浪汉未能落户。再说，工作组的干部们对伊沙木的恰克恰克说笑也有不同的看法。有人认为，伊沙木的那些恰克恰克笑话，不利于阶级斗争的深入开展，甚至认为是有害的。从未露过笑容的工作组组长，还多次派人将伊沙木叫到他面前，对他进行了威胁性的谈话。那个年代，是细丝能翻船，平地发洪荒的年代。

说话算数的“男子汉”穆赛里木尽管也没有太在意工作组对他的批评，但因为伊沙木对他说的那句讽刺意味很浓的玩笑话，使他心里一直未能安宁。加之他在盖玛村的那场聚会上当众表示要给伊沙木建房屋、给他娶媳妇等诺言也因当时的形势未能兑现，因而为自己“自不量力瞎吹牛，裹上毯子羞见人”而感到难过。正因为没完没了的那些原因，“瓷碗脸”大队长便安排伊沙木干起了敲钟的差事。

农村就是这样，不论你在这里是干部还是农民，不论是什么时候，是什么事情，只要摊上了你就得去干。本来是女队长应该参加妇女工作会议，但因为她病了，男队长就得披着外套急急忙忙地往公社赶，返回后还要将妇女们召集到一户大院里，急急忙忙地传达“公社党委的重要指示精神”，反复地说“我们妇女们应该……”怎么怎么样之类的话儿（穆赛里木大队长经常这么说）。没过几天你就能看到，在爆破山石的戈壁滩上，皮肤黝黑、嗓门像小伙子一样的一位女班长，带领“铁娘子班”，在手掌上吐口唾液，挥舞着手中的铁锤，正在朝由面色如纸、身单力薄的一位男知青（这也是大队长的原话）撑起的钢钎上锤击的情景……

“敲钟”是怎么回事？下面我就向我们年轻的读者们讲述这件事吧。

上世纪60年代初，在全国农村广泛掀起了“社会主义教育运动”，这是一场声势浩大而十分严肃的政治运动。为了使50年代末提出的“三面红旗”（即大跃进、总路线、人民公社）高高飘扬，在广大农村掀起的“高潮”运动此时也达到了高峰。按照当时掀“高潮”的要求，公社社员们必须要坚持苦干、苦干、再苦干，即每日黎明时分随着被敲响的第一声钟响，在漆黑的夜里就要来到农田，一直要“大干苦干”到该吃早饭的时候为止。这是一个铁律钢纪，即严格遵守这条纪律的开端。艰苦而紧张的一天的劳动，便通过这个钟声来管理。或许读者们也明白了伊沙木摆脱了浴室的工作以后所担负的敲钟任务有多么重要。

习惯了用诙谐、好奇的目光看待任何事物的伊沙木，以十分幽默的方式接受了大队长赋予自己的这项新任务。

“嗨，看来我就是为了叫醒吐鲁番玉孜人，才专门从城里来到了这里，嗯？也好，无论如何，钟不会像浴室那样冒烟的！”

“不过，伊沙木，如果你稍麻痹大意，吊着大钟的那棵老榆树也可能会燃起大火！”

“如果老榆树起火，我就把吊钟挂在你的脖子上，艾拉洪大哥。”伊沙木对绰号为“骆驼”的高瘦的那位老农开着玩笑说。幸亏当时穆赛里木大队长因到公社参加一个紧急会议而没在场。否则，他一定会十分得意地用当时很时髦的术语再次狠狠训斥伊沙木：“唉呀，伊沙木，你的政治觉悟怎么这么低啊！快端正你的思想认识吧……”

尽管如此，由于伊沙木毕竟生活在像刀刃一样锋利的那个时代，他也知道当时形势的复杂和尖锐性。离开浴室的那一天，他将浴室交给那个老头儿后，将裹着自己随身物品的一件包裹夹在胳肢窝里，就回到了大队马号里的新窝里。有马车轱辘那么大、又宽又笨重的一块生铁，不知从哪弄来的收割机的一块崭新的叶片，用几圈铁丝挂在了马厩院一侧的一棵孤独的老榆树的枝干上。老榆树下，撂着比钢钎稍短的锈迹斑斑的一根铁棍。从此，按照在马号里的一位牧马人的话说，伊沙木要干的事情，就是按大队的要求用那根生锈的铁棍按时敲打收割机的叶片，召唤社员们按时参加那无休无止的集体劳动。

经穆赛里木大队长的反复嘱咐，尤其是在工作组那个没心没肺的、总是吊着阴脸的年轻干部的一再强调和要求下，伊沙木很快投入了敲钟这项光荣的工作。对他来说，在漆黑的夜里为召唤社员们参加“高潮”劳动而敲钟成为了他当时最艰难的一件事情。实际上，从“阶级斗争的角度来看”，这个钟声的重要性高于一切。因而，凡不参加这一“重要”劳动一次，就要受到一次严厉的批评，不参加三次的，就要作为“阶级敌人”而被揪斗。那么，偶尔有一次没敲钟，或是没能按时敲钟的人会有什么结果呢？但愿真主保佑他的信徒们免遭这样的灾难。显然，伊沙木此时所担负的任务是非常神圣而光荣的。莫不是穆赛里木别有用心，想尽快将伊沙木撵出吐鲁番玉孜吧？

果不出所料，不到一个礼拜，伊沙木就开始苦不堪言，叫苦喊娘了。幸亏睡眠很少的那位幽默风趣的牧马人，几乎每天凌晨都要叫醒伊沙木。为了按时敲钟以保证社员们天不亮就参加“高潮”，伊沙木也失去了几乎每隔几天就参加的家庭小聚或坐宴的机会。还好，后来好动的农村青年们也找到了一个办法。每当夜幕降临时，他们带着吃的喝的干脆都来到了马号里。并按照伊沙木的说法，从此大家开始“围在一起”敲钟了。

凌晨的“高潮”持续约两个小时以后，伊沙木就按大队特意安排给他的闹钟——有不停地点头啄食的一只母鸡图像的闹钟的时间（穆赛里木大队长曾十分认真地教伊沙木如何使用这个闹钟，而且亲自为他设定了铃响的时间）鸣钟，以召唤大家吃早饭。在寒风凛凛的凌晨，像机器人一样完成了两个小时义务劳动还迷迷糊糊地打瞌睡的社员们，叹着长气，疲惫不堪地往各自的家里、往有奶茶和包谷馕的地方走去。约一个小时后，伊沙木开始为上午的劳动鸣钟……就这样，钟声直到晚间的集体学习结束时才算停止。每次钟声响起，人们不是去诅咒让他们感到讨厌万分的那块大钟，而是要诅咒伊沙木：

“那个呆子，又敲起了破盆子……”

“可不是嘛，他倒是舒服，敲完了钟，就可以放心地打鼾了……”

还有人议论道：

“那个可怜鬼，打什么鼾呢？如果打错一次钟，他就死定了！”

“唉，伊沙木也难啊，他也是不得已！”

“他不敲，还会有人敲那讨厌的钟的……”

后来的议论的确也不无道理。实际上，伊沙木每次敲钟时，心里也非常不安，他常对马号里的牧马人科维尔说：“唉，科维尔，我像厌恶刁女人一样，特别厌恶这个吊钟。”事实上，他所干的这件事的确也是让人厌烦、心累、无味和无终无果的事情。

终于，有一天，那是个漫长、闷热、难熬的收割麦子的夏日，发生了伊沙木非做不可的一件事情。这天午后，伊沙木独自一人蹲在马厩里，苍蝇和牛虻嗡嗡地叫，他感到十分寂寞和烦恼，院子里除了他一个人以外，也别无他人。牧马人傍晚时分才能回来。漫长的寂寞、厌烦、失眠和疲劳，突然让伊沙木的神经变得紧张而活跃起来。离收工还有一个半小时，所有人都在割麦子、打场，或紧张地忙于其他的事情。伊沙木晃了晃身子慢慢地站了起来，颤颤巍巍地来到了老榆树下，突然他拾起了铁棍就使劲打起了吊着的轮叶……他不停地敲打着……吐鲁番玉孜人像习惯了听从命令的机器人一样，立即响应了他敲响的钟声。他们习惯了村里经常召开的各种会议，以为“可能是工作组又要召开什么紧急会议”，便扔下手中的活儿，纷纷来到了大队部大院。

不到半个小时，工作组的一位干部骑着自行车气愤地冲入了马厩的院子。

“唉，敲钟的，你这是在干什么？为什么在劳动的时候敲钟？快说！”

伊沙木很惊奇地望着那位干部微笑着回答道：

“干部先生，因为太寂寞，我敲着玩的，没想到你真相信了！”

为此，伊沙木挨了两天的批判。穆赛里木大队长为他求情，保住了他。

然而，过了一周后，同样的事又发生了。而且是伊沙木在深更半夜里即凌晨2时敲响了大钟。这次的钟声震撼了整个吐鲁番玉孜。

穆赛里木大队长气得全身颤抖，他亲自审讯了伊沙木：

“唉，呆子，你怎么又敲钟了？”

伊沙木似乎做好了愿受任何惩罚的思想准备，他盯着穆赛里木大队长和在他周围的神色严肃的工作组干部说：

“我太寂寞了，不知该怎么办？”

在场的人都沉默不语，或许他们在极力控制着心中的愤怒。

天亮后，穆赛里木大队长来到了马厩院子。

“你的行为已引起了工作组的警觉，回盖玛，还是回市里，总之，我看你还是自谋生路吧！”

伊沙木好像就等待他说这句话似的，笑了起来：

“太好了，说得好，穆赛里木，将那倒霉的吊钟就交给你那个管浴室的亲戚吧。”

穆赛里木“瓷碗脸”气得本来想狠狠骂他几句，但又立即转移了话题：

“伊沙木啊，伊沙木，我不知说你什么才好，按你常说的在诺盖的毛拉的话儿来讲，就是‘不能说’呀！”

翌日晨，伊沙木离开了吐鲁番玉孜。此时，他感到盖玛村那浓浓的气息好像正向他扑鼻而来。

第三十五章 书法监督员

公元1966年，伊宁县。盖玛村。

伊沙木·库尔班这个以为人们带来欢笑而获得善德、赞扬和生活之份额的民间说笑者，从吐鲁番玉孜又回到盖玛村的这个时期，正逢被称为“文化大革命”的那场令人不安的动荡刚刚揭开序幕的时候。不久，在整个中国大地上熊熊燃起的这场大火也开始点燃了偏远的北疆小村——盖玛。

就从一张大字报的辩论引发的这场运动，在“破四旧”的喧嚣声中，不知不觉地将这场运动引向了高潮。各地因为出现了“打砸抢”和“打倒一切牛鬼蛇神”的人人自危甚至相互猜疑、相互为敌的一种可怕的运动，使留有胡须的人们被迫刮掉了胡须，喜欢戴曼切斯特尔花帽的人们也不敢再戴花帽了。更为糟糕的是，有一官半职的人们的状况最为可怜。而背靠集体的马厩和合作社的墙壁终年晒太阳、不务正业，总是喋喋不休、吵吵闹闹的不三不四的一些人，一夜之间就戴上红袖章成为“革命的造反派”们，整天忙于召开批斗麦赫皮尔大队长等村里的大小头目的群众大会，通过让叫苦不迭的“当权派”们低头认罪、拉出游街示众等，证明着“衣领变成了衣襟，衣襟变成了衣领”[①]这句民谚的正确性。带着希望和思念之情第二次来到盖玛村的伊沙木，望着乱糟糟的这种情景，不禁感到万分惊奇和深深不安。同

① 比喻尊贵的受辱，低贱的受宠。

时，在这不安的岁月里，包括伊宁市、伊宁县、吉里语孜、吐鲁番玉孜……等各地也同样出现这种“热火朝天”的景象的消息，也经常传到伊沙木的耳朵。为此，伊沙木也不敢再多想什么，他不得不为如何保护自己的平安而担忧、操心。

当然，伊沙木这么想也有他的理由和原因。因为整天叫嚣和宣扬“要彻底批判和肃清资产阶级思想流毒”的那些人，很有可能从他的恰克恰克笑话中找岔子。伊沙木第二次来到盖玛村不久，就与名叫色依提麦提·塔孜的（此时他已是大队造反派的一个副司令）家伙在街上不期相遇。从前，伊沙木与村里的大小头头们相聚、坐在首席时，他只是个常为大家烤羊肉串的无名之辈。而此时，他身着军便衣、头戴军帽、胸佩多个像章。见到伊沙木后，他将本来就戴得够深的军便帽两端又朝下拉了一下，接着严肃地对他大声说：

“喂，伊沙木，你要做好思想准备，你那黄色恰克恰克段子将要受到我们的猛烈炮击！”

色依提麦提说这话时，还不时地看着自己的两旁。显然，他是希望更多的人能听到他说的这句话。

几天来，伊沙木尽管也一直在警告自己要暂时回避参加一些聚会、说笑场合和对自己不利的一些活动，但听了色依提麦提的那句话后，他没能闭住自己那习以为常的嘴巴：

“色依提麦提兄弟，我那一系列的恰克恰克早就被吉里玉孜的哈桑·诺奇给枪毙了，我想现在好像也没什么值得你可枪毙的笑话了吧！”

说音刚落，伊沙木的心突然“咯噔”了一下。因为他想起了在盖玛村里一直流传的有关色依提麦提种种可恶行为的一些议论。

果然不出所料，色依提麦提本来就黧黑的脸，因为伊沙木的这句话使他的脸变得像煤块一样更黑了。他一生气，就有口吃的习惯。

“伊……伊沙木……呆……呆子……你……等着……瞧吧……看……我……怎么收拾……你！”色依提麦提用分成叉状的两个手指指着伊沙木的鼻子说。接着他突然转过了身。在离他们不远的地方，一直听着他俩交谈的盖玛村一百零七岁的老寿星夏依麦尔丹将一直含在嘴里的纳斯烟一口吐在了地上：

“阿萨木，别往粪坑里扔土块，何必呢。”

夏依麦尔丹老爷的话得到了应验。这件事发生以后的第二天，伊沙木就被关在了在马厩里的“黑帮窝”里。幸亏色依提麦提的其他同伙，即在运转“盖玛”村的其他造反派头目当中因为有从前曾听过伊沙木笑话的人，对被“软禁”的伊沙木也没有太苛刻，而且与他还逗起了乐。本来色依提麦提想对“低头认罪”的伊沙木乘机施展自己“哈萨克式的恐吓”，让他见识一下自己的厉害，但不料遇到了他同伙们的嘲讽：

“唉，好了，癞痢头，”身材魁梧、脾气暴躁、但只要伊沙木说笑话就总是“嘿嘿”发笑的另一个同伙对色依提麦提警告道，

“我看你也够了，也别炮轰恰克恰克笑话了！”

也许是因为这句话的作用，伊沙木摆脱了睡牛棚和没完没了的审讯。无论如何，农民是单纯、善良而公正的，而这种秉性在城里人中是很难找到的。

当晚，伊沙木没有在牛棚里睡，而是住在了亲戚的家里。但是，造反派们对他提出了必须每天到马厩里与“黑帮”和“走资派”一起参加学习的要求。这也是色依提麦提·塔孜的“功绩”之一，由于他失去了让伊沙木尝尝他厉害的机会，所以他一直耿耿于怀，寻找着报复他的机会。尽管他不怎么懂汉语，但靠“这个嘛，那个嘛”的几句话，向工作组也反映了伊沙木说“黄色段子”的罪状，因而使上级领导对伊沙木也产生了一些疑心。因而，姓王的一位领导紧皱着眉头对伊沙木说：

“天天来这个地方学习，改造思想！”

伊沙木在马厩里参加学习、改造思想期间，接受了一项新任务。当时，时而写诗的一位“黑帮”也被送到这里接受思想改造。一生从

事教学工作的这个人会写一手漂亮的毛笔字，他的这个特长让他有相当一段时间摆脱了与其他“黑帮们”每天参加十二个小时的繁重的体力劳动。在盖玛村大大小小的巷子的墙壁上大书特书赞颂“文化大革命”口号的任务，便也变成了这个“黑帮”的主要任务。

任务是安排了，但工作组中“警觉性”极高的一些人对这个“黑帮诗人”总不太放心。“人的斑纹在心上，兽的斑纹在皮上”，如果这个“黑帮诗人”因无法忍受心中的冤屈和不满，而不顾一切地将心中的怨恨都写在墙壁上，那结果不仅与他没个完，而且我们也会失去好不容易才得到的铁饭碗的！真主保佑啊。正因为这样的担心和不安，当地的造反派头头们与工作组的一些人开了个碰头会。还是那位曾命令伊沙木“天天到这个地方来”的工作组组长的头脑管用。他果断地提出了安排专人监视“黑帮诗人”的一切行踪、即安排既能监视“黑帮诗人”的行踪，又能监视他书写的文字内容的建议。他们在外面正谈论这事的时候，不料伊沙木一瘸一颠地拖着腿从这些“大人物”们的身边走过。刚刚在牛棚里他还在说笑，让“结合自己的思想”，学习“最新最高指示”的黑帮们笑得前仰后翻呢。瞧，此时他正朝厕所那边走去。

后来，那位组长对伊沙木的情况也有了一些了解，他发现只要是他讲话人们就特别开心，还曾在文工团里干过。可不能忽视这种人啊，尤其是在农村……于是，组长忽然转过身将正朝厕所走去的伊沙木叫到了身边。

从这天开始，伊沙木就接受了“书法监督员”这个轻松的任务。那位诗人，见多识广，特别爱聊天。每次他在墙上写字时，伊沙木就紧跟着他，将盛着猩红的颜料的一只缸子端给他。诗人在写字时，伊沙木的嘴总是不停，问这问那，总让书法家忍俊不禁地发笑。每写完一条口号，伊沙木就像是他写的似的，一头躺在草丛里诉苦道：

“唉呀，这句子怎么这么长啊，真累死人了！”

“伊沙木哥，”书法家每次写完一条口号总要问，“这字儿写得怎么样，你帮我看看吧？”

伊沙木每次都很幽默地回答："兄弟啊，还是你给我大声读一遍吧，我忘了戴眼镜了！"而且每次答复都重复这句话。

书法家也总是笑呵呵地一字一句地给他读，伊沙木也总是不停地点着头说：

"还可以，稍休息一会儿吧。你没有莫合烟吗？"

"你知道我不抽烟呀！"

"哦，我忘了，那我就抽自己的吧。"伊沙木忙着掏自己的口袋。

就这样，他俩从一个小队到另一个小队，几乎挨街挨墙地走，将口号写在了所有的墙壁上。每到一地，总有不少人围观他们。有人要求伊沙木说个笑话，有人则赞赏书法字体，甚至有人还对墙壁上的书法字进行评论。

"嗨，这字儿写得真是绝啦！"

"先生，就是先生啊！"

"那个伊沙木在这干什么呀？"

"我吗？"每当这时伊沙木就说，

"我是这位徒弟的监考老师，现在他进步挺快！"

笑声四起，书法家点着头也笑了起来。

许多年以后，一直记录伊沙木生平的赛里木·贾玛勒通过电话向当年的"黑帮书法家"而现在已成为著名的童歌诗人的那位先生问起了与当年的"书法监督员"伊沙木有关的事情。

"我与伊沙木大哥曾共同度过了那有趣而难忘的岁月。"老诗人在电话里这样说，"我不知道你所需要的是哪方面的故事？我看在电话里说也不太方便。等我们见面时再好好聊吧。也好让我回忆回忆，能记多少就记多少。"

后来，由于路途遥远和其他原因，赛里木·贾玛勒也未能与这位诗人相见。但是，后来他与伊沙木聊起了这件事。以上讲述的故事绝大部分都是伊沙木的亲口讲述。当然，也有笔者从他人那里听说的其他轶事。

第三十六章
伊沙木“泼奇”与哈桑“诺奇”[1]

在吐鲁番玉孜和盖玛村期间，伊沙木还结识了这样一个人。笔者感到在这里讲述伊沙木与这个人之间的故事也许不是多余的。

在现实社会生活中，总有一些人性格怪异、具有很独特的习惯和特长。在这里要讲述的哈桑诺奇就是这种人之一。

实际上，伊沙木在伊宁县文工团的时候就认识哈桑诺奇。他，中等个儿，皮肤黝黑，年约五十，终生未娶，他是与伊沙木曾经有过亲密往来关系的苏里坦医生的舅哥。他一直住在县城里的妹妹家里，即苏里坦医生的家。因为他经常说些颠三倒四的话，所以在县城里也经常能听到有关他的不少趣事。

当有人对苏里坦医生开玩笑说：“你是医生，怎么不先治治你舅哥呀？”苏里坦医生则回答：“哈桑这样生活倒也挺好，他没有任何疾病，只是脾气有些暴躁而已。”

虽然“诺奇”这个名称是哈桑他自称的绰号，但苏里坦医生见了哈桑诺奇还是有些拘谨。

有一次，苏里坦医生在家里宴请不少客人。当然伊沙木也在其中。坐宴正热闹的时候，突然长得黑不溜秋的一个人推门而入。从坐宴一开始就对苏里坦医生不断“开涮”的一连串笑话中，伊沙木就明白了突然闯进的这个人肯定就是苏里坦医生的舅哥哈桑诺奇。

“听说伊沙木泼奇也在各位当中，是哪一位，能见识一下吗？”哈

---

① “泼奇”，音译，意为吹牛者；“诺奇”，音译，意为“好汉”。

桑诺奇坐在土炕边沿，逐一打量了一遍在座的客人后粗声粗气地说。在座的客人们都悄然无声，将目光同时都移向了伊沙木。苏里坦医生也闭口不语。哈桑诺奇话音刚落，伊沙木就微笑着站了起来，并当即回答他道：

“我就是伊沙木泼奇，不用说，你该是哈桑诺奇吧？哈桑大哥？”

“嗨，不错嘛！你知道我的真实姓名啊，”哈桑诺奇十分高兴，立即盘腿而坐，“酒在谁的手里？倒酒啊，苏里坦，我要与伊沙木泼奇干一杯。”

苏里坦医生暗暗看着酒保示意他少倒一些，但哈桑诺奇不悦地说：“喂，尼扎木，这可是我家的酒，快，给我们斟满两大杯，来，伊沙木泼奇，为我俩的相识干杯！”

苏里坦医生不安地戳了一下坐在他身边的酒保，暗示他快倒酒。于是，酒保尼扎木将斟满五十克容量的酒杯分别端给了伊沙木和哈桑。此时，在场的人们都目不转睛地望着他俩。

伊沙木很快就对哈桑诺奇产生了兴趣。根据从前和刚才听说的有关哈桑的一些事情，伊沙木将话锋集中转向了哈桑诺奇：

“哈桑大哥，听说你喝酒，像百灵鸟的鸣啭，这是真的吗？”

“喝，”哈桑诺奇摆着从前从未做过的一些动作，酒杯好像只是挨到了他嘴唇，接着就发出了“啾啾啾……”的鸣啭声，然后脖子一仰，将手中的酒一饮而尽。顿时，全场笑声四起。

伊沙木在他的恰克恰克说笑生涯中，由于经常接触特长各异和不同性格的人，所以他对有些事情也习以为常，从不感到奇怪。另一方面，他也喜欢性格不偏、坦言直率的人。此时，伊沙木对哈桑诺奇紧追不舍，话锋又起：

“哈桑大哥，听说你坐过飞机，是真的吗？”

哈桑诺奇将一筷子炒菜放进了嘴里，然后边吃边悠闲自在地回答道：

“嗨，当然啦，你也听说了，伊沙木泼奇！前几天我就飞了一趟乌鲁木齐呢！”

“办事去了？”伊沙木问。

“是啊，还不是在自治区当官的那些朋友们嘛，他们经常请我到那里为他们的工作提供咨询服务，州里的领导就更不用说了。”

伊沙木情不自禁地瞥了一眼苏里坦医生。他低头不语，好像在掩饰自己的不好意思，一直用指头拨弄着餐布的边穗。

“哈桑大哥，从乌鲁木齐到伊宁，坐飞机需要几个小时？”

哈桑诺奇更来劲了。

“去的时候，只用了半个小时，返回时，飞了一个小时就到家了。”

“这是怎么回事？”伊沙木感到惊奇地问。

哈桑诺奇满不在乎地回答道：“返回的时候，是下坡路呀。”

笑声又起。哈桑诺奇这次生气了。

“你们笑什么？你们没坐过飞机知道什么呀！就知道没完没了地‘哇哇哇……’地笑。伊沙木泼奇就知道，他去过很多地方。尼扎木，倒酒，我要与伊沙木泼奇再喝一杯。”

苏里坦医生使劲咳了一声，暗示酒保别再给哈桑倒酒。

“唉，苏里坦，你的喉管痒痒了吗？没酒了吗？是不是要我把妹妹叫过来给你治治喉咙！”

苏里坦医生沉默不语，全场气氛显得有些紧张起来。最终还是伊沙木打破了局面。

“好了，好了，让我和哈桑大哥再喝一杯。酒保，给我满一杯酒，这杯子里的酒，苦的我喝，甜的我要敬哈桑大哥。”

“这还差不多，”哈桑诺奇满意地说，“尼扎木，倒酒，甜的部分多倒一些！”

客人们又大笑起来。

“好样的，哈桑诺奇真行啊！”

“他不会输！”

从前伊沙木也听说过只要苏里坦医生家里来了客人，哈桑诺奇就会不请而入，而且经常喝了两杯就要酒疯。而此时一直不敢说话的苏里坦医生如坐针毡，十分不安，伊沙木端起酒杯悄悄向他挤了一眼，暗示他不必担心。

“哈桑大哥，我喝了！”伊沙木说着像在中国历史故事片里看到的那样，双掌合一，高高举起，将酒杯夹在手掌里，用小指头将酒杯慢慢移向自己的嘴边，稍弯了一些身子，半闭着眼睛，十分轻松地喝完了手中的酒。接着，他将空酒杯恭恭敬敬地端给了哈桑诺奇。

“请，哈桑大哥，我的嘴只是挨了一下酒杯，我将所有的酒都敬给了你。在我们伊宁市的奥尔德街，在最亲近的朋友之间将闭着眼睛一饮而尽的这种敬酒称为‘霍西凯提酒’。请吧，大哥，请你也喝杯‘霍西凯提酒’吧！”

“没事的！伊沙木泼奇，哦，老弟。”哈桑诺奇小心地接过空酒杯，闭上眼睛就将酒杯扣向了自己的嘴，接着还皱着脸，立即取下头上那油乎乎的曼切斯特尔花帽，嗅起了花帽里面的汗气味。

“吃菜，哈桑，快吃菜。”有人“嘿嘿”地笑着劝他道。

“咱们的哈桑大哥呀，”伊沙木接着说，“只喝‘霍西凯提’这样的敬酒，一般情况下是不喝轮酒的。”

“是啊，伊沙木了解我。”哈桑诺奇眯着喝了第一杯酒时就已经有些模糊的眼睛说。

伊沙木又敬哈桑诺奇“喝”了一杯“霍西凯提酒”。接着伊沙木向酒保挤了一下眼，酒保也向哈桑诺奇敬了一杯“霍西凯提”。

“我们的这位哈桑大哥呀，”伊沙木又说，“因为胡达的无比神力，从来都是酒不过四杯！”

“是的，我从来都酒不过四杯！”

“喝完四杯他就会睡觉的！”

“是的，我就去睡觉。”哈桑诺奇开始挪动了身子。

苏里坦医生对伊沙木的耳朵低声嘀咕：“是在树上睡觉。”

“而且要趴在树上打鼾呢。”伊沙木重复道。

“是的，夜晚，树上凉爽，我就喜欢睡在树上。”哈桑诺奇从土炕上下来，像女人一样将两只胳膊放在胸前，客客气气地对客人们施礼告辞道：

“尊敬的各位客人，请准许我，真是失敬了，本来我应该与各位多坐一会儿才对，但是，明天我还有重要的事情，我该去睡了！”

“还能有什么事啊，哈桑大哥？”伊沙木一本正经地故意问。苏里坦医生不满地瞪了一眼伊沙木，以暗示他“别再问了，否则他会反悔的”。

“本来我应该告诉你的，伊沙木泼奇，但我当着大家的面不好说。明天……不，不是明天，明天我的事情很重要，后天你直接到我这里来，我再告诉你吧。”

伊沙木没有再多说什么，哈桑诺奇使劲跺了一下脚，反着手掌向客人们行了礼，跌跌撞撞地走出了客厅。

大家都感到如释重负，尤其是苏里坦医生显得尤为高兴。

“嗨哟哎，伊沙木丁，你可真行啊！我这个舅哥被你收拾得服服帖帖的，你真是天下无敌啊！”

“所以他才叫伊沙木啊。”酒保尼扎木边向伊沙木敬酒，边夸赞了一句。接着，客人们又议论了一阵儿哈桑诺奇。

“不，依我看，这个哈桑大哥本身也是一个世界，”伊沙木稍思索片刻后接着说，“我看呀，他好像还有很多有趣的故事，不妨慢慢挖掘他好了！”

的确，后来伊沙木与这位哈桑诺奇也多次交谈，并通过不断刺激哈桑诺奇也产生了不少有趣的笑话。在盖玛、吐鲁番玉孜期间，伊沙木常被请到吉里语孜，并经常与哈桑诺奇在不同的、各种各样的聚会或坐宴场合里不期而遇……唉，好了，篇幅有限，有关哈桑诺奇的故事还是放在下篇里再讲吧。

第三十七章 又是那个话题

自称为“哈桑诺奇”的这个人物，实质上是个连蚂蚁也不敢伤害的、神经稍显不正常的一个人。伊沙木对他很感兴趣，哈桑诺奇也很喜欢在与伊沙木相见的场合里与他交谈。

自从那次坐宴以后，伊沙木也没有在第二天或以后去找哈桑诺奇。但伊沙木一想起他那有趣而可笑的言谈，就会忍俊不禁地暗自发笑。伊沙木被“遣送”到盖玛村落户整整一个月以后，奥斯曼·瓦斯都拉团长特意派人邀请伊沙木参加他孙子的割礼。伊沙木就是在这个时候与哈桑诺奇不期而遇的。

一直蹲在大锅旁边正在津津有味地大口大口吃着胡萝卜抓饭的哈桑诺奇，一见到从人群里走来的伊沙木，就急急忙忙地站起来，将满嘴的抓饭狼吞虎咽之后就大声喊叫起来：

“喂，伊沙木泼奇，怎么像6月的青蛙一样不见你的踪影了？没有演出吗？”

伊沙木对哈桑诺奇的说话，准确地说，对他在说话时的肢体动作感到特别好奇地走向大锅。这时，有不少人围在了他们的周围。

也不等伊沙木的答复，哈桑诺奇又首先自己开起了话头：

“哦，盖玛那边平安吧！嗨，那里的鹌鹑可多了，那石鸡呀更多！你没去捉吗？”

此时，伊沙木也没有必要对他说明自己在什么地方工作。因为哈桑诺奇的耳朵也很长，他早已知道伊沙木离开“娜依娜依哈纳”（指文工团）以后，目前他在什么地方、在做什么等。所以，伊沙木此时将话题转向石鸡，有意引他多说一些。

“听说你是捉石鸡的好手，是真的吗，哈桑大哥？”哈桑诺奇见那么多人都在看着他，别说心里有多高兴了，他立即舔净粘在手指头上的油米粒后说：

“嗨，可不是嘛。有一次，我与一位朋友到盖玛村去抓捕石鸡。那气枪算什么呀！只有像赫里颇拉木这样的小气鬼（指身挂竖条花纹围裙的抓饭厨师）才会用那玩意儿……老子用的是双筒猎枪。只见……不，我卧在隐蔽之处，发现一群石鸡从芦苇地里像参加完婚礼后刚返回的少妇们那样一摇一晃地走来。我瞥了一眼在我身旁的伙计，他双眼欢喜，焦急得很，于是我当即暗示他别着急。我瞄准其中的一只石鸡‘砰’的一枪，只见那只石鸡‘扑腾’地倒在了地上；我又‘砰砰’地开了两枪，又有两只倒地；我又连续发射，只见那石鸡‘噗噗噗’地一个接着一个地落了一大片……”

这时在周围的小伙子们中发出了哈哈大笑，但哈桑诺奇在兴奋中并没有注意他们的笑声。赫里颇拉木师傅朝伊沙木挤了一下眼睛后插了一句：

“唉，哈桑，你一直都在开枪，难道那些石鸡都趴在地上任你打吗？”

哈桑诺奇先是一愣，发觉自己说漏了嘴。但伊沙木好像站在他一边似的替他大声回答道：

“可能是翅膀被捆住的石鸡吧！”

“嗯，是的，是捆住了翅膀。”哈桑诺奇高兴地大声说道。周围又掀起了一阵大笑。

“哦，你只管说好了，哈桑大哥，”伊沙木以鼓励他的口气说，“他们这些人呀，可不像你和我这样懂打猎！”

“哈桑大哥，你给伊沙木大哥讲讲你在麦麦玉孜当民兵时打靶的情况吧！”在人群中一位小青年这样说。哈桑诺奇得意地瞥了一眼那个小青年，然后又看着伊沙木说：

“是啊，排长说，卧倒，我们就卧倒了；排长命令射击，我们就开枪了。你听我说，伊沙木，当时我发现谁也没有打准目标，我说看我的好了，于是我‘砰’地开了一枪，第一发正好打了个……七环。又开了一枪，打在了七环边上，打第三发时，我瞄准好目标后扣动了扳机……”哈桑诺奇忽然停了一会儿。

“哦，怎么样？”伊沙木问。

哈桑诺奇打量着一直看着他的人们后，低声说：“那一发子弹转了一大圈后也打准了。”

“再来一个，哈桑大哥，再来一个，”那位小青年又请求道，“再说说五发子弹那件事吧！”

哈桑诺奇瞥了一眼伊沙木，他的目光似乎在问伊沙木：“怎么样？我的本事还不小吧？”接着，他将脖子伸向了刚说话的那个小青年。

“刚说话的是谁？是赛迪尔吗？既然你也知道，干脆你来讲吧，让伊沙木泼奇好好听听，别让他认为我是在杜撰瞎编啊！”

长相有些滑稽、穿着破烂的一个矮个子青年从人群中挤到了前面。

“那好，我给大家讲吧！还是在那个麦麦玉孜村，有一次在打靶时，有人要求哈桑大哥他们每人打五发子弹。打靶结束后，头头们检查时，发现哈桑大哥打的靶上只有一发子弹的弹孔。于是，县上来的头头问哈桑大哥：‘唉，同志，还有四发子弹，你弄到哪里去了？’哈桑大哥不慌不忙地回答道：‘还能到哪里去？四发子弹不都从那个窟窿里出去了嘛！’”

正在庆贺割礼的这座小院里，充满了与喜庆相符的笑声。这时，刚送完一拨客人稍缓了一会儿的原文工团团长奥斯曼·外斯都拉也来到这里，向大家讲述了有关哈桑诺奇的又一件趣事。

“伊沙木，听我说，这个哈桑呀，可以编成小品或喜剧或恰克恰克笑话的故事可多了。我来给大家讲一个吧！这个哈桑呀，真是个鹌鹑和石鸡迷，他从早到晚所谈的就是捉鹌鹑和石鸡的事儿。有一次，他对我说，他曾在那北坡滩捕猎，而且还是寒冷的三九的时候。各位只管听就行了。于是，为了找到鹌鹑，他边观察周围边走，突然发现在农田正中间的一棵大树枝干上吊着像雪球一样的东西，哈桑见到这些东西后心想，这到底是些什么东西呀？是不是在夏季未来得及摘的苹果冻僵了？于是，哈桑踏着厚厚的雪地，一步一个脚印地来到了那棵苹果树底下。哈桑，当时你脚穿的啥呀？是毡筒还是毡靴？”

“毡靴。”哈桑诺奇自豪而得意地还瞥了一眼伊沙木。

“噢，对了，我们的哈桑猎人用穿着毡靴的脚朝树干的底部狠狠踢了一脚，顿时‘扑’的一声从这棵树上飞出了一百多只鹌鹑，但没飞多远一个接一个地‘扑腾扑腾’地落在了厚厚的雪地上。原来那棵苹果树枝上的那一个个雪包是冻僵的鹌鹑，是不是，哈桑？”

“是的！”可能是因为兴奋和激动，哈桑诺奇发出了像尖叫一样的声音，“我拾了大半袋子鹌鹑呢……”

听了这些笑话和轶事，伊沙木特别开心。当晚，奥斯曼·外斯都拉还特意安排了一场小型的坐宴，并专门派人将伊沙木叫来也是因为这个原因，经主人同意，伊沙木让哈桑诺奇留下也参加了这场坐宴。显然，哈桑诺奇的轶事和言谈，对伊沙木也确实产生了极大的影响。

整个晚宴，实际上都是伊沙木在挑逗哈桑诺奇说话，毫无疑问，伊沙木时而愚笨木讷，时而聪明风趣，时而呆板，伊沙木说东，哈桑就绝不偏西，紧扣主题，总是成为被伊沙木开涮的目标。

不知不觉间，他们的恰克恰克又转入了哈桑诺奇乘坐飞机的话题。

“哈桑大哥，我在想那飞机呢，既然能飞到伊宁，为什么就不能往吉里玉孜、麦麦玉孜这边飞呢？”伊沙木故意问他。

哈桑立即回答道：“你也真可笑，伊沙木，喀西河上没有桥，即使飞来了飞机还能过得去吗？”

顿时，全场又掀起了久久不息的笑声。而伊沙木仍不满足，穷追不舍，又问哈桑：

“哈桑大哥，上次你为什么没有向我们详细讲述你坐飞机到乌鲁木齐的那件事？”

“是啊，是啊，我们也没有听说过！”在场的人们也纷纷附和道。此时，因为妹夫苏里坦医生也不在场，所以他无拘无束地连续喝了四五杯酒，已有半分醉意的哈桑诺奇立即回应道：

“咳，别提飞机那东西了，也不是个什么好东西，总让你恶心不止……直到飞机落乌鲁木齐以前，一路摇晃，让我特别焦急、不安，难受得我想吐又吐不成。”

“你说啥呀，哈桑大哥？”伊沙木说，“在飞机上，放在你面前是一杯水也绝不摇晃呀？”

“谁知道呢，”哈桑诺奇漫不经心地说，“也许是飞往我们伊宁的飞机是最差的飞机吧！”

“这话就不对，”总是喜欢用上纲上线的话来吓唬别人的奥斯曼·外斯都拉以威胁的口气说，“政府绝不允许有问题的飞机起飞，你要知道，从来人是第一因素！”

可怜的哈桑诺奇吓得当时就清醒了许多，竟然语无伦次地说：“不，我是……我……只是随便说说而已……大家都知道，伊宁的路高低不平、特别难走呀，我这该死的，不就是因为那高低不平的路才让我晕得想呕吐了嘛……”

又是一阵捧腹大笑。一直紧皱眉心、神情严肃的奥斯曼也终于忍俊不禁地笑了起来。此时伊沙木立即转移了话题：

“奥斯曼团长，从你的笑声来看，你好像经常穿行于戈壁滩啊？”

这时，谁也没有想到的一个恰克恰克笑话，从谁也没有想到的一个人嘴里脱口而出。当奥斯曼团长正考虑如何答复伊沙木时，不料哈桑诺奇十分镇定地说：

“所以，他这个人呀，不论见了谁，总会血口喷人！”

笑声四起，但又很快停止。大家在心里明白，为这句话大笑是不太合适的。奥斯曼·外斯都拉也东拉西扯地说着什么，试图激发大家引起新的一轮笑声，但他未能如愿。

此时，坐在伊沙木身边、仍满不在乎地用天真的目光看着在场的人们的哈桑诺奇，不禁令伊沙木刮目相看，他的眼神充满了惊奇而异样的光彩。此时，在他脑海里忽然闪现出“土地高低不平，人也不尽相同”这句民谚。

第三十八章 返回童趣

公元 1966 年，年底。伊宁。

饱尝生活之艰辛和经受不断颠簸之苦的伊沙木，在轰轰烈烈的“文化大革命”初期回到了他生长的伊宁市区奥尔德街。他在这里曾度过后来被他深深所思念的一去不复返的少儿时期。那是位于狭窄的一条巷子里的普通小院。他在这座小院和那低矮、简陋的土坯房里曾得到了父母对他无微不至的关心和宠爱，曾与弟妹们一起分享过天真的少儿时期的嬉闹玩耍的乐趣。时至今日，这座小院和当时的情景，魂牵梦萦，不知有多少次浮现在伊沙木的梦幻中。

疯狂的运动也改变了奥尔德街的人们。人们的目光充满了对人的不信任和猜疑，个个皱眉、阴脸。别说开个玩笑或说个恰克恰克笑话，就连人们平时相互之间的交谈也像空胎母牛的尿一样变得越来越稀少。基层社区的干部们也不亚于进驻盖玛村的干部们。同样也有不少人被揪斗，被戴上长长的纸糊高帽子游街示众。而且被揪斗、游街的“罪人”们，大多数是在奥尔德街的小商贩、手工艺者和“投机倒把分子”，或是“走资派”“坏分子”等。因而人们都感到人人自危、揪心不安。

“破四旧”之狂风，首先将拜图拉清真寺和其旁边的纳格拉鼓场刮得面目全非，被造反派们作为“四旧”拆毁。当年那雄浑、绮丽、肃穆、典雅的拜图拉清真寺早已不复存在。这是伊沙木在少年时期曾无数次地登上并经常敲打纳格拉鼓的地方，是伊宁城区的一个标志性景点，更是伊宁市的一个文物古迹。

这里曾经是经常爆发出畅快、开怀的笑声，让人们在“哈哈”的抚掌大笑中给生活以回应，让人们忘记生活之艰辛和烦恼的一排制鞋作坊和店铺。而现在这里已破烂不堪、荒芜凄凉。伊沙木来到这无人的作坊前面，直接坐在了硬硬的地上。他那盈满泪水的眼睛一直凝视着拜图拉清真寺和那破烂的宣礼塔以及被毁坏了一半儿的鼓场。这一坐，不知不觉，他也不知道自己在这已经坐了多久。也有人从这里过往，对他也显得热情，似乎很惊奇地问他什么（也许是问他什么时候回来的，是否还要走等）。然而，此时伊沙木也不知道人们在问他什么，自己又做了怎样的答复。他茫然若失，陷入深深的思绪之中，竟然没有发觉什么人从他前面走过。伊沙木的脑海里充满了无尽的思绪。忽然在他眼前吆喝着“芝麻……糖果！……”的一个他非常熟悉的少儿浮现在他眼前，那是他非常熟悉的一个声音，好像就在他耳旁回响。少年伊沙木沿着翻浆泥泞的小道一侧小心地走着，曾无数次从纳格拉鼓场那边仰望那壮观的宣礼塔。此时，伊沙木好像还听到了鼓棍打在纳格拉鼓的驼皮上发出的回音。当人们沉浸在喜庆节日的那个欢乐的日子里，在鼓手师傅们的鼓励下，伊沙木在万分激动和自豪中曾在这里敲打纳格拉鼓，兴奋曾经使他彻夜难眠。

位于麦德里斯学堂对面的库尔班·铁日奇开的那家干草店（虽然是个日用小杂货店，但人们一直将该店称“库尔班·铁日奇的干草店”），每天都由伊沙木来经营，甚至每天从家里出来时，他总不会忘对母亲说一声“妈妈，我去干草店了”。然而，此时早已消失无迹，在饱尝岁月之风的伊沙木的心里，那些往事好像就是昨天发生的事情一样，使他记忆犹新。他独自一人在店铺前坐了很久，并右手抚胸，向去清真寺做礼拜或礼拜完毕后往返的老人们不断施礼致意。阿不都勒穆塔阿里·海里匹提木，是一位和蔼可亲、慈眉善目的宗教人士，伊沙木在这里聆听过他那用笛音一样细长的声音对他的教诲。有一天早晨，他打开店门，习惯地拿起荆条笤帚将店铺周围的一大片地打扫得干干净净时，从自己的住房那边踏着轻盈的步子走来的海里匹提木微笑着夸赞起了伊沙木：

“好样的，我的孩子，真不愧是个好人家的儿子，你做了件积善积德的事，打扫地面也是一种功修。”

站在满目疮痍的拜图拉清真寺的高塔前面，伊沙木又想起了慈祥、亲切而学识渊博的这位老人。他仿佛感到自己好像又回到了少儿时期，感觉自己好像还处在那难忘的少儿年代。

奥尔德街的人们高兴地迎接了返回家乡的伊沙木。他们以各种形式和言行表示了自己对他的心愿。不论是极其简单的一顿早茶，还是一顿便饭，不论是晚饭还是住宿，总有人来请他。每当喝茶或就餐时，左邻右舍的人们总是无不悲叹地提及伊沙木的先父库尔班·铁日奇和他那老实本分而贤惠的母亲艾赛勒罕大婶，总会流着泪回忆他们生前的故事。每当这时，伊沙木的心情就特别难过和揪心，使他不禁想起那可敬可爱的父母。人生无坦途，世事难顺缘。因为，此时他家的住宅早已转到了别人的手里，当时也卖得很便宜。生活的艰辛迫使他的弟妹们都各谋自己的生路，有些已结婚成家后定居国外，有些上学毕业后被分配在其他地方工作；有些则扎根在了异乡别村。其中，他的几位弟弟已在盖玛村安了家。总之，命运使他们犹如秋风落叶，飘浮不定，最终也都各自谋生，艰辛地维持着自己的生活。伊沙木久久伫立在早已成为他人私房的这座小院的门槛前，他仿佛身临其境，又回到了让他梦魂萦绕的少儿时期和对可亲可爱的亲人们的记忆早已成为他难以忘怀的、像伊犁河的波浪那样起伏不息的思绪之中。他慢慢闭上了眼睛，顿觉父亲从大门迈着稳健的步子正朝他走来；好像听到了贤惠和最疼爱他的母亲艾赛勒罕那轻柔的说话声。

伊沙木回来以后，他故地重游，无意识地在城区的各个街巷里都转悠了一遍。奥尔德街让他不禁想起了当年与像自己一样活泼的、无忧无虑的小朋友们叽叽喳喳嬉闹着玩耍各种游戏的情景；有时他连续数小时甚至整天都埋没于这种思绪之中。现在，当年的那些小朋友大多都还健在，都已成家立业担负起了生活的重担，都在想方设法地以各种职业和手艺寻找养家糊口之路，正在艰难地维持着自己的生活。然而，在伊沙木的想象中他仿佛看见天真无邪的那群少儿伙伴们正从那条狭窄的街巷里朝他奔来！

不论时代有多么不安，但伊沙木总觉得伊犁人所特有的一种笑——一种酷爱恰克恰克笑话的特性，始终还保留在奥尔德街人当中。伊沙木少儿时的伙伴们对他回到他们当中感到由衷的高兴和兴奋。总有同龄的朋友们热情地邀请他，家里有什么就端出什么，同吃共乐。他们起初的相互交谈，都较为小心、谨慎，但后来也渐渐地都放开了自己，忘记了一切，仿佛返回了他们充满童趣的少儿时代。在有趣而难忘的交谈中，他们总是争先恐后地回忆自己的往事，往往要聊到深更半夜，甚至坐到天亮才肯罢休。亲朋好友们总是争着让伊沙木无论如何要在他们家住一宿才肯罢休，他们觉得只有像对待贵宾一样接待伊沙木，伊沙木孤独的心才能得到安慰，因而他们也总是想方设法地那么做，从而使伊沙木的孤独、悲伤和忧愁，在他回来一周后像秋天的雾一样渐渐消失了。伊沙木也深深领悟到了“家乡的襟怀宽广”“尽管失去了父亲，但万不可失去与你父辈一起生活过的人们”等这些民谚的深刻道理。

伊沙木轮流住在苏达尔瓦孜街的亲戚、朋友或左邻右舍的家里度过了整整两年的时光。当然其间他自始至终都没有挨过饿，也没有露宿街头。因为人们都很喜欢他。如果说，晚辈们是因为喜欢他诙谐的肢体动作和恰克恰克笑话而邀请他的，那么长辈们则是为了表示对他父母的怀念而邀请了他；他的亲朋好友们对他则更表现了一种无微不至的关心和爱护，总是想方设法地扶持和保护他。做生意赚了一些钱的朋友们，往他腰包里塞上几块钱心里才觉得踏实；还有一些朋友则想方设法地为他寻找适合他能干的一些事情。总之，在那艰难的岁月里，伊沙木在家乡得到了超乎他所想象和期盼的温暖和关爱。

1968 年下半年，为了使伊沙木居住稳定，安心生活，苏达尔瓦孜街的一帮年轻人一起动手为伊沙木修建了一间住房，即赛里木·贾玛勒第一次与伊沙木相见、相识的那栋“红房子”。虽然这是很简朴的一间房屋，但也是亲朋好友们对他的一片心意。盖房子的地皮也是他们帮助解决的。当然，这也是令伊沙木永不忘怀的一件往事。

有一次，在电话交谈中，伊沙木对赛里木·贾玛勒说：“兄弟啊，我将出生于伊宁城区的苏达尔瓦孜街，看作是我的又一个幸福！”

苏达尔瓦孜街的伙计们都很想念伊沙木的恰克恰克笑话，尽管那时是个苛刻而严酷的时期，但深感懑闷或烦恼的人们也总能想方设法地从伊沙木鲜活风趣的精妙、奇葩、犀利而幽默的恰克恰克笑话中，忘记自己的一切忧愁和苦闷，得到舒心的一点乐趣。

经常出现在这种场合里、对读者们也不太陌生的萨比尔江老师，用其独特而幽默的语言说：

“伊沙木大哥，你转悠了一趟世界怎么就不像你自己了。没想到你现在说恰克恰克这么地道而娴熟。不过，在街上的‘积极分子’那里，你还是小心为好。可别被送进‘学习班’出不来了！”

后来，萨比尔江对伊沙木说：“我在巴扎上遇见了那个名叫赛里木江的年轻人。他作为‘无知青年’……嘻……去什么地方接受再教育（萨比尔江习惯地拿自己说的话开涮后笑了起来。他指的是“知识青年”）后，现在像你一样从农村退休后回到了城里。他还问你目前的情况如何。我说，你就在这里。我想他可能会来找你。不过，那小子很有决心，他说，他要继续搜集你的笑话，而且他本人也编了不少笑话。看来你得坐享其成了，伊沙木大哥……嘻……他还给我讲了几个笑话呢，差一点让我笑断了肠子……”

至于赛里木·贾玛勒是如何继续搜集、整理和充实伊沙木的笑话的，再次与伊沙木相见时都谈了些什么这个问题，这是后话。还是让我们先讲伊沙木结束了长期无定所的流浪生活而返回伊宁市以后，是如何开始自己的生计这个话题吧。

第三十九章 理发店里的出纳

在理发店里当出纳，是伊沙木回到伊宁市以后干的第一份工作。

伊沙木从搬进“红房子”的那一天起，就开始干起了这桩事。在亲朋好友们的帮助下，最终住上了属于自己的新房的伊沙木（而且是他生长的地方）终于也安心地舒了一口气。当然，长期居无定所，而且不断变换住所、经常借住别人的房屋，对于任何人来说都是个无奈之举，也是一件痛苦的事情。伊沙木也饱尝了这种痛苦和艰难的滋味。幸亏，这一两年以来，苏达尔瓦孜街的人们对他给予了胜似亲人的关照。

伊沙木在城区也有不少朋友，其中有一位在伊宁市第一区（当时伊宁市的居民区分为了两个管理区）主管轻工业工作的朋友。该区位于伊宁市的一条繁华的中心街道。在当干部的这位朋友的关心和帮助下，伊沙木被安排在了位于区政府机关旁边的一家理发店当了出纳。实际上在只有四位剃头匠的这间长方形的理发店里也没有必要安排专门的出纳员。但伊沙木的那位干部朋友左思右想，从多少还有点收入、又无需费力的工作中好不容易才找到了这桩事。区里轻工业部门的那位负责人是这家理发店师傅们的老伙计之一，他与伊沙木也很熟。于是，经这位领导的批示，伊沙木很快在这家理发店上了班。理发员们都是本地的人们很熟悉的老师傅。他们对伊沙木在这里上班也很高兴。在理发店里，每天的话都重复而单调，每天的操作都一样。像伊沙木这样知名的“恰克恰克奇”的到来，无疑给这家理发店也带来了新的气象和活力。

伊沙木在一区理发店上班的消息很快传遍了全市，并成为了人们议论的又一个新的话题。由于正逢“文革”的高潮时期，歌舞、音乐和一切娱乐性活动都被限制，人们几乎生活在一种封闭的状态中，因而人们也渴望着即便是一时的能给自己带来一点乐趣的活动或说笑的出现。或许是因为这个原因，伊沙木一到这里，这家理发店就开始热闹起来。不久，在平时显得有些严肃的这家理发店里出现了总是宾客满座的景象。他们当中，既有认识伊沙木的，也有不认识的，在听别人讲述他的笑话后产生兴趣而特意来看他的人们。从此，不论什么时候，理发店里总是满座，剃头匠们也总是忙得不可开交。而且来这里的人们没有不刮脸剃头的，有人理发，有人刮胡子，有人剃头，即使头发还没有长长的小青年们，也从大老远的地方跑到这里排队理发。他们坐在一边，边听伊沙木有趣的言谈边笑；还有一些青年人，尽管他们都是第一次见到伊沙木，但他们总是当着大家的面炫耀好像自己与伊沙木是老相识似的，直接与伊沙木调侃起来：

“伊沙木大哥，你还好吗？哦，怎么一直不见你人影啊？”

伊沙木从来都不急于用陌生的眼光看待一个人。每当这时，他都会很自然地说：

“哦，我在呀，我就在店里，你呢？你跑到哪里去了？唉呀，我这记性，我怎么忘了你的名字了……”

那位青年人很自信地跷起二郎腿，还不时地瞥一眼坐在周围那些与自己一样与伊沙木初次相见的人们，大谈往事：

“哎哟，哎，伊沙木大哥，上次你在我们村里的那次聚会，你可大显身手，真是叫绝了！你与肉孜·图乎的唇枪舌剑，不相上下啊！……”

“你该称图乎大哥呀。”伊沙木边说边从头被剃得油亮油亮的一位老汉手里接过钱后微笑着说。这位老汉刮脸剃头不去位于自家附近的理发店，为了目睹伊沙木的风采从伊宁市西边的总站专程来到这家理发店。

还有那一直望着伊沙木的嘴不停地笑的那位中年农民是特意从达

达木图乡来这里剃头的。

伊沙木一到这家理发店，这里的事就变得特别顺当起来。不到一个月该店的收入翻了一番。戴着将一边经常折叠的破旧的曼切斯特花帽的稍年长的那位剃头匠，一开始对伊沙木还总是阴着脸，但自从店里的收入增加以后，他对伊沙木就变得热情了。

理发店真是个奇特的地方。每天都有来自各地的各种各样的人光顾这里。他们来到这里的同时，还带来各种各样的信息、新闻和各种各样的民间趣事和笑话。交谈主题也多种多样，不断变换；无论谈某个趣事还是讲述某个故事，总是一个接着一个，连续不断。因为店里总是人来人往，或进入一个新的顾客，或正在说话的顾客因突然想起什么付过钱后就会急忙离去，就会有人接着讲。当然因为当时时局不安，人们的交谈也十分小心谨慎。如果哪位顾客说话稍有出格，总是将花帽一边叠戴在头上的那位老剃头匠就会严肃地提出警告：

“唉，别说了，小心剃刀划破啊，喂，伊沙木丁，你说吧！”

理发店里最热闹的便是“一个我，一个你”形式的恰克恰克笑话，而且说笑的内容离不开理发、剃头和刮胡子。该轮到某位顾客入座要剃头或刮脸时，往往由伊沙木抛出一个新的话题：

“依斯拉玛洪大叔，你年轻时是否常在甜瓜地里睡觉啊？”

“什么意思，伊沙木江？”已摘下花帽、准备剃头的年长的那位顾客有些不安地问。

“没啥意思，只是问问而已。看见你的头，使我不禁想起了别斯瓦力迪甜瓜。[①]”

坐在一旁正等待理发的一位爱抓辫子的年轻人乘机插了一句：

“你想说什么，伊沙木大哥，是否给你切一爿子别斯瓦力迪瓜尝尝？”伊沙木好像就等待有人说这句话似的立即回答道：“你是不是巴不得从切割的地方流出种子来呀？你这家伙就喜欢种子，克尤木！”

---

① 指甜瓜的一个品种。

“哇提”地掀起了一片笑声，那位爱插嘴的小青年的脸“唰”地红了，无奈地跟着大家一起笑了起来，并说：

“嗯，你说吧，伊沙木大哥，你只管说好了！”

有时，边干活儿边哼着什么曲子的另一位剃头匠也会与伊沙木逗乐：

“唉，伊沙木，你怎么不吱声了？你说话呀！”

“我想说，可你却诵起了没完没了的经文，所以我一直在等待你什么时候说‘阿敏’呢，马利克师傅。”

笑声又起，于是一轮新的笑话又开始。

有时，与伊沙木同街同巷的一些熟人也会来到该店里。其中，萨塔尔·阔柔克、依不拉音·加罕盖孜迪[①]、柔孜·阿布都维力等在当地颇有名气的恰克恰克奇们有时也偶尔会出现在该理发店里。而这个时候，也是恰克恰克笑话最热闹的时候，不论是顾客，还是理发匠们，都会敞开心怀、舒舒服服地大笑一场。

“依不拉音兄，你可得常过来呀，”常将花帽一边折着戴在头上的那位师傅边擦笑泪边说，“我发现，只要你过来了，伊沙木丁就特别开心。”

“可别邀请他呀，否则你会遭殃的，”伊沙木插话道，“如果你夸赞他，这家伙就会用祈祷来支付你的剃头费的。”

“也行，也行，祈祷也不可或缺，别忘了‘人凭祈祷安生，地靠雨水滋润’这句民谚，不收依不拉音他们的钱，我们也知足了！”

“听到了吧，伊沙木哥？”依不拉音高兴地说，“正是‘撒旦妒忌天使的饭食’，别人恩惠于我，你怎么就眼红了？”

“唉呀呀，依不拉音，说话可要小心啊，别忘了马利克师傅手里有剃刀呢。”

不论是依不拉音，还是坐在那里等待刮脸剃头的其他顾客，对伊沙木的笑话都会心领神会不禁大笑一会儿。马利克师傅则轻轻地点着

---

① 加罕盖孜迪，绰号，意为乞丐。

头说：

“说吧，伊沙木，说，让那不懂的人们都懂了就好了。”

有一天，将伊沙木介绍到该理发店的那位朋友，将主管轻工业的那位负责人也领到了该理发店里。见到领导，师傅们都非常积极，都争着要为这位领导刮脸。最终，有一位师傅为他刮了脸、理了头。于是，伊沙木对这位领导开起了玩笑：

“哎呀呀，厂长，看来还是当官儿好啊！”

“你想说什么，伊沙木？”脸颊、下巴、脖子上都是肥皂泡的躺在仰椅的那位头儿声音嘶哑地问。

“您一来，瞧他们都争先恐后地争抢起您的下巴了。我来这里都四个月了，如果我不提出来，没有一位师傅对我说：‘过来，伊沙木，我给你刮个脸’。”

师傅们拨弄着舌头，摇着脑袋都笑了起来。将剃刀已对准头儿脖子的一位师傅边笑边说道：

“伊沙木，你安静一会儿，否则弄不好我会割伤别人的！”

“除非你有十个脑袋，”伊沙木“嘿嘿”地笑着指着仰躺的那位头头，“你以为这是一只肥羊吗？”

“嗨，伊沙木，你真厉害呀！”头头躺在那里挪动着身子也笑了起来。

很快被刮得干干净净、显得十分精神的这位头头，用手摸着自己的脸庞坐在了伊沙木的身边：

“你瞧，伊沙木，平时我很喜欢读书，我在一部书里读了一段有关理发匠的诗歌，其中我还记住了这样的一个片段……”头头说着望着天花板便背起了诗：

所有的手艺是穿在一根绳上的良药，
但良药中最珍贵的便是那把剃刀。
倘若手握剃刀的匠人稍不牢靠，

帝王庶民都得向他低头求饶。

在场的人们都异口同声地夸起了这段诗。伊沙木也通过自己的方式表明了态度：

“唉呀呀，怪不得克里木阿洪师傅竟敢将锋利的剃刀指向了您呀！”

“你看这剃头的手艺，瞧，厂长，您懂得这个手艺，您夸得恰如其分。我先父当年在本地也是个遐迩闻名的剃头匠。我们还不都是从他老人家那里学来的嘛！先父常说：‘因为给别人理发剃头的善德，剃头匠们去世后就能直接升入天堂呢’……”

“但愿如此。”折戴花帽的师傅说。

伊沙木接着说：“你说啥呀，克里木阿洪哥，这不是说在我们赶到那里以前，天堂就被你们这些剃头匠们占满，而把我们都拒之门外了吗！”

“咳，你这是亵渎，亵渎！”克里木阿洪师傅生气地说。折戴花帽的那一位师傅咳了一下喉咙：

“咳，咳，别说了，否则我这手里的剃刀可不留情啊！”

肥胖的头头“嘿嘿”地笑着站了起来，并用肥厚的手掌拍着伊沙木的肩膀说：

“太厉害了，太厉害了！苏里坦江，别忘了什么时候我们与伊沙木好好聚一回，具体时间由我来安排。”

一周后，伊沙木应邀出席了这位头头安排的一场坐宴。在这里，伊沙木有幸认识了当地颇有声誉的一个名叫达迪汗的人。

第四十章
祝你平安，达迪汗

在伊沙木与达迪汗相见以前，笔者感到有必要顺便将上次没来得及讲述的一件事向读者们说明一下。伊沙木在理发店里上班的那阵儿，萨比尔江带着一个年轻人突然闯进了这家理发店。与他一起进来的人便是有些拘束、腼腆的赛里木江·贾玛勒。

“伊沙木大哥，听说你在打钱柜的主意呢！”萨比尔一进理发店就习惯地向伊沙木发起了进攻。实际上这也是对伊沙木从事出纳工作的一个玩笑而已。但伊沙木也没放过他：

“唉呀呀，萨比尔兄弟，你的眼睛真雪亮啊！你听信别人说我会向钱柜伸手的谣言，是不是把警察也一起带到了这里？”伊沙木对站在萨比尔江后面的赛里木江笑着说。

店里又掀起了一阵笑声，赛里木与伊沙木也乘机相互问候对方。因为他俩已有好久没有见面。

“我这么说，可别让这些理发师傅们误会了，都是玩笑之言，玩笑……嘻……嘻……”萨比尔江又开始挑逗伊沙木：

“伊沙木大哥呀，不论去谁家做客，总是先要敲一下饭桌，经主人同意后才在奶茶里泡馕，是这样吧，伊沙木大哥？”

“去你的吧，我可不像你，蒙蔽店主后就将手伸向别人的钱柜！”伊沙木开始“以假反假”的反击法。

“我可不像你，伊沙木大哥，将路边上的垃圾箱当成钱柜去伸手！”

“我可不像你，萨比尔，为了拿到家里去数，在天黑时直接将垃圾箱抱到家里！”

……

以“不像你”为开头的这段恰克恰克，通过“一个你，一个我”的对话形式持续了一会儿。理发店里笑声不断。赛里木也渐渐适应了这个新的环境。

理发店里这段笑话，为赛里木的笔记又提供了许多新的内容。今天他又一次领会了伊沙木思维反应的迅速和机敏，他发现别人越挖苦他，越惹他生气，他就越能用更新、更有力而无懈可击的新鲜话儿来反击对方。

萨比尔江对一直十分注意地听伊沙木每一句话的赛里木江也开起了玩笑：

“嗨，真正的高级小偷在这里呢！今天你可要发财了，是不是，赛里木？糟糕的是现在只能先赊账。不过呀，真主欲意，总有一天它会兑现的。说不定将来你能成为一个百万富翁呢！谁知道呢，到时候伊沙木大哥也许会与你打官司，争要稿费呢！伊沙木大哥，你不会这么做吧？嘻……嘻……嘻……”

“我可不是你……”伊沙木又张开了嘴。萨比尔江也没示弱，理发店里又掀起了阵阵笑声……

临走时，萨比尔对伊沙木说：

“伊沙木大哥，赛里木江也知道你在什么地方了，从今往后，他会经常来看望你。他来了，你可不能让他空手而回啊？”

“不会从钱柜里取钱给我吧？”从赛里木的嘴里突然冒出的这句话，让萨比尔不禁惊叫起来：

“哎哟哟，没想到巴郎们也成熟了，你可得注意啊，伊沙木大哥！我看呀，不久他就可能会战胜你！”

“他能拿，但他不是你，连现成的战利品都看不见……”

约过了一个月以后的一个星期日，赛里木外出办事，正好是在这家理发店方向。他心想办完事后顺便看望伊沙木后再返回。他办完事后刚进入理发店，不料与一区主管轻工业工作的那位肥胖的头头在理发店里相遇。正好这时他领着伊沙木准备去参加一场坐宴。

伊沙木一见到赛里木江就高兴地说：

“来得正巧，兄弟，这次你将大有收获的。走吧，我们一起去。”

赛里木稍犹豫了一下。“到哪儿？你准备去哪儿？”

伊沙木没有直接回答他，只是看了一眼正要将他带到家里参加坐宴的与他同街的那位干部朋友。

“瞧，阿里木，这就是我曾给你说过的家住艾琳巴格的贾玛勒先生的儿子赛里木，他一直在搜集我的恰克恰克笑话……”

叫阿里木的那人也兴奋地说：

“嗨，太好了，走吧，兄弟，今天让我们一起打开伊沙木哥的心扉吧！”

于是他们直接朝塔西来普凯方向的一条胡同走去。他们进入了一户人家的一间砖混结构的客厅。只见散发着一股潮气味的宽大的客厅正中放着一张矮桌，摆满了各种食物，上面盖着塑料布。主人叫达迪汗，黄白脸，矮个儿。那位肥胖的厂长只身一人悠闲自在地靠在柔软的鸭绒枕上。在他身边，在地毯上立着已喝了一半儿的一瓶酒、一只酒杯，还有一盘碎酸奶疙瘩。显然，看来在客人们到来以前，主人和他已“亲密无间”地喝了几杯，并做了些“热身”准备。

也许是因为刚喝了几杯，客人们刚进入客厅向他们施礼问候的时候，那位厂长就向伊沙木开起了玩笑：

“让我们等得好久啊，伊沙木，不会是被纠察队的人拦住了你们的行路吧？”

“不，厂长，”伊沙木立即回答道，“他们才不拦像我这样的瘦弱之人的。”

还未落座，笑声就起。厂长吃力地挪动着肥胖的身躯，坐在原地与客人们逐一握手问候。

“伊沙木是不会示弱的，厂长，你可要当心啊。”此时，客厅的主人、说话总是“哼哧哼哧”的名叫达迪汗的那个人轻轻掀开盖在矮桌上的塑料布也加入了他们的交谈中。因为这个人给赛里木留下了很好的印象，所以后来他们还成为了亲密无间的“兄弟朋友”呢。

当时尽管年龄还没有伊沙木大，但待人和蔼可亲、热情开朗、平易近人，总是很亲近地称伊沙木为“阿达西”[①]的这个达迪汗，是属一区轻工企业管辖的一家乐器制造厂的负责人，也是那位肥胖的厂长的伙计之一。因为他善于弹奏乐曲，尤其擅长弹奏乌孜别克歌曲，使胖厂长与他的关系更为密切了。实际上，达迪汗在社会上也颇有声誉，不少人都认识他。不少人喜欢他用嘶哑的声音唱歌，更喜欢他待人和蔼、亲切。达迪汗还有一个特点，就是喜欢喝酒。他还有任何人都没有的一种习惯，即不论冬天还是夏日，他那黑皮包里总是装着一瓶酒、一只酒杯、还有些下酒的小零食（主要是酸奶疙瘩、苹果、熏马肠、大豆之类的东西。总之，总是随身携带着一些吃喝的东西）。步行时，他就将黑提包拎在手里；骑自行车时，那个黑提包就挂在车把上；不论在何地遇见某个熟人或亲近的人，如果是骑自行车时遇见的，他就立即停车，将车子支在一边，从提包里取出酒和酒杯，一起共饮几杯；如果在步行时相遇，他就揪住熟人或朋友的袖子往稍僻静的地方拉，斟一杯酒，看看周围是否有人，自己先干一杯，接着不慌不忙地从包里取出小零食，边吃边再斟一杯酒，然后将第二杯酒端给相遇的朋友后用沙哑的声音说：

“祝你平安！”

有人对在行路时喝酒的这种做法很是看不惯。而达迪汗则不然，他总是在路上就为喝酒的人倒酒。这种奇怪的现象也不时地映入行人们的眼帘，大多数人都不敢相信自己的眼睛，也有些人揪着自己的衣领表示很惊讶地感叹道：

“天啊！”

---

① 意为朋友。

不知是因为达迪汗特别喜欢酒，还是因为他热情好客的原因而养成了这种习惯，认为这是一件好事的人极少。在这里，我们也暂且不说这件事到底怎么样。但无论如何，那一天，赛里木对在达迪汗家里的坐宴非常满意。因为伊沙木尽情说笑，完全放开了自己，那位胖厂长和达迪汗的黑提包则始终成为了伊沙木拿他俩开涮的主要目标。

“达迪汗，你移动喝酒已有多少年了？”显然，伊沙木在指达迪汗随身携带的那个黑提包。

已六七杯下肚、满脸通红、变得更加殷勤本分的达迪汗点着头回答道：

“唉呀，我忘了，伊沙木朋友，总之，先后我已经换了五个提包了。”

“希望你也常到我们理发店去，你的生意会更红火的。”

“没问题，伊沙木朋友，只要你想喝，我这里好酒有的是，如果我没有酒，厂长这里多得很。你说是不是，厂长？”

厂长轻轻点了一下头，表示“是”的意思。伊沙木则没有放过这个机会：

“看来，在厂长的恩惠下，我们也能长得稍微胖一些，当然，下酒菜也是高档的了！”

时而说笑，时而弹唱的这场坐宴，持续了很长时间。由于达迪汗的热情劝酒，加之厂长和伊沙木的不断督促，一向不怎么喝酒的赛里木也喝下了好几杯酒。这一天，因为在酒场里没有不断刺激他的对手（比如像萨比尔江或城内的那一帮子“恰克恰克奇”们那样的对手），因而伊沙木主要讲了一些莱提帕故事①。

这一天，达迪汗也十分开心。他的热瓦普弹奏曲让赛里木江感到耳目一新。达迪汗还为客人们弹奏了他自己创作的一些新曲子。他将

① “莱提帕”（latipe）不同于“恰克恰克”（qakqak）、“幽默”（yomur）等。在汉语中往往用“故事”“笑话”来表示。但汉语的“笑话”只能表示“莱提帕”的狭义概念。即“莱提帕”是指有一定故事情节的幽默故事。从性质上来讲，上述三者具有既相似又有区别的特点。

原有的歌词套在了这些曲子里。

“赛里木江，兄弟，你也写一些诗歌吧？能否帮我为这些曲子写几首歌词？”

的确，赛里木从小就从事过诗歌创作，由于热烈气氛的感染，在朦朦胧胧中他也没有推辞达迪汗的这个请求。

“达迪汗是一区文工团的团长，”伊沙木对赛里木江嘀咕道，“每年都要召集演员们排练一两次文艺节目。写吧，兄弟，演出时会有用的。”

过了一阵儿后，伊沙木对赛里木又低声嘀咕道：“达迪汗是个好人，你以后就知道了！”

这时，达迪汗端着放着两只酒杯的十分精致的一个小托盘来到了赛里木江旁边：

“我发现你俩谈得特别投缘，我看你俩也该相互碰一杯了，请！”

“那好，达迪汗，你也为自己斟一杯吧！”伊沙木以“你”来称呼道，“来吧，我们三人一起干，说不定将来我们在区文工团里一起干呢！”

“没问题，伊沙木朋友！”达迪汗“嘿嘿”地笑着说，并立即为自己也倒了一杯酒。三人同时举起了酒杯：

“祝你平安，达迪汗！”伊沙木模仿着达迪汗笑着说。

已喝得很兴奋的赛里木也不甘落后，举着酒杯，接着伊沙木的话儿说：

“祝您平安，达迪汗大哥！”

第四十一章
拿“耳朵”开涮

自从伊沙木搬进“红房子”以来，为奥尔德街的街民们又增加了一处消愁解闷的场所。每当傍晚，几乎每天都有人提着一瓶酒和一些零食什么的到胡同拐角的那间房子来找伊沙木聊天。当然伊沙木也习惯了与这些“看望者”们的交往。只要有两三天不见面，他就会问在街上第一个遇见的伙计：

“朋友唉，怎么不见你人影呀，恰克恰克都快生虫子了。”

那个时候，人们的精神生活非常单调而空虚，哪像现在这样包罗万象、十全十美呢？打开收音机，也只有几首歌曲，想看电影，也只有遍布全国的八个样板戏，而其他的文艺节目、麦西来普娱乐活动等早被禁止，至于郊游、聚餐等早就成为了人们甜蜜的回忆。人们都变得疑心重重、小心谨慎……在这样的情况下，能听到一丁点儿令人欢欣或快乐的一两句有趣的话儿，也成为了人们心中的一种渴求。当然，城内的人们也不例外。街巷里的人们一大早就上街，相互施礼、东拉西扯地寒暄之后，便要问：“怎么不见伊沙木？”实际上，他们这是在问：“没有新笑话吗？”

有一天，星期日，苏达尔瓦孜街能说善辩的四五个人聚集在了伊沙木的小屋里。其中柔孜·阿布都维力不顾路途较远也来到了这里。

“伊沙木大哥，为了共同欣赏你的笑话，朋友们一大早把我也请到了这里。”柔孜·阿布都维力有意在“请”字上加重了语气，盯着伊沙木的眼睛笑着说。

“不错，柔孜，也不能老是你来请别人呀，我们苏达尔瓦孜的朋友们也应该请。特别是那个依不拉音，他能走街串巷地请呢！”

“伊沙木大哥，但我一到萨塔尔的院子前面就会被挡住啊，”依不拉音煽风点火地说。未等萨塔尔·阔如克应战，伊沙木就出其不意地向客人发起了进攻：

“你呀依不拉音，你不像这个柔孜有翅膀，否则，即使再高的院墙，你也能一飞而过的。”

看上去，萨塔尔好像另有所谋。说实话此时他正想着通过变换不同主题的方式来挖掘伊沙木的嘴，以编出一些新的玩法。

大伙们采取了“德式决算法”[①]，一大早就在伊沙木的小屋里准备了这场游戏。酒过三巡，大伙儿们的劲头一下就起来了。以柔孜为开涮对象的恰克恰克可能会掀起一个新的高潮，并枝繁叶茂的，但萨塔尔将手里的酒一饮而尽后突然问伊沙木：

“伊沙木大哥，涉及各方面内容的恰克恰克，我们都已经说过了，但我们是不是还没有说过涉及有关死亡的恰克恰克呀？”

“别折腾，萨塔尔，”依不拉音气哼哼地说，“难道现在的世道还不够让我们折腾吗？一大早就说这样不吉利的话，难道你想让自己的院子变成坟地吗？”

“依不拉音大哥，先让他把话说完好吗？”一向善于协调的萨比尔江插了一句。

“就是嘛，”萨塔尔打量了一下伊沙木和柔孜后接着说，“比如，假如说这个依不拉音的耳朵死了……”

“给我起来！”依不拉音生气地将已端到嘴边的酒洒在了地上，“你怎么不说你自己的耳朵死了？”

“我看这话还蛮有意思的，”这时反应极快的柔孜·阿布都维力插话道，“我看呀，这不如说慷慨大方、身材高大魁梧的加尼布噶孜的那

① 即指AA制。

只大耳朵死了呢！你说呢，伊沙木大哥？”

“即便是说死了吧，”早已想好了这场游戏最精彩之处的伊沙木则不紧不慢地说，“依不拉音啊，你就让他说吧，一个脑袋，有一只耳朵不也够用了嘛。”

“是啊，即便是独耳周游世界，也不会耽误生意。”引发这个话题的萨塔尔又开始煽风点火地说。

恰克恰克奇的灵感也的确不亚于诗人的灵感。此时，从柔孜·阿布都维力的脑海里忽然闪过了一个念头：

“伊沙木大哥，我们不妨谈谈这个话题呀。比如，倘若说是耳朵死了，依不拉音是不是就要腰缠白孝带、双臂抚胸，以表示哀悼？”

“当然了，”伊沙木顿时兴奋地说，“萨塔尔、萨比尔江、穆太力普他们就要肃立在依不拉音的身旁，民众们做完晨礼后就要来看望和慰问他们。”

可笑的是，伊沙木对此游戏还真的产生了兴趣。他蓦地站了起来，接着召唤起依不拉音：

“依不拉音，你起来，我们不妨先试试看，起来呀！”

不料，此时依不拉音对这个游戏也产生了兴趣。在伊沙木和柔孜的导演下，他双臂抚胸，站在墙根下夹带着“嘿嘿”的笑声假装哀号道：

“唉哟唉，我的耳朵啊，唉哟啊，我这可怜的耳朵啊！你走得好冤啊，我的耳朵啊！”

伊沙木面色不无悲痛地走过来向依不拉音伸出了双手：

“听天由命吧，依不拉音阿洪，可惜，您的耳朵未能保住！”

“原来有病吗？”紧跟伊沙木之后的柔孜·阿布都维力说这话时差一点笑出声来。

“别笑，柔孜，”伊沙木替依不拉音回答道，“自从久卧病床，病情就没有好转。依不拉音不顾自己身单力薄，想方设法地找人治疗，也尽力了。但最后医生对他说：‘这真是个不听话的木头耳朵，药物和针都无济于事，你们还是将它带回家吧，它想吃什么就给它喂什么。’”

“伊沙木大哥，你这不是在说你自己的耳朵吧？”依不拉音脸色骤变，顿时大伙儿都嚷嚷起来：

“这只是个游戏啊，依不拉音。伊沙木大哥，你继续说好了，后来怎么样了？”

“还能怎么样？”伊沙木回答道，“依不拉音的耳朵不愧是个周游世界、见多识广的耳朵啊！据说，此时，耷拉的耳朵、竖立的耳朵、下垂的耳朵、饺子耳朵、鼓耳朵、戴环的耳朵……等等，总之各种各样、形形色色的耳朵都源源不断地拥向了他的家……”

“你这话就不合适，伊沙木大哥，”萨比尔江说，“如果戴耳环的耳朵也来他家慰问，那么依不拉音大哥的老婆不把他没死的那只耳朵揪断才怪呢！”

“哈……哈……哈……哇！……”伊沙木用手掌拍着自己嘴巴边笑边说，“噢哦，否则这可就闹大了呀。不过，依不拉音的耳朵也认识戴耳环的几个耳朵。”

“真的吗，依不拉音？”柔孜若有兴致地问。

依不拉音也有意地点了一下头。

“当然是真的，只有伊沙木大哥知道。”

有关耳朵的这场恰克恰克说笑，随着情节的发展变得越来越有趣，妙趣横生的话题一个接着一个地出现。尤其是伊沙木、柔孜和萨塔尔这三人全身心地投入了这场游戏。死亡的耳朵被安放在手掌大小的灵柩后被带到了坟地。针对伊玛目阿訇在诵读安葬经的地方所说的话儿，以及依不拉音对众人说的“如果我的耳朵存在着亏欠于诸位的情况，一切都由我来还”这句话，伊沙木他们借助各种修辞手段，尤其用巧妙的比喻、夸张等手法，即兴而发编出了许多有趣的恰克恰克笑话。在坟地上，依不拉音当着众人的面，悲伤满面、双臂抚胸，声情并茂地问伊玛目阿訇：

“阿訇阁下，我的耳朵到底是个什么样的耳朵？”

“您的耳朵呀，依不拉音阿洪，是不易听别人的话儿、但对自己有好处的话儿特别灵敏、对自己稍有不利的话儿就会装糊涂的聋耳朵；这是因您在孩童时没有及时送‘星期四礼物’，在课堂里背诵经文片段时总是不安分，被海里匹提木揪过无数次的耳朵。在三九那个寒冷的一个冬天，因为您逞能，没有将羊皮帽的耷拉耳放下后戴在头上，所以您的耳朵被冻肿了，当时就差一点使您失去这只耳朵……总之，在您的护佑下，让经受了许多艰辛和磨难的这只耳朵，还是在永恒的来世里安息吧，阿敏！”①随之扮演伊玛目阿訇的伊沙木说着便举起了双手。

众人也一起举掌祈祷：“阿敏！”

“朋友们，行了吗？”依不拉音回到自己的座位后说，“瞧你们，都这么大的人了，这是什么行为啊！”

“这也是个乐趣，依不拉音，”萨塔尔插话道，“无论如何，这总比背后说别人的闲话好吧！”

“还有一段还没说呢，”伊沙木好像想起了什么，“依不拉音的耳朵被带到坟地以后，村里的妇女们纷纷到他家里表示哀悼和慰问，瞧，就是这样……”

此时，伊沙木最滑稽的动作开始了。他一会儿模仿头披白纱巾的依不拉音的妻子哭喊“唉哟唉，我那男人的耳朵呀”，一会儿又模仿边走边议论依不拉音的耳朵的妇女们。伊沙木的这种模仿，可以说是一种别样的艺术。这种想象和模仿，除了伊沙木之外，是无人所能替代的。要将这样的模仿，详细而如实地记载于纸张上，对于任何一位笔者来说都是很不容易的。

在那封闭、令人窒息的时代，正如“乌鸦总是呱呱叫，自乐自在尽欢闹”这句谚语所说，他们用谁也未曾想到的一个恰克恰克游戏，来寻找自己的欢乐。也许有人对此有各种说法，然而这是真实发生的事情。也许有人对这个恰克恰克有着不同的看法，甚至会感到不可思

① 意为“心愿如是”。

议。也可能会认为，对于死亡和安葬习俗，怎能开这样的玩笑！然而，这是一个不容否认的真理，即在这世界上的所有事情，最终无不都是一场玩笑，是一场动听的玩笑而已。

这场聚会结束以后，又过去了几年的时光。在仍然还是那些伙伴们和新加入的笑客们面前，又汩汩涌出了许多妙趣横生的恰克恰克笑话，伊沙木又重复了那次的恰克恰克。但是，这次“耳朵”的主人不是依不拉音，而是另外一位客人，是一只耳朵比另一只耳朵大好多、首先拿自己的耳朵作为笑谈主题的一位做布料生意的年轻人。这次，伊沙木仍以“耳朵”为主题说了一连串的新笑话，而且笑得最开心、最欢快的就是拿自己的耳朵开涮的那个年轻人。而此时坐在这个场合里的赛里木·贾玛勒，显得坐立不安和特别焦急，他特别担心伊沙木是否也会拿他的“耳朵”来开涮。

伊沙木恰克恰克笑话的重要特点之一是，对在场的所有人逐一进行开涮。通常以某一话题为中心，展开一场比拼智慧和幽默的战役，在场的“恰克恰克奇”们都会围绕这个主题，极尽搞笑逗乐之能事，幽默讽刺，句句紧逼，使得每一次发言就如同一次激烈的进攻，整个过程始终处在紧张而热烈的气氛当中。读者们若感兴趣，或许在往后的篇章里能领略到他在这方面的风采。

据说，伊沙木与他在苏达尔瓦孜街的那几位伙伴们之间，还有与拿“耳朵”来比喻的与其相似的、但很有神话色彩的其他一些笑话，但我们无意将注意力放在道听途说的那些笑话上。

第四十二章
伊沙木与阿布拉汗·科匹

提及伊沙木·库尔班，就不得不谈及阿布拉汗·科匹这个人。

伊宁是艺术之精华与文化名人聚集的地方。其中不乏在各类艺术中独树一帜、风格独特的许多杰出的艺术豪杰。与则克里·艾拉帕塔、阿布都维力·贾如拉、阿不力孜汗·麻木提、阿布都克热西、玉山江·加米、阿不力克木·阿卜杜拉……等艺术精英们并列的木卡姆大师阿布拉汗·科匹，就是将自己的聪明才智无私地奉献给了萨塔尔琴弹奏艺术的可敬可爱的代表人物之一。在伊犁剧院及在后来被称为伊犁州文工团的艺术团体里，他以辛勤的心血和汗水、不灭的功绩，为后人留下了许多难忘而有趣的故事。在伊宁市，只要提到阿布拉汗·科匹这个名字，只要认识他的人，他们的脸上就会出现欢愉的微笑。特别是有关他与伊沙木之间的轶事、有趣的恰克恰克笑话，至今仍然成为各种笑谈场合的话题之一。

伊沙木与阿布拉汗大叔相识已久，按阿布拉汗即兴而说的话来讲，他是在“伊沙木还穿着开裆裤的时候”就认识的。因为阿布拉汗与伊沙木的父亲库尔班·铁日奇是同乡，是肝胆相照的往事之交，因而阿布拉汗大叔也很喜欢伊沙木。伊沙木在离开盖玛村，颠沛流离、居无定所的那个岁月里，阿布拉汗大叔和他那热情好客的妻子曾给予他多方面的关照和爱护。

“伊沙木，今天你塔吉汗妈妈做了一顿香喷喷的抓饭，她舍不得自己先吃特意为你留着，你快去趁热吃吧。”阿布拉汗大叔经常这么说。

伊沙木在他家里也从不感到拘束，塔吉汗大婶像他母亲艾赛勒罕一样看待伊沙木，她总是含着眼泪不停地给他讲述艾赛勒罕的生平。有时伊沙木也十分感动，他心想，"'曾受教于父亲、曾受教于母亲'这句民谚真是别有一番含义。否则，在那年月里谁还顾得上别人呢……"

后来，阿布拉汗大叔与伊沙木一起在伊犁剧院干了一段时间。由于伊沙木天生的秉性和滑稽，他经常与各种人打交道，尤其是对他像撒娇似的一些滑稽可笑的事儿，善良、淳朴的阿布拉汗大叔时而感到不悦，时而又感到好笑。

"因真主之神力，"阿布汗大叔常这样说，"伊沙木这个撒旦，简直与他父亲库尔班·铁日奇是一个模子里倒出来的！他父亲在年轻时，经常边走边向所遇见的人投掷石头。"

"也投掷吗，阿布拉汗大叔？"每次谈到他父亲时，伊沙木就调皮地这么问。

"这能告诉你吗！"阿布拉汗大叔不悦地回答道，"听我说，伊沙木，你的有些行为还不如你父亲的一泡屎呢！库纳洪是我们苏达尔瓦孜街的人物啊！"

伊沙木惹阿布拉汗大叔生气后，又能很快赢得他的欢心。

"阿布汗大叔，咱们对面的萨塔尔瓦依的饭馆里做了南瓜薄皮包子，听说特别香，咱俩出去吃一顿吧？"

阿布拉汗向来就喜欢美食。时间也已临近正午时分。一听是南瓜包子，美食馋嘴，他仿佛觉得香味扑鼻，好像肚子在咕噜咕噜地叫。

阿布汗大叔将萨塔尔琴收拾好以后，便高兴地准备起身。

"如果是用农家南瓜就好了，伊沙木丁，淌着馅汤……走吧，孩子！"

"如果将羊尾巴油再多放些就更好了，"坐在一旁的祖尔东·西帕（绰号，锡伯人）也馋了，噘着嘴说，"我也去。"

于是，三个人津津有味地吃完了拌着香醋、辣椒的热气腾腾、香气诱人、淌着油油的汤汁的一大盘南瓜薄皮包子。接着还悠闲自在地喝了一壶酽酽的热茶，感受了一种无比的享受。

饭馆主人萨塔尔瓦依无论如何也不愿收他们的饭钱。

“尊敬的客人们！今天刚开店，是南瓜包子开张的第一天，诸位再来时我收钱！”

“嗨，你真有福气，伊沙木！”祖尔东·西帕摇摇晃晃地从饭馆出来时有意对伊沙木开起了玩笑，“因我的庇荫让你分文不掏地美餐了一顿。”

“可不是嘛，祖尔东哥，你的荫子已达到了伊犁河对面。”伊沙木利用祖尔东·西帕的绰号向他发起了反击。[①]

“你以为伊沙木会掏腰包吗，祖尔东？”阿布拉汗大叔边笑边摇着头说，“他绝不可能掏腰包的。如果萨塔尔瓦依要收钱，肯定是你或是我来交付的。”

“喂，伊沙木，你怎么不往后退缩几步，连口袋也不掏一下？”祖尔东又向伊沙木开弓道。伊沙木则坚决不让地回应道：

“祖尔东大哥，本来我要往后退几步，但我怕继续后退就会掉进河里。”

“又是河水吗，伊沙木，就没有其他话题吗？免费吃了一顿包子，也就算了。”阿布拉汗大叔接着也逗起了伊沙木。

因为吃饱了肚子，三人都没有回家，坐在文工团前的马路边上聊了一会儿：

“你也真可笑，阿布拉汗大叔，如果不是我向你转告南瓜包子的消息，你也吃不上这顿免费包子的。”

“你这个鬼娃子呀，就是谁也不让嘴。”阿布拉汗摇着头笑了。

在前面，笔者曾提及过伊沙木从盖玛村回来的那些岁月里，阿布拉汗大叔一家作为苏达尔瓦孜街的老人对伊沙木给予多方面关照和帮助的情况。下面，讲述的便是在那个岁月里，伊沙木与阿布拉汗大叔

---

① 在恰克恰克中，把人名与绰号连用作为称呼的习俗，在伊犁维吾尔族人们中由来已久，许多人都有绰号。这是利用某个人的绰号做文章，运用谐音、多意或曲解、联想等方法，来搞笑逗乐的一种方式。

一家之间发生的各种轶事。

“文革”时期，“破四旧”，禁“黄歌”，人们的文化精神生活几乎处于封闭状态。但是不少伊犁人在各种僻静的场合里，照样欣赏和享受了民间曲艺、木卡姆歌曲和各种有趣的恰克恰克笑话。而阿布拉汗大叔与伊沙木就是这样场合里的常客。

有一次，应在执法部门工作的一个小伙子的邀请，伊沙木将阿布拉汗大叔一起带到了庆贺割礼的一场聚会。阿布拉汗大叔提着萨塔尔琴，一进入客人满座的大厅里不禁紧张起来。因为，在这宽大的客厅里靠墙而坐的全是身穿制服的年轻人。坐宴进行到一半时，大部分客人已喝得半醉半醒。由于伊沙木和阿布拉汗大叔是从另外一个聚会场所来到了这里（准确地说，是主人特意让派出所的车子将他们“押”到了这里），所以他们身上的“电”也很充足。

“唉，伊沙木鬼娃子，这是咋回事？”阿布拉汗大叔刚入座就有些疑惑地往伊沙木的腰间戳了一下，“就在这里弹？”

“你放心，阿布拉汗大叔，你闭上眼睛只管弹唱就行了。那个警察小伙子已答应要好好款待我们的。”

“唱歌，弹奏，我倒没问题，可是，我们都有妻儿老小啊，伊沙木，”阿布拉汗担心地对伊沙木嘀咕道，很快他好像想起了什么接着说，“哦，对了，你没有妻儿老小！”

刚来的客人们喝过茶、稍吃了一些食物，也喝了一两杯酒，滋润了一下喉管。接着，有人提出了听歌曲的要求。这时阿布拉汗大叔也稍微放心了。在他拿起萨塔尔琴调音的过程中，伊沙木很快将客人们都吸引到了自己身上，引发了大家的阵阵笑声。

“开始吗，伊沙木？”已准备就绪的阿布拉汗大叔瞥了一眼伊沙木。

“开始。”伊沙木将酒保刚端来的酒杯递给了阿布拉汗大叔。

“唱吗，伊沙木？”阿布拉汗大叔将喝干的酒杯还给伊沙木，又问。

“唱，”伊沙木边将一大块烧红的烤鸡腿递给阿布拉汗大叔边说，“先吃了这块肉！”

很快，萨塔尔琴开始鸣啭，发出了轻细悠扬、委婉动听的曲调，接着，阿布拉汗大叔伴随着木卡姆曲调开始唱道：

党是我们的靠山，是我们的知音……

歌声未落，全场响起了“巴热卡拉”“阿拉麦提”①的喝彩声。

接着，阿布拉汗大叔一发而不可收，又连续弹唱了几首歌曲。

“阿布拉汗大叔，来段老歌曲吧，我们想听老歌曲！”坐在首席上的一位客人左右晃了一下这么说。

阿布拉汗大叔看着伊沙木低声问：“伊沙木，继续吗？”

“继续，阿布拉汗大叔，”伊沙木说，“你没听那是头头要求的！”

为满足大家的要求，阿布拉大叔重新调了一下弦音，接着弹奏起木卡姆套曲大乃格曼部分的序曲：

我用生命之情丝搓成了萨塔尔的琴弦，
我用它悲伤的呐喊诉说不幸者的辛酸。
……

阿布拉汗大叔全神贯注地唱起了木卡姆歌曲。顿时在场的人们都格外安静，沉浸在了悠扬、亲切、动人的木卡姆歌曲之中。缠绵悱恻的歌曲使在座的每一个人都陶醉在了神奇、广博而色彩斑斓的乐歌声中。

“感谢你啊，阿布拉汗大叔！”

“啊哟，棒极啦！”

“嗨……！”

歌音刚落，从久久的沉默中惊醒的客人们发出了不断的赞叹声。

还有一次，伊沙木与阿布拉汗大叔在半夜里从一个聚会场合返回，

---

① 音译，意为太棒啦，妙极啦。

刚到州文工团大院门口时，不料与几位夜间巡逻的哨兵相遇。

“站住，”其中最前面的一位哨兵口气严厉，问他们，“这么晚，你们从哪儿来？”

“你看，我的儿呀，伊沙木，这就是‘娜依囔娜囔’[①]的结果，”阿布拉汗大叔很不安地说。当时伊沙木的不安和紧张也并不亚于阿布拉汗大叔。但此时他却脱口而出，对阿布拉汗大叔说：

“阿布拉汗大叔，你快弹奏《玉山的痛苦》那支曲子！”

“唉，你咋还不老实点，这不是要‘毛驴快要断气，对着屁股弹琴’嘛！”阿布拉汗大叔生气地说。这时一位哨兵走过来，小心地查看了阿布汗大叔手中的萨塔尔琴，并问：

“你是什么人？”

阿布拉汗大叔立即摆出就要弹琴的架势，用生硬而不全的汉语说：

“儿子，我是三十年的咚提郎迪人”[②]

那位哨兵不禁笑了起来，站在他一边的另一位哨兵也笑了。

“走，”那位哨兵心平气和地说，接着还加了一句，“以后注意啊！”

伊沙木和阿布拉汗大叔疾步而走，很快就走远了。伊沙木这时忽然想起阿布拉汗大叔刚才说的那句话不禁笑了起来。

“唉呀，你这个穷鬼娃，有什么好笑的！从今往后，也别再参加什么聚会了，还是夹紧屁股，老老实实地待在家里吧！如果‘砰’的一枪，打死你怎么办？”

这件事和阿布拉汗大叔说的其他的趣事，后来经“心里藏不住话的”（阿布拉汗大叔的原话）伊沙木之口也很快传到人们的耳朵，成为了爱说笑话的伊犁人编说各种恰克恰克的新话题。阿布拉汗大叔对伊沙木这种藏不住话的行为也十分恼火，但这位可敬的老人从不记怨，第二天就会忘记所发生的一切事情。直到生命的晚季，他与伊沙木始

---

① 指整天弹唱玩乐。

② 此句为半汉半维的混合语，意为“我是三十年的琴师”。

终保持了这种亲近和相互协作的关系。关于阿布拉汗·科匹与伊沙木之间的轶事，因篇幅有限，就暂且说到了这里。

在本篇末尾有必要将有关伊沙木的其他趣事一笔带过。

★有一次，在聚会上，伊沙木回忆阿布拉汗大叔时谈到了这样的一件事：

"有一次，我问阿布拉汗大叔：'你与塔吉汗大婶长得很像，你俩不会是亲戚吧？'你们猜他是怎么回答的，他说：'孩儿呀，伊沙木，夫妻之间不争不吵地一起生活三四十年，难道他们的长相就不会相互渗入吗？'"

★一个漆黑的夜，伊沙木与阿布拉汗大叔从一个聚会里半醉半醒地返回。途中，阿布拉汗大叔以为自己在跨越大院门槛，从一片黑影上一跃而过，却不料骑在了一堆乌黑的东西上面。原来那是横卧在路的一头黑公牛。受惊的公牛蓦地站了起来，阿布拉汗大叔非常惊讶地说：

"唉呀呀，伊沙木，喝了酒后，门槛也能站起来呀！"

★"我与阿布拉汗大叔一起参加了一场聚会。"伊沙木说："其间，我们到屋外时，见主人正忙着做红烧肉。我们进屋后，阿布拉汗大叔问我：'唉，伊沙木，我看他那不是红烧肉，好像是红烧洋芋？'他弹了一会儿萨塔尔也没再说什么。当我第二次从屋里出来时，主人开始忙于做第二道饭，即熏马肠纳仁面，我进屋后将这个消息告诉了阿布拉汗大叔。阿布拉汗大叔兴奋地拿起了萨塔尔琴，并说：'是吗！那我们得好好弹几支欢快的曲子吧。喂，伊沙木，先把独塔尔琴给我拿过来！'"

第四十三章
初　婚

公元1976年10月。

“四人帮”被粉碎的吉祥之日。

伊沙木已经四十六岁，这是他第一次结婚，而且在举国欢庆党中央粉碎“四人帮”之日举办了婚礼。

婚姻是人生非常重要和有意义的大事。对于伊沙木来说更是如此。一提到他的第一次结婚，伊沙木至今还激动不已，滔滔不绝地述说自己的这段经历。因为，这次婚礼让他又一次深深感受到了人间的友情和无私的关爱。

在迪力穆克山脚下的察布察尔大地，在奔流不息的伊犁河岸有一家国有奶制品农场。上世纪70年代，该农场的场长叫阿布都柯尤木，当地人们都称他“柯尤木场长”。他魁梧、开朗、和蔼、好客、健谈，在这里他度过了自己的青春年华。他对伊沙木特别是对他幽默风趣的恰克恰克笑话情有独钟，格外喜欢。只要他家有两个客人，伊沙木便是他必将派人邀请的主客之一。有时在家感到孤独、寂寞时，他就派人将伊沙木叫到家里，让妻子炒两道小菜，小聚一阵。而这时伊沙木总是拖拖拉拉、磨磨蹭蹭，在他边走边与街巷里相遇的熟人们聊天赶到这里时，迫不及待的柯尤木场长早就打开立在矮桌上的那瓶上等酒，在有棱的玻璃杯上斟上大半杯酒后，独自一人咕噜咕噜地喝下，已开始弹起了他心爱的独塔尔琴：

身在马拉轿车里，
没有看见任何地方。

这时，不知不觉，门被轻轻推开，伊沙木突然出现在他眼前，并以恰克恰克的形式替代问候有节奏地接唱道：

伊沙木啊，我望眼欲穿，
不知不觉流逝了多少时光。

你说是不是，柯尤木场长！

“哈……哈……哈……”柯尤木场长挪动健壮的身躯，放声大笑起来。“哇嗨，伊沙木，你把我当成热恋的姑娘了吗？喝，先给我喝了这杯酒再说！”

柯尤木场长将一杯酒递给刚入座的伊沙木。伊沙木接过酒杯又调皮地开起了玩笑：

“如果早知道你给我倒的罚酒才这么一点，我就再晚些来。”

“唉呀呀，你这张嘴，就是不让人。哦，坐好，酒多的是，只要你能喝得动。”

伊沙木也笑了。他特别喜欢柯尤木场长尽管粗狂但诚实、热情和充满友情的话语。

“没问题，场长，”伊沙木津津有味地喝下手中的罚酒后接着说，“今天我可没有白迟到啊，为了能多喝你的好酒，我先垫了一下自己的胃口才过来。”

有趣的交谈开始了。此时，一直感到憋闷的柯尤木场长笑逐颜开，情绪也忽然高涨起来。炒菜已凉，两人也没有怎么动筷子，一瞬间刚才的那一瓶酒就见了底。柯尤木场长“嘿嘿”笑着用手撑着地毯站了起来，来到门口旁开着一扇小门的小柜前又取出了与刚才一样的一瓶酒。

“哦哟，柯尤木场长，你是牛奶场的场长，还是酒场的场长？”见到密封的一瓶原装酒，伊沙木更加精神振奋，脸上洋溢着兴奋的光。他用显得有些笨拙的手边卷着莫合烟（总是不知不觉地将莫合烟撒在地毯上），边开始说起了恰克恰克笑话。

但柯尤木场长没有回应他，也没有理睬他的恰克恰克笑话，而是向他提出了伊沙木从来也没有想过的一个话题：

“伊沙木，你想结婚吗？”

此刻，在伊沙木身上出现了极少发生的一种状态，即他当时被莫合烟呛得连续咳了几声。而此时柯尤木场长提着一瓶酒站在了他身边。

“你说什么……场长？”

伊沙木发出了他自己也没有感觉到的一种细尖的声音。主人又哈哈大笑起来：

“我问你，想不想娶老婆？”

“哇，这等于说你想不想吃冰糖啊！如果不想……”

“想不想吃冰糖？”柯尤木场长边坐边重复了他说的话，接着说，“就当作是冰糖吧！你有牙齿吗？”

“嗨，那还用说，像犄角一样！”伊沙木说着还真的张开嘴，露出了被莫合烟熏得发黄的牙齿。柯尤木场长没有看他的牙又问他：

“有相好的吗？”

“你说啥呀，我连适合脚丫子的皮鞋都找不到，哪还有相好的呀？如果有相好的，我不早就结婚成家了么，场长。”

“上次，穆太力普他们不是说给你找了一个吗？”

“唉，就别当回事了，奥尔德街的朋友们一寂寞就借给我找对象来耍我。”

“他们能找，我看是你看不上吧？”柯尤木场长有意拖长了轮到伊沙木喝酒的时间。这时，香喷喷的拌面已放在了他俩前面。

“来，伊沙木，你先把这酒干了，然后再吃饭。”

伊沙木似笑非笑，又认真地说：

"净说些无用的话儿……我还能吃得下这拌面吗?"

柯尤木场长没有理他，也没有笑，只是无声地只顾吃饭，接着还掺着香醋喝了一大碗面汤。从来饭量很少的伊沙木稍吃了一点就将碗筷放在了一边，又开始卷起了莫合烟。

"你先把饭吃了，伊沙木，"柯尤木场长不悦地说，"瞧你这毛病啊！在聚会上，如果大家不安静地听你的恰克恰克，你也会生气吧?唉呀，这也一样，如果你不吃专门为你做的拌面，你嫂子也会生气的。"

"不会的。"伊沙木漫不经心地说，"我说两句笑话就能让嫂子开心的。"

吃过饭，收拾了餐布。柯尤木场长又斟上了酒。"你呀，伊沙木，"场长稍往后挪动了一下身子，接着说，"从来就不为自己想一下，因为总有人帮你，把你给惯坏了。你住的那间房子也是别人帮你盖的，一到冬天，你家里的煤也是那些朋友给你拉来的。现在，如果老婆也要靠别人给你娶……"

"唉呀，场长，往后的事我自己能办。"伊沙木挺着胸脯说。

"哈……哈……哈……"在宽大、华丽的这间老式客厅里又响起了他俩的笑声。

"你这家伙呀，就这一点讨人喜欢……"柯尤木场长笑着说，"来，为了你这句话，轮到我的这杯酒，咱俩一起喝。你喝甜的，还是喝苦的?"

"我喝苦的，"伊沙木狡猾地说，"你不是说苦尽甜来吗!"

柯尤木场长摇着脑袋笑着将酒杯先递给了伊沙木，伊沙木喝了一多半儿后将酒杯还给了场长。

"你呀，伊沙木，不能再这样待下去了，"柯尤木场长喝完剩下的一小半儿酒之后接着说，"生活可不是谁听了就会欢笑的恰克恰克。告诉你，伊沙木，如果你没有后代，将来你的恰克恰克笑话也会与你同时消亡的。你说是不是?"

伊沙木这时陷入了沉思。难道他就没有想过这件事？他当然也想过。但他就是散漫惯了，一直没太在乎这件事。

“你说得对，场长。”伊沙木略有所思地说。

略有醉意的场长这时却突然发起了火：

“唉呀，什么场长、房长的！称我柯尤木哥！”

“哦，柯尤木哥！”伊沙木立即行了个军礼。

“我给你说，伊沙木，”主人（因为怕主人生气，笔者也不敢再称他“场长”了）说，“你知道吗？近几天，我与你嫂子一直在为你操心呢。无论如何，我们都是与你父母相见之人，库纳洪大叔与艾赛勒罕大婶生育你们八个孩子后都不幸离世了。如果你还不结婚成家、没有个后代，他们还能安息吗？”

伊沙木垂下了头。此刻，一直笑话不离口的伊沙木好像陷入了无尽的思绪和忧伤之中。而这种情况极少在他身上出现。

“你父母没有来得及目睹你们当中任何一个孩子的喜事就先后离开了人世。伊沙木，你不能再整天都跟着唱歌跳舞的那些人混日子了。有我们在你身边呢。你应该结婚成家，以安慰父母的灵魂。今天，我就是为这件事叫你的。”

伊沙木很感动。他的心犹如泡在滚烫的开水里的冰糖，一下就融化了。此时，对他来说，在他的人生中，极少出现的有关永恒、使命和爱的一种思绪，从他心底里喷涌而出，沸腾不止，使他早已失去青春年华的冰冷的身躯好像顿时暖和起来。

伊沙木也无数次地想过自己的终身大事。这世上还有比孤独更厉害的痛苦吗？你孑然一身，本身就孤独，你的身躯，你的思绪，你的希望、想象和未来也尤其孤独……有时当伊沙木在那间单薄的“红房子”里经受那忧伤、寒冷和孤独日子的时候，就会不禁陷入痛苦的思绪之中。“这世上难道就没有能与我做伴的女人吗？倘若有，她到底在哪里？”作为一个男人，他也曾有过这样的念想、追求，甚至行动……

对于伊沙木的婚事，包括苏达尔瓦孜和奥尔德尔街的伊宁人，一直都很关心。不论在屋里，还是在聚会场合里，人们经常谈论和关心他的婚事。也有过为伊沙木介绍对象，甚至自愿要求嫁给伊沙木的情况……

“我现在就明说了吧，”柯尤木场长（唉，习惯了这么称呼）言归正传地说，“上个礼拜，我家那口子的亲戚家，从库车来了几位客人。他们家有一个女儿，听说，长得还不错，年龄也不大，名叫萨戴提，他们说，如果有合适的对象，她父母也愿意在这里让女儿出嫁。”

伊沙木愣愣地望着柯尤木，主人微笑着说：

“发什么愣？我与你嫂子都认为那姑娘合适。怎么样？感觉如何？”

此刻，“萨戴提”这个名字在伊沙木的脑海里一闪，留下了清晰的印记。他也不知道此时自己对柯尤木大哥都说了些什么。伊沙木激动了。

正如俗话说“吉祥之事不分昼夜”，伊沙木生活中的吉祥之事，注定在了他的第四十六颗星座（倘若将人的每一岁比喻为一个星座）出现的时刻。既然这么注定了，那么其他事情就会像高速火车一样畅行无阻的。心地善良而坦荡无私的柯尤木大哥，像他父亲一样操办起了伊沙木婚前婚后的所有事情，开始为伊沙木的婚事忙活起来。

当时伊沙木沉浸在了无比的激动和兴奋之中。当他与萨戴提相见时，他不敢相信自己和自己的眼睛，不敢相信自己的幸福已经来临。看来，艾赛勒罕大娘对儿子发自内心的、流着眼泪祈求的祝愿最终也要实现了。

伊沙木要结婚的消息当天就传遍了伊宁市区的大街小巷。人们到处都在议论这件事。

“听说了吗，伊沙木要结婚了！”

“太好了，终于要结婚了。娶谁？”

“听说是个库车美女！”

“感谢真主的赏赐，他也实在该成个家了。”

也有人这么议论：

“我与伊沙木的关系不错，他会请我的！”

"与伊沙木只亲近还不行，你要与柯尤木场长亲近才行。听说，婚礼前后花钱的事都是他来办的。"

"唉呀，算了吧，刚好那天，我们亲戚家也有婚礼。"

当然，也出现了这样的一些说法，当然说这话（准确地说都是恰克恰克说笑匠人）的人，都是奥尔德和苏达尔瓦孜街区爱说恰克恰克笑话的一帮子年轻人。其中，就有这样的一段笑话。一天，萨比尔江对伊沙木说：

"伊沙木哥，你那嘴怎么像绽开的棉花合不拢了？"

"祝贺你，伊沙木哥，四十年多来我们一直认为你是塔兰奇人，现在你却成为了库车人了。"萨塔尔说。

"伊沙木塔依，从此你得称我大哥才行，因为你好不容易才到了结婚的年龄呀。"依不拉音说。

伊沙木也十分巧妙地回应上述笑话，不论是拿他结婚说笑的那些朋友们，还是周围围观的其他人，都会发出由衷的笑声。以下仅是其中的一例：

"伊沙木哥，我为你的婚礼带什么礼物才好？"在订婚那天，柔孜·阿布都维力逗起了伊沙木。

坐在"苏里坦伯克"席位上、身穿宽大而不合体的衣裤的伊沙木立即回答道：

"我说呀，柔孜，一个家嘛，毕竟什么都是需要的，也别太难为你了，你就用你的尾巴给我做个镶戳子吧！"

"哇！……"笑声四起，在柯尤木场长那宽大的院子回荡。

这一天，也是个双喜临门的日子。伊沙木的结婚日，恰好是粉碎了万恶的"四人帮"的喜讯传来的大好日子。伊宁市区的各族人民与全国人民一样沉浸在无比喜悦的欢乐之中，用欢快的纳格拉鼓欢庆了这个喜讯。人民群众已很久未闻的纳格拉鼓声在拜图拉清真寺的屋顶上又响了。这一天，按照市文化馆的安排，市区里所有的鼓手、唢呐手都集中在了这里。他们从婚礼上找到了身穿新郎婚装的伊沙木。

这一天，伊沙木也沉浸在了无比的欢乐之中，鼓声阵阵，响彻天际，伊沙木作为首鼓在不停地敲着纳格拉鼓。此时，他的鼓既在为国家的喜庆欢呼，又在为自己的婚礼庆贺，用欢快的鼓声向人民群众倾诉和抒发了自己无比的喜悦之情。此刻，在他的脑海里浮现出了他少儿时期敲鼓的豪情和他年轻时的身强气盛。

婚庆聚会那边不时地传来消息，新娘子萨戴提正翘首企盼地等待着伊沙木；伊沙木的朋友们早就准备好了有趣的敬酒词，此时已迫不及待、望眼欲穿地等他回来。伊沙木也很着急，几次请假，提出要回去参加自己的婚礼聚会的要求，但因为主管群艺工作的麦吾兰一再要求，“再敲一会儿吧，伊沙木大哥，这是政治任务，再敲一会儿！”敲了一会儿后，伊沙木用恰克恰克话向那位干部倾诉了自己此时的焦虑：

“喂，麦吾兰兄弟，你怎么总是要我再敲一会儿呀，宵礼时分都已过去，婚礼也已散场，你让我再继续敲鼓，那我家里的‘鼓’谁来敲呀？”

麦吾兰的脸“唰”地红了，他立即接过了伊沙木手里的敲棍，“是啊，伊沙木大哥，在忙乱中我竟忘了你的婚礼。好了，尽管我没有你敲得好，我来替你敲。好了，大哥，你走吧，快到新娘身边去！”

伊沙木顺口又说了几句话，引起鼓手们的一阵儿大笑后就离开了。就这样，伊沙木度过了自己结婚的那一天。

关于伊沙木的初婚，也有不少轶事和有趣的笑话。有时伊沙木至今还提到那些事。但因篇幅有限，也不便讲述他所有的故事。

伊沙木一生先后有三次婚姻。有关这方面的故事，还是请看续篇吧。

第四十四章
格子里的电话

在列奥尼德·索罗耶夫的长篇小说中所提及的命运，使赛里木·贾玛勒与伊沙木·库尔班奇迹般地成为了工作在一个单位的同事。

随着“四人帮”被打倒以后出现的吉祥之日的到来，二十多年，一直压着贾玛勒先生抬不起头的“右派分子”“地方民族主义分子”等帽子也被摘了。获得平反昭雪的贾玛勒先生恢复工作以后就办理了退休手续。于是，深受“高帽子”牵连，经历了十年“再教育”的赛里木，按当时的政策规定，替代他父亲的编制被分配在伊宁市文化馆工作。

但需要提醒的是，其间，按当时的照顾性政策，恰克恰克奇伊沙木·库尔班和民间歌手萨吾提·纳斯尔两人被安排在文化馆工作的时间比赛里木要早一些。当时，在社会上还流传着“伊沙木凭他的一句笑话，就从自治区解决了一个编制”的说法。关于这件事，当时伊沙木还自己编曲以其独特的声音唱道：

你会弹独塔尔琴吗，哇依，会弹吗，
你懂弹琴的指法吗，
达戴！
像我这样用一句笑话
哎呀呀，我的生命啊，哇咦，真怪，
能得到一个编制吗

亚莱！

言归正传，当年根据市里的建设规划，市文化馆的办公楼已被拆除，在解决办公地点以前，文化馆的工作人员基本上都在家里。只是因为周三的学习和每月七号发工资，位于州新华书店后门的又窄又长的一间值班室被作为了市文化馆的临时联系点。赛里木上班的第一天，就首次在这里参加了周三的学习，并与其他同事相识。他为在这里与伊沙木相见而感到特别高兴。他也是在这里第一次见到达吾提江·纳斯尔。他对达吾提江那溪流般清澈而流畅的歌曲更是百听不厌。瞧，现在他们都成为了同事。赛里木也没有太在乎自己被分配到没有个像样的办公楼的这样的单位。因为十年的农村生活，使他养成了即便是在最简陋、最恶劣的环境也能很快适应和习惯的性格。而此时，最让他高兴和喜悦的是，他们一家从此结束了长期以来的流离失所和担忧不安，终于迎来了安定生活的好日子，他也有了稳定的工作；另一个则是他与达吾提江·纳斯尔和伊沙木这两位遐迩闻名的“人物”成为了同事。

周三下午的政治学习之后，馆里的工作人员很快就各自消失了。因为赛里木刚来上班，馆长嘱咐他每天来值班室上班后，也匆匆忙忙地骑着自行车就消失了。因为是夏日，学习都是在院子里。每当这时，留在这里的也就只有伊沙木、达吾提江·纳斯尔和赛里木·贾玛勒这三个人。他们经常坐在新华书店后院里的木头上聊天。

“我听麦吾兰说，给我们分了一个年轻人，原来是你呀？”伊沙木吸着莫合烟高兴对赛里木说，“好啊，兄弟，往后我们就可以好好玩乐了！”

伊沙木说这句话时还不知不觉地做了个很有趣的动作，赛里木感到特别开心和轻松，又一次触动了他对未来的美好心愿。看来，果戈理所说的“青春因为有其未来而幸福”这句名言是不无道理的。

“喂，伊沙木哥，”达吾提江·纳斯尔微笑着说，“你不是说分到这里的人不是像我这样的老人就是像你这样拄拐棍的人吗？（达吾提江是盲人歌手，每次都由他的家人领到这里，临近下班时又将他领回家。在这里，达吾提江是暗指自己），瞧，年轻、机灵的小伙子不也来了吗！”

“达吾提江啊，可真厉害，兄弟，瞧，”伊沙木笑着对赛里木说，“他没有看见你，就知道你是个年轻小伙子了！”

“心能看得见，心能看得见。”达吾提江笑着反复了这句话，顿时一股暖流涌入了赛里木的心，使他产生了好像自己与达吾提江·纳斯尔早就相识的感觉。

三个人坐在木堆上，沐浴着温暖的阳光，交谈了很久。伊沙木一直都在不停地与达吾提江开玩笑。此时，赛里木正想当场将伊沙木那充满智慧和那精妙、犀利、幽默的语言从头至尾都记下来。有些笑话，他还记在了心里。此时他在心里想：“如果将他这句话稍加工一下，就能成为一段很有趣的幽默；如果在他的那段话里添加一些故事情节，不就成为了很有意义的莱提帕笑话了吗……”他住在当地，往后有的是时间和机会，实际上他也用不着那么着急。

而此时，伊沙木正在继续讲述：

“兄弟啊，工作单位，你也见了。‘格子’①是我们的办公室，我们看守的是一部座机，值班员是我们的达吾提……”

赛里木忍俊不禁地笑了起来，达吾提江·纳斯尔也不示弱，立即向伊沙木进行了“反击”：

“伊沙木哥啊，你没有新绰号吧？怎么提起了‘格子’！”达吾提江说着朝赛里木挤了一下一只眼睛，暗示他“别吭声”。

而伊沙木好像根本就没把达吾提江的话儿放在眼里，继续讲道：

“真的，兄弟，明后天你就会听到的，‘格子’里还有一把独塔尔琴呢，到时候达吾提江就会一边在‘格子’里值班，一边为我们弹奏鸣啭的。”

---

① 这里暗指鸡窝。

“你在说自己会‘咕咕咕’地叫吧。”达吾提江也反击了他一句。

“我不会咕咕叫，我只会啄斗，达吾提江，你没有忘记那天我是怎么啄斗伊斯拉依勒大哥的吧？”

不知他俩之间的嘴仗还会持续多久，这时六岁左右的一个胖墩墩的男孩儿跑过来，要将达吾提江领回家。但伊沙木仍不安静，接着对赛里木说：“瞧，这娃子要将达吾提江·纳斯尔从这个‘格子’里领到另一个‘格子’里。”

达吾提江·纳斯尔可能没有听清这句话，他牵着儿子的手准备回家了。

“好吧，我该回了，明天见，托真主保佑吧，”他边走边说，“噢，对了，伊沙木哥，别忘了单位的门要上锁。”

赛里木江非常愉快地度过了他上班的第一天。

从此，日子就这样开始。伊沙木、达吾提江和赛里木三人经常出现在被伊沙木称为“格子”的这间值班室里。这是一间昏暗、狭窄、没有粉刷的长条形的屋子，沿墙摆着几条长椅子，正面靠窗那边放着一张桌子，桌子上有一部老旧的手摇电话机。这就是伊沙木所说的“格子里的电话”。

恰克恰克笑话往往从早晨就开始，值班室里也总是来人不断。馆长隔几天来一趟，不知在跟谁打电话；时而也派人将在家的职工叫来安排工作。赛里木也经常到政府办公楼，取回在那里的报刊信件。

几天后，赛里木突然发现，位于新华书店的这间狭窄的值班室原来是个很热闹的地方。颇有名气或有威望的一些人士往返于这里。他们或是来找伊沙木，或是请达吾提江到他们家里做客。每当晚间聚会或坐宴、或是喜庆婚礼的场合，伊沙木和达吾提江·纳斯尔作为两朵奇葩总被邀请出席，原来他俩都是备受当地人们敬重的人物。人们都以将他们请到家里或出席他们的喜庆聚会而感到自豪和骄傲。

“昨夜，伊沙木哥在我家里特别开心，我们笑啊笑……竟然不知不觉，天都亮了！”

“听说，昨天达吾提江的歌，让在座的大娘们都激动得抽泣不止、泪流满面……天啊，他的歌喉真是绝了！”

“我儿子的割礼，伊沙木大哥和达吾提江也参加了！”

如此被夸赞的议论，如此被人敬仰的场面，进一步增强了赛里木的自豪感，使他觉得自己与伊沙木和达吾提江·纳斯尔越来越亲近了。

有一次，在艾琳巴格区——赛里木家的一位邻居，为了将伊沙木和达吾提江·纳斯尔请到自己家里，还向赛里木江提出了请求。

“兄弟呀，事先我已经通知客人们星期日在我家相聚了，你是他们的同事，请你替我说说。我找过他们，但他们说已经答应了别人，就是不肯答应我。”

赛里木感到有些为难，对他来说，不论是答应还是不答应都是一件让他感到左右为难的事情。

最终，趁只有伊沙木和达吾提江·纳斯尔两人在值班室的机会，赛里木十分拘谨地向他俩说明了邻居的这个请求。

“哦，是这样，”伊沙木说，“是你家的邻居呀，达吾提江，我们还是先去赛买提·帕依帕克的家，是赛里木江的邻居！”

“好，好的，‘先己后人’嘛，”达吾提江拨弄着手里的独塔尔琴说，“当着邻居的面，也不能难为我们的赛里木江兄弟啊。”

为此赛里木非常感动，不由得使他更加尊敬这两位艺术家。

有时，在“格子”里就会掀起恰克恰克笑话的高潮。因为正在成长和走向成熟的喜欢恰克恰克笑话的一些年轻人，为了与伊沙木“较量一番”，也特意来到这里。

青年恰克恰克奇们与伊沙木“对决”的内容涉及方方面面、题材多样，但他们大多以他的走路姿势来开涮。

“伊沙木哥，你真行啊，喝酒如喝水！”

“我可不如你呀，阿瓦科尔，你这家伙见了不花钱的酒，就会将吸管接到被窝里喝的！”

在笑声中，小伙子们继续与伊沙木对阵：

“不过，你怎么就喝不醉呀……”

“怎能醉呢，酒是水，我是鱼……”

“伊沙木哥，当然有了酒，你也就不愁喝的，但如果没有酒了，你该怎么办呢？”

“我这走路的姿势不就够了，你不就是想让我说这句话吗，波鲁斯！”

在一阵大笑中，又有一位青年紧逼而上：

“伊沙木哥，我能问你几个问题吗？是有关酒的问题……”

“尽管问好了，”伊沙木不屑一顾地说，“你这家伙在上学的时候就老爱提问。”

“伊沙木哥，你喝什么样的酒不容易醉？”

“白来的酒。”

“这一点和我一样，伊沙木哥，那你告诉我，喝了很多酒后第二天早晨，你最想吃什么？”

伊沙木正要答复，不料赛里木插了一句：

“后悔，是不是伊沙木哥！”

“瞧，我们‘格子’里的巴郎们也赶上我们了。喂，阿瓦科尔，其他问题你就去问我们的赛里木江吧！像你这样的半不拉子货，我们的徒弟娃子就能对付。”

无意中这也成为了一段恰克恰克笑话。因为心直口快、脱口而出的话儿而感到不好意思的赛里木满脸通红地叹了一口气。

有时，也有人会诚心诚意地来找伊沙木，请求他能给予帮助。

一次，年约三十五岁的一位司机来到“格子”里，对伊沙木说：

“伊沙木哥，我妻子分娩不久，托真主之佑助，妻子又生了个儿子。我想起个与他哥哥的名字相近的名字，但我实在找不到合适的名字。你能否帮我找个合适的名字，你是当代的阿凡提呀……”

“其他孩子的名字都叫什么？”伊沙木问。

那位青年司机认真地回答：“老大叫苏里坦穆拉提，老二叫迪里穆拉提，老三叫哈勒穆拉提。”

顿时，伊沙木的脸上浮现出一种滑稽的笑容："这次出生的就叫达穆克拉提吧！"

在一阵笑声中，那位司机的脸"唰"地红了，他先是一愣，接着跟着大家也一并笑了起来。

"这鬼家伙，真厉害呀！"

"唉呀嗨，"伊沙木举起双臂回应道，"我们帮他起了个名字，他不会要打人吧？喂，赛里木江，你是诗人，还是你给他说个名字吧！"

此时，突然，桌子上的电话骤然响了起来。

"唉哟唉，大家别笑了，"伊沙木严肃地说，"我们的馆长在家里听到笑声后，正在发出生气的铃声呢。"

第四十五章
难忘的愚人节

果不出伊沙木所料，还真被伊沙木给说准了。馆长很生气的叫喊声很快就从“格子”的门槛传到了这里：

“哇咦，哇咦！这是办公室还是磨坊啊？”

接着也不知馆长还要说什么，伊沙木即刻向不好意思地站起来的那帮年轻人打了手势，让他们又坐回了自己的座位，接着伊沙木顺理成章地对大家说：

“嗨，你们等待的馆长终于来了。现在你们可以直接对他说了。”

小伙子们面面相觑，不知说什么，同时都将目光集中在了伊沙木身上。此时，馆长的脸上也开始出现了笑容。

“哦，黑眼睛们，有什么话就直说吧，我们洗耳恭听！”

伊沙木不露声色地向旁人做了个暗示，接着说道：

“他们来问我们文化馆什么时候开始排演节目，他们说，如果成立文工团，与其闲在家里无聊，倒不如参加文艺演出。你认识他们吗？都是民间恰克恰克爱好者和琴师！”

“好哇，欢迎，”馆长顿时笑逐颜开，甚至鼓起了掌，伊沙木也随之拍起了巴掌。赛里木则不知所措地愣住了。“很好，本来我也有个计划，再说‘十一国庆节’即将来临。赛里木江兄弟，你按姓名、特长逐一登记一下这些小伙子们。哦，别忘了我们还需要女演员呢！”

“嗨，有了这些小伙子，就不愁姑娘们蜂拥而至。倘若女演员不够，这个瓦里就能替代女性把‘泰娜瓦尔’曲跳得惟妙逼真的……”

本来特意来听伊沙木恰克恰克笑话的那些小伙子们，对突然发生在他们眼前的这件事都感到很惊讶，他们都不知该说什么，面面相觑。然而，在他们当中，作为业余演员也确实有不少人参加过文艺演出活动。不料，因为伊沙木的一段恰克恰克笑话的作用，这支业余文工团比往年还早成立了一个月。

他们的排练被安排在了临时租用的一间宽敞的大厅里。伊沙木和达吾提江·纳斯尔理所当然地也成为了该文工团的骨干。当然，这为赛里木也带来了干不完的事情。从此他被指定负责联络和歌词台词的整理工作。

搬进排练厅以后，恰克恰克笑话更是层出不穷，这里也格外地热闹起来。

从事艺术的人，也很奇特。一方面，他们个个都无忧无虑；另一方面，他们又像是专为娱乐、游戏、歌曲、舞蹈和笑话而来到这个世界的人们。文工团的工作程序、制度也与这个特殊群体的性格、脾气很相符。也许是因为经常傍晚表演节目、深更半夜才回家的习惯，文工团的作息时间与其他机关单位也不同。平时各机关单位上班一两个小时以后，文工团的演员们才会三三两两地出现在排练厅里。各种乐器的弹奏声、演员们的练唱声、恰克恰克笑话和笑声会合在一起，使这里变得与热闹的巴扎没两样。这里没有紧张的气氛，即便焦急也没有用。

麦吾兰馆长焦急地看一下手表，又不时地望着大门。因为国庆节即将来临，时间紧迫，而排演的节目还不完整，这时不论你去催谁，他们总是以满不在乎的口气说：

“别担心，麦吾兰哥，上舞台时我们会表演得很精彩的。”

上午十点左右，演员们才算到齐。伊沙木因昨晚参加聚会也慢腾腾地进入了排练厅。

“伊沙木哥，我已说得够多了，你是长辈，你帮我对大伙们说几句吧。明天领导就要审查我们的节目。让大家加把劲儿，晚上继续排练！”

于是，伊沙木生平第一次召集大家开了个很有趣的会：

“朋友们啊，巴郎们呀，请大伙儿稍坐一会儿。为了准备要表演的节目，我们每天都来这里。目前，我们的节目无头无尾，还没个头绪。一催你们，你们总是说‘没问题，没问题’，别忘了，往往是‘没问题’的地方问题最多。是不是这样，麦吾兰？”

“是的，伊沙木哥说得好，”麦吾兰严肃地说，“唉，阿瓦科尔，别再拨弄你那独塔尔好不好！”

“唉哟唉……你这不是在为驴叫调音吧。”伊沙木的话差一点将大伙儿们引入不尽的笑声中。笑声骤起，但又很快停止，接着伊沙木说，“从今天开始，大家不能再迟到了，所有的节目要从头到尾过一遍，是不是这样，麦吾兰？”

“哇……你就只管说好了，伊沙木哥，别再‘是不是这样，麦吾兰’了，权力都交给了你……伙计们，就说到这里。现在我们就按伊沙木哥的安排从头开始排练。”麦吾兰严肃地瞥了一下手表后做出了最后的决定。

伊沙木召集大家开会时的情景，让赛里木觉得特别好笑。他想，“伊沙木这个人永远不可能严肃”。因为，伊沙木的表情和肢体动作不仅使人无法严肃起来，反而使严肃的人经常忍俊不禁地笑出声来。

对于赛里木江来说，令他高兴的是，今天他发现了伊沙木还有一个特点。

排练间隙，不论男女老少总要围坐在伊沙木的身边与他逗乐。而往往这时他就能说出他自己也未曾想到的精妙、犀利、幽默的新段子，赛里木江也总是不失时机地将其记在本字里。

一次，在排练休息的间隙，长得嫩皮黄脸的一位舞女特意来到了伊沙木身边，并很天真问他：

“伊沙木大叔，都说你无所不知，我能问你一个问题吗？”

“可以。”伊沙木咧着嘴笑着说。这也是他的一个习惯。于是，黄脸姑娘问他：“伊沙木大叔，我特别厌恶自己的长相，有人说我是黄猫，有人将我比喻成另类……”

“你不能换个长相吗？”伊沙木以商量的口气说。

单纯的姑娘摇起了脑袋。

“换不了，伊沙木大叔，真烦死我了！”

“那你绝不要照镜子，以免更厌恶自己，”伊沙木环视了一下周围的同事，“我说得对吧！”

那姑娘看着伊沙木又说：“伊沙木大叔，你还没有回答我提的问题呢，我为什么长得这么黄，请告诉我吧！”

此时，赛里木也看着伊沙木，心想：“这姑娘仍穷追不舍地问，不知伊沙木大哥如何答复，说不定他会有一个很精彩的答复。”

“先告诉我，你父亲是干什么的？”伊沙木问那姑娘。

“父亲是热沙勒奇，[①]专营热沙勒生意。”

“哦，我明白了，你父亲用蛋清制作热沙勒，用蛋黄制作了你。”

“喂吔，你瞎说！”姑娘在众人的笑声中愣了一会儿后这么说。

有一次，弹奏弹布尔琴的一个小伙子留了个与自己的长相很不适合的唇髭，如果就那么上舞台，势必会影响节目的质量。虽然别人也多次劝他刮掉胡子，但他就是不愿意。

“伊沙木哥，还是你去劝劝他吧。”麦吾兰馆长请求道。

伊沙木坐在原地将那位弹布尔琴师叫到了自己身边：

“喂，兄弟，你过来，我在叫你呢。”

正在手指上绑拨子的小伙子笑着来到了伊沙木的身边。

“有事吗，伊沙木大叔？”

“你的鼻子冷吗？”

“不冷，怎么啦？”小伙子惊讶地看着伊沙木。

“也没什么，我发现你的鼻子下留了个毛领子，我只是觉得有些好奇。”伊沙木说。

---

① 指专营用蛋清和白糖制甜食的师傅。

那位小伙子的脸顿时“唰”地红了起来，急忙跑出了大厅。约摸半个小时后，刮掉了唇髭的小伙子干干净净地回到了大厅。

紧张的排练很快过去，为庆祝国庆节演出的节目也很成功。特别是伊沙木和古丽苏木阿依对唱的莱帕尔舞得到了广大观众的热烈称赞。以“伊沙木在舞台上”为题刊发在当时《伊犁日报》上的摄影照片至今还保存在赛里木的影集里。

一提起《伊犁日报》，不禁使我们想起了这样一件事。赛里木将搜集的一部分伊沙木笑话整理以后，以不同的小标题投寄到了当时一半儿为维吾尔新文字、一半儿为维吾尔老文字的《伊犁日报》上，编辑们对这些稿件很感兴趣。但是，在当时的形势下也有人对此心存疑虑。能否将以《伊沙木恰克恰克》为标题整理的这些笑话在报刊上发表的争论，也持续了一两个月。最终，经伊犁州党委宣传部的同意，报社给赛里木寄来了“同意在报纸上连载，请你继续整理”的回信。

1980 年 4 月 1 日，即“愚人节”的那一天，不论是对伊沙木来说，还是对赛里木·贾玛勒而言，这一天却成为了他们难忘的一天。在当天的《伊犁日报》的文学副刊《伊犁河》专版上首次以“伊沙木笑话选”为标题发表了由赛里木整理的四则伊沙木笑话。这在广大读者中产生了很大的影响，人们迅速传播了这个消息。当日的《伊犁日报》被争抢一空。

在首次发表伊沙木恰克恰克笑话的那份报纸上，还加了这样的一段编者按：

伊沙木同志是群众认可和喜欢的说笑艺术家和莱提帕笑话家之一。

1930 年，他出生于伊宁市。解放后，他在专业文工团工作数年；从 1960 年以来，他一直在业余文工团里工作。他从小就口齿伶俐、爱说恰克恰克笑话。后来，他那具有很强的讽刺性和幽默感的有趣的笑话，像纳斯尔丁·阿凡提的笑话那样，在人民群众中得到了热烈的称赞和广泛的传播。它在揭露、鞭挞某些社会弊端和不良倾向、赞颂进步与发展方面具有积极的意义。

应读者的要求，我们决定在本报上不断刊发。欢迎搜集整理者继续投稿。

以下如实选摘“编者按”之后刊发的两则笑话，以飨读者：

★在派性嚣张蔓延的那个岁月里，手持棍棒的几个人拦住了浇完麦田里的水很晚回家的伊沙木：

“你从哪里来？”

“从农田里。”伊沙木回答。

“你是红造会的还是区委会的？”

伊沙木不慌不忙地指着手中的坎土曼回答道：“我是坎土曼会的。”

★由于生产队经常换队长，使伊沙木的事也经常被调换。有一次，队长要派伊沙木上荒地劳动，为此经受了生活之艰辛的伊沙木很恼火地对队长说：

“我是个腿有残疾的病人，难道就没个让去以后就再也不回来的地方吗？干脆让我到那里就不要回来了。”

伊沙木恰克恰克笑话在报刊上的出现，实际上也预示了一个不平凡的事件的开端。从此，伊沙木的新笑话不断在《伊犁日报》的文艺副刊上发表。后来其他报刊也陆续发表了伊沙木的笑话，而且通过广播、电视、录音带、VCD 光碟等媒体源源不断地播放和展示。他的笑话还被译成多种文字发表；国外的有些出版物对他的恰克恰克笑话也进行了推介。从此，伊沙木也赢得了许多荣誉。但是，有一份令人难忘的报纸，即已经发黄、发毛的 1980 年 4 月 1 日首次以维吾尔老文字印刷发行的《伊犁日报》，至今还收藏在赛里木·贾玛勒的柜子里！

写到这里时，笔者不禁搁下手中的笔，沉浸在久远的思绪之中……

第四十六章
塔西阔热克的欢聚

伊宁市塔西阔热克园亭里，到处是热闹非凡的欢聚景象。其中，伊沙木参加的一场聚会这时已达到了欢聚的高峰。

这是位于伊犁河岸的一连片成荫、宽阔舒适的苹果园。果园正中挺立着一座雕刻花纹的稍旧的阁楼，潺潺水流、徐徐微风，那令人心旷神怡的土台，凉爽、清新的空气，将这里变成了伊宁人最集中的娱乐和郊游景点之一……

“你说得没错。不过，如果此时伊沙木哥在场就更好不过了。”负责看管亭园的一位年轻的园丁这么说。这位园丁爱说笑话、喜欢音乐，是塔西阔热克乡青年麦西来普的达尔别克[①]。

“你说，伊沙木现在是不是也会在这里的麦西来普聚会？”新来的一位客人问。

“当然在，”达尔伯克很自信地回答，“如果没有伊沙木哥在场，就不可能传出如此畅怀的笑声，不信你们听！”

客人们侧耳聆听，果然从掩没于浓密的果林中的一座楼阁方向就有阵阵笑声，几乎每隔一分钟就有一阵大笑，笑声一起一伏，在空中传扬……延续不断。

“伊沙木哥在说什么？”头发卷曲、提着相机、像是记者的一位青年客人问，“这笑声的节奏又快又短，反复不断啊？”

---

① 一位乐师总指导。

青年园丁平静地回答道：

“坐宴刚开始，主人在你们到来之前就已向客人们做了介绍。瞧，伊沙木哥现在正在从头到尾逐一拿楼阁里的近四十位客人开涮呢。这是他的习惯。哦哟，瞧我这记性，我怎么忘了，各位客人，快进楼阁里就座！”

倘若这话是稍后说的，远道而来的那四位客人肯定会高兴地、迫不及待地进入楼阁里的。然而，他们尽管也很想一睹伊沙木的风采，非常想听伊沙木的恰克恰克笑话，但此时他们却感到有些不安，谢绝了园丁的邀请。

机灵、聪明的青年园丁也明白了这些客人心中的顾虑和不安。

“哦，对不起，”青年园丁笑着说，“伊沙木哥从来不用粗俗的话来拿别人开涮的。对像你们这样的客人也不会多说什么的。”

“真的？”记者半信半疑地问。

“真的，好了，我可以事先嘀咕他几声，让他别拿你们开涮就行了。走，到了伊宁，如果不在塔西阔热克的楼阁里坐，不听伊沙木哥的恰克恰克笑话就走，你们会后悔的。”

强烈的好奇心和兴趣最终也说服了客人，达尔伯克将他们迎进了聚会场所，并立即绕到伊沙木身边对他耳语了几句。伊沙木的脸上出现了会意的微笑，他笑着对刚入座的客人们说：“哦，客人们，从色依提好汉的家乡来的人还怕我吗？放心，各位放开就座吧！”

这时，年约三十、头戴曼切斯特尔花帽、皮肤黧黑、一看就像是爱说恰克恰克笑话的一个年轻人蓦地站起来，向伊沙木撂了一句“恰克恰克话”：

“伊沙木哥，那是因为你长得漂亮、英俊啊，所以客人见了你就不免有些拘谨！”

伊沙木立即挺起胸脯，两手叉腰，摆出了好像即将扑向对方的一只好斗的大公鸡的架势。

“唉，阿不来克，你找不到地方，还想在楼阁里啼鸣吗，你叫也无妨，但可不能在饭餐周围翘尾巴啊！”

在笑声中，名叫阿不来克的那位恰克恰克说笑者睁着一对鼓眼，微笑着环视了一遍众人，接着，不慌不忙地开始向伊沙木反击：

“伊沙木哥，人们说你是恰克恰克大师，听说你经常贬低自己，是真的吗？”

一阵笑声之后，全场又静了下来，都等待着伊沙木做如何回击。

“哦，原来你是个剃头匠啊？嗯……”伊沙木习惯地闭了一下嘴，接着咧嘴笑着向阿不来克发起了进攻。接着，一对一的以“真的吗”做句子韵脚的恰克恰克笑话正式开始：

“喂，阿不来克，听说你说恰克恰克输了，就向别人甩拳头，是真的吗？”

“伊沙木哥，你喝二两装四两的假醉鬼，是真的吗？”阿不来克在原地跪膝而坐挺着胸脯反击道。

“就这么点？”伊沙木以问反击地说：“你喝酒从不掏自己的腰包，披上外套就溜走，是真的吗？”

“你也不怎样嘛，伊沙木哥，你穿上喇叭裤，与抽麻烟的人成了伙伴，是真的吗？”

“你才不怎么样啊，阿不来克，这不是我自己的吗？有本事，你也掏出来让我看看？”

“如果我要掏出来，可就非同一般了，伊沙木哥！”

“我知道，你可是个著名的厚脸皮呀！”

寓意深长的恰克恰克，使在场的人们笑得前仰后合，不能自已。新来的那几位客人，更多的是对伊沙木的长相、表情和肢体动作感到特别好奇，那位卷发记者提着相机不停地在为伊沙木拍照留影。

伊沙木在说恰克恰克时有一个习惯，他从不轻易放过他所记住的人和说笑主题。此时，他喝下一杯“霍西凯特”敬酒后又喝了轮到他的一杯酒，他用稍微颤抖的手将酒杯递给了酒保，接着接过坐在旁边的一位客人手中递给他的一支莫合烟吸了两口，然后又向阿不来克发起了进攻：

“唉呀，阿不来克，你怎么没声音了？怎么下巴顶在马槽上了！”

“嗯，你说吧，伊沙木哥！”

“当然要说，哇，我不就是要对你说几句才聚在了这里嘛。噢，对了，上次你为了捉蜜蜂，在自己的头上涂抹蜂蜜是真的吗？”

笑声又起。

“继续说，伊沙木哥，为了让阿不来克发笑，刺激自己真的吗？”

“是啊，喝醉时，你大喊大叫地说怕见警察，而警察过来时，你却说是妈妈派我去买砖茶，是真的吗？”

“啊哦，这是新恰克恰克，是不是？”阿不来克对旁人低声问这句话时，被伊沙木听到了。

“当然是新的，还有很多新的呢，阿不来克呀，你给我好好听着，你是否想逐一接受？你戴着一顶拆掉帽檐的帽子，说自己是水兵，是真的吗？喂，说话呀？你连毛活吃戴胜鸟，把煤洗干净才架炉子，是真的吗？唉，怎么不吭声了？你说自己可以战胜任何好汉去拳打电线杆，是真的吗？唉，你怎么像蒸笼里的馒头还没动静呀！你整夜都在舞场里跳舞，第二天捂着心口直嚷嚷，不去上班，是真的吗？怎么不吭声呀，没断气吧！为了不弄皱裤线，你总是站着吃拌面，是真的吗？”

“唉呀，好了吧，伊沙木哥，”阿不来克挪动了一些身躯，“别以为我无懈可击，当着新来的客人，我在给你留面子，你怎么像寡妇一样叨叨不息呀！唉，朋友们，你们都说话呀，这个傻瓜怎么说得没完没了！真是个答非所问的傻瓜呀。问他嘴在哪里，就把肩膀指给你看的傻瓜；看见雷鸣电闪，就喊叫天上起火了的傻瓜；好了吗，伊沙木哥，还要我继续说吗？”

看来，阿不来克刚才一直沉默不语，实际上他是在做反击的准备。此时他以“傻瓜”做句子韵脚，连续反击了伊沙木。场面又重新活跃起来，掀起了新一轮笑声。伊沙木静坐不语，吸着莫合烟。对阿不来克的反击，他也没有立即做出反应。

“该伊沙木哥说了，伊沙木哥！”有人叫喊道。

“是的，该伊沙木哥了！”

“你说吧，伊沙木哥！”

伊沙木挪动了一下身子。瞥了一眼阿不来克：“子弹打完了吗？阿不来克？你给我挺起胸膛吧，毛驴在叫唤，就以为父亲死了的傻瓜！”

笑声即起。第一个“傻瓜”准确无误地击中了阿不来克的要害。

“嗯，说话呀，如果主人稍收了一点赏钱，深更半夜就会大发脾气的傻瓜。”阿不来克立即回击道。

“你可真是个儿子娃娃，不过也不怎么的，如果主人给的钱少了一点，半夜里就会拦住不放的傻瓜；看什么，进理发店时，问要吃一碗抓饭的傻瓜；你可坐直了，进厕所也要鞠躬施礼的傻瓜；进商店时，问有没有棉裤衩的傻瓜；别再那么瞪眼了，别人借打气筒，却说气打完了，而不肯借的傻瓜；唉，你还有话要说吗？将胡麻拉到磨坊的傻瓜！”

“唉呀，伊沙木哥，话儿都得你说吗？我们也有一大串话要说呢。”

“那说吧，幼儿园的巴郎们！”

阿不来克一开始就不知不觉地踏入了火炭，尽管如此，但他还是无奈地笑着向伊沙木发起了反攻：

“你也说吧，听说畜皮值钱，就将自己的旧皮大衣撕开变卖的傻瓜！”

“嗯，说吧！”伊沙木说。

“说就说，有人将恰克恰克笑话搜集整理后寄给了他，却要求把稿费给他的傻瓜！”

“哦，赛里木江兄弟，听他在说什么了吧？你还懂什么稿费呀！从脊背打开天窗，也照不到胃口的傻瓜！”

“我还要说一句，”阿不来克站了起来，“在房顶上堆起两畜车玉米秆，就说自己是企业家的傻瓜！”

“这还有一点新意，还有话要说吗？说恰克恰克说不过别人，回到家里就打老婆的傻瓜！”

“哇！嗨……”阿不来克叫喊着捂住了自己的嘴。

“伊沙木哥，说恰克恰克笑话可不能损妻儿，你可不能耍赖呀！”

“那你说吧！”伊沙木回应道。

“你是我们的导师，伊沙木哥，我们希望从你这里多得到一些教诲。如果你是好汉，就连续说出七个以‘傻瓜’为题的恰克恰克吧！”

“说吗？”伊沙木说着便单膝而跪，“那听好了，阿不来克！”伊沙木一口气连续讲道：

“留着一头长发，却称自己是学者的傻瓜！骑着蜻蜓，还说要上月亮的傻瓜！将一双烂鞋底放在肩膀上，称自己是将军的傻瓜！戴着小孩的护耳皮帽，称自己是空军的傻瓜；喝醉时休掉老婆，清醒时和好的傻瓜；啊哦，哇……哇……清醒时舍不得花一分钱，喝醉时却舍得花十元钱的傻瓜！想娶的姑娘看不上自己，却责怪父亲的傻瓜！听说恰克恰克对健康有益，就去刺激卧病在床的爷爷的傻瓜！在他前面放一桶水吹个口哨，喝得撑爆了肚子的傻瓜！……”

使人想象不到的各种各样的精妙的比喻，犹如机关枪的子弹从伊沙木的嘴里不断喷射而出。全场笑声不断，以“傻瓜”为主题的笑话也达到了高峰。因为伊沙木的比喻像一颗颗子弹都准确无误地射向了阿不来克。阿不来克摇摇晃晃地站了起来，绕到伊沙木跟前，向他伸出了双手：

“谢谢，大哥，谢谢你！”

“你还得向我说无数次的谢谢呢！”伊沙木将手中的酒喝了一半儿，将剩下的半杯递给了阿不来克。

“也谢谢你，兄弟！”

此时，第一次目睹这个场面的那几位新客人，都显得十分兴奋和激动，他们的脸上浮现出了对伊沙木的一种佩服之情。

达尔伯克站起来看着伊沙木说：

“伊沙木哥，今天的恰克恰克格外热闹。现在，是否让我们欣赏一会儿歌曲，你看如何？”

“好，听音乐、听民歌吧！”伊沙木微笑地说。

接着，悠扬、悦耳、动听而令人心旷神怡的伊犁民歌又开始在塔西阔热克的楼阁里响起了。

第四十七章
有关伊沙木的歌谣

1980年，冬，新疆维吾尔自治区民间文学家协会在奎屯市召开了北疆片民间口头文学会议。尼扎米丁·阿匹孜、伊沙木·库尔班、吐尔荪·则日丁、霍加艾合买提·尤努斯、赛里木江·贾玛勒、穆泰里普·帕勒塔吉等有关人士作为伊犁的代表应邀出席了座谈会。这次会议，作为纪念还留下了有关伊沙木的有趣的回忆片段和几首歌谣。以下便是流传于当时的几首歌谣和相关人士的记述。

知名学者霍加艾合买提·尤努斯回忆这段往事曾留下了以下的文字：

“当时由于天气寒冷，需要我们在伊宁启程以前就做好自身的御寒准备。我看到伊沙木穿着单皮鞋，便承诺给他找一双毡筒，并在启程的前一天就送到了他手里。启程那一天，伊沙木迟迟未能赶到车站。司机好几次发动车子要走，但我们反复说明情况后，司机也等了一会儿，但最终还是因为不见伊沙木的人影，也只好发动了车子。大客车刚行驶，伊沙木就出现在了车站大院里。尽管我们在车子里不断叫他，但他没有听到。司机又不愿意再等待。于是，伊沙木被留在了车站。一路上，我们谈论伊沙木在已进入车站的情况下却被甩在那里的情况，对他当时的处境做了各种分析和推断。很快，我们的交谈不知不觉地就变成了一桩轶事和笑谈。在交谈中，你一句，我一行，还编出了有关伊沙木的以下歌谣：

我们从伊宁出发时，

伊沙木留在了车站；
他胳肢窝里夹着一双毡筒，
泪水盈满了他的双眼；
因为他没能赶上车，
手拿石头在不住地叫喊。

后来我们得知，伊沙木第二天晨才启程。抵达奎屯时，我们发现他脚上仍穿着那双单皮鞋。

霍加艾合买提的毡筒，
留在了伊沙木哥那里；
赶上大轿车在启动，
为何还留在了那里？
伊沙木没有穿毡筒，
不会是把它卖了吧？
一见到毡筒的主人，
伊沙木不是溜了吧？
三九三，寒冷腊月，
奎屯城召开了会议；
不该送毡筒给伊沙木，
若想要回它谈何容易。

话说伊沙木，他一到奎屯，与会者们就活跃了起来。出现了不少新的恰克恰克笑话和各种趣事。当时，招待所里有一位女服务员，她个子矮、但头很大，却对伊沙木很好奇。于是，围绕这件事出现了一连串的恰克恰克笑话。最有趣的恰克恰克笑话还是出自于伊沙木的嘴。

都称那是奎屯的花，

谁比得上那矮小的她。
给了一点糖果、花生，
他却不离食堂直夸她。
　　称自己是奎屯的一朵花
　　个头儿有蘑菇一般高。
　　四十把钥匙哗啦啦，
　　门开得利索声微妙。
都说是奎屯的一朵花，
歌儿唱得真精彩。
我让她把门打开，
她婀娜多姿好风采。

伊沙木从伊宁到奎屯的行程中，因为孤独和没穿毡筒也受了不少苦。他用诙谐、幽默的语言不知多少次向我们绘声绘色地描述了当时的过程。伊犁的朋友将他讲述的这个故事也编成了歌谣：

奎屯的行途路漫漫，
果子沟里吃了碗面。
一路孤寂多艰难，
难咽面汤苦不堪言。
　　在奎屯的集市里
　　没有卖毛呢绒布；
　　奎屯人怎能知道
　　我心中的忧愁痛苦。
这条路漫无止境，
饿得我心慌难忍。
这破车何时才停，
气得我几乎揍它一顿。

会议期间，每天傍晚总有人宴请。尽管奎屯市里也没有多少维吾尔族人家，但听说伊沙木来了，不知从什么地方冒出来的，不断有人到招待所请伊沙木到他们家做客。

借伊沙木哥之光，
我们参加的宴请不断。
每当深更半夜，
总有敲门和叫喊。

当时，按照招待所的制度，新疆时间晚十点以前，招待所的大门是要关闭的。值班的老汉嘟嘟囔囔地起来为半夜里回来的客人们开了两回大门，但第三次他们半夜回来无论如何敲打大铁门，值班室里没有回音。于是，已喝得醉醺醺的伊沙木说了个花招：

“别敲了，我有办法会让他开们，”伊沙木说着便大声喊道，“开门，你大哥回来了！”

也许是值班员早就醒了，也正恼火呢，喊叫声未落，他就立即冲出了屋：

“喊什么？那是谁？”

伊沙木好像也立即醒酒了，往后退了几步，举着双手笑着回答道：

“咿呀，可不是嘛，我说不要叫喊，是他们不愿意呀！”

灯光下，值班员见伊沙木的动作特别滑稽，不禁笑了起来。

半夜里，在宿舍里又掀起了笑话。

“伊沙木哥，你把刚才说的‘咿呀，可不是嘛’那句话再说一遍吧？”

伊沙木调皮地临摹了自己刚才说的话：“咿呀，可不是嘛！”

这时，住在隔壁宿舍的尼扎米丁·阿匹孜先生（他因为视弱，平时都不去宴请场合）被吵醒，他颤颤颠颠地进到屋里生气地说：“唉呀，你们怎么还不睡呀？唉呀，你们这些夜猫子啊！”

我们也见识了伊沙木哥，
瞧他那“咿呀”多老成。
尼扎米哥你也别恼火，
或许神主不会诅咒我们。

以下是在当时聚会中留下的一点回忆。由赛里木根据伊沙木的恰克恰克笑话编成了以下的歌谣：

奎屯这地方好遥远，
我们走过了好多地方。
这里的男人都怕老婆，
不敢喝酒欢聚歌唱。

当然，这些歌谣与伊沙木的参与是分不开的。在这次行程中，有人还编出了以下的歌谣：

诸位都看见了吧，
钱在铁丝上飞翔①。
有人在他身旁咒骂，
暗地里却宴请欢唱。

尽管都说罐头好吃，
但也会让人腻烦。
想得到情人的喜欢，
比折弯松树还难。

① 指当时在商店里将钱通过串在铁丝上的铁夹从一处滑向另一处的现象。

含苞待放的花儿，
要到花园里观赏。
皮裤是否合体，
需把吊带留长。

读完文件的时间，
我出去溜了两趟。
顺口编个歌谣，
灾祸降临到了我头上。

常听那童话故事
让人总是辗转难眠。
天还没亮就叫喊起床，
让我们总是担心不安。

我往炉里添了些柴火，
却遭穿皮衣的谩骂侮辱。
躺在寒冷地方我直打哆嗦，
我只求胡达来保佑我……

参会期间，伊沙木正值他妻子萨戴提将幼小的儿子麦合木提扔给他而回娘家的时候。这件事，在这里就不必细说，只讲他在喝酒的场合里以恰克恰克说笑的口吻向大家说起这件事后，大伙们作为答复而编唱的歌谣：

我娶了叫萨戴提的姑娘，
露宿街巷她让我多悲伤。
只恨主婚人柯尤木场长，
为我陷入了无尽的忧伤。

没见过的人都不知道，
库车那地方到底怎样。

没娶过女人的不知道，
萨戴提她到底怎么样。

当时，也有人向伊沙木介绍了住在伊宁市区托格拉克阔吾热克街的一位寡妇。伊沙木通过恰克恰克的形式也将这个情况毫不保留地说给了大伙儿，并当场就被编成了以下的歌谣：

伊犁河谷，土地宽广，
街街都是繁荣的集市。
满街叫卖笤帚和糖糕的那人，
难道真要成为我岳父大人！

会议结束以后，大家商定都一起返回。有关返回行途中的故事，还是让我们听霍加艾合买提·尤努斯先生的讲述吧：

“返回途中，当大轿车经过果子沟一带时，已经是凌晨三点多钟，由于凌晨的天气特别寒冷，甚至脚穿毡靴、毛皮鞋的领导也冻得直打战。不用说，只穿单皮鞋的伊沙木此时肯定比其他人冻得更惨。伊沙木因为实在受不了就站起来，一直在车里不断地走动、跺脚。突然，他对坐在一旁的吐尔荪·则尔丁说：‘吐尔荪，我编了一首歌谣。’并当场说道：

果子沟的山坡啊，
越过的驼队络绎不断。
伊沙木冻得多难受啊，
瞧那吐尔荪如火温暖。”①

① 当时吐尔荪脚穿外套胶鞋的一种很厚实的毡靴。

以下的轶事尽管与本章没有多大的联系，但因为与奎屯的行程有关，所以在这里我们特意为霍加艾合买提·尤努斯先生的另一个回忆也提供了一定的位置：“在奎屯，我们从伊犁来的五个人（当时尼扎米丁大哥正在自己的宿舍做礼拜）与自治区民间艺术家协会副主席阿不都许克尔·吐尔迪都聚在了我们的宿舍里。一开始，伊沙木就讲莱提帕笑话，阿不都许克尔·吐尔迪、穆塔里普·帕勒塔吉不断与他调侃，也说了不少笑话。接着，伊沙木开始讲起了他平时经常用维吾尔、哈萨克语混合说的一个哈萨克幽默。

“‘一位老牧民的儿子病得很重，看到孩子受苦，那位老牧民也很难受，便开始向胡达祈求佑助：oybay kudayao osi balaga bargen aowruwnni magan barsing bolmayma……。’（哈萨克语：意为：万能的真主啊！让我来替这孩子受这份病痛的折磨吧……）

“伊沙木正说到这里时，来自乌鲁木齐的阿不都热西提·萨依布拉提、哈比丹等哈萨克族朋友也进入了我们的宿舍。我们热情地让座，给他们斟茶。接着又继续讲莱提帕笑话。本来这则笑话也可以继续用哈萨克语讲。但伊沙木为避免出现误会立即改用了维吾尔语：‘老农夫祈求道：普慈特慈的主啊！请发发善心，让我替这孩子受此折磨吧！’话音未落，此时吃饱饲料的一头公牛‘端’着无意中挂在犄角的一个大木盆进入屋里（是毡房）。那位老农以为是要他儿子的命的艾孜拉依勒[①]进来了，为保全自己的性命便立即改口道：‘艾孜拉依勒大人啊，你知道谁没病，谁有病啊！’（哈萨克语原文应为：“kimning aowruw，kimning saw ikenlikinin airail agham、ozi biledi”）（意为：艾孜拉依勒大人知道谁是患者，谁是健康的人）

“顿时宿舍里掀起了笑声。无意间，从中使我们也感到伊沙木·库尔班的机灵与反应的迅速。”

---

① 索命天使，伊斯兰教中的四大天使之一。

第四十八章
伊沙木花钱了

本篇可能是这部传奇故事中最短的一章。然而，我觉得这件事单独叙述较为合适。

在伊沙木的恰克恰克笑话集锦中，人们常以伊沙木不愿意花钱来笑话他，这也是他搞笑逗乐的恰克恰克中较为突出的一例。是的，后来伊沙木也看到了恰克恰克笑话的神奇，手头也开始有了钱。然而，伊沙木因为从小是在省吃俭用的家庭长大的，也养成了不乱花钱的习惯。后来，为了享受伊沙木的恰克恰克笑话，人们也开始舍得为他花钱了，因而伊沙木也没有花钱的必要。关于这一点，我们就说到这里为止，过多地叙述这件事也没有什么必要。

然而，不容否认的是，伊沙木在何时何地花了多少钱，也的确成为了有些人特别喜欢谈论的话题之一。他们认为，要让伊沙木掏腰包、花钱，本身就是难得的奇迹。

也有人常常以描述自己是最早让伊沙木花钱的人而津津乐道、沾沾自喜。当然这也无可非议，因为这也源于人们对伊沙木的一种关注、尊敬和爱戴。

伊沙木以他风趣幽默的恰克恰克说笑也加入了这个话题。这也是个聪明之举。先听听以下的笑话吧：

★一个年轻人问伊沙木："伊沙木哥，听说你只挣钱，不花钱，请你说说，你存钱想做什么？"

伊沙木回答："我要编词典。"

★ 又一位年轻人问伊沙木："伊沙木哥，听说你怀里的钱像毡书一样厚，上面脏得都发毛了，是真的吗？"

"当然是真的，"伊沙木回答，"兄弟呀，你是否想开一家洗我的钱的专洗店！"

让伊沙木先无懈可击地回答向他提出各种问题的那些年轻人吧。在此，我们还得回到那次的奎屯会议。

会议期间，因为有人谈到了这个话题，于是伊犁来的几位与会者商定要对伊沙木开个"严厉"的恰克恰克玩笑。当时正值午饭当中，他们边说边商定了这件事。当时伊沙木应邀与哈萨克族同胞们坐在一起吃饭。

"哦，朋友们，听说伊沙木哥从来都不花钱，"阿布都许克尔·图尔迪突然这么说，"不过，他现在的情况还算不错呀。"

"是不错，"赛里木想起这方面的笑话说，"他正用钱编词典呢。"

这时有人提出建议："让我们来填补这个空白如何？"

"留名于史册？"霍加阿不都拉·尤努斯笑着说。

于是，就这样说定了。翌日晨，正好是个星期日，还休息了一天。早餐后他们在宿舍里又聊了一会儿。按照事先的商定，他们要领伊沙木一起逛街。

"这街上有啥可逛的？"伊沙木说，"这里有午饭，我们就在宿舍里聊不是很好吗！"

"去吧，伊沙木哥，"赛里木说，"不逛一下奎屯城就返回也遗憾啊！"

"是啊，去吧，伊沙木！"吐尔荪·泽日丁也催着说。

"你大哥什么样的麦麦玉孜没见过，你那奎屯算什么？"伊沙木边说边挪动了身躯。

他们在感到千篇一律、几乎都一模一样的街市里逛了一圈后，来到了位于城区中心的一座四层楼的百货商店里。饮料食品店在最高层，大家也不顾伊沙木已走得筋疲力尽，边聊边搀着他，硬是将他领到了四楼。他们看了一遍各种酒水和食品。实际上也不让伊沙木花费多少钱，只要他适当地表示一下就可以了。大伙儿们相互挤眉弄眼地围在了伊沙木的周围。这样，在人群中，别人也看不见伊沙木。

“伊沙木哥，今天我们有意将你带到了这里。”霍加艾合买提说，“你总该花几个钱吧。”

“钱？”伊沙木挑起了眉头，“什么，哪来的钱？我没有钱！”

穆塔里普·帕勒塔吉将手伸向了伊沙木西服的内袋，“这厚厚的一大沓子不都是钱吗？伊沙木哥，抽一张吧！”

“一百元？”伊沙木瞪起了眼睛，“你不是小偷吧？帕勒塔吉，你怎么把手伸进别人的口袋里了……”

大伙儿也没有松劲。其中两人在伊沙木的左右两边紧紧抓住他的胳膊不放，另一人将他从肩膀推向了墙壁。于是，在这家商店的旋转门旁掀起了一场说恰克恰克笑话的博弈。

“伊沙木哥，”有人说，“我们没必要花你的钱，但我们想得到这样的声望。从今往后，我们也绝不要求你为我们花钱，我们给你花。快，大哥，说不定赛里木江将这件事也会写进本子里呢。”

“当然要写。”赛里木立即说。

伊沙木稍松动了。“太不像话了，我花钱，你们就能得到什么声望？”伊沙木尽管嘴里这么说，但也似乎服了，“给你们花多少钱？”

“至少十元吧。”

伊沙木摇着头，表示不愿意，“三元吧，哦，好，那就五元！”

大伙儿也没再争。在大伙中间的伊沙木嘟囔着什么好不容易解开了三件西服的纽扣（平时他习惯西服套西服），从最里面的西服上衣口袋里取出了厚厚的一沓钱（西装的内衣口袋被封口），他数了一会儿钱后从中取出了又旧又皱的面值五元的一张钱。

“赛里木兄弟呀，别全花掉，需要的东西你去买！”

在一片赞许声中，大伙将伊沙木领到了柜台前。当时的钱很禁花，用两元六角几分买了奎屯本地产的一瓶烧酒，用两元买了带花生米的糖果和榨菜。伊沙木将手伸向了赛里木，因为他手里还剩有三毛多。

“剩下的都给我，兄弟，我用它买烟，买莫合烟！”

“不行，这钱也由我们来花，”霍加艾合买提说，“伊沙木哥，我们当中也只有你抽烟，还是买一盒香烟吧！”

赛里木用剩余的钱买了一盒“三门峡”，但伊沙木很不乐意：

“抽什么香烟呀，像个大少爷，本来用它可以买能抽一个星期的莫合烟呢！”

大伙儿扶着伊沙木，犹如打胜仗的勇士们，大摇大摆地回到了驻地。他们将阿不都许克尔・吐尔迪从宿舍叫出，摆起了用伊沙木的钱准备的一场“酒宴”。

这完全是有关伊沙木花钱的一件轶事。这一天，伊沙木也特别开心。

后来，这件事在奎屯、伊宁、乌鲁木齐……等地传开了。

无巧不成书，还真被那位老伙计说准了。瞧，后来这件事还果真被后人写进了书里。

第四十九章 伊沙木与柔孜·阿布都维力

柔孜·阿布都维力是老一辈民间艺术家、恰克恰克匠人，也是伊沙木·库尔班的同时代伙计之一。

伊沙木与柔孜·阿布都维力这两位民间艺术家，几十年如一日，几乎形影不离，在各种聚会场合里相互调侃，唇枪舌剑、取长补短，搞笑逗乐，为麦西来普娱乐活动增添了不少新的光彩。

在前几章里，也提到过柔孜·阿布都维力这个人物。在多个场合，他曾十分认真地对赛里木说："你把我说的恰克恰克笑话中认为可以的部分都归入伊沙木哥的名下吧。让我们大家都集中突出伊沙木哥。"他的这句话，当时令我们在场的许多人都特别感动。

有一次，这句话在一个聚会场合里又被提起。于是伊沙木对正在调独塔尔琴音的柔孜·阿布都维力调侃道：

"唉，柔孜，吃了你的一个鸡蛋，你怎么就说了那么多话，如果我们把你的窝拆了，你是不是要'咯咯'叫个不停呀？"

柔孜停止正准备弹奏的独塔尔琴，当即反击道："你还能到拆窝的地方吗，你呀，只能吃别人给你剥去蛋壳的鸡蛋。"

"当然了，那是因为我不愿意摸你的蛋壳，怎么样？"

"哦，你是说不摸蛋壳，直接把蛋黄往嘴里扔呀！"

望着这两位笑星的决斗，在场的人们等待着随时可能爆发的一场大笑。

"伊沙木哥，就那样，就那么回去了吗？"柔孜以他常用的一些抽象的词句来开了头。伊沙木则单刀直入、迎头反击：

“是你的尾巴吗？”

“别耍赖嘛！”柔孜直盯伊沙木的眼睛微笑着说。这是在他喝得有些醉意的时候尤为突出的一个习惯。

如果柔孜不在聚会场合，伊沙木就会闹着非要柔孜过来不可：

“唉，玉山，你没请柔孜吗？唉呀，你这可糟了！”

“派人去叫了，伊沙木哥，可他不在家呀。”

“哦，是钻进其他鸡窝下蛋去了吧，这个柔孜呀，太老道！”

同样，在没有伊沙木的场合里，柔孜也总想着伊沙木：

“兄弟呀，与其将四五十个恰克恰克奇叫到这里，还不如招呼一声伊沙木哥呢？如果他在场，他们就会屁滚尿流的。”

“我贴着他耳朵说过，他说已经答应过别人了，就是不肯来。听说，他今天要参加喀斯木·喀斯喀斯在河边举办的聚会。”

柔孜微笑着点了一下头，并说：“看来，你只是对他耳朵嘀咕了，没有对他的钱袋子好好嘀咕几声！现在，伊沙木哥可不一般呀！”

伊沙木与柔孜同时都在场的聚会，可以说是“没有任何为难之处的聚会”。在调侃中，他俩总是针锋相对、绝不相让，谁也不会轻易服输。柔孜·阿布都维力很了解伊沙木的性格，要想充分发挥伊沙木的特长、让他完全施展说笑的才华，就需要不断地刺激他，激怒他。

“伊沙木哥生气时，他嘴里就会噼里啪啦地冒出一大串十分精彩的话语。”柔孜这么说。

“那是你噼里啪啦的拍响的翅膀吧！”伊沙木也不失时机地反击了他。

当相互调侃暂停，乐歌起奏时，柔孜·阿布都维力的艺术才华就会得到完全的展示。他的声音非常适合唱伊犁民歌，让听者身临其境，产生犹如与萨迪尔一起在央布拉克并肩齐驱的感觉。

“真棒啊，柔孜！你的鸣啭声真是太动听了！”柔孜每唱完一段歌，伊沙木总是忘不了“涮”他一次。

“唉，伊沙木哥，你怎么就没完没了啊，”柔孜笑着说，“你这话也太老旧了吧！”

伊沙木仍不放过，拿他的这句话儿开涮道：“正因为老旧，才老道呀！[①]……有办法吗？”这时柔孜已抽了一支莫合烟，往往将堆积在一起的数次的“轮酒”一饮而尽。接着，就有人会迫不及待地请求柔孜·阿布都维力为大家弹唱几首歌词新颖、节奏活泼、快乐的新民歌。

“好吧，那就弹唱吧。”柔孜·阿布都维力拨弄了一下独塔尔的琴弦，以其特有的微笑瞥了一眼伊沙木：

“开始啼鸣吧！”伊沙木微笑着点一下头。

“哈瓦热西！”[②]……

柔孜微笑着回应道。

于是，亲切、悦耳的琴声和柔孜·阿布都维力的熟悉的歌声，很快就将整个场合感染：

……
若没有什么敌人，
就不要树敌折腾！

有一次，在一场聚会场合里伊沙木对柔孜调侃道：

“柔孜，你知道吗，你的那支歌已经传遍了大地！”

“哪支歌？”柔孜不由警觉地看着他。

“就是你那《倘若你要来》呀！昨天，我去了一个地方，见一位七十多岁的老太太正即兴弹奏独塔尔，她动情地唱道：‘你要来，就今天来吧，情人；倘若你要明天来，就没有我今日的娇容！’”

顿时笑声四起。而柔孜·阿布都维力这时纹丝不动地直盯着伊沙

① 相当于汉语的“姜还是老的辣”的意思。

② 俄语。

木的眼睛。

“她说得对呀，难道是假的吗？”

“是啊，真的，昨天她周围的婆娘们也都在议论：‘是的，是真的。’”伊沙木向柔孜又发起了新的一轮攻势。

“比如呢？”柔孜·阿布都维力习惯地引诱伊沙木。但是伊沙木没有上钩。他只盯着柔孜反问道：“你的比如呢？”

已喝得半醉的柔孜愣了一会儿，挥了一下手：“哈瓦热西！”

“唉呀，柔孜，你呀，一喝醉就用俄语骂人。”

这时，一位小伙子问：“伊沙木哥，‘哈瓦热西’是什么意思，是骂人的话吗？”

“是柔孜的邻居。”伊沙木回答道。这时，柔孜与旁边的一位客人正在边“交心”边喝“霍西凯提敬酒”。

有一次，柔孜·阿布都维力在交谈中说：“我与伊沙木哥经历了很多有趣的事情。有一次，我将伊沙木哥带到了在本街举办的一场麦西来普聚会。这场麦西来普轮到由本街伊玛目的儿子举办。本来在麦西来普聚会上是不能喝酒的。那天，街上的一帮醉鬼们听说伊沙木来到了柯帕克玉孜，也不请自来地进入了伊沙木所在的场合。那天，伊玛目因为出远门稍晚才回到了家。他刚进院门，就看见几个小伙搀着在麦西来普聚会上的几个醉鬼正往一侧屋里送。为此感到很惊讶的伊玛目叫喊起来：‘咳，怎么这么惶恐啊？’当时，我与伊沙木哥两人正坐在廊檐下纳凉。我怕伊玛目阿訇看见自己便干脆躺下装睡。但伊沙木却急忙迎了上去，并对伊玛目阿訇说：‘没事的，阁下，巴郎们正在迁坟呢。’伊沙木哥，你还记得这事吗？”

“你呀，柔孜·阿布都维力，你很有卧的本事呀。”伊沙木断章取义，利用柔孜的话攻击道，“一见到公鸡，你就会这样……”

“还有一次，”柔孜·阿布都维力继续讲道，“我与伊沙木哥一起在塔西来普凯街口正等待一个人。这时穿着不错的一个小伙子朝我们走来，毕恭毕敬地向我们施礼问候，并说：‘两位大哥呀，见你俩在这里，我就过来了。能问你们一个问题吗？’我说：‘问吧，兄弟。’伊沙木哥也说：‘只管问好了。’那小子说：‘我想结婚，但苦于找不到合适的对象，想找个长得漂亮、而且话儿不多、能微笑待人、对我百依百顺的女人。你们说，我娶得到这样的老婆吗？’小伙子的话，不禁让我发笑，问伊沙木哥：‘还是你说，能娶到这样的老婆吗？’

“伊沙木哥也好像正等着这句话似的立即回答道：‘能娶到，我看呀，兄弟，你从服装商店里买一件木偶就行了，而且还很便宜……’

“小伙子听后，什么也不说就离开了。”

伊沙木与柔孜尽管也见识过许多聚会场合，喝过很多酒，相互调侃或对决的恰克恰克笑话也不少，但他俩在不同场合里，面对生活中的不同的场景、不同的事件、不同的领域和各种人物，总能随机应变、随时变换话题，声形并茂，即兴而发；借助比喻、夸张、讽刺、设问等各种修辞手段，以轻松、幽默风趣的恰克恰克语言和丰富的肢体、表情，说出新的恰克恰克笑话来。

“要说为什么会这样，兄弟，”有一次，伊沙木回答了赛里木的这一分析，“柔孜们[①]长得快，啼鸣得快……也就能很快落入鸡肉烧烤匠们的大锅里，因而也就总能保持其新鲜性……”

“你这比喻不太恰当吧，伊沙木哥，”柔孜说，接着对身旁的赛里木说，“伊沙木哥本身就是个老古董，守旧，经常挨整，所以他不太喜欢新的东西。”

“这也是啼鸣。”伊沙木笑着说，“柔孜呀，已到了昏礼时分，你想上架还是进窝？”

有一次，好像是上世纪70年代末或80年代初，在伊宁市的墩买勒举办了一场聚会。当时正值“多么明媚的春天”这支歌刚刚兴唱的时候。可能是因为柔孜·阿布都维力特别喜欢这支歌，在“宝地宴会厅”的那场聚会上，他反复弹唱了好几回。突然，伊沙木说：

---

① 这里暗指柔孜的绰号“雏鸡”。

“喂，好了吧，‘多么明媚的春天’，停一会儿！”

到了午后时分，妙语横生，笑声不断，使聚会非常热闹。于是大伙们商量将本次聚会转到喀拉墩[①]继续玩乐。由于当时市区里还没有出租车，大伙们只能踏着春天的泥浆地赶往那里。当大伙们横穿汉人街时，正在边走边向赛里木和伊沙木讲述一件趣事的柔孜·阿布都维力突然不慎仰面滑倒，头部撞在了路沿上。

大伙们赶紧将他扶了起来，十分关心地问他感觉如何。柔孜·阿布都维力忍受着疼痛，摆出男子汉的气概对大家说：

“谢天谢地，没想到我也能有滑倒的时候！”

大伙们对他这一勇敢的“自我批评”精神不由自主地发出了一阵笑声。

而伊沙木的调侃却与众不同，他说：“怎么样，柔再木[②]？这是多么轻柔的撞击啊！”

这句话引起了把柔孜的歌一直铭记在心的大伙们发自内心的大笑。

至今，柔孜·阿布都维力不论在何时何地见到赛里木，总要回忆和提及伊沙木当时说的这句话，并重复：“这是多么轻柔的撞击啊！”

---

① 伊宁市的一地名。

② 昵称，维吾尔族人有将自己亲近的人多用昵称来称呼的习惯。

第五十章
南行歌谣

不久，伊沙木的声望传到了天山南北，对他的恰克恰克感兴趣的，希望能目睹他风采的人们也开始越来越多了。

人们可能还记得，1982年出版了《伊沙木笑话》的第一册，该书的第一次印刷就发行了三万册。全疆许多地方、许多家庭和个人都有了长期以来只听别人讲述的即兴说笑者伊沙木·库尔班的可以随身携带的一部较为完整的恰克恰克笑话文本。当时，由赛里木整理投寄的伊沙木的新笑话也不断出现在新疆的各级报刊上。新疆电视台对伊沙木也进行了专访，并向广大观众播放了采访实况。中央人民广播电台对伊沙木的生平和艺术成就也做了专题报道……

“赛里木江兄弟呀，你真让我走红了啊，”有一次，伊沙木笑着对赛里木说，“不论我到哪里，都有人说读了我的恰克恰克笑话，我对他们说：‘我都说什么了，你能给我背一下吗？’”

从上世纪80年代初开始，夏季从南疆、东疆来伊犁旅游的人开始逐年增多。当然，旅游者们大多是冲着观赏“一条渠里流黄金，一条渠里流银币”的美丽的伊犁大地而来的，同时也不乏为亲眼目睹闻名全疆的伊宁的恰克恰克说笑大师伊沙木“快嘴”而来的。其间，河边、山林、果园、楼阁、庭院等，便也成为了伊沙木施展他说笑才华、让人们捧腹大笑的乐园。

伊犁河边，绿茵环抱、郁郁葱葱的果园。一场充满欢歌笑语和朝气向上的聚会正在这里继续。这仅是当天在这里举办的许多聚会中的一个。而这场聚会非同一般，可能是因为聚在这里的客人大多是由自治区作家协会组织的来自于新疆乌鲁木齐和南疆、东疆的部分知名作家和诗人的缘故，使这场聚会集乐歌、朗诵、莱提帕、恰克恰克笑话为一体，让人沉醉，使人遐想，充满了非凡而特别活跃的气息。

“尤为重要的是，”来自喀什的一位诗人说，“今天的聚会之所以非同一般，是因为有伊沙木哥在场。”

的确，伊沙木成为了这场欢宴的中心。客人们不断与他调侃，为了能从他的嘴里听到更多更有趣的笑话，有人不断挑逗伊沙木；也有人不断请求与他合影留念……

“收吧，伊沙木，多便宜啊！”间隔时，伊沙木为自己如此走红而感到高兴地不断喝彩：“太棒啦，伊沙木，不热闹，就别给钱！”

“伊沙木哥，要求与你合影留念的人太多了，是否卖票啊？”

“随你的吧，不过，得让赛里木江收，可不能让柯尤木那家伙收，否则他会私贪的。”

伊沙木身穿浅灰色西服、蓝色华达呢裤子，脚穿一双不知是什么时候的黑皮鞋，也许是因为聚会繁多和忙不过来，好像已有好几天没有刮脸。而与之不同的是，他头上戴着刚才一位南疆的朋友特意赠送他的一顶崭新的巴达木花帽，显得格外引人注目。

“伊沙木哥，恭喜你的花帽，是你自己的吗？”

“当然是我自己的，你以为是阿不都热依木·噶基噶儿当铺里的货吗？”

“但是，戴在你头上不太合适，伊沙木哥，”此时又有人撬起了伊沙木的嘴，“你好像戴的是别人的帽子！”

“咳，”伊沙木立即说，“在那场‘史无前例’的‘文化大革命’期间，我戴了十年别人的帽子，受够了冤枉和委屈。可今天我戴的是自己的帽子！”

“伊沙木哥，别开政策的玩笑！”一旁的柔孜·阿布都维力咳了一声，立即转移了话题。

"说说而已！"伊沙木也立即领会了柔孜的话，显得很严肃地摊开了双手。此时他的表情特别滑稽而可笑，看着他那十分滑稽的动作，在座的人们不由得发出了由衷的笑声。有人立即抓拍了他此时的形象，给人们留下了永远的纪念。

"伊沙木哥，你去过喀什、和田那边吗？"从南疆来的一位客人问。

"没去过，"伊沙木回答，"不过，喀什、和田的同胞们也常来看望我。"

柔孜·阿布都维力立即接过他的话转为了恰克恰克：

"伊沙木哥就是怕走路，他去的最远的地方也不过潘津[①]，是吧，伊沙木哥？"

伊沙木当即反击道："我可不是你，柔孜，没过巴彦岱[②]，就靠在木轮上抽抽搭搭地哭泣道'我太孤独了'，还有呢，我还说吗？"

"说吧，伊沙木哥，让客人们都听听嘛！"

"我可不是你，柔孜，从鸡窝里出来落在栖架上，就说自己飞到了天上！"

"我不是你，柔孜，在别人的草房里窝了一夜，就说自己因公出国了！"

"还有吗，伊沙木哥？"柔孜有意问。

"还有吗？"伊沙木稍停片刻，反问道，"你还想听吗？"

这时，围在伊沙木与柔孜周围的作家、诗人越来越多，他们都想乘机与伊沙木说个话，与他分享恰克恰克的乐趣。

"伊沙木哥，你对诗人是怎么看的？"在说笑中来自和田的一位作家表情严肃地问。伊沙木明白了他是想乘机让他拿诗人们"开涮"，于是，他立即回答道：

"我是从正面看的。"

---

① 指伊宁县的一个乡名。

② 指伊宁市的一地名。

稍年长的一位文人不紧不慢地问伊沙木："伊沙木丁，我们听了你的许多恰克恰克，都十分简短、巧妙而有趣。但我们那边的恰克恰克奇们说一段恰克恰克往往就要说半个多小时呢？"

"那样的恰克恰克笑话，我们这里的婆娘们能晒一大串衣服呢。"伊沙木笑着回答道。

1983年春，在乌鲁木齐召开了自治区首届古典文学、民间文学优秀作品表彰奖励大会。其中《伊沙木恰克恰克笑话》一书的第一部也榜上有名。为此，霍加艾合买提·尤努斯、伊沙木·库尔班、赛里木等伊犁的文人们以十分喜悦的心情一大早就乘上大客车踏上了参加本届会议的行程。

不料，在乌鲁木齐他们与两位伊宁籍的笔友相见，于是在乌鲁木齐一起观光逛了一两天。而这两位笔友刚从南疆参观回来不久，而且在这次行程中因为误会还发生了一些令人啼笑皆非的事情。

误会出自从乌鲁木齐发到伊宁的那份通知上。本来，相关部门在前年就组织乌鲁木齐和北疆的维吾尔族文人到南疆参观过一次。而这次的通知是组织除维吾尔族以外的其他少数民族作家诗人赴南疆参观。但因相关部门的疏忽，给那两位朋友也分别寄了通知。他们到了乌鲁木齐后才发现这是个误会。于是，经文联领导表态同意，这两位朋友与其他少数民族作家诗人一起往返了一趟南疆……因而这件事后来也成为了伊沙木调侃的一个话题。

伊沙木从一场聚会返回宿舍以后，他对赛里木说："赛里木江，你与霍加艾合买提就 x 与 g（笔者只能这样记述那两位笔友的名字，但愿能撑得起恰克恰克笑话）的这次行程写个歌谣带回伊宁去吧！"

于是，在酒兴中，你一句、我一段地编了许多歌谣，伊沙木也不时地提出一些修改意见。由赛里木执笔，霍加艾合买提·尤努斯最后润色审定。

编写歌谣延续到了第二天。那两位笔友前一天就已经返回伊宁。赛里木将定稿交"两位哥哥朋友"过目之后，最后以"南行歌谣"为标题做了整理和誊写。

“这歌谣与‘行程歌谣’‘城墙歌谣’有点相似，”霍加艾合买提说：“这也是个游记，你说呢，伊沙木哥？”

“当然是的，”未等伊沙木回答，赛里木抢先说，“如果 x 与 g 听到了，说不定会捧腹大笑的！”

伊沙木笑着说：“如果他们生气了，我们就继续编！”

稍停片刻，伊沙木对赛里木说：“兄弟呀，你再读一遍，你说呢，霍加艾合买提？”霍加艾合买提表示赞同地点了一下头。

于是，赛里木江读起了零零散散的这篇歌谣：

山冈挺立着柏树，
柏油铺满了一路。
两位诗人好糊涂，
在乌鲁木齐迷了路。

在乌鲁木齐那座城里，
我们熬日艰难好辛苦。
谁知那是个假通知，
我们上当受骗走冤路。

岳父大人的屋里，
不需要开票住宿。
这趟行程的经历，
让我们刻骨铭记。

“在去你那阿图什的路上，
是否靠在了沙枣树上？”
乌鲁木齐的 xx 江啊，
为了娶你是否很悲伤？

我从乌鲁木齐眺望，
伊犁河怎么也看不见。

孤苦伶仃好可怜，
忧心忡忡言难断。

乌鲁木齐这座城市，
房屋、马路如岩浆。
有人撵我们回伊犁，
无情无义，铁石心肠。

人称阿不力孜纳孜尔，
言谈举止和蔼可亲。
他将我们送上了南行，
谢天谢地，我们感激不尽！

各民族同胞一路行程，
欢歌笑语，热闹非凡。
我们将南疆的朋友们，
紧贴在心，亲密无间。

艾提尕尔广场好热闹，
鼓乐震天、萨玛欢舞。
倘若再来喀什噶尔，
我们绝不会再迷路。
我们还穿行了和田，
赛诗、座谈多娇艳。
不失时机地相互调侃，
伊沙木的笑话增光焰。

因篇幅有限，南行歌谣就到此为止。该歌谣即便不多也罢，但笔者实在不忍心在伊沙木的传奇故事中留出一点位置。

倘若有机会或可能，笔者愿随时将“南行歌谣”中最有趣的其他片段在朋友们相聚的场合里作为一种思念念给大家！

第五十一章
吹牛者伊沙木

在赛里木·贾玛勒的笔记里，还记述了伊沙木有关吹牛的不少回忆。

“伊沙木哥正当兴奋时，他的嘴就像机关枪，笑话像连珠炮，一个接一个，从不失言，比喻精辟而巧妙。”柔孜·阿布都维力曾这样说，“是不是，伊沙木哥？”

没等伊沙木回答，一位青年恰克恰克奇插话道：“是的，不过，那都是在干了三杯以后。我说得对不对，伊沙木哥？”

“你也真可笑，维力，”伊沙木说，“汽车不加油，能跑得动吗？”

“那你说吧，‘汽车’！”维力接过他的话说，“刚才你已经喝了一桶子汽油了，如果不撬你的嘴，你就不尽兴呀！”

“唉呀，维力，让你吹牛，哪有这么吹的？伊沙木哥才喝了五杯呀！”

“你应该向伊沙木哥学习吹牛才对！”柔孜激将道，“说话呀，伊沙木哥，就从你捉鹌鹑开始说吧……”

伊沙木兴致又起，他便开始吹牛了：

“有一天，”伊沙木习惯地拉长了话调子，接着说，“我与街上的两位吹牛者乘坐一辆汽车赴克拉玛依参加了一场婚礼。”

“伊沙木哥，加上你不是三个吹牛者吗？”青年说笑者插了一句。

“是，当时没有找到你。”伊沙木一口“斩断”了他的话儿，“于是，我们一路东拉西扯，最后也没有话可说了。”

“伊沙木哥，我们边走边吹牛如何？”过了一阵儿后，克然木·泼奇这么说。柯尤木·泼奇也表示了赞同：

“是啊，我也真想吹吹呢！”

“那好，那你们先吹吧，让我看看你们到底有多厉害！”

于是，克然木·泼奇先开了口：

“伊沙木哥，因为我在克拉玛依的亲朋好友多，考虑可能会多玩几天，所以我为妻儿宰了一头像未满三岁的公牛一样大的一只绵羊。”

“你呢，柯尤木？”伊沙木问。

“我嘛，我见儿子将家里崭新的一台电视安上轱辘改装成拉拉车子玩。瞧，伊沙木哥，我想呀，玩就玩个痛快嘛，所以我出门时干脆就给他买了一台五十英寸的电视机。”

两个吹牛者吹完牛后都看着伊沙木。

“该你吹了，伊沙木哥！”

“老大哥怎么样，你们也不是不知道啊！”伊沙木说，“我想，这次去了克拉玛依后说不定在那里就安家了，便一把火把房子全烧了。”

那两位“泼奇”好像有些不好意思地相互看着对方。

“哦，伊沙木哥，你的牛就这么吹完了？”

“怎能完呢？你老哥就是这个秉性呀！”

这时，汽车从普通公路进入了柏油路段。柯尤木的嘴巴又痒痒了：

“瞧，这路也太差了！我们家乡的路多好！像玻璃一样又平又滑！望着那飞驰的汽车，你以为那车轮上都安了冰刀呢……”

“再好也比不上我们家乡的公路，”克然木泼奇打断了柯尤木泼奇的话，“在我们家乡的那条路上，坐在汽车里面看外面，路边的电线杆、林木就会变成一堵一堵的墙！”

两个泼奇说着又瞥了一眼伊沙木。伊沙木也毫不示弱：

“你们去过我老婆的家乡吗？嗨，我在结婚前去那里时，只记得我坐在汽车里，我正要与未婚妻躬身吻别时，不料汽车却忽地开走了，我睁眼一看，谁知我亲吻的是别人。萨戴提知道这个情况后，使我们的婚礼硬是被推迟了半年多时间……”

“吹吧，萨利！”

“别说话！”另一位泼奇说，“可不能打乱伊沙木哥的兴头！”

“什么是吹牛，听了后面的再说，”伊沙木看着那两个年轻人问，“我还说不说了？”

“你说吧，伊沙木哥！”大伙儿们迫不及待地说。

伊沙木接着开始吹了：

“我们的汽车一直在行驶。途中，克然木泼奇从自己的口袋掏出一盒高级香烟，为自己点了一支后给我们每人都递了一支。接着，他将烟盒和打火机从车窗扔到了车外。

“‘唉，克然木，你这是怎么了，我们还可以抽啊？’

“克然木泼奇吐出一口浓浓的烟雾，不屑一顾地回答道：‘伊沙木哥，你想抽，包里多得很。’

“过了一阵儿，我见柯尤木泼奇从口袋里掏出手机，好像在给谁打电话。打完电话后他就把手机从车窗扔了出去。

“‘唉，伙计，这不是可以随便扔弃的烟蒂呀，你还可以用它打电话呀！’柯尤木泼奇像我一样也很惊讶地对他说。

“柯尤木满不在乎地说：‘如果需要，手机多得很！’

“哼，等着瞧吧，我在心里这样想。因为那两个‘泼奇’同时都在看着我，目光里充满了对我的挑战：‘该你说了！’

“顿时，我突然将坐在我身边的柯尤木‘泼奇’抱起来，从车窗将他扔到了外面。

“克然木面无血色，十分难堪地说：‘伊……伊沙木哥，你这是干什么呀？’

“‘我干什么了？’

“‘都是亲朋好友嘛，何必要这样？’

“‘亲朋好友嘛，多得很，’我也满不在乎说，‘怎么样？’”

“你这整得真够厉害呀！”笑声停息后，柔孜·阿布都维力向大家挤了一下眼睛，接着说，“接着，你给大家讲讲你捉鹌鹑的那段笑话吧！”

“你怎么一天到晚总是一种啼呜啊，柔孜，大伙们还想听吗？”

“想听！”大伙像小学生一样异口同声地喊道。

“好吧，那我就给大家讲有关南瓜和大锅的故事吧！”

伊沙木习惯地做了一个很滑稽的肢体动作，接着讲道：

“有一天，那是我在盖玛村的时候，我在住房前面的一块空地上种了些吐鲁番南瓜，哎呀，那南瓜啊，长得都特别好，个个长得像木箱子、皮箱子一样，似乎都在点头哈腰地对我说：‘你想先摘谁，伊沙木？’因我无力摘它，便带着蒂叶直接卖了，买南瓜的人们，有些推着拉拉车，有些赶着畜车，还有人为了拉走一个南瓜竟然开来了拖拉机。笑什么，柔孜，你是不是在想，如果把这南瓜的里面凿空就能造一个鸡窝呢？可不是嘛，那瓜子也是现成的呀！

“就这样，我一直卖南瓜。我想南瓜也许已经都卖完了，便背靠南瓜地最边上的邻居家的库房数钱，此时一位大少爷出现在了我眼前：

“‘大哥，卖南瓜吗？’

“‘你来晚了，兄弟，南瓜已经卖完了。’我漫不经心地说。

“‘那完了，大哥，你背靠的不是南瓜，是什么？你不会将它送到博物馆吧？’

“我转身一看，原来我靠的不是邻居的库房，而是像一间房子一样大的南瓜呀！怪不得刚才我的脊背一直都那么冰冷！”

“那么冷，你没有被冻感冒什么的吧？”柔孜·阿布都维力乘机调侃道。

“行了吧，柔孜，别忘了卖鸡肉那里一块鸡腿是两元钱！”伊沙木说着自己先笑了起来。

“啊哇，哇……”柔孜拍了一下自己的嘴巴，“接着说，伊沙木哥！”

“于是，我将那个大南瓜高价卖给了那位大少爷。南瓜的厚度他就足足量了一个小时。整整一百零三拃呀……”

“吹吧，萨利！”有人又忍不住地插了一句。

“有本事，你也吹嘛！”伊沙木当即反击道，“唉，柔孜，管管你那鸡娃子好不好，别让它再啾啾了！”

“咕咕咕……”柔孜配合地叫了一声，“大家安静！”

伊沙木接着说：

“南瓜卖得倒不错，但那位大少爷为拉走南瓜却受了不少苦。他从城里调来了一辆大吊车，后面还有一辆‘东风牌’卡车，盖玛村为他还找来了八个农民工。他们从一个生产队里收集所有的绳子，一根接着一根，好不容易将南瓜绑在了那辆大吊车上……”

说到这时，柔孜又迫不及待地插了一句：

“伊沙木哥，那个大少爷将南瓜运到城里要做什么？”

“再说也没有能煮它的那么大的锅呀！”

伊沙木警觉地防备着可能对他的攻击，“我不是说了嘛，他说离城不远，准备将南瓜拉到你的家乡克伯克玉孜，将其掏空后要修建一座养鸡场。”

任何一场聚会，只要有伊沙木在场，如果他不讲一两则吹牛的段子是不会结束的。

“我在伊犁河游泳时，”有一次，伊沙木说，“突然我被一只鲸鱼吞进了肚子里……”

“哎，伊沙木哥，”一个天真的小青年不解地说，“伊犁河没有鲸鱼吧？”

“你没出生时曾有过，”伊沙木继续说，“就是我被吞进了肚子里，你看什么，莱提？”

“我是说后来怎么样了？”叫莱提的那个小青年不安地问。

“鲸鱼嫌我长得太丑，就把我又吐出来啦。否则我还能在这里吹牛吗？”

“有一次，我乘飞机去乌鲁木齐。”伊沙木在另一个场合这样说，“从前我没有坐过飞机，因为萨塔尔·纳斯尔他们经常夸奖，所以我乘坐了飞机。飞机还没过巴彦岱，我就头晕恶心，实在受不了。我看了一下外面，发现我们已经到了芦草沟，我实在难受得不行。于是，我大声叫喊道：

‘唉，飞行员啊，你让飞机在路边停一会儿吧，我要下去。’”

“停了吗？”其中在场的一位塔兰奇人问。

“柔孜，你还在‘弹’人吗？”伊沙木赶紧转移了话头。

“伊沙木哥呀，”一位小青年为了引伊沙木上钩插话道，“飞机也从芦草沟的路上飞吗？”

伊沙木得意地瞥了一眼，“哦，肖凯提，不懂就该多问问，因为新路还没有修好，暂时就得那么走。”

人们摇着头，吧嗒着舌头，都笑了起来。伊沙木还能说什么呢？

还有一次，在朋友们相聚的场合，应大家的要求伊沙木还讲了这样的一段笑话：

“又提到了飞机的事……你们听说过吉里玉孜乡的哈桑诺奇的笑话吗？嗯，就是他当飞行员的那个时候。有一天，我到吐鲁番玉孜的亲戚家里住，第二天晨我就去了吉里玉孜那边。不料，‘轰’的一声，哈桑诺奇出现在了一片闲置的耕地上……”

“伊沙木哥，耕地里怎么会有飞机呢？”

“你真笨呀，阿瓦科尔，乡村里没有机场，难道飞机就不能在空旷、平整的轮休地上停下吗？”

“噢，是这样！”阿瓦科尔“嘿嘿”地笑着。

伊沙木又继续说道：

“唉，你们别再插嘴好不好，我刚说到了哪里？哦，于是，哈桑诺奇‘轰’的一声抖动着翅膀从轮休地飞了过来。他见到我后就立即刹住了飞机，从驾驶室伸出一只胳膊与我握起了手。

“我们相互问候了一阵儿。他说：‘伊沙木泼奇，你既然到了我们这儿，我让你见识一下天空如何？’听了他的话，我也很高兴，便一脚登上了他的机舱。

“飞机那东西，我们都是在电影里看见的，都很大，但哈桑诺奇的飞机只有鹌鹑那么大，不禁使我忽然害怕起来。

“于是，我问他：‘唉，哈桑诺奇，你这么点东西能撑得起我俩吗？’

“‘放心吧，’哈桑诺奇说，‘它能撑起全村的小巴郎，我玩过！’

“我刚要说什么，哈桑诺奇的飞机‘轰’的一声就将我们带入了高空。这时，我们整个吐鲁番玉孜变得只有豆子那么大！

“我俯瞰下面，感到自己心跳加快、特别恐慌。我们还两次撞在了浓密的云层上。

“我紧张得全身被冷汗湿透了，我说：‘好了吧，哈桑诺奇，我老婆还在城里呢，别让她成了寡妇了，我们降落吧！’

“‘那好，我带你去看望你老婆吧，’哈桑诺奇说着就掉转了机头，一瞬间，就将我们带到了一个地方。哈桑诺奇的飞机慢慢地降低了，只见我们的奥尔德街就在飞机下面，飞机徐徐下降，我看见了我们的家，当时萨戴提正怀着我的儿子马合木提，只见她挺着大肚子在院子里摇摇晃晃地在拉绳上晾晒冲洗的衣服。听到飞机的轰隆声，她仰望天空，一下就认出了我，继而就喊叫起来：

“‘哇呀，伊沙木，你将我孤独一人抛在屋里，你这是在哪浪荡呢？家里连一撮面粉也没有啊！’

“我则装糊涂地叫喊道：‘我被皮带绑住了，身不由己，怎么能下来啊！’”

“哦，是直升机吧，伊沙木哥？”

“为了让你与萨戴提交谈，飞机是不是在你院子上空悬了一会儿？”

伊沙木好像什么也没有听到，继续讲道：

“萨戴提用手在嘴上呈喇叭状喊叫：‘那你给我扔一点钱吧，你到家以前我得为你准备汤饭。’

“我要求哈桑诺奇将飞机再降一些，于是，他将飞机又降了一截子。我立即从口袋里掏出五元钱，并对她说：‘别买艾买提屠户的肉，他那儿都是骨头！’我说着将五元钱扔了下去，飞机‘轰’的一声就越过了这里……”

在笑声中，好像是奥尔德街的一位青年又问他道：

“伊沙木哥，你家有能晾衣服的院子吗？”

伊沙木对问话者不屑一顾地嘟囔起来：

“唉，现在的小青年怎么都那么爱逞能呀！柔孜，奏‘倘若再来’那支歌曲吧！”

伊沙木的吹牛很有特性。在连续吹牛的时候，他更加自然，从不勉强，他的笑话源于最简单、最琐碎的小事，然而内含大话题、大背景，其背景却是一个个事关时下政治、文化、道德等重大话题。让人大笑之后获得以小见大、以误见正的感受。如果你不信，就不妨听听他亲口说的笑话吧。

还想听吗？好，那就让我们听听伊沙木的几则简短的吹牛段子吧：

★“伊沙木，该你吹牛了，来，你吹吧！”

“我害怕在这里吹牛。”伊沙木说。

“你怕输了会在别人面前丢面子吧！”笑友得意地激将他道。

“不是，”伊沙木回答道，“要吹就到没人的地方吹，我怕在这个场合吹，会造成许多人的死亡。”

★在街上，一群喜欢调侃的小伙子们联合在一起，轮番向伊沙木发起了进攻，但无论如何他们谁也说不过伊沙木。

“伊沙木哥，今天你真是非同一般啊，”一位青年说笑者说，“你怎么一句也不让啊？”

“喂，各路英雄，今天你们谁都甭想靠近老哥，老哥今天是高压线，谁碰触谁就得死！”

★从来没有摸过枪的一位吹牛者向大家吹嘘道：

“我当兵的时候，曾参加过枪林弹雨的战斗。有一天夜里，我正在行走中，一颗子弹直朝我嗖嗖飞来，正打在了我的额头上！幸亏，我戴着钢盔，子弹反弹在了附近的墙上……”

“是啊，”正在听他吹牛的伊沙木打断了他的话，“我曾用你说的那颗弹头的火点燃过莫合烟。”

明白了此话含义的那位吹牛者，再也没有吭声。

★在聚会上，又有人吹嘘道：

“昨天，我宴请了亲家和邻居。天啊，我那老婆啊真够大手大脚的！摆放在餐布上的各种佳肴美食多的呀，使两边的客人们相互都看不见对方。”

“是的，有时也会出现这种情况。”轮到伊沙木吹牛时，他说，“上次，我在家里也宴请了街坊们。我亲手做了抓饭。天啊，饭后，客人们都在我家门口的水渠里洗手。后来我听说，那抓饭的油水往下游村就流了好几天啊！”

★在又谈及那条街巷时，爱自吹自夸的一位街坊沾沾自喜地向人们夸耀道：

“咳，我刚刚在家里吃了一顿抓饭，怎么让我的胃那么不舒服啊！”

“你说得对，”被他的吹嘘刺激的伊沙木说，“因为你一个月、一年吃一顿抓饭就会出现这种情况，如果像我这样每天都吃，就不会出现那种情况！”

★在一次聚会上，几位年轻人以人类登月亮为话题争论不休，于是，伊沙木插了一句：

“好了，别争了，月亮算什么？未来我们都能登上太阳！”

有人疑惑不解地摇起了头。

“伊沙木哥，如果人类登上太阳，不都被烧成灰烬了吗？”

伊沙木立即补充道：“不会在夜晚时登吗？”

★“伊沙木哥，”一位小伙子问，“你在年轻的时候很健壮吧？”

“可不是嘛，”伊沙木立即回答道，“我曾有两个月教过如何顶撞公牛的课程。”

第五十二章
这不是山羊圈吧

伊沙木参加的聚会绝大多数是青年人的聚会，每次参加这样的聚会，他就仿佛回到了自己的青年时代，总是朝气蓬勃、笑逐颜开。

青春时期是玩乐与好奇的时期。因而，也就能从真正意义上理解青年们与伊沙木之间的那种亲密无间、和睦相处的关系。

现在也一样。几乎所有的伊犁维吾尔族青年人都把伊沙木看作是自己最亲近的人。他们把认识伊沙木、与伊沙木交谈几句，看作是一种荣耀。当伊沙木迈动着他被人们所熟悉的脚步出现在任何一个场合时，青年们就会立即相互转告他在什么地方。

“瞧，伊沙木哥来啦！”

他们立即搁下手中的活儿，就往伊沙木那边跑，像久别的老朋友一样高兴地向他施礼、问候：

“伊沙木哥，你好吗？”

“你这是上哪儿，伊沙木哥？”

“伊沙木哥，你过来，我给你切块西瓜！”

当然，伊沙木也十分亲切地接受他们的施礼（尽管显得有些不怎么在乎），回敬他们的问候。

“怎么不见你呀？”

“嗨，库尔万，别说上次的笑话有多棒啦！”

伊沙木的生活始终都是这样。甚至连十七岁的小青年与同龄朋友决定在伊犁河或在汉宾的凉亭里相聚时，也要事先做好商定：

"别忘了邀请伊沙木哥啊！"

"唉，请他，还得给他赏钱才行！"

"给就给嘛，不就是赏一点钱嘛。少一份饭菜不就可以了。"

……

上世纪70年代末及80年代初，在伊犁，尤其是在有些维吾尔族青年们当中出现了很奇怪的两件事，而且还延续了好多年。其一是兴穿喇叭裤；其二就是像山羊那样以"咩咩"地叫来替代笑。而这种笑声的开头部分很像山羊的"咩咩"叫唤，后续部分则以颤音结束。甚至有些姑娘也感染了这种哄笑方式。尤其是后者让所有人都感到很怪异。每当见到这种现象，长辈们也很是看不惯，以揪自己的衣领表示自己的惊愕与反感。真是"恶事传万里"，这种怪异的哄笑甚至从伊宁市区传到了偏远的农牧区和僻静的大街小巷，令人们特别厌烦。

当然，这种现象也引起了伊沙木·库尔班的注意。

当时的一场聚会，赛里木·贾玛勒至今仍记忆犹新。聚会安排在了汉人街的一家饭馆里。参加者基本上都是文艺界人士，他们参加完一个会议后便在这里小聚。饭馆里人较多，周围的几张饭桌，围坐的都是正在喝酒的二十多岁的小伙子。显然，伊沙木所坐的地方，此时也成为了吸引这些青年人的一个中心。

整个饭厅充满了喧嚣和不停的哄笑声。而大多数笑声，便是刚才说的那种令人厌烦的怪异的"咩咩"叫。

聚会约过了半个小时以后，让大伙儿们深感不安的一种躁动，通过从伊沙木的嘴说出的恰克恰克笑话而得到了一次宣泄：

"唉，伙计们，我们没有误入山羊圈吧？"

脱口而出的这句十分巧妙的比喻，不禁让在场的伙伴们都开心地大笑起来。当然，坐在稍远的一群"山羊们"也没有听到伊沙木究竟说了什么。他们不时地将羡慕的目光投向伊沙木，并议论道："伊沙木大哥肯定说了一个很棒的段子，否则，那些诗人们是不会那么轻易大笑的。"此时，伊沙木的伙计们也在议论：

“你比喻得真叫绝啦，伊沙木哥！”

“所以他是伊沙木啊！”

“也不知这些年轻人是从哪里学会这么难听的笑的！”

“还有那喇叭裤呢……”

酒过三巡，交谈又转入了这个话题：

“上次，我去了一趟伊宁县，”伊沙木说：“乡村的巴郎们也变得开始‘咩咩’叫了。在依迪里玉孜巴扎，五六个小青年跟在了我后面，他们说这道那地一直不肯离开我。其中，一个矮个、鼓眼睛的小青年来到了我面前：

“‘伊沙木哥，你到我们的依迪里玉孜来了，哇提！’他说着就颤抖着双臂发出了怪异的笑声，在惊愕中我竟然不知不觉地比他笑得还厉害。

“‘我来这里，难道你要收税吗？哇提！’我模仿着那个鼓眼睛也‘哇提’地笑了。我可不能让那鼓眼睛占上风。

“‘能到我们家去吗，哇提！’鼓眼睛又像山羊一样‘咩咩’地大笑了。”

“真怪，这些巴郎们不知道‘哇提’是什么意思，只知道瞎模仿！”

“你没有说几句让他刻骨铭心的几句话吗？”在“诗人桌”上的一位客人插了一句。

“别急！”伊沙木挥动了一下手臂说，“这次，我没有模仿那个鼓眼睛，问他：‘你家在哪里？你是谁家的孩子？’

“他说：‘我们家在那条街上，我是艾皮孜·麦憎的孙子。’

“我知道艾皮孜·麦憎，他是当地的老前辈之一。

“‘什么名字？’

“‘叫凯米尔’的那个‘山羊’抽了一下鼻子。

“‘我知道你爷爷一直在宣礼台上传唤艾赞，你在大街上就叫唤起来了。’我说。”

“你这话就不对，伊沙木，”坐在“诗人桌”椅子上的、头戴高顶鸭舌帽的稍年长的一位客人说，“把像山羊一样‘咩咩’叫唤比喻为艾赞声妥当吗？”

“唉，只是说说而已！”伊沙木挥了一下手。接着，又开始说起了恰克恰克笑话。

可能是伊沙木这边的恰克恰克笑话，也吸引了对面那张桌子上的小青年们，他们的“咩咩”声达到了高潮。

“唉呀，又开始咩咩叫啦！”

“别理他们，难道他们会因为我们生气就停止‘咩咩’叫吗？”

“伊沙木哥，还是你来整治他们吧！”

最后那句话好像对伊沙木产生了作用。他向酒保要了一杯酒，接着就走向“咩咩”叫声较大的那张桌子。至于伊沙木在那里都说了些什么，那些小青年们又说了些什么，在此就不必细说了。总之，从伊沙木前去的那张饭桌上，一开始传来了一两次“咩咩”的笑声，后来忽然安静了，最后，传来了小伙子们自然、舒畅的笑声。

“伊沙木哥，你真是医生呀？”有人笑着这么说，“小青年们刚才的那病态的笑声，一会儿就被你治好了！”

“年轻人嘛，还是听话的。长辈的话，他们还是听。”有人这么说。

“伊沙木哥用恰克恰克治理了他们。”赛里木说。他一直观察着伊沙木去那边桌子时的状态。

“对，不仅伊沙木，而且我们大家都应该共同努力，充分利用恰克恰克笑话、诗歌、小说和文章的作用来治理这样的传染病……”一位年长的客人说到这里时，被从青年桌那边过来的伊沙木的恰克恰克笑话打断了：

“朋友们，现在的笑声像样了吧？”

当时，赛里木与伊沙木一起参加各种聚会的机会也比较多。像山羊一样“咩咩”叫的现象，仅靠几句笑话不可能很快改变。在街巷、聚会、村庄、路口等，他们经常能听到这种怪异的笑声。正是在这种情况下，从伊沙木的嘴里脱口而出的笑话也很多，而且特别精彩。这也是赛里木较多关注的一个方面。

有一次，他俩正行走在斯大林街上，这时，身穿喇叭裤、披头散发的四五位小青年从大银行那边几乎每走一步就喊一声“哇提，哇提”，朝他们走来。

伊沙木瞥了一眼赛里木，好像在暗示他“不要说话”。伊沙木从路边的树上折下一根枝条，转身跟在了那些小青年们的背后，并不断挥动着枝条，像赶山羊一样吆喝着。

那些小青年们因为一路起哄大笑，也没有发现伊沙木。听到有人在背后吆喝，他们很惊讶：

“这不是伊沙木哥吗？”

“伊沙木哥，你这是在干什么呀！”

“不是喝醉了吧？”

伊沙木装着没看见他们的样子，又挥动了几下枝条，接着，显得很惊讶地说：“哦，原来是你们啊！听到你们的咩咩声，我还以为是赶往屠宰场的离群的山羊呢！”

小青年们顿时脸红，面面相觑，接着他们一句话也不说迅速离开了。他们知道，落在伊沙木的嘴里那可不是好受的！

有一次，在聚会上，有一个小伙子总是喋喋不休、强词夺理，谁也看不起。过了一阵儿后，他傲慢地说：

“你们都一文不值，我要与伊沙木哥对决，伊沙木哥，怎么样？”

“好，那你开始吧，兄弟。”伊沙木笑着回答。

那个小伙子东拉西扯地说了好多话，但因为没有人笑，他就拍着大腿自笑自赏地说：“我妈妈昨晚挤牛奶了，哇提！……怎不说话呀，伊沙木哥！”

伊沙木立即回敬道：“你不是牵着小牛犊吗，哇提！”

全场掀起了大笑。那个小伙子连喝两杯后，坐在原地就呼呼入睡了。

“伊沙木哥，你别生气，这位朋友喝多了。”酒保向伊沙木敬了一杯谅解酒。

"没关系，"伊沙木说，"我在你们这个时候，经常参加大街小巷里麦西来普活动。麦西来普是青少年学习道德礼貌的学校。艾合买提江兄弟，你们也不妨组织举办麦西来普呀。"

"没问题，"艾合买提江说，"我们正在商量这事，今后，我们请你参加麦西来普，你能来吗，伊沙木哥？"

"能，"伊沙木说，"不过我有个条件，"

"什么条件？你说吧，"

"不能在牛羊圈里举办麦西来普！"

小伙子们都鼓起了掌，发出了爽朗的笑声。

★有一天，与伊沙木住在同一条街的一个小伙子，在路口与伊沙木相遇：

"伊沙木哥，我都快闷死了，我俩到什么地方去好吗？"

"你想去哪里？"伊沙木问。

"我也不知道，总之，到很久没有去过的地方吧？"

伊沙木久久地看着小伙子乱蓬蓬的长发，接着说：

"好吧，那就直接到理发店吧！"

★有一天，在巴扎上，手脚不太干净的一个小青年见到伊沙木后，立即将一块二手手表递给了伊沙木：

"伊沙木哥，您是德高望重的人，这块表我送给你。往后希望您能为我说几句好话。"

"谢谢你的好意，"伊沙木说，"我劝你，最好还是将这块表归还给主人。那时，我就会随时随地加倍地为你说好话的。"

可能是小伙子感到了惭愧，脸一下红了，头也垂了下来。

什么？真可笑，你是说再听一两个恰克恰克段子？那好，请看以下的笑话：

★在晚间的一次聚会上，一个小伙子装醉后打碎了数个盘子，接着，又"啪"的一声将桌子上的暖瓶摔在了地上。在场的朋友们都很生气，不断斥责他：

"你这是干什么呀，老兄，你看，伊沙木哥，这是什么呀？"

伊沙木瞥了一眼好像什么也没有发生似在傻笑的那个醉鬼，说：

"连这都不懂吗？这是聚会的炮仗子呀。"

★有人问伊沙木：

"伊沙木丁，你邻居的孩子怎么那么多呀？你知道他们几个是男孩，几个是女孩吗？"

"我也不知道，"伊沙木皱起了眉头，"哦，我发现他们好像都在争镜子和梳子呢！"

第五十三章
争抢伊沙木

伊沙木的晚年在是人们的争抢中度过的。

所谓争抢，是指在麦西来普、喜庆婚礼、郊游、朋友聚会、集体娱乐等活动中，伊沙木成为了人们争相邀请的对象，而且请他的人不断在增多。有时，他一个月就需要参加十几场演出，甚至一天便接到几个邀请。大多情况下，由于每日有多家请他，让他也感到很为难。当然这与他在民间的声誉、威望的不断提升是分不开的。另一方面，从上世纪 80 年代初开始，社会逐渐走向好转，动乱的岁月带来的不安定因素也开始减少，一切都开始纳入了正常的轨道，人们的生活也开始变得轻松、欢愉，各种娱乐活动场所也随之增加，从而使民间艺人们骤然红了起来。而这种宽松、舒畅的环境，为伊沙木更是提供了让他尽情发挥自己特长的广阔天地。

在那个年代里，不论在城区里有什么样的聚会，麦西来普、郊游、河边相聚等，人们首先想到的是便是伊沙木。甚至谁家宴请几个客人，主人首先就要把伊沙木领到家里。而且能将伊沙木请到自己家里、请他参加婚庆聚会的人，也很受人们的羡慕。

“昨晚，我们在亚克普江的家里相聚，伊沙木也来了，那场合真叫绝了！”

“嗨，你可乐了，瞧那小气鬼，也没叫我一声！”

“都很突然。哎哟唉，光是那说笑就差一点笑断我们的肠子！哦，西日普，可别说是我告诉你的啊！”

伊沙木的声誉已超出了伊犁河谷的范围。不少外地的游客也慕名来拜访他。拜访他的顾客包括伊宁市各地，甚至从各县、乡镇到昭苏、新源等县的乡村也常有人来听他的笑话。

“伊沙木哥，下周六，是我儿子的割礼，我要在塔勒达[①]举办一场隆重的聚会。我已向朋友们承诺了，说伊沙木是我自己的大哥，他一定会到场，如果你不来呀，那我可就惨了！我提前一天派车去接您！”

“唉，我不敢保证啊，吉尔格朗的青年们告诉我，他们也是在下周六要举办麦西来普。”伊沙木看着从来就没有见过面的这位“弟弟”，有些犹豫地说。

“别这么说啊，大哥，割礼结束后，我将亲自送你返回。我还专门为你准备了一只哈萨克绵羊！”

“你们吉尔格朗人也不乏恰克恰克奇呀。”伊沙木稍有松动。

从前，伊沙木不论是住在苏达尔瓦孜街的“红房子”里，还是后来搬进了在塔西来普凯的屋里，来探望他的人总不绝（现在好多了，伊沙木的家里安装了电话）。

“伊沙木大哥真的不在家吗？”

“我不是说了吗，他不在家。他这个人一大早就出去，半夜里才能回来，他忙得很！”伊沙木的妻子孜米尼罕向来找伊沙木的一位客人又重复了一遍对刚送走的客人说过的这句话。

来找他的人急得直跺脚：“唉呀，都定好了，今晚我们要在果园的凉亭里举办麦西来普呢！”

“昨天告诉他就好了，”孜米迪罕同情地说，“来找他的人可真不少，要不你在傍晚时再来一趟？”

有时，在伊沙木的家里，或在街市上，也会出现几个人争抢伊沙木的现象。

“伊沙木哥，我不是早就对你说过吗？”

---

① 新源县的一乡名。

“伊沙木哥，我可是在你答应之后就向客人们打过招呼了！”

“哪怕是两个小时也罢，你也得给个面子吧！”

“伊沙木哥，你不会是收了定金吧！怎么突然间就变了？”

伊犁是恰克恰克之乡，恰克恰克奇也不少。从柔孜·阿布都维力、萨塔尔·阔如克等老一辈恰克恰克奇艺人到一批年轻的恰克恰克奇们不计其数，有些也记不住叫什么名字。他们大多豁达、豪放，平常拜访问候时，也常常以“玩笑话”开场。这些年轻的说笑匠人们也常应邀出席各种聚会，每次他们各就各位之后，就会感到聚会场合里好像少了什么，先是环视一下四周、然后问主人：

“伊沙木哥也来吗？”

伊宁市的青年恰克恰克奇们，将伊沙木赴会还特意编成了一段恰克恰克笑话的话题。

“伊沙木哥，市场兴隆啊？”

“嗨，伊沙木哥现在正忙着收获呢！”

“伊沙木哥，有人说，如果飞机不来接，就是潘津也不愿去，这是真的吗？”

“唉呀呀，别惹伊沙木哥好不好，否则他会将你们‘剥’得精光的！”

“你有啥可‘剥’之处，艾白汗，你老婆早把你已掏光了，瞧你那模样像个发霉的细肠子！”

此时，一直默然静坐、一言不发的伊沙木，从最后的那个恰克恰克奇开始，对向他进攻的所有人逐一进行了反击。恰克恰克奇们也联合在一起向他发起了轮番进攻，而伊沙木运用自如，所向披靡，同时杀向三四位恰克恰克奇，出奇制胜。当然这也正是小伙子们所期待的效果。因为他们知道，最犀利、讽刺性最强的恰克恰克、最精妙的比喻以及环环相扣的押韵、寓意深刻、令人捧腹大笑的段子是在什么时候才会声形并茂地即兴而发的。

“伊沙木哥现在该放开了！”

"到了最兴奋的时候了！"

"再来一个，还有拖拉机呢，阿瓦科尔！"

"还少两杯！"

于是，其中的一位青年恰克恰克奇向酒保"申领"了两杯酒，作为"霍西凯特酒"恭恭敬敬地端给了伊沙木。

"伊沙木哥，你可别生气，刚才说的都是些玩笑话，你就当是巴郎们在向你撒娇吧。"

"没问题，维力，我们不就是为了恰克恰克相聚在了这里嘛！"伊沙木从不拒酒，大多数情况下，他是越喝越活泼、越清醒。然而，现在却不是这样。

稍后，青年恰克恰克奇们又开始了对伊沙木的轮番进攻。伊沙木也重新投入了博弈。这也正是在场的人们所需要的氛围。

"来吧，都来吧，让你们的柔孜·图乎也一起来吧！"

"伊沙木哥，你不能耍赖啊。你刚美美地吃过你好友的肉，怎么现在就对他说些不三不四的话呢！"

"这个柔孜呀，也真可笑。"伊沙木以假托真，迅速改变了恰克恰克笑话的去向。这也是他说恰克恰克笑话中的艺术手法之一。"在一次聚会上，他对我说：'伊沙木哥，你已好久没有拿我比喻，来，你从我这盘子里夹一块儿肉吧，说个新的比喻如何？'

"'真乖呀，'我立即回答：'你看，柔孜，你吃的是谁也不吃的东西，但所有人却都在吃你……'"

天哪，我们是不是被恰克恰克笑话所迷惑，偏离了我们的话题？还是言归正传吧！

伊宁的青年恰克恰克奇们还编了有关伊沙木参加各种聚会的有一定情节的幽默故事：

"那是没有电的一天，伊沙木哥坐在了屋里。"一位小伙子开始讲道，"那天，孜米尼罕大婶去了乡下，只有伊沙木哥和儿子马合木提在屋里。烛光下，感到很寂寞的马合木提要求父亲给他讲个故事。

“伊沙木哥也答应了他，并讲道：‘有一天，有个人离开家里，朝很远的一个地方走去。走啊，走啊……’

“‘唉哟唉，怎么没完没了地走啊！’马合木提听得不耐烦了。

“‘我不是说那是个很远的地方嘛，既然很远，就得不停地走！于是，走啊，走啊……’

“正在这时，有人敲响了门，马合木提跑过去开门，只见手拿着请柬的一个小伙子站在门口。

“‘唉呀，伊沙木哥，我好不容易才找到了您的家。我们亲戚家正在举办婚礼聚会。大家正翘首企盼地等您呢。瞧，这是给你的请柬。’

“伊沙木哥刚要说什么，那个小伙子将请柬打开后递给了伊沙木哥，他一看请柬夹层里有两张一百元的钞票。

“‘这是……看来非去不可呀。’伊沙木哥说着开始穿衣服。

“‘爸爸，你还没有讲完故事呢。’马合木提拉着已跨过门槛的伊沙木的手问，‘那个人最后怎么样啦？’

“‘哦，对啦，’伊沙木哥这时才想起刚才的故事，‘我讲到哪儿了？啊哦，讲到那人走啊，走啊，于是啊，马合木提，那个人走着走着扑通的一声倒在地上就死了。走吧，兄弟，你说婚礼在奇莱克巷子吗？’”

“去你的吧，艾克然木，难道伊沙木哥将马合木提独自一人抛在屋里，他一个人去了吗？”

“也许带上他了吧？”

艾克然木坚决不让。

“这时，正好孜米尼罕大婶回来了。”

“那是在烛光下举办的婚礼聚会吗？”

“那天虽然你们的塔西来普凯没有电，但我们的恰莱克巷子里有电，要知道，那可是我们的街巷啊！”

1985 年，伊沙木应邀赴北京参加了全国民间口头文学代表会议。在京的维吾尔族同胞们为了目睹这位笑话大师的艺术风采，享受维吾尔族恰克恰克笑话的乐趣，纷纷派车争相请他到自己家里做客。

后来，伊沙木回到伊宁后曾说："听说我到了北京，十五年没在家里请过客的人宴请了我。"

在北京的会议期间，研究员阿布都许克尔·图尔迪对伊沙木开了个玩笑：

"伊沙木哥，你怎么经常失踪啊，你知道嘛，北京是个大城市。你可要注意啊，别让姑娘们把你抢走了！"

"你在说啥呀，"伊沙木说，"家里又留不住老婆，我这模样，哪个姑娘敢抢我呀！你放心吧，阿布都许克尔，我非常安全。"

从北京回来后，伊沙木在乌鲁木齐住了一段时间。听到伊沙木在乌鲁木齐，新疆电视台的工作人员立即安排采访、拍摄，将他说恰克恰克的场面插入了一系列的文艺节目之中。

"那次的拍摄工作结束以后，"诗人艾合买提江·库尔班讲述了当时的情况，"我将伊沙木哥带到了我家。当时我家在水磨沟那边。我让伊沙木哥在我家里好好冲了个澡，还特意嘱咐他：'大哥，你就在这里好好休息几天，这就是你的家。'翌日晨，我就上班了，下班回到家里，却不见伊沙木哥的踪影。我很担心，伊沙木大哥人生地不熟，还能到哪里去呢。于是我在院子里转悠了几圈。突然，从离我家不远的一栋邻楼里传来了阵阵笑声。顿时我感觉到了什么，便来到了那位邻居自己搭建的小院里。这时，那位邻居刚好从屋里出来。

"'啊哟，兄弟，请进，瞧，这不，我想你可能下班回来了，正要到你家请你呢。'

"于是我进到了他家里。只见他那客厅高朋满座，水磨沟能说会道的人物都聚在了这里。这是一场热闹非凡的聚会。伊沙木大哥犹如阿奇木伯克大人那样倚靠在两个鸭绒枕头上显得悠闲自在！

"施礼、问候之后，我正要对伊沙木大哥说什么，他却先于我开了口：

"'过来，艾合买提江兄弟，哦，你家也在这里吗？'他一本正经地这么问我。

“我没有多说，也投入了他们的说笑之中。伊沙木大哥丝毫不让，我俩唇枪舌剑了一阵儿，在场的客人们一直笑个不停。

“这时，饭菜上桌，我也喝了几杯。场面的气氛稍安静后，我向大家讲述了我将伊沙木大哥领到我家前后的一些事情。最后，我对大家说：

“‘本来，我想让伊沙木大哥在我家休息一两天，然后把各位请到我家里，让大家好好欣赏他的笑话呢！’

“我话音未落，在场的人们就叽叽喳喳地议论起来：

“‘别争了，兄弟，还是让长辈们先来吧！’

“‘伊沙木哥是胡达赐给我们的，瞧，我们的聚会从现在就开始啦！’

“‘兄弟，轮到你请，还早的呢！’

“‘这是怎么回事啊！’我疑惑地望着主人。主人解释道：

“‘兄弟，可能是因为伊沙木哥在你屋里寂寞了，他在外面转悠时正好碰上了我。于是我赶紧将朋友们召到了我家。刚才你还没来这以前，伊沙木哥就陷入了大家的争抢之中。今天，尽管在我家里是粗茶淡饭，也算是个相聚了。从明天开始，我们的聚会就在水磨沟打转。’

“主人说着从胸袋里取出一张名单对我说：‘要不要给你读一遍？’

“‘算了，’我说着睃了一眼伊沙木大哥，‘伊沙木大哥，早晨你对我不是说，除了我以外，在水磨沟里谁也不认识吗？’

“‘你也真可笑，艾合买提江兄弟，我说是除你以外没有其他熟人，但没有说谁都不认识我呀！’

“于是，我也只好认了。”

“伊沙木哥是胡达赐予我们的客人，”一位当教师的邻居这么说，“他是我们大家的朋友，是整个维吾尔族人民的亲戚！”

说得多好啊，这是多么激动人心的场面啊。敬爱的读者，您也这么想吗？笔者相信，您肯定也这么想。

第五十四章
伊沙木与铁依甫江·艾里耶夫

铁依甫江·艾里耶夫不仅是当代维吾尔文学的一位旗手和久负盛名的诗人之一，而且也是即兴恰克恰克笑话的匠人。笔者整理出版的《铁依甫江·艾里耶夫笑话》一书，也说明了这一点。

据我们所知，伊沙木与铁依甫江·艾里耶夫相识于上世纪70年代初。当时，新疆维吾尔自治区作家协会作为恢复《新疆文艺》杂志筹备工作的内容之一，在伊宁市召开了文学创作会议。其中，来自乌鲁木齐的铁依甫江·艾里耶夫也出席了这次会议。

有一次，在与伊犁籍的文学创作爱好者们的交谈中，铁依甫江突然向伊宁市的同志问起了伊沙木：

“哦，对了，伊沙木在吗？”从他微笑的脸和语气中，似乎有与伊沙木“交锋”一场的意思。

“伊沙木哥在，我们可以转告您对他的问候。”地方的那位同志这么说。

“我与他还没有见过面呢。不过，他的恰克恰克早已传到了我们的耳朵。”铁依甫江也没有多说什么，便又回到了座谈的话题。

几天后，伊沙木与几位文人一起踏着慢悠悠的脚步来到了正在开会的地方——兵团第四师干部招待所大院里。

“请问，铁依甫江在哪里？”伊沙木碰到谁都这么问。有人将他领到了铁依甫江的宿舍。当时正值正午时分。

“铁依甫江哥，这就是您问起的伊沙木哥！”

“你不说他的名字，我也能认出他来。”铁依甫江与伊沙木像久别的老朋友一样热情地握起了手。因为正好是午休的时间，铁依甫江只穿着睡衣。还未坐定，伊沙木就对铁依甫江说起了玩笑话：

“您这身衣服很合适啊，是专门为诗人们发的衣服吗？”铁依甫江不禁笑了起来。

“啊哦，是真的，是伊沙木，货真价实啊！”

于是，两人又热情地寒暄起来。显然，伊沙木的穿戴显得有些寒酸。在铁依甫江敏锐的目光中不禁掠过一丝的忧思，但他的脸上即刻浮现了笑容，并问伊沙木：

“是称伊沙木，还是称伊沙木塔依[①]？因为在乌鲁木齐有不少年轻人都说他们是伊沙木的朋友！”

伊沙木顿时兴奋了。

“哦，铁依甫江，如果称我为‘塔依’，这个阿不力孜（指诗人阿不力孜·吾守尔）就会骑在我身上，让我不得一丝安宁的！”

宿舍里又掀起了笑声。铁依甫江接着问伊沙木：

“哦，好吧。就称伊沙木吧，你在忙些什么？”

“还能忙什么呢，铁依甫江，还不是整日轧马路，在苏达尔瓦孜街至汉人街之间浪荡么，吃的是空气，玩的是高级！”

铁依甫江对伊沙木在说话当中的肢体动作和表情特别感兴趣。两人以一问一答的形式说笑，正是不亦乐乎，棋逢对手。

“不错，”铁依甫江点了一下头，“也就是说你是十一号行路者，这可不是一件容易的事。只有大腿有劲的人才能做得到。”

伊沙木的脸上浮现出诡秘的笑容：

“听说您的大腿也不赖啊，铁依甫江？”

铁依甫江哈哈大笑起来，他边笑边摇着头：

---

① “tay”（塔依），维吾尔语，意为马驹，在伊犁维吾尔族人中，习惯在男性名字中作为后缀来称呼，表示一种尊称。

“你真是消息灵通啊！看来也没有什么秘密可言了，唉，帕塔尔江？”

“我可没有对任何人说呀！”

戴眼镜的帕塔尔江（即指帕塔尔江·穆罕默德）顿时瞪大了眼睛。看着他单纯的模样，宿舍里又掀起了一阵笑声。

从此，伊沙木与铁依甫江之间的友情始终没有中断。一提起“铁依甫江”这个名字，伊沙木的声音就会充满一种豪情。当然，对于伊沙木和他的恰克恰克，铁依甫江也给予了很高的评价。上世纪70年代末，铁依甫江到伊犁时，听说赛里木正在搜集整理伊沙木的笑话，他非常高兴地对赛里木说：

“这是一件很有意义的事，我们应该积极搜集整理自己的文化精华，不能指望别人。你已经搜集了多少？”

赛里木有些拘束地向铁依甫江简要介绍了自己所做的一些工作。

当说到阿布都维力在什么时候对赛里木所说的话和在搜集整理依西克雅尔·纳麦提笑话过程中所遇到的一些麻烦时，铁依甫江果断地说：

“你搜集的所有笑话，尽管按伊沙木的名义来整理，只要有机会，就按伊沙木笑话来发表。当前，要抓住机遇，重要的是要不遗余力地收集所有的庄稼，至于颗粒可以慢慢去分离嘛。换句话说，鹅是鹅，鸭是鸭，将来不就分清了吗？”

这位可敬的老前辈说的这句话，让赛里木茅塞顿开，心明眼亮，为他后来大胆搜集整理伊沙木笑话产生了巨大的精神动力，同时也为他后来不断整理和出版大量的维吾尔族恰克恰克笑话给予了极大的鼓舞。现在，深受新疆各族人民尊敬和爱戴的这位诗人虽然已经离开了人世，但实践证明他当时的话是非常正确的。让人欣慰的是，他十分关心的《依西克雅儿·纳麦提笑话》作为《恰克恰克精选》丛书的组成部分也单独问世。

当时，铁依甫江·艾里耶夫在向赛里木提出如何做好搜集整理伊沙木恰克恰克笑话的建议期间，伊沙木与铁依甫江也一起出席了许多聚会，在许多场合他们都在一起。星移斗转，随着时光的流逝，他俩之间也建立了十分亲密的关系，因而铁依甫江也开始以“你”来称呼他，与他交谈，以表示两人之间的亲密关系。这期间，他俩同乐共欢，也不知造就了多少令人开怀大笑、回味无穷的笑话！

有一次，在吐尔苏·泽日丁的家宴中，铁依甫江半开玩笑地问稍来迟的伊沙木：

“伊沙木，马驹儿是不是累了？”

伊沙木站着反击道：“要是马驹儿就好了，铁依甫江，没想到我骑了一头磨磨蹭蹭的老牛啊……”[①]

在笑声中，铁依甫江也叹服地笑了起来，“不过我也是这么想的，”接着他看着坐在旁边的麦合麦提·托乎苏诺夫说，“我们哪，就是这么惹眼。”

当时，伊沙木作为伊宁市文化馆组织的业余文工团的演员，参加了在《新疆文化》上发表的由铁依甫江·艾里耶夫编写的喜剧《姐姐》的演出。该剧当时正在伊宁市和附近的几个县里演出。这天伊沙木的来迟也与当天的演出有关。

等伊沙木吃过饭，喝了几杯后，铁依甫江问他：

“哦，伊沙木，听说你成为了大演员了？”

“唉呀，可不是嘛，铁依甫江，都到了这个年龄了，还在干老本行呢。”

“你还年轻呀，伊沙木，有个说法是怎么说的，托乎苏诺夫？哦，对啦，是‘波孜巴拉’吧？”

“没结婚的小伙子，”有人插了一句。

“嗯，‘没结婚的小伙子’，”铁依甫江点着头笑了，接着问他，“哦，伊沙木，文工团现在都忙些什么呢？”伊沙木迅速而自然地回答

① 铁依甫江的绰号是“牛”，这里暗指铁依甫江。在类似的“恰克恰克”中，往往在某个人的绰号上做文章，运用谐音、多意或曲解、联想等方法来搞笑逗乐。

道："唉，铁依甫江，还不是在忙着玩你的'姐姐'嘛！"

铁依甫江第一个捧腹大笑起来。特别突然而巧妙的这个答复，引起了在座的人们久久的笑声。有人在捧腹大笑，有人前仰后合地笑声不断，有人掩口而笑……

"哎哟哎，伊沙木呀，伊沙木，你就这一点厉害！"铁依甫江边笑边擦着笑出的泪水称赞道，"好样的，伊沙木！"

这段笑话第二天就传遍了整个伊宁市区，也很快传到了乌鲁木齐和其他地方。铁依甫江·艾里耶夫直到去世前夕，在提到伊沙木笑话的场合里，他还十分欣赏地亲口向人们讲述这段笑话。

1980 年，自治区文学艺术联合会在乌鲁木齐召开了自"文革"结束以后的首届代表大会。伊沙木作为伊犁州代表团的成员和民间口头文学界代表之一也出席了这次会议。

"瞧，伊沙木，你最终享受到了恰克恰克笑话的奖赏。但你不能忘记一直搜集你的笑话、为你的笑话不断进行修饰、加工的那个巴郎啊！"

"不，我怎么能忘呢，铁依甫江。"伊沙木回答道。铁依甫江又对伊沙木说：

"回去以后，你问问那个巴郎，他想不想调到乌鲁木齐，现在，我们文联的各项事业正在纳入正确的轨道。我们这里的工作也需要那样的年轻巴郎。"

在这里，需要顺便说明的是，将赛里木·贾玛勒调入乌鲁木齐工作这件事，铁依甫江·艾里耶夫在他生命的晚季也一直没有忘记。

部分代表住在了人民广场旁边的天山饭店。从早到晚，直到夜间，只要有空闲的时间，甚至到深更半夜，来自新疆各地的文艺界人士，总是离不开伊沙木的宿舍。因为他们都特别想听伊沙木有趣的恰克恰克笑话。

有时，铁依甫江·艾里耶夫也和颜悦色地来到伊沙木的宿舍。

"嗨，大家都在这里呀！喂，伊沙木，让我们也听听你的笑话吧，请讲！"

客人们品尝着南疆的代表们带来的干果，喝着伊犁的朋友带来的伊犁大曲，共同分享伊沙木的恰克恰克笑话带来的乐趣。

“铁依甫江，您也说几句吧，让我们也听听嘛！”每当这时伊沙木就停下来，劝铁依甫江说几个段子。

铁依甫江则笑着说：“伊沙木，还是你继续说，按吐鲁番人的说法，‘现成的留着，走着的干掉’[①]怎么样？”

有时，铁依甫江因不好谢绝伊沙木的建议，便问大家：“说吗？”

“铁依甫江哥，也该您说几句了！”在场的客人们也赞同地说。

“让伊沙木哥也休息一会儿吧。”

“好吧，那就说个室内的吧？”铁依甫江语气沉稳地说。这时有人轻轻将宿舍门掩上。于是，铁依甫江以十分精妙、形象的语言向大家讲述像俄罗斯人的幽默故事一样的、一个比一个生动、犀利而鲜活的一连串幽默风趣的笑话，令伊沙木和在座的客人们发出阵阵格外开心的笑声。

每当傍晚时分，代表们大多都到亲朋好友的家里去做客。而大多数情况下伊沙木总是被铁依甫江领到朋友们相聚的其他地方。

“伊沙木哥，与我们一起走吧，是主人特意嘱咐我们将你一起带到那里。”有人拦住了他。

伊沙木则显出无奈的样子耸一下肩膀，笑着说：

“请别生气啊，老弟，我已被铁依甫江俘虏了。”

“噢，是铁依甫江哥呀？那就改日吧！”邀请他的人们也只好表示遵从。

有一天，伊沙木与铁依甫江等几位老前辈们又要外出。天山饭店大门前是一条车来车往的大马路，大家都小心谨慎地横穿马路走到了对面，但伊沙木还在马路中间，只见他左躲右闪过往的车辆，那动作

① 此处铁依甫江引用了吐鲁番的民间典故，桑葚落地时原处不动，而随之而落的虫子会走，先把它干掉。此处暗指让外地来的客人说。

特别滑稽而可笑。

“唉，伊沙木哥，你在干什么呀？”有人招呼他道。

铁依甫江望着伊沙木当时的动作尽管也有些不安，但从他嘴里也突然冒出了一句特别有趣的话：

“伊沙木到乌鲁木齐后正在纠正他的走路姿势呢。”

伊沙木也总算平安地穿过了马路。有人以他当时的动作为话题也开一阵玩笑，但这时伊沙木也不示弱。

“你呀，伊沙木哥，瞧，铁依甫江哥过马路可比你早呀！”

“是呀，就是因为铁依甫江站在马路中间造成了拥堵，否则，这样的马路，我早就跑过去了！”伊沙木坚持不让地说。

一路上，他们边说着笑话，边缓步而行。今天的聚会场合是在二道桥那边。一路上，不断有熟人向他们施礼问候。忽然有三位小伙子向铁依甫江等施礼后，就缠住了他们：

“铁依甫江哥，他是谁呀？”其中一位伊犁籍的小伙子尽管也认识伊沙木，但他明知故问。

“你们不认识他？”铁依甫江说，“他就是你们常讲的恰克恰克奇伊沙木呀！”

那个小伙子故作惊愕地说：“您说啥呀，铁依甫江哥？听说伊沙木遐迩闻名，我们还以为他是怎样的人呢，没想到他原来是个站不直的人啊！”

“虽然在地上站不直，但能挺立在一分钱上！”铁依甫江迫不及待地说。

小伙子们大笑起来，重新向伊沙木施礼问候，说了一大串的玩笑话之后他们才离开。

时间过去了许多年，铁依甫江又一次来到了伊宁。赛里木在一场聚会的场合与铁依甫江不期而遇。

“伊沙木在吗？”相互施礼之后，铁依甫江关心地问。

“他在。”赛里木回答。

“他对你说过铁依甫江在恰克恰克笑话中啄了他一口吧？唉，他是不会说的，你说是不是？”铁依甫江开心地笑了。

“是的，他不会说，”赛里木江饶有兴致地看着他。

“这次见到他时，”铁依甫江说，“你就问他，有一年在乌鲁木齐的时候听说过‘挺立’那个笑话吗？看他会说什么。”

几天后，赛里木在伊宁市广播站门前遇见了伊沙木。

“听说铁依甫江来了，是真的吗？”伊沙木一见到赛里木江就问，“你见了他吗？”

赛里木江啥话也没有说，只是看着他的眼睛微笑，接着说：“挺立着！”

“哦，是铁依甫江告诉你的，”伊沙木哈哈大笑起来，“就是那次，铁依甫江整治了我一回。他真是说恰克恰克的匠人！”

正如在前所讲述的，伊沙木从北京返回乌鲁木齐以后的一段时间里，铁依甫江还陪伴了伊沙木数天，将他一起带到各种聚会和各种婚庆娱乐场合，与他一起说笑逗乐。这些都已成为了永远的回忆和珍贵的纪念。伊沙木也一直没有忘记与铁依甫江在一起时的那些往事。

那次，铁依甫江特意为伊沙木安排了住宿。伊沙木在宴请不断的乌鲁木齐住了一段时间。铁依甫江经常到伊沙木的宿舍来看望他，吩咐他注意个人卫生和健康、要求他按时吃饭、注意休息等。而且在说这些话时，铁依甫江的语言、口气等都特别幽默而诙谐，十分巧妙而到位。因为他特别忌讳说伤害别人自尊心的话语。

“伊沙木，”当时铁依甫江曾对他说，“你要注意，可不能让这间宿舍的被褥自己走到外面去！”

伊沙木立即明白了这句话的含义，并遵循了他的要求。

“铁依甫江是个很高尚的人。”一提到他的名字，伊沙木就这么说，“像他这样的人，非常难得呀，只可惜他走得太早了！”

第五十五章
行途笑语

公元1984年春。巩留县。

伊宁市文化馆业余文工团在这里开展了为期三天的演出活动。有一天，巩留县的维吾尔族群众听说伊沙木·库尔班、达吾提江·纳斯尔等知名艺术家带着丰富多彩的歌舞、莱帕尔、恰克恰克笑话以及著名诗人铁依甫江编写的喜剧《姐姐》已抵达巩留县的消息后，一传十，十传百，每天都拥向县电影院。这个情况让县文化馆的领导们感到特别欣慰。于是，县文工团决定将在巩留县的演出活动又增加了两场。

该文工团有一个特点，不论到了哪里，都能得到当地人们的热情款待。酷爱艺术的巩留人也没有放过宴请他们的这次机会，他们争先恐后地请伊沙木、达吾提江·纳斯尔、麦吾兰·艾力等艺术家到自己家里相聚。请他们聚餐的人家已排成了一大串，他们白天去一两家，夜晚再去稍主要的一家聚餐。当然，这都是文工团的总指导麦吾兰事先安排的。

“喂，伊沙木哥！”达吾提江·纳斯尔在宿舍里说，“你说，那个叫阿不力孜的家该怎么办才好？他已来过两趟了，如果不去，我看不太好吧？”

“放心吧，达吾提江，不用你操心，”伊沙木卷着莫合烟说，“麦吾兰他自有安排。是不是，麦吾兰？”

用小提琴正拨弄什么曲子的麦吾兰习惯地摇着头，莞尔一笑：

“唉呀呀，伊沙木哥，难道什么事都由我担当吗？”

这次是文化馆的负责人亲自率团而来，事先也制定了严格的管理制度。其中之一，便是在晚间演出结束后不允许任何演员出席任何人的宴请。

“喂，麦吾兰，我们该怎么办？那个叫阿不力孜的在我们演出以前就一直在这里等我们回话呢！”伊沙木对正在卸妆的麦吾兰说。

达吾提江在一旁也附和道：“他的客人都已经到齐了，现在就等我们过去呢。”

麦吾兰沉思片刻，说：

“这样吧，伊沙木哥，你带领达吾提江跟阿不力孜一起去吧。我与阿里马斯随后就到。”

这次聚会一直延续到了半夜。伊沙木特别开心，达吾提江唱得也很尽心。麦吾兰则显得焦急不安。

“喂，伙计们，到此为止吧。此时此刻，我们那位头头的宿舍门肯定还开着，他躺着等我们回来呢。再说，这也是我们的制度所不允许的！”

“唉，伊沙木，睡眠不好，也会影响工作！”此时夹在中间的伊沙木模仿着那位头头说话时的表情和动作，很诡秘地这么说。

最终，即将天亮的时辰，他们几乎蹑手蹑脚地走出了县政府幽暗的大厅。果然不出所料，他们刚到宿舍门口就听到了头头的咳嗽声。

进到宿舍后，伊沙木边解衣扣边对麦吾兰说：“麦吾兰，我编了个歌谣。”

“嗯，说说看。”达吾提江与麦吾兰几乎同时都产生了兴趣。伊沙木认真地说：

头头的那双眼睛啊，
咱去以前他已睡眠。
降在我们头上的苦难啊，
麦吾兰自有办法来承担。

“瞧，他真没有睡啊，”麦吾兰说，“你们没有听到他在咳嗽吗？”

“那是被录音的咳嗽声，”伊沙木很自信地说，“不信，你去看看，现在还放着呢……”

伊沙木在哪里，哪里就有笑声。在这次巡回演出的整个行程中，不论男女老少，一路上都在与伊沙木逗乐，尤其都喜欢他在生气、焦急或寂寞的时候不知不觉地脱口而出的有些特别有趣的比喻和借代词语等。

在这次巡回演出的行程中，文工团在伊宁县的阿热吾斯唐乡进行了演出。午饭由演员们分头到各家各户自行解决。于是，伊沙木领着四位女舞蹈演员朝一位熟人的家奔去。

他们刚走了一会儿，突然一位老农大踏步地朝他们走来，这位老农又细又高、稍驼背，看上去年龄与伊沙木相仿。

“噢嗨，正巧，伊沙木，认识我是谁了吗？”

伊沙木凭着自己以往的经验立即回答道：

“哦，认出来了，您这是上哪儿呀？”

“这不，找你呀！听说演员们分散到各家各户去喝茶，我就吩咐家人先让她煮奶茶，我要将伊沙木直接带到家里来，正往马厩赶呢。”

“你那里以后再去吧，我一大早向穆纳吉丁屠户已经打过招呼了，我们要到他家里去。”

“你说啥呀！”细高老汉不悦地说，“咳，难道穆纳吉丁屠户给你要炒心肝吗？他是个小气鬼，伊沙木，跟我走，否则，我就要揍你啦！”

“唉呀，你也不看看，这里还有小姑娘呢！”

“我才不管呢！”细高老汉毫不在乎地反复道，“走！哎，姑娘们，你们也一起跟我走吧……”

伊沙木不禁笑了起来，对姑娘们说：

“走吧，瞧他那胳膊多长啊，可别挨这个黑塔兰奇的揍了。”

乡村的人们通过各种言行来反映自己对伊沙木的情感。显然，他们一直将伊沙木视为了自己的知心知音和朋友。

从上世纪 80 年代末开始，伊沙木应邀参加在伊宁市经常变换和由承包人组织的临时文艺演出团体，多次赴南疆进行巡回演出。在这以前，由于南疆人民只是通过书籍、录音带，以及后来出现的 VCD 光碟等知道伊沙木这个名字，所以为了目睹被誉称为“当代活着的阿凡提”的这位恰克恰克奇的艺术家的风采，来自各地的观众们也都拥向了当地的影剧院、露天电影院等。

一次，在喀什地区的某个县演出时，一个农民从围观的人群中好不容易挤到了伊沙木的面前。他有些拘束地问伊沙木：

“您就是伊沙木恰克恰克奇吧？”

伊沙木微笑着回答道：“是啊，我是伊沙木。”

那位农民仍然很拘束地伸出手摸了一下伊沙木的西服衣襟和他的领带。

“货真价实，不是假的！”伊沙木顿时大声说道，“甩卖了，你们的伊沙木便宜得很！”

众人大笑起来。人群中，不时地传来人们的呼叫声：

“伊沙木丁，请您给我们说几句吧！”

“给我们讲几段恰克恰克吧！”

“说几句吧，我们都喜欢……”

伊沙木看着身边的几位伙计笑着问：

“演出不卖票吗？”

“伊沙木哥，就说两句吧，说不定能起到广告[①]的作用呢！”演出队的负责人乘机说。

伊沙木稍退了几步，走上高坡，整了一下领带（本来就有些斜的领带更歪了），习惯地清了一下嗓门后开始讲道：

“有一天……”

---

① “广告”一词在这里是用汉语说的。

有一天，伊沙木独自一人在艾提噶尔清真寺广场旁的市场闲逛，不知不觉来到了一位卖石榴的商贩前面。商贩一手抚胸，毕恭毕敬地将掰开的一小块石榴放在手掌上递给伊沙木：

“欢迎您，伊沙木霍加[1]，请您品尝！”

“师傅，这石榴怎么卖？”伊沙木勉勉强强地问。

“您是远方来的客人呀！”商贩说，“给别人每公斤都按八元卖，您呢，六元就行了……称五公斤？”

“是甜石榴，还是酸石榴？”伊沙木又问。

“嗨，我不是说先尝尝吗？是甜的。如果是酸的，我就不收钱！”

“好吧，那就给我称五公斤酸石榴吧！”伊沙木说，商贩一下愣住了。

“唉呀……”

伊沙木无意间又逛到了卖甜瓜的一瓜摊前面，见到被切开的又黄又熟的甜瓜，他不由得感到自己有些口渴。

“来吧，尊敬的客人，给您先切一爿？”卖瓜的说。

“来一爿。”伊沙木坐在瓜摊前的椅子后说。

“嗨，来了，像戈尔德馕一样甜蜜的瓜啊！”卖瓜的吆喝着切了薄薄的一片甜瓜，伊沙木接过瓜，只见那瓜片在他手里像纸片一样抖动，如蛇一样扭曲不止。

甜瓜的确很甜，伊沙木吃得也很舒服，他用手掌擦着瓜汁。但他仍然感到很渴。

“再切一爿？”卖瓜的问。

“不，好了。”伊沙木将手伸进了胸口袋。

卖瓜的好像为难地摸着脖颈说：“唉呀，像您这样的贵客，我本不该收钱的！”

“不收钱，不行，多少？”

---

① 霍加，喀什维吾尔族人对男性的尊称，意为大人、主人。

"才三元。"卖瓜的很随意地说。伊沙木惊愕地看着他：

"刚才我朝这边来时，你不是在吆喝'甜蜜的瓜呀，一片才一元'吗？"

"啊！……"卖瓜的用舌头弹出表示很惊奇的声响后说，

"对像您这样的贵客，怎么能给一元一片的瓜呢？这可是特殊照顾啊！"

伊沙木欲言而止。他边给钱，边对他说：

"你对客人如此照顾，我还算客人吗！"

演出团的组织者们不论到了哪里，都习惯将伊沙木作为自己的品牌，只要有伊沙木，他们的事情办得也就容易一些。的确，伊沙木也很有面子。大到专员、小到普通的乡村干部，一见到伊沙木就想方设法为演出团提供热情的服务和便利条件。

"是伊沙木哥的面子大呀！"

演员们在单独相处时，尤其是在宿舍的时候，有时伊沙木也会沾沾自喜、夸耀自己一番。

"吾麦尔江，你要知道，都是因为我，你的票才被一抢而空了！"

"别自夸自吹嘛，伊沙木哥！"小伙子们也有意惹他。

"别自夸，别自夸！"有时伊沙木也会真的生气，"难道那是吾麦尔江的新歌吗？"

然而，有时也会出现不尽如人意的情况。有一次，演员们乘坐的轿车在托克逊的路上被交通民警拦住，以手续不全为由，没收了司机的驾照，还以两个灯不亮为由，对他们进行了罚款。不论司机、演出团负责人怎么相求，但交警始终都没有松口。

这时演出团负责人好像忽然想到了什么，立即跑到轿车上：

"伊沙木哥，你下来！你对那个交警说个话吧，见到你也许会松口吧！"

"我们是谁呀！"伊沙木挪动一下身躯，哈哈大笑着来到了那位交警的前面。

“你好，兄弟！”伊沙木很自信地说，“找你有点事……”

“去你的吧，你别参与。”很有原则的交警十分冷漠地将伊沙木推到了一边。

特别生气的伊沙木站在一边嘟囔起来：

“唉呀，真是的，这人好像从来就没看过电视什么的！”

稍后，伊沙木好像什么也没有发生似的上了车。从车窗一直看着刚才外面情况的演员们顿时七嘴八舌地说：

“伊沙木，你是谁呀？

“唉呀，我只是说说而已嘛，”伊沙木稍弯着腿，举起了双臂，接着又加了一句，“吐鲁番、托克逊的交警们好像都不看电视！”

车队里的演员们哄堂大笑起来。于是，这次的尴尬也算结束了。

演员们乘坐的轿车，可以说，在世界的任何地方都是一座移动的舞台。在这个舞台上，表演的都是最有趣、未列入节目单、即兴创作的节目。从另一方面来讲，大轿车又是提高排练能力的舞台。伊沙木他们乘坐的轿车也不例外。

今天，从喀什到和田的漫长的行途中，伊沙木与喀拉瓦依村的说笑艺人阿瓦科尔在一路说笑中，又创作了一段笑话。而坐在他们周围的则是集体导演，正在观看他俩的新节目，并不时地提出修改意见，其间还不时地发出阵阵笑声，打断他俩的排练。每当这时，伊沙木就焦急地对伙伴们说：

“唉呀呀，你们现在都笑完了，傍晚上舞台时你们还笑什么呢？”

阿瓦科尔接过伊沙木的话说：“伊沙木哥，走，咱俩爬到轿车顶上练吧！”

“上去倒可以，阿瓦科尔，”伊沙木说，“但轿车顶上没有能绑你的地方呀！”

“你不能牵住我这边的绳子吗？”

“如果让我牵住你的拴绳，那就需要夏米西上来不断吆喝‘吁吁’

才行吧?!”

伊犁的恰克恰克笑话，伊沙木的声音、开怀舒心的笑声，一直在喀什至和田的公路上回响。

伊沙木在哪里，哪里就有笑声。演员们在演出行程中，在停过车的每一个路段或车站，都留下了伊沙木的一段新的轶事和令人捧腹大笑的小插曲。

有一年，又有人组织该文艺队，从伊宁市开始一路巡回演出，通过乌鲁木齐奔向了赴南疆巡回演出的行程。当车子到达达坂城镇时已是该吃午饭的时辰。停车后，演出队负责人对大家说：

“现在大家下车吃午饭，不过饭钱由大家自行垫着。吃过饭后，我们将根据各位所报的吃饭情况发放补贴。”

伊沙木与其他同事一样下车后在达坂城的巴扎上逛了一圈。

“伊沙木哥，你吃的是什么饭?”当车子启动时，演出队负责人边问每位演员吃的是什么饭，边发补贴，问到了伊沙木。

“喝了一碗酸奶。”伊沙木不假思索地回答。

“对不起，伊沙木哥，酸奶不算饭，是冷饮料。所以不能给你发饭钱。”

“别急嘛，兄弟，”伊沙木脸色骤变，“酸奶我是蘸着馕饼一起吃的呀!”

在一阵赞佩的笑声中，演出队负责人也“扑哧”地笑了起来。于是他给伊沙木比其他演员还多了一元午餐补贴。

“给，伊沙木哥，酸奶的钱，我也给你!”

“你这人还不错嘛，阿不力米提，”伊沙木边说边将钱塞进自己的口袋，“瞧，这就对了，你还是懂办事的窍门!”

在这次行程间隔停车时，伊沙木与几位青年演员一起在路边稍干净的一家小饭馆里点了拌面。收银员逐一到每张桌子先收钱，再开票。

“伊沙木哥，你看这是什么呀?”与伊沙木一起到这里吃饭的鼓手小伙子指着粘在手上的湿润的饭票上的一小片白纸屑问。

伊沙木不耐烦地朝那白纸屑瞥了一眼。

"吐尔苏，稍后你就知道了，这是面汤票。"

他们吃过拌面后，虽然叫了几次要面汤，但没人理睬。他们又不想喝放在前面的温开水。不久，伊沙木叫起了开票的那个姑娘：

"唉，大妹子，我能问你一句话吗？"

"哦，问吧，"

"你不会生气吧？"

"不会的，您只管说好了。"

"这家饭馆里能找到面汤、酸汤一类的东西吗？"

坐在伊沙木周围的人们不禁都笑了起来。开票的姑娘不知道该说什么，一下愣住了。

"这人怎么这么可笑啊，哪家饭馆还没有个面汤呢！唉，麻木提聋子，你这个懒鬼，快给这几位客人端两公斤面汤来！"

很快，有人将因反复煮沸、变得又稠又黑的几大碗面汤端在了伊沙木他们面前。

在整个行程中，伊沙木有许多轶事和新笑话。在这里，笔者还是只讲他在多次行程中最后说的一次笑话，以作为本篇的结束语吧。

在巡回演出结束返回的途中，伊沙木在叫波依尼克斯克①的地方下了车。由于他的行李较多，就与一位马车夫商谈。

"到哪儿去，伊沙木哥？是到城里吗？"

"不，我已搬到塔西来普凯街了。"

"好的。"

"你收多少钱？那儿很近！"

"怎么好意思收你钱呢？"马车夫说，"两元就够了，看在咱俩都相识，你的行李就免了，怎么样？"

"很好，"伊沙木立即回答道，"兄弟，那你拉我的行李走吧，我自己能步行走。"

---

① 指伊宁市的一个村名。

第五十六章 恰克恰克的继承人

在七十多年的生活历程中，伊沙木·库尔班从一个普通的人成为了具有一定独特性和创新性的、广大群众喜爱的恰克恰克大师和名扬四方的“当代活着的阿凡提”。从这部长篇传奇故事中，凡读了或了解他的生活历程和他的恰克恰克艺术风采的每一位读者，无不关心和关注他的恰克恰克说笑技巧的前程及他的传承人的未来。本篇着重讲述的便是这个问题。

谈到伊沙木恰克恰克的继承人，就不得不先提到他的独生儿子马合木提·伊沙木。

伊沙木一生曾结过三次婚。马合木提是伊沙木的第一任妻子萨戴提所生，由第三任妻子孜米尼罕抚养成人。杰出的恰克恰克奇、父亲伊沙木的一些灵性和特性在马合木提很小的时候就已得到充分的展现。然而遗憾的是，随着时光的流逝，马合木提毅然决然地放弃了这个行当。伊沙木和他的绝大部分同代人士也都知道这个情况。

首先需要说明的是，伊沙木是自发地遵守计划生育政策、只生一个孩子的父亲。关于这一点，在伊沙木的许多恰克恰克笑话中也得到了反映。

有人问伊沙木：“伊沙木丁，我想就少生孩子的利弊，请您回答几个问题。”

“请问吧。”随后，伊沙木逐一回答了那人提出的问题：

问："如果只生一个孩子怎么样？

答："尽享乐趣，心欢畅！"

问："如果有了三个孩子呢？"

答："耗尽心思，身心伤！"

问："如果生了五个孩子呢？"

答："岁月艰难，日如年！"

问："如果有七个孩子呢？"

答："捉襟见肘，手脚残！"

问："如果有八个孩子呢？"

答："陷入苦海，漫无边！"

……

那人听了后，很敬佩地点了一下头。在伊沙木类似的恰克恰克中的人物形象，有时还有儿子马合木提。

"有一天，马合木提问我，"伊沙木这样说，"爸爸，计划生育到底有什么好处？"

我说："计划生育的孩子就像你这样长得漂亮，没有计划生育的孩子，就像我这样长得难看。"

尽管这只是个恰克恰克笑话，但其中却闪烁着真理的星光。马合木提·伊沙木长得既漂亮又聪明。人们对他即兴作答的才华也很佩服。当时，马合木提以他自己的特点也拥有不少听众呢。

马合木提的少儿时期，是正值伊沙木的恰克恰克奇地位在社会上树立的时期。作为恰克恰克奇，伊沙木几乎每天都要参加各种聚会。然而，在当时的情况下，抚养、教育儿子的任务全落在了他一个人的身上。正是在这种情况下，伊沙木当年的说笑师傅之一、已故的恰克恰克说笑艺术家祖尔东·西帕的妻子帮他照看了几年马合木提。

伊沙木很关心儿子的学习。凝聚着父母某些特长的马合木提，从小就反应灵敏、语言犀利。有时，从只有"拳头"那么大的马合木提的嘴里脱口而出的一些话，让照看他的母亲也特别惊讶地揪住自己的衣领说：

“天啊，这孩子怎么跟他父亲一模一样啊？”

“这娃子，怎么像个被浓缩的大人呢！”

“唉呀，有没有骆驼蓬，我得点香火才行，这娃子在说什么呢……”

马合木提稍大以后，一直没有离开伊沙木身边。其间，伊沙木牵着他的小手经常将他领到一些聚会场合。当时，人们对伊沙木的这种做法也有一些非议。

“唉，伊沙木不该将孩子带到这种场合来，我担心这样对孩子的健康成长不利！”

“那也是，但伊沙木也没办法呀。总不能把这么小的娃娃留在屋里吧！”

“也说不好，这娃子整日跟着父亲跑，说不定将来能成为伊沙木的传人呢！”

看来说最后那句话的人是说对了。马合木提在四五岁的时候，就以聪明和机灵显示了自己与同龄的孩子之间的明显区别。

“喂，你是谁家的孩子？”

“伊沙木恰克恰克奇的孩子。”

“长大了你也要当恰克恰克奇吗？”

“我要胜过爸爸，真的！”

如果说“真的”这个词，让人会感到他那还带有天真的童音，那么他说的其他话却让人会感到很惊讶。

从小学一年级开始，在马合木提的身上就展现了与同龄的孩子不同的聪明和机灵。令人奇怪的是，尽管他很调皮、好动，但他的每门课成绩都非常好。老师总为他不能安静听课而叫苦不迭，然而，每次“罚站”回答提问时，他却总能不慌不忙地做出正确的答复。

“这娃娃让我们真伤脑筋啊！”他的班主任老师曾这么说，“我们想对他抓得严一些，但他的课学得不错，不管吧，可他又总是影响教室的学习秩序。”

马合木提上课的教室特别热闹。每当课间时，其他教室的学生也总往他的教室里跑。

“走，我们去听马合木提的调侃。”

“喂，小伊沙木，昨晚你与爸爸上哪儿去了？给我们讲讲吧！”

“昨晚我与爸爸一起到图努尔奇街参加了一场聚会。”马合木提声音清脆地说，“很晚才回家。”

“你没有对爸爸说，早一些回家，明天还要上学吗？”

“我不知说了多少遍，但那些醉鬼们就是不放他走啊……”

“哦，于是……”

“于是，半夜里我们正从街上走来，只见两个人影在一家商铺门前正在锉什么。”

“锉什么？”

“唉，傻瓜，这都不懂，是门锁。于是，我问爸爸：‘爸爸，那两人在干什么？’”

“哦，你爸爸怎么说？”

“爸爸说：‘孩子，别出声，他们正在拉提琴呢。’”

“我又问：‘为什么听不到小提琴的声音？……’”

马合木提故意停了一会儿，小朋友们迫不及待地问他：“怎么不说了，你爸爸说什么了？”

“你说呀，喂，小伊沙木！”

“爸爸说，”马合木提眨巴着眼睛，耍了个鬼脸后说，“声音等明天去了派出所后就能听到……”

“哈……哈……哈……” 清脆的笑声顿时在教室里回响起来。

有一天，赛里木·贾玛勒在街上遇见了伊沙木和马合木提。此时，伊沙木紧抓着马合木提的小手不放，而调皮、活泼、机灵的马合木提则奔跳不止要挣脱他。

“瞧，马合木提，这就是我常给你讲的写我的恰克恰克的赛里木江叔叔。”

马合木提跑到赛里木前面，打量起了他。

“我爸爸的恰克恰克笑话，大部分是不是都是你编写的？”

对小马合木提的这句话感到很惊奇的赛里木问：

“你说呢？”

“我在家里给爸爸读《伊沙木恰克恰克笑话》一书时，他总是说：‘我不知道这些笑话是在哪儿讲的。’我爸爸呀，到什么地方，总要反复讲他已经说过的恰克恰克笑话。”

忽然，小马合木提表情严肃地模仿起了伊沙木的声音：

“有一天……”他的声音和肢体动作非常像伊沙木，不禁让赛里木哈哈大笑起来。接着，小马合木提又以嘶哑的声音模仿着伊沙木说，“将来我们要登上太阳，太阳！”伊沙木也“嘿嘿”地笑了起来。

“好，能给我讲讲你自己编的恰克恰克笑话吗？”赛里木高兴地问他，“你说，他能不能讲，伊沙木哥？”

“嗨，他能讲，他很厉害！”伊沙木好像自豪地抚摸着儿子的头说，“给叔叔讲一段吧？”

“有一天，”马合木提刚开口不禁自己先笑了起来。也许他想到刚才自己模仿爸爸的情景。接着，他调整了一下自己，按自己的声音讲道：

“有一天，我们邻居家与我从小就一起玩的小孩，不慎将五分硬币吞进了肚子。只见我那小伙伴的妈妈大声哭叫起来：

“‘唉呀，我该怎么办呀！哇呀，我的孩子！会不会出事啊？’

“‘别哭，阿依夏木罕大妈，’我安慰着这个小伙伴的母亲，‘您放心，大妈，他不会有事的。’

“‘真的吗？马合木提！’阿依夏木罕大妈停止了哭声，目光充满了对我的期盼。

“‘您放心好了，不会有事的。听说，有个单位的出纳吞吃了一千元公款，至今也没有发生任何事。’”

见过马合木提的人，都无不喜欢他的聪明和机灵。有一次，伊沙木将马合木提领到了一个聚会的场合。那一天，不知何故，伊沙木很快就喝醉了。需要说明的是，如果需要对伊沙木一生喝过的酒进行统计，可能使人们都会感到很震惊。虽然伊沙木每天都喝酒，但他吃饭很少。平时喝酒只要用烟（大多是莫合烟）就够了。这个习惯也的确令人难于接受……。那一天，伊沙木很快就喝醉了。小马合木提让父亲在离他稍偏的一侧躺下休息，自己也坐在了父亲身边。随着坐宴时间的延续，客人们提出了说几段恰克恰克笑话的要求。

“唉呀，瞧这伊沙木哥，怎么没给我们讲几句笑话就躺下了呢！”

“唉，伙计们，我们也该服他才好。”歌手萨塔尔·达吾提说，“我们到了他这把年龄，别说是喝酒了，可能有好多东西吃也吃不下去的！”

“那倒是，可伊沙木哥是个硬汉啊！”

“喂，马合木提，快叫醒你爸爸！”

“为什么要叫醒我爸爸？”小马合木提说，“不就是说个恰克恰克吗？”

“是啊！”主人有些不悦地说，“特意请来了，就该……”

“让我爸爸继续睡吧，”马合木提犹如上战场的战士立即站起来，整了一下衣着说，“我替爸爸给大家说个恰克恰克笑话行不行？”

顿时，引起了全场的议论：

“就你吗？”聚会主人好像不相信地瞪着他，“瞧。这巴郎！”

“你要讲莱提帕笑话，还是拿在场的客人们逐一开涮？”有人自以为是地问。

小马合木提像大人一样，在刚才父亲坐的位置上十分灵巧地跪膝而坐。

“别急，玉山大叔。”接着马合木提看着刚才的提问者回答道，

“我既讲莱提帕，也说恰克恰克笑话，同时也逐一拿各位开涮，将各位的嘴巴‘焊’起来！”

顿时，全场响起了笑声和热烈的赞许声，人们对这个才十二岁的少年如此大胆有勇气投去了惊讶和赞服的目光。

“好，别吹牛，你先讲几段莱提帕笑话吧。”萨塔尔·达吾提严肃

地说，“俗话说‘老子未能捕捉一只甲虫，儿子却打死了一只野猪’，你爸爸在你这么大的时候，也许还没像你这样敢在大庭广众面前说话呢！”

“后生可畏呀！”聚会主人仍很惊奇地看着马合木提。

“喂，萨塔尔大叔，你怎么说起甲虫、野猪什么的了？”马合木提整了一下小小的身躯，挺着胸脯，突然用他清脆、流利的声音开始讲道，

“你没把你手里的独塔尔比喻为枪，将我爸爸比喻成野猪来打吧？”

“瞧这家伙！”萨塔尔·达吾提环视了一下周围后说，“这家伙怎么从他爸爸开始调侃了！”

“如果我不从我们家里开始讲，你好像要将你手中的枪射向野猪的！”

“还有呢？”

“还讲？”

马合木提凝视了一会儿天花板，接着说：“萨塔尔大叔，现在该用你的蛋黄搅拌尼沙拉了！[①]”

就这样，坐在父亲的座位上的马合木提按每一位客人的长相、肤色、特长、脾性等，非常巧妙地拿在场的每一个人进行了开涮。他反应迅速，口齿伶俐、动作天真而可爱。在场的客人们在赞佩的笑声中不断称赞他，从内心里感到了欢乐。这一天，马合木提不仅填补了父亲不在时的空白，而且还展示了自己少儿时期的恰克恰克才华。

从此，马合木提被邀请或独自参加的场合也开始增多。当然这种情况有好的方面，也有不好的一面。一些好心的人也担心如果马合木提过早地走上社会，参加类似的聚会，对他的学习和将来的前途也可能带来一些消极影响。

有一次，赛里木去伊沙木在塔西来普凯的家里。刚好伊沙木、孜

---

① 指用蛋清和白糖制成的甜食。

米尼罕大婶、马合木提三人都在家里。当时马合木提刚升入初中，在地方电视台节目的《桥》《欢快的巴郎们》等电视剧上还成功扮演过相关角色，在当地也已小有名气。并且，他在各种场合表演的一些笑话、幽默故事等节目等还被选入了个人录制的一些录音带和光盘里。

马合木提一见到赛里木就开起了玩笑：

“你又要写我爸爸的恰克恰克笑话吗？我爸爸的恰克恰克都已经讲完了，现在你应该写我说的恰克恰克笑话了！”

赛里木本来想说什么，又忽然改变了话题：“你现在是初中生，你自己的恰克恰克，你自己去写吧！”

马合木提有些不好意思地笑了。

“我这是在撒谎，长大以后，我也要写爸爸的恰克恰克笑话！”

孜米尼罕显得很为难地插了一句：

“这孩子呀，话大得很！”

“你还想写什么呢，你赛里木江叔叔已编写出版了好几本书了。”伊沙木哥也好像不悦地插了一句。

赛里木望着马合木提天真而充满稚气的脸不无关心地说：“可别忘了，我的马合木提兄弟，现在你的首要任务是好好读书。不论是恰克恰克还是写作，将来都离不开你。”

“嗯，你说得太对了。他几乎天天都不在家，总往外跑。”孜米尼罕高兴地说。

“唉呀，孜米尼罕妈妈呀，我尽管往外面跑，但也没有‘空手而归吧！’”马合木提向妈妈使了个鬼脸，不禁让妈妈扑哧地笑了起来。

“哦，对了，还有一件事，你得好好劝导他一下才行。听说他在各种聚会、学校、舞台上还模仿我的声音进行一些表演，怎么能模仿父亲呢？”伊沙木好像生气地说。

聪明的马合木提立即用玩笑话转移了话题：

“我不模仿你的声音，但模仿你的恰克恰克总可以吧？”

在小马合木提的身上有着父亲说恰克恰克笑话的很浓的遗传基因。后来他在这方面的聪明才智也得到了进一步的展现。在伊犁地区的中考中他名列前茅，获得了奖励和表彰。尤其让伊沙木和孜米尼罕大婶高兴的是他完成了在北京的学业后，留在了伟大的首都北京……

遗憾的是，写完这部传奇故事过了十二年之后，将该传记故事送交出版社准备再版的时候，作者没有像过去那样兴致勃勃地充满豪情地回忆或无法回忆伊沙木的儿子马合木提。当然，其中有一系列令人懊悔的原因……

第五十七章 老话题

伊宁市墩迈勒果园，凉亭。

今天，几乎伊宁市区的所有说笑家们都相聚在了这里。长期在国外经商做生意、思念和酷爱家乡绚丽多彩的恰克恰克笑话以及歌舞、音乐的青年阿吉，在墩迈勒果园的凉亭里准备了一场聚宴。特意邀请了伊沙木、柔孜·阿布都维力等一批老中青恰克恰克奇、琴师等民间艺术家，甚至派车将吉里于孜镇的地方恰克恰克奇们也接到这里给予了盛情款待。

按照伊宁的聚会坐宴习惯，在聚会尚未正式开始、客人们还没有全部到齐的情况下，恰克恰克笑话就会很自然地开始了。客人们往往零零散散、两两三三地赶到这里，还没有完全入座就会被淹没于浓烈的恰克恰克氛围之中。早先到场的人们首先就用恰克恰克笑话来迎接还未坐定的客人。

“瞧，布鲁斯来了，大家听说了吧，布鲁斯说，他要用弹弓将薄皮包子射到轮船的餐厅里？”

“他还捉弄在餐厅吃饭的人，有人问他撒在薄皮包子上的黑茴香是什么，他回答：可能是屋顶上撒落的灰尘吧？”

“他怎么又胖了？”

“怎能不胖呢，他脸皮太厚，恰克恰克对他不起作用啊！”

这时，布鲁斯一手揪着耳朵，一手抚胸地走过来，向在座的人们躬身施礼。

"哎呀呀，你们都在说我吧，怪不得一路上我这耳根一直发烫……"

"喂，布鲁斯，你看着阿瓦科尔抓自己的耳朵是什么意思？"有人开始激将他。

"可不是嘛，耳朵那么长，阿瓦科尔就不抓。"

"他手短，够不着啊。"房管公司的经理、能说会道的阿不都克里木刚插了一句，使一直静悄无声地坐在一边的阿瓦科尔不禁张开了嘴：

"唉……皮里奇[①]人别掺和城里人之间的交谈好不好！"

针对阿不都克里木的长相说的这句话，引起了大家的哄笑声。阿不都克里木也不示弱：

"你呀，就是忘不了自己常去的地方，阿瓦科尔！嗯，你说吧！"

阿瓦科尔挪动了一下身子，屈膝而坐。于是"一对一、你与我"之间的交锋开始了。

"嗯，说吧，穿着山羊皮衣服，在背上贴着'阿迪达斯'标签的傻瓜！"

"嗯，说吧，与四个穷光蛋钻进一间办公室里，称自己开'公司'的傻瓜！"

"怎不说了，辣椒吃多了就往厕所乱蹦乱跳地跑的傻瓜！"

"你也说呀，嗅了一下粪蛋，就炫耀自己抽了麻烟的傻瓜！"

在哄堂大笑中，突然有人说："朋友们，瞧，伊沙木哥过来啦！"

话音刚落，悠闲自在地坐在宽大的红地毯上的大伙们，不约而同地将目光都移向了从葡萄藤下正朝他们走来的依不拉音·加罕凯孜迪[②]和伊沙木。

"我正纳闷伊沙木哥为什么会姗姗来迟，看来是依不拉音大哥把他拖在了大街小巷里了！"

① 指伊宁市郊区的一座煤矿地名，这里暗指长相。

② 这里暗指其绰号，意为"游方僧"，此处暗指"乞丐"。

“怎么不见他的褡裢呢？”

“唉，你真傻，现在是什么时代？现在他才不收那干硬的馕饼了，要知道，他玩的是现金！”

笑声又起。在大家的恭维中，依不拉音和伊沙木走进了阁厅，相互间的问候和施礼与恰克恰克说笑融在了一起：

“唉，伊沙木哥，你怎么这么晚才来呀？”

凭着对刚引起的哄堂大笑的判断，伊沙木敏捷地转向了依不拉音：

“依不拉音总是挨门挨户地停一会儿，能不晚嘛！”

“那你也没有吃亏吧！”

“我不是说了吗，他们肯定会这么说……”

“唉，依不拉音哥，你说话呀！”

依不拉音·加罕凯孜迪微笑着回答道：

“我倒是直接过来的，因为一路上伊沙木哥总是向遇见的人要莫合烟……”

“唉呀，现在人人都成了大阔人了，”伊沙木接着说，“这些人怎么都抽上海牌香烟呢，唉，也不过瘾。哦，依不拉音，这你就不懂了，要烟抽才过瘾呢！”

依不拉音嚅动着嘴刚要说什么，不料，主人招呼起了大家：

“请吧，各位客人请坐，先洗手！伊沙木哥，依不拉音哥，请上座！”

正如事先所料，这场聚会热闹非凡。恰克恰克说笑艺术的所有种类、所有形式都在这场聚会上出现了；还有那成套、成系列的音乐、歌曲；丰盛的饭菜，源源不断的酒水，将这场聚会的气氛推向了高潮。

主人好像也了却了自己的祈愿，实现了自己的目的，被伊犁民歌、音乐与笑话融合在一起的独特而热烈的艺术氛围所陶醉，完全沉浸在了无比的喜悦和欢快之中。

聚会场合格外热闹，波浪起伏。一浪过后又恢复了平静。这时一位年轻的恰克恰克奇站了起来：

“尊敬的各位大哥，各位朋友，我有一个建议，不知当讲不当讲？”

“哦，你这是说‘我心里躺着一个想法’吧？说吧，兄弟！”伊沙木插了一句。

“我想说的也不是其他什么事。今天，我们应阿吉朋友的一片好心欢聚在了这里。大家也看到了，我们的恰克恰克大师伊沙木哥也已就座于首席。吉里于孜镇的恰克恰克奇同仁们不辞辛苦地也赶到了；瞧，还有我们巩留县的图达洪·温奇包依[①]也到了；从电视台来的这位记者——阿迪力已在我耳旁也嘀咕了很久，还好刚才他已经摄录了各种形式的恰克恰克笑话实况。现在我提个建议，既然各位都是恰克恰克奇，那么为表示大家对伊沙木哥的尊敬，每一位恰克恰克奇就要轮流说一两段莱提帕或幽默故事，但有个条件，即在该莱提帕笑话或幽默故事中须有伊沙木哥参加，即必须有伊沙木的名字。阿迪力，你说的是不是这个意思？”

“是的！”阿迪力兴奋地将摄像机端放在了自己的肩上，“这将会成为十分珍贵而难忘的纪念，我给在座的每个人都刻录一张光碟。”

“喂，兄弟，伊沙木哥在问光碟要不要钱？”顿时全场又掀起了笑声。

“给伊沙木哥的光碟免费！”

这时，在座的客人们纷纷议论：“这还差不多！”

“那就开始吧？”

“唉，别急，要从头开始！”

“你怎么不说‘表演者是我’啊。”

“安静！”

于是，齐肩并坐、一对一、一个接一个、默契配合、相互补充、不断丰富的恰克恰克笑话的继承者们，开始逐一实施了上述建议。

尊敬的读者，我想，也许您也想享受这场缤纷多彩的莱提帕、恰克恰克笑话的乐趣了吧？好，让我们也从头开始吧！

---

① 绰号，意为身材苗条。但该人是个矮子。

★在一次聚会上，我忽然产生了与伊沙木哥说个笑话的念头，但不知是因为伊沙木哥看我个子矮，还是对我自不量力说大话感到反感，总之，他一直就没有在乎我说的话。对此我有些焦急地对伊沙木哥说：

“伊沙木哥，你怎么不理我呢，不就是说个恰克恰克笑话嘛，我说一句，你就回击一句！”

瞧，伊沙木哥是怎么回答的：

“唉，吐达洪兄弟，别再烦我好不好，你说一句回半句就行了吧！”

（巩留县：图达洪）

★有一天，我和伊沙木哥一起与乌鲁木齐的客人们聚在了一起。

该轮到我说笑时，我说了几段幽默故事，一位客人问我：

“穆萨江兄弟，你家在哪里？”

“在克伯克玉孜。”

“唉呀，兄弟，这么有才华的人怎么住在了克伯克玉孜呢？”

“克伯克玉孜乡是我的出生地，离城不远，骑自行车五分钟就能到达伊宁的中心！”

对伊宁市区与克伯克玉孜镇之间的距离了如指掌的伊沙木听了这话后便立即插了一句：

“穆萨江老弟啊，从你说的情况来看，莫非克伯克玉孜的自行车能从水渠上跨越而过啊！”

（克伯克玉孜镇：穆萨江·艾海提）

★与伊沙木哥做邻居的时候，有一次我惹伊沙木哥生气了。有一天，他说要拉煤，需借用我家的拉拉车。当时我也不知想到了什么，对他冷漠地说：“拉拉车漏气了，轮胎坏了。”

于是，伊沙木哥无声地走了。

不久，伊沙木哥在盖玛村的亲戚赶着驴车来到了伊沙木哥的家，并住了四五天。因为迫切需要，我到伊沙木哥家向他借用一头毛驴：

“伊沙木哥，我想拉一点谷物到水磨坊磨面，我有车子，能否借用一下你家的毛驴？”

伊沙木哥睃了我一眼后说：“毛驴没有气了，它的胃有窟窿。”于是，我也只好无声地走了。

（喀拉瓦伊村：艾比）

★有一天，我急急忙忙地正朝外币兑换市场走去，伊沙木哥从楼房下走来看见了我，便问：

“去哪儿？”

“河边，参加聚会。”

“别老是白吃别人的饭，”伊沙木哥说，“别忘了你老哥啊！”

于是，我将他带到了外币兑换市场隔壁的图尔干的餐厅。伊沙木哥坐着没有吭声。我有意买了三个烤包子，放在他前面。伊沙木哥忽而看着我，又看着烤包子问我：“你不吃烤包子吗？”

伊沙木哥边讲在北京读书的儿子的情况，边吃烤包子，他还没有吃完一个烤包子，我就狼吞虎咽地吃掉了两个烤包子，并向餐馆主人交付一元五角后急急忙忙地先于伊沙木哥离开了餐馆。伊沙木哥望着我的背影生气地嘟囔道：

“从前，从乡村里运到城里的都是些麦草、秸秆什么的，可现在都是些像他这样的吝啬鬼进到城里，让人一点尊严也没有了。”

（麦麦玉孜乡：艾比）

★有一天，我与维力哥、达吾提和伊沙木哥三人一起到霍城参加一个割礼。听说伊沙木哥来了，他们都聚在了一起。欢庆割礼的聚会是在庭院里的葡萄架下举办的。虽然霍城县的恰克恰克奇们也不容小看，但我与伊沙木哥联合在一起，让他们无懈可击，节节败退。不断有人将赏钱送到我们面前。

这时，维力哥悄悄对我耳朵嘀咕：

“艾比，趁伊沙木哥讲笑话的时候，你赶紧过去把堆在他面前的那堆钱收起来，那么放着多惹眼。”

于是，我赶忙把钱收了起来一把塞进了自己的口袋。此时，伊沙木哥的嘴在说话，眼睛却盯着我。我假装上厕所，溜到外面数了一下钱，整整七百五十元。忽然，我产生了惹怒伊沙木哥的念头，于是，我用五十元租了一辆出租车，连夜回到了城里。后来，听说，伊沙木哥整夜都拉着维力哥的被子辗转不睡：

“维力兄弟啊，我怎么不舒服呀？”

“怎么啦？”

“我心脏难受。”

“那我送你去医院吧？”

“不行，只有艾比能治，赶紧叫他，也不知今夜他睡在了哪里。”

（同上）

★有一些妇女，很不注意自己的穿戴和举止，名叫卡米力的恰克恰克奇的妻子就属于这一类。比如，她在打馕的时候，总要穿上一件没有一只袖子的破烂袷袢，脚上套个短靿一类的东西。

有一年，伊沙木哥来到了吉里玉孜镇，住了一个星期。正是这个时候，那个女人又张罗起打馕。馕坑对着大门口，卡米力则坐在大门旁悠闲自在地哼着“与你的爱情之火相比，地狱之火如微弱的火星”这支歌。这时伊沙木哥正好出现在了我身边：

“哦，卡米力兄弟，”伊沙木哥暗指他正在馕坑旁忙着的妻子后说，“你的这首歌，是对你那个妻子唱的吗？”

（吉里玉孜：萨利·萨吾提）

★我家有个亲戚，名叫阿布都勒，是个水磨坊主。我常与他在聚礼日一起做礼拜。只要伊玛目阿訇讲经说道，他就总是抽泣不止。

有一次，在聚会上无意间谈到了这件事。伊沙木哥也在场。于是，我对阿布都勒哥说了句玩笑话：

“唉，你这是怎么了，阿布都勒哥？一听伊玛目阿訇的声音，你怎么就止不住地哭泣呢？”

“怎么办呢，莱提兄弟，我心肠太软。一提到来世，就忍不住地抽泣起来。”

这时我刚要说什么，伊沙木哥张开了嘴：

“唉，莱提，我看你这亲戚是为别的事在哭呢。”

“什么事他那么伤心？”我感兴趣地问他。

“现在到处都是电动磨坊，这伙计是因为没有人再往水磨坊送粮才哭的！”

（吉里玉孜镇：莱提·伊敏）

★有一天，我问伊沙木哥：

“伊沙木哥，一加一等于多少？”

伊沙木哥盯着我的眼睛说：“你这是愚弄我，还是你太笨？”

“我也没有愚弄你，我也不笨。”我说。

伊沙木哥没再吱声。几天后，他见到我后，叫住了我。

“唉，艾克然木，你提出的那个问题，我找到了答案，即一加一等于三。”

“为什么？”我说，“你得举个例子。”

“我已经告诉了你答案，至于例子你去问你爸爸和妈妈吧！”

（伊宁县：艾克然木·色提瓦力迪）

★有一次，已奄奄一息的一位商贩让伊沙木乘自己的小轿车去参加“灵床祷礼”。从坟地回来时，那位商贩对伊沙木哥说：

“伊沙木哥，现在坟地（指墓穴）很值钱，走，我们顺便去见见掘墓人，了解一下墓穴的行情。”

见了掘墓人后，那商贩问：“挖一个墓穴多少钱？”

“二百五十元。”

“怎么那么贵呀？”

“目前的市场就是这个价。”

这时一直默默无声的伊沙木对掘墓人说：“这位伙计躺在这里时可以把双腿收缩一下，你能不能按一百五十元的价挖？”

（阿依阔勒人：艾白汗·艾买提）

★伊沙木哥说话总让人很意外。有一天，我与伊沙木哥正在一起逛街。只见一个醉鬼殴打我认识的一位阿吉，于是我打抱不平地对那个醉鬼说：

“知道你这是在打谁吗？”

“我打的是电孵[①]的阿吉。”

“无论如何，怎么能打阿吉呢？”

醉鬼嘟囔着什么，还对我瞪眼怒目，这时伊沙木哥对那个醉鬼说：“喂，兄弟，你打他时做过小净吗？”

醉鬼眨巴着双眼，愣了一会儿，接着，就无声地走了。

（伊宁县：布鲁斯·尼扎米）

★有个人，借了近亲的五千元现金后就不认账了。债主无论怎么催他还钱，他或问“你有凭证吗？”或说“拿出你的借条吧！”

债主特别生气：“咳，只有托胡达来帮我了。等着瞧，看我在末日的第二天会怎么掐着你的喉咙收回我的钱吧！”

听到这话的伊沙木这时着急地插话道：“喂，兄弟，如果

① 指尽管借朝觐机会去过麦加，但并未履行功课、行为不端的一些假阿吉。

你收回自己的钱那么不着急的话，也借给我五千元吧！”

（吉里于孜：卡米里霍加·艾合买提）

★一天，我在“新路”电影院前正在喝多噶普[1]，不知从何而来，伊沙木哥突然出现在了我身边。于是，我给他也点了一碗多噶普。

“嗨，多噶普就是应该在这样的三伏天里喝才舒服，真让人心旷神怡啊……”伊沙木哥边夸多噶普边说。此时，我已向店主付了两碗多噶普的钱。

说了一会儿话以后，我有意地对伊沙木哥说：“怎么又渴了，伊沙木哥，是不是轮到该你买单了？”

伊沙木哥蓦地站了起来：“咳，如果在这样的大热天喝多噶普，你就会肚子痛，拉稀……”

（伊宁市：艾合买提江·玉素甫）

……

篇幅有限，部分青年恰克恰克奇们的笑话就说到这里为止。

2001年，在新疆电视台拍摄的庆祝古尔邦节文艺晚会上，以伊沙木·库尔班为首的十一位伊犁籍的恰克恰克奇作为这次晚会的一朵奇葩出现在了舞台上。除了伊沙木以外，其他恰克恰克奇们几乎都第一次（除个别人以外）从民间的恰克恰克说笑场合走上了自治区级的舞台，这也是第一次在新疆各族人民面前公开亮相。晚会在电视上播放以后，天山南北的千百万观众以十分激动的心情和热烈的掌声观看了从前听说但未曾见过的这些年轻的恰克恰克说笑艺术继承人们精彩的表演。对他们只有短短几分钟的短小、犀利、富有寓意的莱提帕、恰克恰克笑话的赞誉声，从我们的家乡不断相传，一直持续了很长时间。

① 酸奶加冰的一种地方饮料。

第五十八章
吉日良辰

被誉为“塞外江南”的伊宁市，冬季温暖，夏季凉爽，是祖国西部边陲的一座花园城市。每当百花盛开和水果收获的季节，到处飘散着诱人的芳香。公元 2000 年 8 月 25 日，在历史上被称为“文明之炉”的这座“花园之城”里，举办了一场富有积极意义和令人难忘的“伊沙木·库尔班恰克恰克学术研讨会”和“恰克恰克聚宴”系列活动。这一天，来自新疆维吾尔自治区、伊犁哈萨克自治州，以及伊宁市的各族文艺工作者、民间文学研究者、相关专家、学者和新闻记者等欢聚在这里。欢声如潮，使人遐想，让人沉醉，整个气氛格外欢快而热烈。

对于伊沙木来说，这一天，更是他艺术生涯中最有意义的一天。他衣着整洁、红光满面、神采飞扬，咧着嘴乐呵呵地出现在了人们的中间。此时，他的笑是发自内心的，是真正在为自己笑。在嘉宾和与会者中，不断有人在与伊沙木调侃、逗乐。他们与声形并茂、即兴而发、简洁凝练、寓意深刻的玩笑语言毕生为民众带来回味无穷、寓意深长的恰克恰克段子、给人民以欢笑和希望，启迪和激发人们对真善美的追求和信念的这位可敬可爱的恰克恰克大师共同享受着无比的欢乐，此时，大家都陶醉在了为他而高兴的格外欢愉的艺术氛围之中。

时任全国人大常委会副委员长铁木尔·达瓦买提、自治区主席阿不来提·阿不都热西提、自治区党委副书记艾斯海提·克里木拜、自治区副主席买买提明·扎克尔等领导人向这次活动还发来贺信、贺电，为这次活动的圆满成功表达了自己的良好祝愿。

“伊沙木哥，今天是不是你恰克恰克笑话的喜礼啊？”专程从吉里玉孜来参加这次活动的一位青年恰克恰克奇从人群中挤到了伊沙木面前。

“哦，萨里，你还得参加道乏宴啊，吉里玉孜离这里很远呢。”伊沙木高兴地回答道。

一大早，在大厅门口前人们就围在了他们周围。手脚勤快的记者们迅速抢拍各种场面，留下了许多珍贵而难忘的影像。

“幸亏你没有说，让他一直参加到喜庆的第七天。”来自吉里玉孜的另一位恰克恰克奇莱提说，“伊沙木哥，你这么说，就不怕萨里立马会将他老婆孩子也一起带到这里吗？”

“伊沙木哥啊，”伊宁市的一位青年恰克恰克奇说，“我们的托提都坎街一大早就沸腾了。人人都在说，今天是伊沙木哥的婚礼。伊沙木哥，你真的又要结婚吗？”

“唉哟，伊沙木哥是与恰克恰克结婚。你就没见墙上那醒目的大字吗，写着‘恰克恰克喜礼’[①]呀？”

“哦，恰克恰克就是孜米尼罕大婶吗？”

“噢，看来‘恰克恰克’是一位年龄相当、肤色黧黑的女人啊？……”

这一天，也恰好是伊沙木诞辰七十周年的纪念日，此时他格外激动，他的眼眶盈满了喜悦的泪水。当主持人邀请他在主席台就座时，他更是无法自由自在地调动自己的腿脚；当邀请他讲话时，他咧着嘴久久说不出话来……

时任新疆维吾尔自治区人大常委会副主任的米吉提·纳斯尔专程从乌鲁木齐来出席这个活动，并在大会上宣读了特意为本次活动撰写的题为《愿我们可敬可爱的艺术家们笑口常开》的令全场与会者十分

① 维吾尔语的 toy 一词，多义词，有婚礼、喜事、庆典等含义。

感动的文章。

坐在主席台上的伊沙木，已几乎被鲜花和掌声所淹没。此时，坐在大厅一侧一直目不转睛地注视着伊沙木的赛里木·贾玛勒仿佛听到了伊沙木在少儿时沿街叫卖“芝麻……糖糕！”的回响声。

伊犁州、伊宁市有关部门的负责人宣读了热情洋溢的贺词；按照维吾尔族人民对在民间有突出贡献的功臣要举办“加袍仪式”的习俗，伊犁地区文学艺术家联合会为伊沙木披上了加冕“长袍”。

这一天，伊沙木格外英俊、帅气，各族人民将他视为自己的骄子，将他推上了最珍贵的席位；诗人们和学者们为他敬献了赞歌、颂词。因为，不论在喜庆婚礼、朋友聚会、节庆娱乐，还是平时与亲朋好友一起聊天，不论在生活的顺境还是逆境中，是他以“恰克恰克”的形式和即兴说出的一连串幽默风趣的笑话，点燃了人们爽朗的笑声；是他用开玩笑的形式鞭挞假丑恶，弘扬真善美，激发人们对真善美的追求和信念。是他用一生为民众表演恰克恰克艺术，为人民群众带来了欢笑和生活的乐趣和希望。

就这么简单吗？什么是恰克恰克？

- 笑话是伟大的力量，任何东西都不能使人们像无伤的笑话那样贴近。（列·尼·托尔斯泰语）
- 笑话是生命之海里的救生船。（维·拉巴依语）
- 笑就像阳光，能将人们脸上的寒冷一扫而光。（歌德语）
- 笑是深刻感觉中的即兴答复。（多斯多耶维斯基）
- 莫等自认为感觉是幸福的时刻，应该高兴地去笑。遗憾的是，我们可能来不及笑就将死去。（拉波尔耶夫语）
- 笑，是一种审美活动，也是一种社会舆论。以“笑”为特征的笑话，是短小精悍、发人深省、独具一格的民间讽刺故事或幽默小品。从社会功能来讲，它是人民生活中不可缺少的艺术调味品，也是人民智慧的闪光，锐利的战斗武器。（汪纷玲语）

伊沙木将具有这种特性的笑奉献给了他的人民。

作为本次活动的嘉宾之一、著名的老一辈诗人伊敏·吐尔逊应邀上台朗诵了以下的诗句：

都说伊沙木是阔人，语言是他不尽的财富，
据说宇宙也欠着他，伊沙木精神举世无比。
麦西来普是他的憩园，总与同胞们同甘苦，
哪里有伊沙木，哪里就有民众开怀的笑语。
从来喀西河就滚滚向前，一直奔流不息，
不论激浪回流永远与伊沙木一伏一起……

接着，著名诗人穆罕麦提江·热西丁走上讲台，通过朗诵以下的诗表达了与会者和民众对伊沙木的爱戴和评价：

昨天你还是个幽默的小伙，
今日却是你七十岁生日。
恰克恰克伴你经历了很多，
笑答一切成就了你不朽的功绩。

你生活艰辛坎坷实不容易，
你笑对一切都那么出其不意。
聪明、智慧是你言语的传记，
今日不说我这心怎能平静？

没有欢乐的百岁寿命，
不如一笑的人生乐趣。
没有笑声的百岁人生，
我们丝毫也不感兴趣。

你好像早就明白这个事理，
笑声陪伴了你一生的经历。

多少人渴望听你调侃几句，
人们在路口翘首企盼等你。
有你的地方忧虑就消失殆尽，
笑声能让世界也会忘记忧伤。
笑是人们的权利和本能，
畅怀的笑声在天地回响。
……
你的精神就是伊犁的精神，
你是我们珍贵的稀有资源。
万不可自己看不起自己，
你是佼佼者们的豪杰俊男。
……

发自内心的这些诗句，让伊沙木重新认识和明白了自己和自己的价值。他心潮澎湃、激动万分。

有关专家、学者、恰克恰克艺人、民间文学研究工作者，以及伊沙木的徒弟，争先恐后地上台发言、讲话，有的宣读了自己在研究伊沙木恰克恰克笑话方面的论文；有的对伊沙木的恰克恰克笑话做了评论性的发言；有的宣读自己的文章，将这场学术研讨会的意义和气氛推上了新的高峰。

轮到赛里木·贾玛勒发言时，所有与会者的目光都集中在了他身上。在场的人们都认识他，也都知道他在搜集、整理、发表、研究《伊沙木恰克恰克笑话》过程中所发挥的重要作用和他所付出的心血。

赛里木走上了讲台，他的目光首先投向了与会者，接着看了一眼坐在首席上的伊沙木·库尔班，此刻在他的心里，一股甜蜜的暖流涌上了他的心头，仿佛在他的耳旁响起了“这一天，终于来了”的回音。

在讲台上，他宣读了以《伊沙木恰克恰克笑话与我》为题的论文：

“我回想了一下，我与伊沙木的恰克恰克笑话打交道已有三十多年。至今，我已搜集整理了八百多篇伊沙木恰克恰克笑话。从1982年至1995年，新疆人民出版社已出版了维文版的五本《伊沙木笑话》。1998年，新疆人民出版社出版发行了我编写的第六本书与原先出版的四本书和与我长期以来点滴而成的长篇论文《伊沙木与伊沙木恰克恰克笑话》合在一起的内容较为完整的《伊沙木笑话选集》这本书。在此基础上，民族出版社编辑出版了汉文版《伊沙木笑话——活着的阿凡提》(1–5册)；用维吾尔、汉、哈萨克及其他文字在报刊上发表的、在广播、电视上转播、后被制成录音带、VCD光碟的《伊沙木笑话》则不计其数。在我国的北京、上海等地和国外，《伊沙木恰克恰克笑话》以多种文字得到了译介。今天，甚至还出现了伊沙木学的研究者。伊沙木恰克恰克笑话作为一个专题被选入了《民间文学理论》。在我国和国外，伊沙木·库尔班被誉称为‘当代活着的阿凡提’。我为自己对这项工作而付出的辛勤的劳动和心血而感到很幸福。

“《伊沙木笑话》是取之不尽的精神宝藏。伊沙木与伊沙木恰克恰克笑话的根在我们伟大的人民群众中。我们可敬可爱的伊沙木大哥，不是传说或半传说的人物，而是生活在我们当中的真实的、现实的人物。今天，他就坐在这里，他以奇特、娴熟的才华和功绩被人们所推崇，今天我们对他丰富的经历和富有意义的劳动成果，也给予了与之相符的评价。伊沙木恰克恰克笑话，以其丰富的内容和艺术特性，作为人民群众特有的一种精神财富，在促进我们的精神文明建设中正发挥着积极的作用。愿伊沙木大哥贵体安康，愿他的恰克恰克笑话像汹涌澎湃的伊犁河那样永远滚滚向前、长流不息；愿他的荣耀和声誉，像天山那样巍峨挺拔。

“我在撰写这篇普通而简短的文章期间，在一次研讨会上，哈萨克族著名笑话家、艺术家穆塔里普·阿布都热合曼大哥曾对我说：‘如果说让世界认识阿拜是穆合塔尔·艾维佐夫，那么你让人民群众认识了伊沙木。’他的这句话，作为人民的心声深深印在了我心里，成为了对我在这方面付出三十多年心血的最好的奖赏。”

雷鸣般的掌声不断打断了赛里木·贾玛勒的发言。他在讲话时，坐在听众席上的一位白发诗人、老一辈编辑、《伊沙木恰克恰克笑话》一书的首位责任编辑莫敏·赛帕热激动地对身旁坐着的人们说：“那都是真的，第一次将《伊沙木恰克笑话》手稿送到我们的《伊犁日报》编辑部时，赛里木还是个小青年。瞧，现在已长成了大男人了。为了推介伊沙木笑话，他的确做了不少工作。这是一项很有意义的工作，这就叫无私的奉献啊！”

当日上台讲话的各级领导、论文宣读者、自由发言者，尤其是新疆大学人文学院教授、民俗学家热依拉·达吾提博士在他题为《论搜集、整理伊沙木恰克恰克过程中的一些技术性问题》一文中，对赛里木·贾玛勒长期搜集、整理伊沙木恰克恰克笑话过程中所付出的艰辛劳动给予了高度评价。为避免跑题和赘述，在此就不再赘述。

当天午后，位于美丽的伊宁市的麦西来普巴依街路口的“苹果园餐厅”格外热闹。在这里举办的“恰克恰克笑聚”中，成长于伊犁河畔的以伊沙木·库尔班为代表的一群恰尔克恰克说笑匠人们，以各种精美的恰克恰克笑话、口若悬河的即兴对答、“一个你，一个我”形式开始的对决和博弈，强烈震撼了人们的心。诗人们纷纷吟诗，演员们表演歌舞，人们喜气洋洋，眉开眼笑，将“伊沙木恰克恰克笑话艺术研讨会”和伊沙木诞生七十周年纪念活动推向了高峰，使伊犁河谷变成了恰克恰克之源、艺术之泉。

时光流逝，岁月不居，许多事情总会被遗忘，然而，为伊沙木和他热爱人民和家乡的恰克恰克而专门组织的这个吉祥的活动，将深深地留在许多人的心里，成为后人们永不忘记的回忆。笔者也一直为此而笔耕不辍。

愿一切善与美永存人间！

尾　声

赛里木·贾玛勒做了很多梦。

梦毕竟是个梦，绝非是现实。然而，生活却具有丰富而奇特的偶然性，有时梦能给人们再现往事和过去，有时也能预示现实和未来。

有时赛里木感到在梦中好像反复见到了自己，或是在梦中好像原原本本看到了自己经历的某些事情。当他每次从梦中醒来时就要陷入这种无头绪的纷乱的思绪之中，心想："这种感觉只是我才有，还是其他人也有？"从前，他从一份老报纸上得知，在欧洲曾出现过专门写自己的梦，而且最终成为一名著述颇丰的著名作家的情况。然而，他从未想过尝试写自己的梦。

几年前，赛里木·贾玛勒做了一个梦。这个梦很奇特，他梦见了许多年前在苏普拉克那寒冷的水磨坊里干活儿期间，将头落在索罗维耶夫写的《纳斯尔丁·阿凡提传记》那部厚厚的书上进入梦乡时的情景。是的，在进入梦乡之前，在窗台前，他曾将下巴托在那厚厚的书上，久久地望着窗外和夜空上熠熠闪烁的繁星。

三十多年后，这场梦在赛里木的脑海里又浮现了。这次不是在当年那低矮、潮湿、阴暗的土屋里梦见的，而是在敞亮的楼房里梦见的，而且关于纳斯尔丁·阿凡提的绿色封面的那本厚厚的书也不在他前面。他习惯地在自己的写作室里、在台灯下一直写到了半夜。他感到自己已经很累了，便准备睡觉。他不知道自己什么时候已进入了梦乡。但在睡梦中，他的感觉一直都很清晰，对梦中的所有细节都记得一清二楚。整个梦都杂乱无章、纷飞无序。不久，这场梦又反复回到了从前。不知怎么的，赛里木犹如展翅伸开了双臂，忽然腾起飞上了天空。一瞬间，他就飞入了在群星中格外醒目的银河里。这时他的“翅膀”也没有了，只见自己骑在了像《一千零一夜》传说中那样的飞毯上。飞毯在银河里乘风破浪，飞得极快。在飞毯上十分不安地不时地左右顾盼的赛里木，猜想这里可能就是伊犁河边那绿荫环抱、枝叶茂密、果树连片的塔西阔吾热克街。飞毯“嗖”的一声，将他带入了既宽敞、又明亮的塔希阔吾热克街——“恰克恰克奇之街”……

此时，聪明的读者们也许猜到了赛里木在“恰克恰克奇之街”都看见了什么。或许已感到纳斯尔丁·阿凡提、赛莱·恰坎、毛拉·翟丁等笑星们，有的从毛驴跳下，有的停止手中的热瓦普弹奏，有的拉住丁零作响的华盖马拉轿车，然后纷纷转身，不时督促、喊叫谁快走、快赶上时的情景。聪明、机灵的读者们正处在这种思绪和感觉之中时，在银河里的赛里木正在惊奇地打量着什么。忽然间，他身下不断飘动着穗花的那条飞毯突然变成了封面上缀饰着氖灯和烫金文字——《伊沙木恰克恰克笑话》的一部厚厚的像飞毯一样大的精装书。几乎一瞬间，赛里木·贾玛勒做了一个梦，而这个梦比从前更神奇、更奇怪。通过一个神奇的变化他忽然看到了自己。即用自己的肉眼、自己的感觉十分清楚地看到了坐在《伊沙木恰克恰克笑话》那部书上的人正是他自己。在无比的惊奇中，他久久地打量着自己，不料坐在书本上飞翔的他忽然间又变成了伊沙木·库尔班。这种立体效应的画面不断反复、变换、交替出现了多次。

好像有人在呼唤着赛里木·贾玛勒，他突然醒了。深更半夜，他又回到了自己的写作室，点燃了一支烟，坐在旋转椅上，深深地陷入了对刚刚所做的这个梦的沉思之中……

这部传奇故事结束以前，笔者感到有必要向尊敬的读者做几点说明。

当笔者承诺要写伊沙木的传奇故事的时候，他一直都很忧虑和不安。因为，在生活上往往都是说话容易，实际做起来难。然而，当笔者拿起笔开始投入写作时，他竟然不知不觉地就淹没在了充满炽烈的情感、有趣的叙述、难忘的回忆和故事情节交织在一起的旋涡之中。写作中，他为自己竟然知道有关伊沙木那么多轶事感到很惊讶。毋庸置疑，这都是长年的实践和积累赐予他的奖赏。

关于伊沙木本人的生涯，已讲了不少，叙述了有关他的许多轶事、事件和经历。读者们与笔者一起，逐一穿越五十八条河流，相聚在五十八场聚会场合，分享了伊沙木·库尔班丰富多彩的恰克恰克笑话、犀利的语言和他独特而幽默风趣的话语带来的难得的笑声和乐趣。即便是一点点的缓解也罢，让人们在开心的捬掌大笑或捧腹大笑中，忘记了生活的烦恼、困苦和磨难，发出了会心的笑声。除此以外，笔者也别无其他心愿。

在此，需要向读者们说明的是，笔者与赛里木·贾玛勒的关系。

伊沙木是至今还活着的现实人物[1]，不论是不厌其烦地读了这部传奇故事的人们，还是由于各种原因而未能阅读的人都知道，一生从事搜集、整理和研究伊沙木恰克恰克笑话的笔者的姓名，实际上并非该故事中所提到的经常做梦的赛里木·贾玛勒，而是在本书的封面印有著者姓名的人。笔者知道有一定阅历的读者也可能早已明白了这一点。在此需要向读者说明的是，本传奇故事的作者马合木提·穆罕默德，就是本传奇故事中出现的人物之一“赛里木·贾玛勒”。

那么，作者为什么在整个故事中，不用自己的真实姓名，而要用“赛里木·贾玛勒”这个虚拟的姓名来替代呢？

一是作者忌讳在全书五十八章中都出现自己的真实姓名。二是作者认为，本书与其以第一人称来叙述，不如以第三人称来叙述更为合适、更为巧妙一些。

另一方面，作者也希望这成为一个秘密。敬请读者给予谅解。

笔者作为性格开朗、感情丰富的一个作家，始终坚持了向自己的

---

① 伊沙木于2013年9月15日下午因病医治无效在伊宁市家中去世。享年83岁。

读者说心里话。在即将与读者们告辞道别的时候，让人感到言意未尽，好像还有许多话儿没有说完的感觉。在即将结束这部传奇故事的时刻，我也有这种感觉。正是在这个时刻，使我不由得想起了不知是哪个西方思想家所说的“我说的是自己亲眼目睹的，写的是我心灵所使唤的”这句充满诗意的话。

伊沙木·库尔班，至今还平安地生活在位于美丽的伊宁市繁华的塔西来普凯镇社区的一栋楼房里。像所有普通人那样，有时他与妻子孜米尼罕之间也会发生一些摩擦，时而将目光投向家里的那部固定电话，期盼着远在北京工作的儿子马合木提给他们打个电话。然而，不时响起的电话铃声，大多是邀请伊沙木参加聚会、或真心希望从他的恰克恰克笑话中分享笑的乐趣和审美欣赏的人们打来的；其中不乏青年人、老年人、商人、个体户、新巴依，以及普通百姓邀请他的电话。对于伊沙木来说，每日的早晨都预示着他的又一个新的一天、新的生活、新的活动的开始。每日清晨，他都像平常一样不慌不忙地走出屋里，在楼房前的台阶上坐一会儿，久久地掏搜口袋，好不容易搜出一撮莫合烟，然后开始慢慢地卷。一大早从屋里出来的商贩们、刚打开店铺的门窗、在门前的地上洒水和小心地扫地的店主们、夹着已磨损变色的简陋的提包或夹包的外币兑换者，以及从这里经过的路人等，很快就将他围在这里。有时，有人立即过来用打火机为他点燃刚卷好的莫合烟；有人说，清晨吃了对心脏好，便将一个硕大的、熟透的桃子递给他。伊沙木接过桃子后，将它立即装在曾经装过很多东西的衣服口袋里，以留给妻子孜米尼罕享用。一些小青年、小伙子们也常与伊沙木开玩笑，逗乐，试图在一大早就能听到他崭新的恰克恰克笑话或幽默风趣的话语。每当这时，不论多忙或着急地从这里走过的人，往往都会立即放慢脚步向伊沙木躬身施礼问候一声。大多情况下，他在门口前坐着时就有人已向他打招呼，请他出席当天的聚会或邀请他一起吃午饭。

在自家门口约坐半把个小时的伊沙木，接着慢慢地起身，缓步而行，走向每天都要去的、每次去他总感到十分新鲜的“汉人街”。这时，虽然他已背驼身弯、步履蹒跚，但他红光满面，双眼炯炯有神，充满了无尽的情趣。塔西来普凯与“汉人街”的距离不远，如果走得快也就是五分钟的路段。然而，伊沙木永远要走一个多小时。因为，一路上他总是走走停停，说说笑笑；总有人向他施礼问候，说几句玩笑话；顺路他还答应别人什么事；听到提高退休金的消息，他就兴奋地接上不断有人递给他的莫合烟，连续抽上几卷后才肯罢休。到达目的地后，向他打招呼的人就会忽然增多。卖西瓜的、卖多噶普饮料的、卖羊肉串的、卖瓜果的、卖莫合烟的……都热情地请他过来小坐一会儿。因为，他们知道，只要伊沙木坐在谁家的店铺或摊子前，谁家的店铺、摊子前的人就会立马增多，生意也就很红火。

每日中午和傍晚时分，伊沙木家里的电话总是不停地响。孜米尼罕的答复也总是那一成不变的一句话！

各种轿车从伊沙木家门前的马路上急速奔向“汉人街”，寻找他的人们在这个热闹的巴扎的什么地方好不容易找到了他。于是，他们就将伊沙木带到某家餐厅或某座果园，或带到伊犁河边或乡村里去！

朋友，倘若你也很想与伊沙木见面，想与他留个纪念合影，想举办一场聚会，分享他至今仍火势未减的恰克恰克笑话，最好在一大早就去塔西来普凯巴扎。在这里就能找到在恰克恰克笑话中已经度过自己三分之一生命的、在无法数清的那张满脸的皱纹上写满了人们无法辨认的错综复杂、盘根错节的文字的伊沙木·库尔班。

到时候，可别忘了请您代我问候：“马合木提·穆罕默德向你致敬！”

2003 年 8 月 8 日

乌鲁木齐夏马勒巴格

译文完成于 2017 年 2 月 4 日，乌鲁木齐昌乐园

译者后记

《伊沙木传奇故事》一书中的主人公伊沙木·库尔班（Isam kurban）是维吾尔族人民家喻户晓的著名笑话大师。他不仅是伊犁地区的文化名人，也是全疆和全国的文化名人。本人也有幸多次听过他的“恰克恰克笑话”，他声形并茂、简洁凝练、寓意深刻、令人捧腹大笑的许多笑话也曾给我留下了很深的印象。应作者要求，在有幸翻译这部作品过程中，使我对维吾尔族“恰克恰克”一说的认识也进一步加深，同时，对伊沙木·库尔班等维吾尔族“恰克恰克奇”们精妙的母语表达能力也产生了极大的兴趣。然而，在翻译过程中使我深深感到，由于不同的民族语言文化的差异，将维吾尔族“恰克恰克语言”中所具有的精妙、犀利、幽默的语言风格和韵味特点，用另一种语言文字完全准确地表达出来绝非易事。看似很简单、很平常的一句话、一个单词，在汉语表达中就会让人感到无以应对、束手无策。尤其是在伊犁地区维吾尔语中不同于南疆地区维吾尔语的许多方言和语气词、语言风格，以及口语词等，在汉文中无法按原样表达出来，比如“恰克恰克”“恰克恰克奇”“莱提帕”等词，仅用汉文的“笑话”“笑话家”“笑话故事”'等来表述都难尽其义。为此，译者也只能按音译加注释的方式来处理。

主人公伊沙木的名字，尽量按近音翻译的原则，准确地写汉文应译为“伊萨木”，但在有关他的原著版权和各种新闻报道、研究文章中，汉文大多都采用“伊沙木”，而且在伊宁市上报国家非物质文化遗产保护项目上也写着“伊沙木”；还有“艾沙木、依萨木、黑萨木丁”等多种写法。基于这些原因，本人在认真参阅艾克帕尔·哈德尔撰写，孟毅、姜新社翻译的《伊沙木·库尔班（恰克恰克）笑话》（中央民族大学出版社，2015.2）、马合木提·穆罕默德搜集整理、艾克拜尔·吾拉木翻译的《活着的阿凡提——伊沙木笑话》（民族出版社，1998.9）等书和相关资料的基础上，本着“从众、从要”的原则，在本译文中本人也采用了“伊沙木”这个名字。另外，本书原文中还有“伊沙木丁”“阿萨木东”“伊沙木塔依”等名称，均指伊沙木，这些名称在本民族中都带有一定的感情色彩和地方特色，还有一些地方名称和专业名词术语，为了便于汉文读者的理解，在翻译时都做了必要的注释。同时，经与原文作者协商，在翻译过程中对个别段落的表述进行了适当的修改。

同时，为了便于广大汉文读者能够进一步正确理解维吾尔族“恰克恰克艺术”的含义，特邀新疆大学人文学院教授、语言文学博士乌斯曼·斯马义先生为本书的“序言”撰写了题为《〈伊沙木传奇故事〉与维吾尔族恰克恰克艺术》一文。毋庸置疑，这对读者的阅读和理解肯定会有一定的帮助。

翻译本身就是一项艰辛的再创作。尤其是诗歌、歌谣、笑话的翻译更是如此。文学翻译最大的难点就是如何正确处理文化的差异。作为译者，他不仅是两大文化的搭桥人，而且是两大文化交互的滋生者和运作人。这种交互文化即翻译文化，既不同于原文化，也不同于译入文化，但又跟两者有千丝万缕的联系。译者翻译活动的产物也就是翻译文化的产物。本人翻译水平有限，时间紧迫，译著中不免存在一些疏漏和不足，敬请同行不吝赐教。

2016 年 11 月 20 日，乌鲁木齐

图书在版编目（CIP）数据

伊沙木传奇故事 / 马合木提·穆罕默德著；铁来克译. -- 北京：作家出版社，2017.8（2023.2重印）
（中国少数民族文学发展工程·民译汉专项）
ISBN 978-7-5063-9653-0

Ⅰ. ①伊… Ⅱ. ①马… ②铁… Ⅲ. ①故事-作品集-中国-当代 Ⅳ. ① I247.81

中国版本图书馆CIP数据核字（2017）第213321号

伊沙木传奇故事

作　　者：马合木提·穆罕默德
译　　者：铁来克
责任编辑：史佳丽　李亚梓
特约编辑：张绍锋　郑　函
出版发行：作家出版社
社　　址：北京农展馆南里10号　　**邮　　编：**100125
电话传真：86-10-65930756（出版发行部）
86-10-65004079（总编室）
86-10-65015116（邮购部）
E-mail:zuojia@zuojia.net.cn
http://www.haozuojia.com（作家在线）
印　　刷：固安兰星球彩色印刷有限公司
成品尺寸：170 × 240
字　　数：323千
印　　张：24.25
版　　次：2018年5月第1版
印　　次：2023年2月第2次印刷
ISBN 978-7-5063-9653-0
定　　价：39.00元